DO QUE É FEITA UMA GAROTA

A marca FSC® é a garantia de que a madeira utilizada na fabricação do papel deste livro provém de florestas que foram gerenciadas de maneira ambientalmente correta, socialmente justa e economicamente viável, além de outras fontes de origem controlada.

CAITLIN MORAN

Do que é feita uma garota

Tradução
Caroline Chang

COMPANHIA DAS LETRAS

Copyright © 2014 by Caitlin Moran
Proibida a venda em Portugal

Grafia atualizada segundo o Acordo Ortográfico da Língua Portuguesa de 1990, que entrou em vigor no Brasil em 2009.

Título original
How to Build a Girl

Capa e colagem de capa
Milena Galli

Preparação
Julia de Souza

Revisão
Isabel Jorge Cury
Luciane Helena Gomide

Dados Internacionais de Catalogação na Publicação (CIP)
(Câmara Brasileira do Livro, SP, Brasil)

Moran, Caitlin
   Do que é feita uma garota / Caitlin Moran ; tradução Caroline Chang — 1ª ed. — São Paulo : Companhia das Letras, 2015.

   Título original: How to Build a Girl.
   ISBN 978-85-359-2599-9

   1. Ficção inglesa I. Título.

15-03716   CDD-823

Índice para catálogo sistemático:
1. Ficção : Literatura inglesa   823

[2015]
Todos os direitos desta edição reservados à
EDITORA SCHWARCZ S.A.
Rua Bandeira Paulista, 702, cj. 32
04532-002 — São Paulo — SP
Telefone: (11) 3707-3500
Fax: (11) 3707-3501
www.companhiadasletras.com.br
www.blogdacompanhia.com.br

Para meu pai e minha mãe, que felizmente não são nem um pouco parecidos com os pais deste livro, e que me deixaram fazer a minha garota como eu queria.

Nota da autora

Este é um trabalho de ficção. Músicos de verdade e lugares de verdade aparecem de tempos em tempos, mas todo o resto, os personagens, o que eles fazem e o que dizem, são produtos da minha imaginação. Assim como Johanna, venho de uma família grande, cresci em uma moradia popular em Wolverhampton e comecei minha carreira como jornalista cobrindo música quando era adolescente. Mas Johanna não sou eu. Sua família, seus colegas, as pessoas que ela encontra e suas experiências não são minha família, meus colegas, as pessoas que conheci, nem minhas experiências. Este é um romance e é inteiramente ficcional.

PARTE UM
Uma página em branco

Um

Estou deitada na cama, ao lado de meu irmão Lupin. Ele tem seis anos. Está dormindo. Eu tenho catorze. Não estou dormindo. Estou me masturbando. Olho para meu irmão e penso, nobremente, "Isso é o que ele iria querer. Ele ia querer que eu ficasse feliz". Afinal de contas, ele me ama. Ele não ia querer que eu ficasse estressada. E eu o amo — embora eu tenha que parar de pensar nele enquanto me masturbo. Parece errado. Estou tentando ficar com tesão. Não dá para ter irmãos vagando pelos meus rincões sexuais. Tudo bem, estamos dividindo uma cama esta noite — ele saiu de sua bicama à meia-noite, chorando, e entrou na minha e se deitou ao meu lado —, mas não podemos dividir um rincão sexual. Ele precisa sair da minha mente.

"Preciso fazer isso sozinha", digo para ele, com firmeza, mentalmente — colocando um travesseiro entre nós dois, para ter um pouco de privacidade. Este é o nosso pequeno e amigável Muro de Berlim. Adolescentes sexualmente ativas de um lado

(Alemanha Ocidental), meninos de seis anos do outro (Europa comunista). A fronteira tem de ser mantida. É de bom-tom.

Não é de admirar que eu precise me masturbar — o dia de hoje foi muito estressante. O Velho não ficou famoso, de novo.

Depois de ficar desaparecido por dois dias, ele voltou esta tarde, logo depois do almoço, com o braço em volta de um rapaz desgrenhado, o rosto cheio de abscessos, com um terninho cinza reluzente e uma gravata rosa.

"Isso, *caralho*", meu pai diz, afetuoso, "é o nosso futuro. Digam oi para o futuro, criançada."

Todos nós dissemos oi para o caralho, nosso futuro.

No corredor, nosso pai nos informou, em meio a uma nuvem de Guinness, que achava que o rapaz era um olheiro de talentos de uma gravadora de Londres, chamado Rock Perry — "mas ele também atende por Ian".

Olhamos mais uma vez para o sujeito, sentado no nosso sofá rosa e arruinado, na sala. Rock estava muito bêbado. Estava com a cabeça apoiada nas mãos, e sua gravata, que parecia ter sido colocada por um inimigo, estrangulava-o. Ele não tinha cara de futuro. Tinha cara de 1984. Em 1990, isso significava algo muito antigo — até mesmo em Wolverhampton.

"Toque isto direito e nós vamos ficar *milionários*, porra", nosso pai disse, num sussurro alto.

Corremos até o jardim para comemorar — eu e Lupin. Brincamos no balanço juntos, planejando nosso futuro.

Porém, minha mãe e meu irmão mais velho, Krissi, ficaram em silêncio. Eles já tinham visto o futuro chegar à nossa sala — e dar no pé. O futuro sempre tem nomes diferentes, e roupas diferentes, mas a mesma coisa acontece, vez após outra: o futuro só vem à nossa casa quando está bêbado — porque o futuro precisa, de algum jeito, ser persuadido a nos levar consigo, ao ir embora. Precisamos nos esconder sob o casacão de pele do futuro, feito carrapichos — todos os sete —, e pegar carona na sua traseira, para fora daquela casa minúscula e voltar a Londres, à fama, à gente rica, às festas, aonde nós pertencemos.

Até então, isso nunca tinha acontecido. O futuro sempre acabava em algum momento saindo porta afora sem nós. Então estávamos encalhados, em uma moradia popular em Wolverhampton, havia treze anos — esperando. Cinco filhos agora — os gêmeos não programados têm três semanas de vida — e dois adultos. Temos que sair daqui logo. Deus, precisamos sair daqui logo. Não podemos aguentar ser pobres e desconhecidos por muito mais tempo. Os anos 90 são uma época terrível para ser pobre e desconhecido.

Em casa, as coisas já estão saindo errado. A ordem que minha mãe sussurrou para mim, "Vá para a cozinha e reforce aquele molho à bolonhesa com ervilhas! Temos visita!", significa que acabo de servir um prato de macarrão para Rock — ensaio uma reverência enquanto entrego o prato — que ele vai jogando boca adentro com toda a paixão de um homem que quer desesperadamente ficar sóbrio, apenas com o auxílio de ervilhas miúdas.

Com Rock absorto no prato quente sobre seus joelhos, meu pai está agora à sua frente, em pé, um pouco trôpego, fazendo o seu papel. Conhecemos o papel de cor.

"Você nunca *diz* o papel", o Velho explicara muitas vezes. "Você *é* o papel. Você *vive* o papel. O papel é quando você faz eles saberem que você é um *deles*."

Debruçando-se sobre o convidado, meu pai está segurando uma fita cassete na mão.

"Filho", ele diz. "Parceiro. Permita que eu me apresente. Sou um homem de... bom gosto. Rico, não. Ainda não — hahaha. E juntei vocês todos aqui hoje para lhes mostrar um pouco de verdade. Porque há três homens sem os quais nenhum de nós estaria aqui hoje", ele continua, tentando abrir a caixa de fita cassete com seus dedos inchados de bebida. "A Santa Trindade. O alfa, o ípsilon e o ômega de todas as pessoas esclarecidas. O Pai, o Filho e o Espírito Santo. Os únicos três homens a quem amei. Os três Bobbies: Bobby Dylan. Bobby Marley. E Bobby Lennon."

Rock Perry levanta os olhos para ele — tão confuso quanto nós ficamos quando papai nos disse isso tudo pela primeira vez.

"O que todo e qualquer músico que se preze neste mundo está tentando fazer", papai continua, "é atingir aquele ponto de poder chegar naqueles putos no bar e dizer, estou te ouvindo, cara. Estou te ouvindo, cara. Mas você está *me* ouvindo? Você diz para eles, 'Você é um *buffalo soldier*, Bobby. Você é Mr. Tambourine Man, Bobby. Você é a porra da morsa, Bobby. Eu sei disso. Mas eu — eu sou Pat Morrigan. Eu sou *isto*'."

Meu pai finalmente consegue tirar a fita da caixa e a agita diante de Rock Perry.

"Sabe o que é isso, meu chapa?", ele pergunta a Rock Perry.

"Uma fita de noventa minutos?", Rock pergunta.

"Meu filho, estes são os últimos quinze anos da minha vida", papai responde. Ele enfia a fita nas mãos de Rock. "Não parece, não é? Não dá para imaginar que seria possível segurar a vida inteira de um homem nas mãos. Mas é isso o que você tem aí. Acho que isso faz de você uma porra de um gigante, meu rapaz. Você gosta de se sentir um gigante?"

Rock Perry olha, inexpressivamente, para a fita cassete em suas mãos. Ele parece um homem que está se sentindo bastante confuso.

"E sabe o que vai fazer de você um *rei*? Lançar isto aqui, e vender dez milhões de cópias, em compact disc", papai diz. "É como alquimia. Você e eu podemos transformar nossas vidas em três malditos iates cada, e um Lamborghini, e mais xoxotas do que seria possível afugentar com galho. Música é como mágica, cara. A música pode mudar a sua vida. Mas, antes disso — Johanna, sirva um drinque para este senhor."

Papai agora está falando comigo.

"Um drinque?", pergunto.

"Na cozinha, na cozinha", ele diz, irritado. "As bebidas estão na cozinha, Johanna."

Vou até a cozinha. Mamãe está parada ali, em pé, exausta, segurando um bebê.

"Vou me deitar", ela diz.

"Mas papai está prestes a fechar um contrato para um disco!", digo.

Mamãe faz o mesmo som que, anos mais tarde, tornaria Marge Simpson famosa.

"Ele pediu para eu pegar um drinque para Rock Perry", digo, levando o recado com toda a urgência que sinto que merece. "Mas não temos nenhuma bebida, temos?"

Minha mãe gesticula, com um cansaço infinito, na direção do aparador sobre o qual repousam dois grandes copos com Guinness até a metade.

"Ele trouxe há pouco. Nos bolsos", ela diz. "Junto com aquele taco de bilhar."

Ela aponta para o taco de bilhar, roubado do Red Lion, que está agora encostado contra o fogão. Na nossa casa, parece tão perdido quanto um pinguim.

"Estava nas suas calças. Não sei como ele faz isso", ela suspira. "Ainda temos um da última vez."

É verdade. Já temos um taco de bilhar roubado. Como não

temos uma mesa de bilhar — nem mesmo o papai consegue roubar uma coisa dessas —, Lupin tem usado o primeiro taco como o cajado de Gandalf, sempre que brincamos de O senhor dos anéis.

Essa conversa sobre taco de bilhar é interrompida quando, lá na sala, há um súbito aumento de volume. Reconheço a música no mesmo instante — é a última fita demo de papai, uma música chamada "Dropping Bombs". A sessão começou, é óbvio.

Até bem pouco tempo antes, "Dropping Bombs" havia sido uma balada de meio-tempo — mas então papai descobriu a configuração de "reggae" no seu teclado Yamaha — "A porra do botão do Bob Marley! Yes! Vamos lá!" — e a retrabalhou.

É uma das "músicas políticas" de papai, e é muito emocionante: os três primeiros versos são escritos do ponto de vista de uma bomba nuclear sendo largada sobre mulheres e crianças no Vietnã, na Coreia e na Escócia. Durante três versos, a bomba impassivelmente imagina a destruição que vai causar — destruição narrada por papai com um efeito robotizado no microfone.

"*Your skin will boil/ And the people will toil/ To make sense of it all/ And crops from burnt soil*",* o robô-bomba diz, com tristeza.

No último verso, a bomba de repente se dá conta dos erros que está cometendo, rebela-se contra as forças americanas que a construíram e decide explodir em pleno ar — chovendo sobre os atônitos, cobrindo as pessoas lá embaixo com arco-íris.

"*I was blowing people up — but not I'm blowing minds*",** diz o último refrão, acompanhado por um *riff* assustador tocado no ritmo do teclado Yamaha número 44: "Flauta oriental".

Papai acha que é sua melhor música — ele a tocava para nós todas as noites, antes de irmos para a cama, até que Lupin

---

* "Sua pele vai ferver/ E as pessoas vão dar duro/ Para extrair algum sentido disso tudo/ E safras do solo queimado." (N. T.)
** "Eu estava explodindo gente — agora arejo mentes." (N. T.)

começou a ter pesadelos sobre crianças em chamas e voltou a molhar a cama.

Vou até a sala, carregando dois copos pela metade, fazendo uma mesura e esperando encontrar Rock Perry loucamente entusiasmado com "Dropping Bombs". Em vez disso, encontro papai gritando com Rock Perry.

"Isso é inaceitável, cara", ele esbraveja, por cima da música.

"Isso é *inaceitável*."

"Desculpe", Rock diz. "Eu não quis..."

"Nã", papai diz, balançando a cabeça devagar. "Nã, não se pode dizer isso. Simplesmente não se diz."

Krissi, que estivera sentado no sofá esse tempo todo — segurando o frasco de ketchup, caso Rock Perry quisesse molho de tomate —, me atualiza, num sussurro. Aparentemente, Rock Perry comparou "Dropping Bombs" a "Another Day in Paradise", de Phil Collins, e papai ficou furioso. O que é curioso, pois papai na verdade gosta bastante de Phil Collins.

"Mas ele *não é um Bobby*", papai está dizendo — lábios apertados e ligeiramente espumantes. "Estou falando da *revolução*. Não tô brincando — sem essa de *no jacket required*. Não dou a mínima para paletós. Eu não *tenho* um paletó. Não exijo que você não exija um paletó."

"Desculpe — eu só quis dizer — na verdade gosto bastante de Phil Collins...", Rock está dizendo, de um jeito de dar dó. Mas papai já arrancou dele o prato de espaguete e o está empurrando na direção da porta.

"Vá embora, seu imbecil", ele diz. "Vá. Imbecil. Caia fora."

Rock fica parado junto à porta, hesitante — sem saber se aquilo é uma piada ou não.

"Não — pode *cair fora*", meu pai repete. "Você — foda-se, caia fora."

Ele fala isso com um sotaque chinês. Não sei bem por quê.

No corredor, minha mãe se aproxima de Rock.

"Por favor, me desculpe", minha mãe diz, com um ar experiente.

Ela olha em torno, buscando alguma maneira de melhorar as coisas — então apanha uma penca de bananas, de um cesto próximo da entrada. Sempre compramos frutas em grandes quantidades, no atacado. Meu pai tem um cartão de identidade falsa, que confirma aos funcionários do mercado que ele tem uma vendinha no vilarejo de Trysull. Meu pai não tem uma vendinha no vilarejo de Trysull.

"Por favor. Leve isto aqui."

Por um momento, Rock Perry fita minha mãe, que estende a ele uma penca de bananas. Ela está no primeiro plano de seu campo de visão. Atrás dela está meu pai, cuidadosamente aumentando até o máximo todos os botões do seu estéreo.

"Só... uma?", Rock Perry diz, tentando parecer razoável.

"Por favor", minha mãe diz, enfiando toda a penca na mão dele.

Rock Perry pega as bananas — claramente ainda em profundo choque — e começa a descer os degraus da nossa entrada. Está no meio do caminho quando meu pai surge na soleira.

"Porque — É ISSO O QUE EU FAÇO!", ele grita para Rock.

Rock dá início a um suave trote de retirada e atravessa a rua apressado, ainda segurando as bananas.

"É ISSO O QUE EU FAÇO! ISSO SOU EU!", papai continua gritando, do outro lado da rua. As cortinas de filó dos vizinhos estão se mexendo. A sra. Forsyth está na rua, na soleira da sua porta, com sua costumeira desaprovação. "ESSA É A PORRA DA MINHA MÚSICA! ISSO É A MINHA ALMA!"

Rock Perry vai até a parada de ônibus, mais adiante na rua, e se agacha bem devagar, até se esconder atrás de um arbusto. Ele fica assim até o 512 chegar. Eu sei porque subo, com Krissi, e o observamos da janela do nosso quarto.

"Que desperdício de seis bananas", Krissi diz. "Eu podia comer essas bananas com sucrilhos a semana toda. Ótimo. Outro café da manhã irremediavelmente insosso."

"A PORRA DO MEU CORAÇÃO!", meu pai ruge, depois que o ônibus parte — golpeando o peito com o punho. "Sabe o que você está deixando para trás aqui? A PORRA DO MEU CORAÇÃO."

Meia hora depois da gritaria — quando "Dropping Bombs" termina, depois do triunfante final, com doze minutos de duração —, meu pai volta a sair.

Ele sai para reabastecer seu coração, no mesmo pub em que encontrara Rock Perry.

"Talvez ele esteja indo ver se Rock deixou para trás um irmão gêmeo que também possa ser destratado?", Krissi diz, causticamente.

O Velho só volta para casa à uma da manhã. Sabemos quando ele chega em casa, porque o ouvimos bater a van contra a árvore lilás, na entrada. O câmbio desengata, com um rangido característico. Conhecemos o som do câmbio de uma Kombi Volkswagen desengatando. Já ouvimos muitas vezes antes.

De manhã, descemos e encontramos, no meio da sala, uma grande estátua de concreto, no formato de uma raposa. A estátua não tem cabeça.

"É o presente de bodas da mãe de vocês", papai explica, sentado na escadinha da porta dos fundos, fumando e usando meu robe rosa, que é pequeno demais para ele e deixa seus testículos à vista. "Amo a mãe de vocês pra caralho."

Ele fuma e olha para cima, para o céu. "Um dia, seremos todos reis", diz. "Sou o filho bastardo de Brendan Behan. E todos esses filhos da puta vão se dobrar para mim."

"E Rock Perry?", pergunto, depois de um minuto ou dois durante os quais consideramos esse futuro inevitável. "Ele vai dar notícias?"

"Não lido com merdas, menina", meu pai diz, autoritário, puxando o robe para cobrir as bolas e dando outra tragada no cigarro.

Descobrimos mais tarde — por meio do tio Aled, que conhece um cara que conhece um cara — que Rock Perry é, na verdade, um homem chamado Ian, que não é um olheiro de talentos de uma gravadora, e sim, na verdade, um vendedor de cutelaria, de Sheffield, e o único "negócio" que ele jamais poderia conseguir para nós é um conjunto de oitenta e oito peças de faqueiro galvanizado, cinquenta e nove libras, com juros anuais de 14,5%.

Então é por isso que estou deitada na cama, ao lado de Lupin, tocando essa siriricazinha silenciosa. Meio por estresse, meio por prazer. Pois eu sou, conforme registrei em meu diário, uma "romântica incurável". Se não posso sair com um garoto — tenho catorze anos, nunca saí com um garoto —, então pelo menos posso ter um encontro romântico comigo mesma. Um encontro na cama, i.e.: uma siririca.

Eu gozo — pensando no personagem de Herbert Viola em *A gata e o rato*, que eu acho que tem um rosto meigo —, volto a baixar minha camisola preta, dou um beijo em Lupin, adormecido, e trato de dormir.

Dois

Quinta-feira. Acordo e dou de cara com os enormes olhos azuis de Lupin me encarando. Seus olhos são gigantescos. Ocupam metade do cômodo. Quando o amo, digo que seus olhos são como dois planetas azuis girando na galáxia do seu crânio e que vejo satélites e foguetes navegando por suas pupilas.

"Ali vai um! E mais um! Estou vendo Neil Armstrong! Ele está segurando uma bandeira! Deus abençoe a América!"

Quando o odeio, digo que ele tem um problema de tireoide e que parece um sapo louco.

Como Lupin é muito nervoso, passamos bastante tempo juntos. Ele tem pesadelos e muitas vezes deixa o beliche que divide com Krissi para vir até minha cama, pois agora eu tenho uma cama de casal. As circunstâncias em que ganhei um grande divã foram confusas, emocionalmente falando.

"A sua vovó morreu — você vai ficar com a cama dela", papai dissera, no último mês de abril.

"A vovó morreu!", gemi. "A vovó MORREU!"

"Sim — mas você vai ficar com a cama dela", papai disse mais uma vez, pacientemente.

Há um buraco enorme no meio do colchão, onde a vovó se deitava e onde, por fim, morrera.

"Estamos na profunda depressão que o fantasma dela deixou para trás", às vezes penso, nos meus momentos mais piegas. "Nasci num ninho da morte."

Leio muita ficção do século xix. Uma vez perguntei à mamãe como seria meu enxoval quando minha mão fosse pedida em casamento. Ela riu histericamente.

"Tem duas cortinas em um saco de lixo no sótão que você pode pegar", ela disse, limpando as lágrimas dos olhos.

Mas isso foi quando eu era mais nova. Eu não faria isso agora. Tenho mais consciência da nossa "situação" financeira.

Eu e Lupin descemos, ainda de pijamas. São onze horas e não temos aula. Krissi já está de pé. Está assistindo A *noviça rebelde*. Liesl está no meio da tempestade, flertando com Rolfe, o jovem carteiro nazista.

Sinto-me um pouco inquieta, então me posto na frente da televisão por um minuto, bloqueando sua visão.

"Sai da frente, Johanna. SAI."

Esse é Krissi. Quero descrevê-lo, porque ele é meu irmão mais velho, e a minha pessoa favorita no mundo inteiro.

Infelizmente, acho que sou sua pessoa menos favorita — nossa relação muitas vezes me faz lembrar um cartão de aniversário que vi certa vez e que mostrava um enorme são-bernardo com a pata na cara de um daqueles cachorrinhos estridentes, com a legenda "Cai fora, pirralho".

Krissi é um cachorrão. Aos quinze anos, já tem mais de um metro e oitenta: um enorme e macio tanque na forma de um garoto, com suas mãos grandes e macias, e um incongruente penteado afro loiro que sempre é comentado nas reuniões familiares.

"Oh, lá vem ele — o 'pequeno' Michael Jackson!", a titia Lauren costuma dizer, quando Krissi entra no cômodo — encurvado, tentando parecer menor do que é.

Nem a personalidade de Krissi nem seus traços combinam com os de um garoto de um metro e oitenta. Ele tem a pele clara, olhos azul-claros e cabelo loiro — tal como nossa mãe, quase não tem pigmentação alguma. Sua boca e seu nariz são muito delicados — como a sereia daquele filme mudo, Clara Bow. Certa vez tentei abordar esse assunto numa conversa com Krissi, mas isso ensejou péssimos resultados.

"É engraçado, porque você tem um rosto enorme — mas tem um nariz e uma boca bastante atrevidos", falei. Pensei que esse fosse o tipo de conversa que poderíamos ter.

Mas acabou que esse era o tipo de conversa que *não* poderíamos ter. Ele disse "Vá à merda, sua bruxa gorda" e saiu do recinto.

Não saber que tipo de conversa podemos ter é uma das razões pelas quais sou uma das pessoas menos favoritas de Krissi. Estou sempre dizendo a ele as coisas erradas. Quer dizer, para falar a verdade Krissi simplesmente não gosta de gente, ponto. Na escola não tem nenhum amigo — suas mãos macias, seu cabelo desgrenhado e seu tamanhão, somados a um ódio visceral por esportes, significam que David Phelps e Robbie Knowsley costumam provocá-lo e colocá-lo contra as lixeiras, como dois terriers apavorando um alce, e o chamam de "gayzão".

"Mas você não é um gayzão!", eu disse, indignada, quando Krissi me contou. Ele ficou olhando para mim de um jeito estranho. Krissi me olha bastante de um jeito estranho.

Agorinha mesmo ele está olhando para mim de um jeito estranho enquanto joga um boneco-bebê, que me atinge no rosto, não sem força. Para um garoto que detesta todos os esportes — preferindo, a isso, ler George Orwell —, ele bem que tem um muque de boliche. Levo as mãos ao rosto — então deito no chão e me finjo de morta.

Eu me fingia de morta bastante, quando era mais nova — com dez ou onze anos. Hoje já não faço mais tanto isso. Porque 1) estou ficando mais madura. E 2) cada vez menos gente ainda acredita que eu esteja morta.

Da última vez, na verdade, funcionou. Fiquei deitada ao pé da escada fingindo que havia caído e quebrado o pescoço, e minha mãe me encontrou e teve um chilique.

"PAT!", ela gritou — num tom agudo e cheio de medo. O medo me deixou feliz, e me acalmou. Até mesmo quando meu pai me olhou e disse "Ela está sorrindo, Angie. Cadáveres não sorriem. Deus sabe que vi o suficiente para saber. Cadáveres são aterrorizantes. Vi homens mortos que te dariam tanto frio na barriga que você cagaria *neve*."

Eu *gostei* dos dois olhando para mim, e falando sobre mim. Fez eu me sentir segura. Só estava conferindo se eles me amavam mesmo.

Hoje, mamãe não parece preocupada quando me encontra caída no chão, me fingindo de morta.

"Johanna, você está fazendo minha pressão subir. LE-VANTE-SE."

Abro um olho.

"Pare de ser tão *pentelha* e faça o café da manhã de Lupin", ela diz, saindo do cômodo. Os gêmeos estão chorando.

Eu me ponho em pé com relutância. Lupin ainda se assusta

um pouco quando me finjo de morta. Ele está no sofá, com os olhos arregalados.

"Jojo ficou boa", digo a ele, heroicamente, indo até lá e ganhando abraços. Sento Lupin no meu colo e ele se inclina na minha direção, ligeiramente traumatizado. É um abraço apertado, dos bons. Quanto mais assustadas as crianças ficam, mais apertado elas abraçam.

Após meu abraço restaurador, vou até a cozinha, peço a caixa tamanho família de Rice Pops, o garrafão de leite de quatro litros, o saco de açúcar, três tigelas e três colheres, e levo tudo para a sala — com o leite canhestramente embaixo do braço.

Coloco todas as tigelas no chão, numa fileira, e sirvo sucrilhos e leite. Atrás de mim, na TV, Maria está secando com uma toalha a sexy e molhada Liesl.

"Hora do RANGO!", grito, animada.

"TIRE a cabeça da frente", Krissi diz, gesticulando enlouquecidamente para eu sair da frente da TV.

Lupin está metodicamente colocando colherada após colherada de açúcar sobre seus sucrilhos. Quando a tigela está cheia de açúcar, ele cai para o lado e se faz de morto.

"Morri!", diz.

"Não seja tão pentelho", digo, com brusquidão. "Tome o café da manhã."

Vinte minutos depois, eu estava cheia de *A noviça rebelde*. A parte depois de Maria e o capitão terem se casado se arrasta um pouco, embora eu possa me identificar um pouco com ela: por exemplo, vindo de uma família também grande, entendi totalmente que foi preciso a força de um iminente *Anschluss* nazista para Maria conseguir pôr os sapatos em todas aquelas crianças e então sair para uma caminhada montanha acima.

Fui até a cozinha e comecei a fazer o almoço. Hoje era torta de carne. Para isso seria necessária uma panela grande de batatas. Comíamos muita batata. Éramos, basicamente, batatíferos.

O Velho estava sentado nos degraus da porta dos fundos, com sua ressaca, no meu robe rosa que deixava suas bolas à mostra. Claro que estava de ressaca. Na noite anterior, bebera o suficiente para roubar uma raposa de concreto.

Quando terminou seu cigarro junto à porta dos fundos, ele entrou em casa — pinto e bolas ainda pendendo para fora do robe.

"Pat *mit* café", ele disse, fazendo um Nescafé repugnante. Às vezes ele falava em alemão. Sua velha banda fizera uma turnê por lá nos anos 60 — as histórias que ele contava sempre acabavam com "... e então conhecemos umas, ahn, *boas moças*, que eram muito simpáticas", e minha mãe olhava para ele com uma expressão estranha que era meio reprovadora e meio, só mais tarde me dei conta, excitada.

"Angie!", ele gritou. "Onde estão as minhas calças?"

Minha mãe gritou do banheiro: "Você não tem nenhuma!".

"Devo ter!", meu pai gritou de volta.

Minha mãe ficou quieta. Ele ia ter que sair dessa sozinho.

Continuei descascando batatas. Adoro essa faca de descascar batatas. Encaixa-se tão acolhedoramente na minha mão. Juntas devemos ter descascado toneladas de batatas. Formamos uma boa equipe. Ela é a minha Excalibur.

"Hoje é um grande dia. Preciso encontrar minhas calças", o Velho disse, bebericando o café. "Vou fazer outro teste para o papel de 'Pat Morrigan, o miserável aleijado'. Meu papel mais grandioso."

Ele largou a xícara de café e começou a praticar seu manquejar pela cozinha.

"O que acha desse?", perguntou.

"Ótimo, papai", eu disse, lealmente.

Então ele tentou mancar noutro estilo — arrastando o pé um pouco atrás de si.

"Esse é o meu Ricardo III", ele disse.

E prosseguiu em seu Ensaio de Mancos.

"Acho que suas calças estão na máquina", falei.

"Será que eu deveria usar algum efeito sonoro?", ele perguntou. "Alguns dos meus melhores grunhidos?"

Meu pai adorava o teatro de uma consulta médica. A consulta anual era um verdadeiro deleite para ele.

"Eu estava pensando em trabalhar em alguma dor nas costas também", ele disse, casualmente. "Minhas costas já estariam acabadas se eu mancasse assim há vinte anos. Só uma corcundazinha. Nada muito exagerado."

Alguém tocou na porta da frente.

"Deve ser a minha enfermeira!", mamãe gritou lá de cima.

Três semanas antes, mamãe tivera os Gêmeos Inesperados. Durante todo o outono ela reclamou de estar engordando, e aumentou sua já demente dieta de corrida — passando de oito quilômetros por dia para nove e meio, até chegar a onze e então dezesseis. Até abaixo de granizo ela percorria as ruas próximas — um fantasma alto e branco, tão pálido quanto Krissi, com uma barriga incomumente inchada que não diminuía de jeito nenhum, por mais rápido que ela corresse.

Então, no Natal, ela descobriu que estava grávida de gêmeos — "O Papai Noel tem um senso de humor do caralho", ela disse, voltando de uma clínica de medicina da família na véspera de Natal. Ela passou o resto da tarde deitada no sofá, olhando para o teto. Seus suspiros eram tão fortes e desesperadores que faziam tremeluzir os enfeites da árvore de Natal.

No momento, ela está com depressão pós-parto — mas não sabemos disso ainda. Papai fica colocando a culpa em seus distantes ancestrais hebridenses — "Amor, é o seu DNA de caçador de araus. Todos eles são atraídos pelo suicídio — não é nada pessoal" —, o que, obviamente, a deixa ainda mais acabrunhada.

Só o que sabemos é que, dois dias antes, quando ela ficou sabendo que o queijo acabara, ela chorou por uma hora, sobre um dos gêmeos.

"Não é assim que você lava a cabeça do bebê!" Papai tentara alegrá-la o tempo todo.

Como ela continuava chorando, ele foi até a loja da esquina e comprou para ela uma caixa inteira de Milk Tray e escreveu "EU TE AMO" onde havia uma etiqueta de "De/Para" e ela os comeu todinhos enquanto fungava e assistia a *Dinastia*.

Antes de dar à luz os Gêmeos Inesperados, ela era uma mãe muito alegre — costumava fazer grandes panelões de sopa e jogar Banco Imobiliário e beber três drinques e prender o cabelo em dois coques e fingia ser a Princesa Leia de *Guerra nas estrelas* ("Me dê mais uma bebida, Pat. Você é minha única esperança").

Mas desde que teve os gêmeos sua boca está sempre contraída numa linha fina e seu cabelo não está escovado, e as únicas coisas que ela diz são ou muito sarcásticas, ou a frase "Estou tão cansada". É por isso que os Gêmeos Inesperados ainda não têm nomes. É por isso que Lupin chora muito e que grande parte do tempo em que eu *deveria* estar lendo romances do século XIX ou me masturbando, passo descascando batatas. Neste exato momento não contamos com uma mãe. Apenas com o espaço onde antes ela existia.

"Estou cansada demais para pensar em nomes de pessoas", ela diz sempre que perguntamos como os gêmeos vão se chamar. "Eu *fiz* essas pessoas. Não é o suficiente?"

Nesse meio-tempo, eu, Krissi e Lupin começamos a chamar os gêmeos de "David" e "Mavid".

"Vamos esconder estas bolas", papai dizia agora, puxando o

robe sobre seu corpo e evitando a porta da frente. "Não quero uma inspeção de bolas gratuita."

Um dos gêmeos — Mavid — estava chorando no carrinho de bebê duplo estacionado no corredor. Eu o segurei no colo no caminho até a porta da frente.

A representante da saúde estava em pé na soleira da porta da frente. Era uma novata. Mavid continuou chorando. Eu o embalei um pouco.

"Estamos bastante ocupados!", falei, alegremente.

"Bom dia", a moça da saúde disse.

"Será que você gostaria de vir até a sala?", perguntei, atenta aos meus modos. Vou mostrar a ela que esses bebês são bem cuidados por toda a família — apesar de a mãe deles ser atualmente um fantasma.

Fomos até a sala — os olhos azuis de Lupin e Krissi voltaram-se, ressentidamente, para o intruso. Krissi estava segurando o controle remoto e se divertiu ao apertar o "pause", sem muito esforço. A *Edelweiss* dos Von Trapp parou bem na parte de *"Bloom and grow"*.

Depois de uma pequena e ressentida pausa, Krissi e Lupin se apertaram no sofá e a parteira sentou no espaço vago, alisando a saia sobre os joelhos.

"E então — como está a mamãe?", ela perguntou.

"O.k. ...fisicamente", respondi. Mas mamãe parecia mesmo bem. À exceção de sua pressão sanguínea. Mas isso era culpa minha, por me fingir de morta. De forma que eu não mencionaria isso.

"Os bebês estão dormindo bem?"

"Sim. Eles acordam algumas vezes durante a noite, mas, sabe. Essa é a inefável natureza dos jovens!", falei. Aquela mulher inevitavelmente ficaria impressionada por eu ser uma irmã mais velha tão engajada. E também por causa do meu vocabulário.

"E a mamãe está dormindo bem?"

"Sim. Acho que sim. Nada mal. De pé quando os bebês acordam, e, então, dorme de novo."

"E como estão... os pontos da mamãe?"

Isso me pegou meio desprevenida. Eu sabia que mamãe tivera que levar quarenta e dois pontos depois do parto e que ela lavava os pontos todos os dias com água salgada morna — pois ela pedia para pegar a água salgada morna —, mas ela não nos dera mais informações sobre o estado de sua vagina. Eu sabia, por causa do *Spiritual Midwifery* (Ina May Gaskin, Book Pub. Co., 1977), que mulheres puérperas muitas vezes tinham pavor de compartilhar detalhes de seus partos com as virgens da tribo, de forma que não fiquei indevidamente preocupada com isso. Ainda assim, eu tinha alguma informação, e ia compartilhá-la.

"Lavando todos os dias com água salgada!", falei, com a mesma alegria.

"E os pontos estão doendo?", a enfermeira insistiu. "Sangrando ou com secreção?"

Fiquei olhando para ela.

"Será que a mamãe prefere não falar sobre isso na frente dos filhos?"

Nós duas olhamos para nossos irmãos, jogados ao longo do sofá. Seus olhos estavam redondos como bolitas.

"Crianças, vocês poderiam dar à mamãe e à enfermeira aqui um tempinho para falarmos a sós, por favor?", a parteira perguntou.

O terror recaiu sobre mim como... uma bomba atômica.

"Ohmeudeus, isso é incrível", Krissi disse. "Isso é na verdade uma nova era."

"Não fui *eu* que tive bebês!", falei, em pânico. Será que ela pensara que eu tinha *cinco filhos*? Oh, isso era demais.

"Esses não são *meus* filhos!" Olhei para baixo, para o minúsculo rostinho avermelhado de Mavid. Seus dedos agarravam o bizarro cobertor térmico pink em que ele estava envolto.

"Você não é Angie Morrigan?", a enfermeira perguntou, verificando seus papéis, também em pânico.

"Não — sou Johanna Morrigan —, a filha dela de *catorze anos* de idade", eu disse, com toda a dignidade que pude reunir.

Minha mãe finalmente apareceu na porta, caminhando com um pouco de dificuldade por causa daqueles pontos que ela tem, na vagina *dela* — e não eu na minha.

"Sra. Morrigan, me desculpe — houve um pequeno mal-entendido", a enfermeira disse, colocando-se em pé, apavorada.

Todos os meus irmãos estavam deslizando porta afora, como manteiga numa panela quente. Entreguei Mavid para mamãe — "Tomei conta direitinho do meu *irmãozinho recém-nascido*", falei alto — e fugi atrás deles.

Fomos para o jardim, trepamos na cerca quebrada no fundo e corremos campo adentro.

Krissi gritou "A*aaaaaaaaaaaaaaah*" durante todo o trajeto. Quando nos sentamos, num círculo, escondidos na grama alta, ele finalmente encerrou com "… *aaaaaaaaaaaahhhhhhhh* você é nossa MÃE".

Eles estavam gritando e rindo. Lupin começou a chorar por causa do barulho. Deitei com a cabeça para baixo e exclamei, "PFFF!".

Isso tudo porque sou gorda. Se você é uma adolescente gorda, fica difícil para as pessoas adivinharem que idade você tem. Quando você está usando um sutiã 48, as pessoas só vão presumir que você tem uma vida sexual ativa, e andou fazendo sexo selvagem e procriativo com machos alfa em algum lugar desértico. Não seria tão mal assim. E eu ainda nem fui beijada. Quero muito ser beijada. Estou furiosa por ainda não ter sido beijada. Acho que eu seria muito boa nisso. Quando eu começar a beijar, o mundo todo vai ficar sabendo. Meus beijos vão mudar tudo. Vou ser os Beatles do beijo.

Enquanto isso, de boca virgem, estão achando que sou a santa mãe de cinco crianças. Na verdade tenho quatro a mais que Maria. Olhe só para mim, com todos os meus pequenos e barulhentos Jesuses, rindo de mim.

"Mamãe, posso tomar SEU LEITINHO?", Lupin está dizendo, fingindo querer mamar em mim. Oh, isso não teria acontecido se eu fosse magra como minha prima Meg. Meg já foi tocada cinco vezes. Ela me disse isso no Badger Bus para Brewood. Não sei bem o que quer dizer "ser tocada". Tenho medo de que seja algo que acontece com a sua bunda. Meg usa macacão. Como é que ele conseguiu acessar a bunda dela?

"Mamãe, posso voltar para DENTRO?", Lupin grita, enfiando a cabeça contra as minhas partes baixas, enquanto todo mundo fica histérico até perder o fôlego. É tudo tão constrangedor que esqueci como se faz para xingar:

"CAI FORA", grito. Eles riem mais ainda.

Alguém nos chama do outro lado da casa. É a mamãe. Nossa mãe de verdade. Aquela que realmente teve cinco filhos.

"*Alguém pode encontrar as calças do pai de vocês?*", ela está gritando pela janela aberta do banheiro.

Uma hora depois, estou passando de carro pelo centro de Wolverhampton com meu pai, que agora está de calças. Nós a encontramos embaixo da escada. O cachorro estava deitado em cima delas.

Wolverhampton, em 1990, parece uma cidade a que algo terrível aconteceu.

"Algo terrível *de fato* aconteceu", papai explica enquanto descemos a Cleveland Street. "*Thatcher.*"

Meu pai tem um ódio muito pessoal e visceral por Margaret Thatcher. Crescendo, venho a entender que, em algum momento do passado, ela venceu meu pai numa briga da qual ele mal saiu vivo — e que, na próxima vez que se encontrarem, vai ser uma briga até a morte. Um pouco como Gandalf e Balrog.

"Eu mataria ela, caralho — Thatcher", ele dizia, assistindo à greve dos mineiros no noticiário. "Ela cortou os colhões de tudo o que eu gosto neste país e deixou sangrando no chão. Seria legítima defesa. Maggie Thatcher entraria nesta casa e tiraria o pão da boca de vocês para provar que tem razão, crianças. Tiraria o pão da boca de todos vocês."

E, se estivéssemos comendo pão naquele momento, ele o tiraria da nossa boca, para ilustrar seu argumento.

"Thatcher", ele dizia, com os olhos em chamas enquanto nós chorávamos. "Maldita Thatcher. Se qualquer um de vocês aparecer na minha porta e me disser que votou pelos tories, vai sair voando pelos ares num piscar de olhos com a marca da sola da minha bota na bunda. Nós votamos nos *trabalhistas*."

O centro da cidade está sempre sossegado — como se metade das pessoas que deveriam estar ali tivesse partido já há algum tempo. Buddlejas crescem nas janelas altas das quadras vitorianas. A base do canal é tomada por velhas máquinas de lavar. Ruas inteiras de fábricas fecharam: as fundições, metalúrgicas, todos os serralheiros, menos Chubb. As fábricas de bicicleta: Percy Stallard, Marston Sunbeam, Star, Wulfruna e Rudge. As joalherias de aço e oficinas de estanho. Os comerciantes de carvão. O sistema de trólebus — que já foi o maior do mundo — é apenas uma série de veias fantasiosas deixadas em mapas antigos.

Tendo crescido durante a Guerra Fria e a insistente ameaça de um apocalipse nuclear, sempre presumi vagamente que o apocalipse nuclear, na verdade, já havia acontecido — aqui. Wolverhampton parece a cidadela em ruínas de Charn, de *O sobrinho do mágico* (C. S. Lewis, Bodley Head, 1958). Uma cidade que sofreu um trauma enorme e evidente quando eu era muito pequena, mas ao qual ninguém mais se refere agora. A cidade morreu embaixo do nariz deles, e há um sentimento comunitário de culpa quanto a isso. É esse o cheiro das cidades industriais moribundas: culpa e medo. Os mais velhos silenciosamente pedindo desculpa a seus filhos.

Enquanto dirige até o centro da cidade, papai começa o mesmo monólogo confuso de sempre.

"Quando eu era criança, nesta hora do dia só o que se ouvia era o 'tum-tum-tum' das botas dos homens marchando para as fábricas", ele diz. "Todos os ônibus ficavam cheios, as ruas fervilhavam de gente. As pessoas vinham para cá em busca de trabalho, e o conseguiam no mesmo dia. Olhe só para isso agora."

Eu olho em torno. Realmente não há mais o "tum-tum-tum" das botas masculinas. Não se vê nenhum homem jovem até chegar à agência de empregos, próximo do Molineux, onde eles de repente aparecem em uma longa e paciente fila — todos usando jeans azuis apertados, justos nas pernas, cabelos em vários comprimentos, fumando cigarros enrolados.

Enquanto espera o semáforo abrir, papai baixa a janela e grita para um dos homens na fila — ele tem uns quarenta anos e usa uma camiseta desbotada do Simply Red.

"Macks! Beleza, cara?"

"Levando, Pat", Macks diz, não muito alto. Ele está a umas vinte posições do início da fila.

"Te vejo no Red Lion", papai diz quando o semáforo muda.

"O.k. Guarda uma cerveja para mim."

No centro — Queen's Square. Este é o coração da cena jovem de Wolverhampton — nossa Rive Gauche, nosso Haight-Ashbury, nosso Soho. À direita — cinco skatistas. À esquerda — três góticos sentados em torno do Man on 'is 'Oss — uma estátua de um homem montado em seu cavalo. Este é o nosso único ponto turístico — o equivalente de Wolverhampton à Lady Liberdade.

Meu pai baixa o vidro da janela.

"Alegrem-se! Pode ser que o fim nunca chegue!", ele grita para os góticos, fazendo sessenta quilômetros por hora numa zona de trinta quilômetros por hora.

"Tudo bem, Pat!", a menor gótica grita de volta. "Sua embreagem está parecendo bem detonada."

Papai segue em frente, rindo. Fico estupefata.

"Você *conhece* ela?", pergunto. Não pensei que góticos conhecessem qualquer pessoa neste plano existencial. Não se imagina que góticos tenham, digamos, vizinhos.

"É sua prima, Ali", papai diz, tratando de fechar a janela e seguindo adiante.

"Mesmo?", pergunto, me esticando para olhar para a pequena gótica diminuindo de tamanho no espelho retrovisor. Não a reconheci.

"É. Virou gótica no ano passado. O negócio é o seguinte — logo, logo você vai ficar sem primas estranhas nesta cidade, garota."

Seguimos em frente. Embora meu pai tenha nove irmãs e irmãos, e vinte e sete sobrinhos e sobrinhas de variados credos, tipos de energia e nível de intelecto (o primo Adam ganhou fama pois certa vez comeu uma pequenina lâmpada numa festa), eu não fazia ideia de que tínhamos uma prima que tinha passado para a *contracultura*. Quase nunca vemos o tio Aled, já que ele mora em Gosnell e uma vez ferrou com meu pai num negócio envolvendo um tanque para peixes tropicais de segunda mão.

Isso é algo inesperadamente exótico — ter uma prima gótica. Todas as primas que conheci até hoje usam macacões rosa e adoram Rick Astley.

* * *

Hoje papai vai, como ele disse antes, refazer o teste para o maior papel de sua vida: o de Pat Morrigan, o miserável aleijado. Ele na verdade *é* deficiente — certas semanas ele não consegue levantar da cama —, mas, como ele diz, nunca se pode ser deficiente *demais*. As pessoas têm diferentes *percepções* do que é a deficiência. Seu trabalho é expor sua deficiência de tal maneira que nunca haja um vigilante especialmente minucioso que peça exames mais aprofundados enquanto suspende nossos benefícios por seis meses — destinando cinco crianças e um casal ao abrigo de pobres.

"Estou aqui para erradicar qualquer *dúvida*", ele diz, estacionando a van acima do meio-fio do lado de fora do Civic Centre.

Hoje ele vai ser examinado para ver se recebe mais doze meses de seu Atestado de Deficiente. O Atestado — laranja vivo, com a imagem de um homem de pauzinhos numa cadeira de rodas — permite que ele estacione em quase qualquer lugar. Locais proibidos, calçadas, vagas de estacionamento personalizadas com o nome de alguém. É como ser da realeza, ou famoso, ou um super-herói. Encaramos a deficiência de nosso pai como um nítido bônus. Temos orgulho dela.

Ele manqueja, cuidadosamente, pelo pátio — "Você nunca sabe se eles estão vigiando você", ele diz, acenando com a cabeça para as janelas lá em cima. "Mirando você, como em O *dia do chacal*. Tem que manter o passo manco bem caprichado" — e Civic Centre adentro.

O Civic Centre é, essencialmente, o centro de toda a mendicância de Wolvo. Aluguel, benefícios, confusões comunitárias — é aqui que tudo se resolve. Todo mundo que se aproxima deste prédio está tentando conseguir algo de alguém que trabalha aqui.

Consequentemente, o edifício emite vibrações de um castelo medieval em meio a um sítio particularmente apático, passivo-agressivo. Em vez de derramar óleo fervente nos cidadãos que se aproximam, haverá a apresentação de uma incompreensível papelada. Ou "encaminhamentos". A promessa de um desenlace pelo correio em catorze dias. Infinitos pequenos atrasos. Sempre me lembro do conselho de Graham Greene, em *Viagens com minha tia* (Bodley Head, 1969), no qual tia Augusta o instrui a sempre saudar qualquer pessoa com uma carta iniciando por "Referente à minha carta datada de 17 de julho...". Não há, é claro, nenhuma carta datada de "17 de julho". Mas tal carta causa uma confusão crucial, quase infinita, no inimigo.

Papai cumprimenta todo mundo com quem tem contato ali com uma familiaridade alegre, televisiva — "Tudo certo, Barb. Tudo certo, Roy. Joia, Pamela!" —, que, vendo agora em retrospecto, ele claramente copiou de Joey Boswell em *Bread*.

Seja lá de onde foi que ele a tirou, sua atitude contrasta marcadamente com a de quase todos os outros requerentes no prédio. As atitudes das pessoas vão do "servil" e "abatido" a "furioso" e "no fim da linha, ameaçando deixar meus filhos aqui e cair no jogo se o auxílio-moradia não sair de uma vez" — atitudes pontuadas pelo pensionista estranho e confuso, ou pelo cliente desequilibrado manso, silenciosamente chorando numa cadeira.

Meu pai, enquanto isso, espalha à sua volta um ar calmo, zen, aristocrático. Sorri para todo mundo. Entra como um rei.

"Essas pessoas atrás das escrivaninhas nem sequer *teriam* um emprego, não fosse por gente como eu", ele diz. "Num certo sentido, *eu* sou o empregador delas."

Como tenho lido sobre causalidade — cheguei à seção de "Filosofia" na biblioteca —, travo uma breve discussão com ele sobre a pertinência de sua lógica.

"Os pobres sempre estarão conosco, Johanna", ele explica, com tranquilidade. "Antes de Nye Bevan, minha mãe criou nove crianças com doações de gente da paróquia, e todos os moradores da cidadezinha ficaram tão deprimidos de vê-la mendigando pão que votaram pelo Estado de Bem-Estar assim que a Segunda Guerra Mundial acabou. Depender de atos ocasionais de solidariedade é algo que diminui uma sociedade, Johanna. Imagina se tivéssemos que ir e bater na porta da sra. Forsyth a cada semana, pedindo-lhe... presunto."

A sra. Forsyth é nossa formidável vizinha do outro lado da rua — uma chefa com permanente no cabelo e chinelos de faxina. Ela foi a primeira na nossa rua a comprar sua moradia popular sob o esquema de Direito à Compra, e imediatamente pavimentou todo o jardim da frente — uma verdadeira pena, já que tinha o melhor e mais assaltável arbusto de framboesas das redondezas.

Meu pai tem toda a razão. A sra. Forsyth ficaria muito brava se ficássemos aparecendo na sua porta, pedindo produtos de padaria e papel higiênico.

"O que quero dizer, Johanna, é que ninguém quer ter sua visita à loja da esquina salpicada de órfãos caolhos aos prantos. É um fator de irritação social. Os pobres sofredores sempre existiram. O Estado de bem-estar social pagou para que esse problema desaparecesse. Não há mais crianças congeladas junto à porta de lojas. É tudo muito mais alegre. Você leu Charles Dickens, não leu?"

"Eu vi a versão da Disney, *O conto de Natal do Mickey*", respondi, sem ter certeza.

"Sim. Então, é isso o que quero dizer", ele replica. "Ficou estabelecido que a coisa correta a fazer é dar aos pobres o maior peru da vitrine do açougueiro. É o que as pessoas decentes fazem. E eu vou lá pegar o meu peru."

Enquanto ele está na sala do médico, sendo examinado, fico sentada na área de espera, olhando para cada pessoa de uma vez, e imaginando a) de que celebridade elas mais gostam e b) se, considerando isso, eu transaria com elas.

Para mim, a questão de perder minha virgindade é muito mais urgente do que o declínio industrial de Wolverhampton. Passou do limite da urgência: está, na verdade, prejudicando toda a família. Enfiei na cabeça que eu deveria fazer sexo pela primeira vez enquanto ainda sou menor de idade — parece... *trapaça* esperar até que seja legal. *Qualquer pessoa* consegue fazer sexo quando tem dezesseis anos. Tente fazer aos catorze, saindo apenas com seus irmãos e usando o sutiã da sua mãe. Nem mesmo *Challenge Anneka* tentaria uma coisa dessas.

Submeto os outros homens da sala à minha "Prova do Sexo". Há um homem com um colete esportivo que se parece com Mark Curry de *Treasure Houses* — não. Homem com um sapato com pequenas borlas que parece com o DJ Mike Read da Radio 1 — não. Homem com pelos saindo do nariz que se parece com um cartum de Spike Milligan — não.

Conto cinco homens que se parecem com Freddie Mercury. Em 1990, em Wolverhampton, um bigode e um casaco de couro ainda é um visual reconhecidamente heterossexual. Eu não transaria com nenhum deles. Bem, na verdade acho que provavelmente transaria, se eles pedissem. O que é improvável.

Hoje, como em qualquer outro dia, ainda vou dormir como uma virgem gorda que escreve seu diário numa série de cartas imaginárias para o sexy Gilbert Blythe de *Anne of Green Gables*.

Ainda estou pensando em Gilbert quando, bem mais tarde naquele dia, levo a cadela para passear. Bianca é uma cadela alsaciana nervosa que, diferentemente do nosso cachorro anterior, não tolera ser vestida com roupas de crianças ou ter brinquedos amarrados às suas costas como se fosse um pequeno jóquei de pelúcia — mas a quem eu amo, ainda assim.

"Nós temos uma ligação especial, não?", pergunto a Bianca, enquanto descemos a Marten Road.

Em muitos dos romances do século XIX que leio, jovens mulheres adoram animais — como um lobo, uma raposa ou um falcão —, com quem nutrem uma ligação psíquica.

Então, enquanto cruzamos a rua, eu me comunico com Bianca da maneira usual — usando apenas minha mente.

"Mal posso esperar para morarmos em Londres", digo a Bianca, que está se equilibrando sobre a sarjeta, fazendo suas necessidades. Eu me viro, para dar um pouco de privacidade a ela. Ela é uma cadela bem discreta, acho. "Quando for para Londres é que vou começar a ser eu mesma."

O que isso quer dizer, eu não faço ideia. Ainda não há uma palavra para descrever o que quero ser. Não há nada que eu possa almejar. O que eu quero ser ainda não foi inventado.

Claro, sei de *algumas* coisas que eu quero ser: em primeiro lugar, quero me mudar para Londres e ser gostosa. Imagino Londres como um cômodo muito grande, no qual vou entrar, ao que toda a cidade vai gritar "CARACA! QUE GATA!", como Sid James nos filmes da série *Carry on*. Eu quero isso. Quero que todo mundo — homens, mulheres, minotauros (leio bastante mitologia grega e topo qualquer coisa que me apareça na frente) — queira fazer um sexo absoluto, total comigo, bem nas minhas áreas sexuais, da maneira mais sexual possível. Sexualmente. Essa é a minha missão mais urgente. Meus hormônios estão enlouquecidos como um zoológico em chamas. Há um mandril com a cabeça em fogo abrindo as jaulas dos outros animais e gritando "Ó MEU DEUS — LIBERTEM-SE!". Estou em meio a uma emergência de ordem sexual. Minhas mãos estão gastas de tanta siririca.

Mas, por outro lado, mais além da minha genitália, eu também quero ser... Nobre. Profundamente nobre. Quero me dedicar a uma causa. Quero ser *parte* de algo. Quero entrar em ação, como um exército de uma mulher só. Um exército de eu. Assim que eu de fato encontrar algo no que acreditar, vou acreditar nisso mais do que qualquer outra pessoa jamais acreditou em qualquer coisa. Serei uma verdadeira *devota*.

Mas não quero ser nobre e dedicada como a maior parte das mulheres da história — o que parece invariavelmente envolver ser queimada na fogueira, morrer de tristeza ou ser emparedada em uma torre por um conde. Não quero me *sacrificar* por alguma coisa. Não quero *morrer* por algo. Não quero nem mesmo subir numa colina na chuva usando uma saia que esteja grudando nas minhas coxas por alguma coisa. Quero *viver* para algo, isso sim — como fazem os homens. Quero me divertir. O máximo de diversão possível. Quero começar a fazer festa como se fosse 1999 — só que nove anos antes. Quero uma jornada arrebatadora. Quero me sacrificar à alegria. Quero tornar o mundo melhor de algum jeito.

Depois que entrar no cômodo chamado Londres e todo mundo tiver gritado "CARACA!", então eu quero explodir em aplausos, como os dirigidos a Oscar Wilde quando ele entra num restaurante na noite de abertura de mais uma peça teatral ousada. Tenho visões de todas as pessoas que admiro — Douglas Adams, Dorothy Parker, French & Saunders e Tony Benn — vindo até mim e murmurando, "Não sei como você consegue, querida".

Neste exato momento, também não sei como *consigo*. Não tenho a mais pálida ideia de onde derramar todo esse sentimento irrequieto, inquietante. Mas se é algo que requeira contar anedotas que façam explodir em gargalhadas todo um círculo de *bons-vivants* fumando cigarros (Stephen Fry e Hugh Laurie, limpando lágrimas dos olhos: "Você é mesmo uma joia rara. Há mais garotas como você em Wolverhampton? É algum caldeirão de humor?". Eu: "Não, Stephen Fry e Hugh Laurie. Sou assim, simplesmente. Os meninos na escola me chamavam de 'gorda egípcia'". Stephen Fry: "Meros cabeças ocas, meu coração. Evite-os. Mais champanhe?"), então estou pronta.

Por ora, o único plano em que consegui pensar é escrever. Eu sei escrever, porque escrever — diferentemente de coreografia, arquitetura ou conquistar reinos — é algo que você pode fazer mesmo sendo solitária e pobre, e sem ter infraestrutura, i.e.: uma companhia de balé ou alguns canhões. Pessoas pobres podem escrever. É uma das poucas coisas que a pobreza e a falta de conexões não podem impedir você de fazer.

No momento estou escrevendo um livro, nas horas infindáveis e vazias do dia. É sobre uma menina muito gorda que cavalga um dragão mundo afora e através dos tempos, fazendo boas ações. O primeiro capítulo é sobre ela voltar no tempo para 1939 e fazer Hitler ver que estava errado, graças a um discurso muito apaixonado, e fazê-lo chorar.

Tem também uma boa parte sobre a peste negra, a qual eu consigo impedir introduzindo condições rigorosas de quarentena em navios mercantes que adentram os principais portos britânicos. Estou curtindo muito a ideia de resolver tudo com um tanto de papel. Esse é o meu poder transformador favorito.

Três dias atrás, escrevi uma cena de amor com a heroína e um jovem feiticeiro bonitão da qual fiquei muito orgulhosa — até que descobri que Krissi encontrara o manuscrito e escrevera "Nossa, que vagabunda" na margem. Krissi é um editor ao mesmo tempo direto e indesejado.

"Seja como for, acho que no máximo quando eu tiver dezesseis já vamos ter deixado Wolverhampton", continuo, com confiança, para Bianca. "Até lá vou ter absorvido todas as lições de vida que a pobreza e a ignomínia gentilmente estão me ensinando, e terei uma perspectiva nova que as outras pessoas no Oscar não terão. Vão ficar fascinadas por minha alegre nobreza — e isso vai, sem dúvida alguma, levar ao sexo."

Meu devaneio sexy e nobre é quebrado por um chamado de "EI!".

Eu o ignoro, e continuo caminhando. Nada de bom pode vir de um "EI!". Uma coisa que papai nos ensinou foi se afastar de qualquer "EI!".

"EI!", mais uma vez. "Sua VACA!"

Olho em torno. Um homem muito bravo com uma camiseta dos Wolves está em pé na frente do seu jardim.

"SEU CACHORRO!"

Olho em torno, procurando por Bianca. Não a vejo.

"O SEU CACHORRO ESTÁ NA PORRA DO MEU JARDIM!"

Merda. Quebrei a conexão psíquica com Bianca enquanto pensava sobre sexo. Onde está ela? Assobio, e ela vem pulando lá do jardim atrás da casa do homem.

"Me desculpe!", digo. Minha voz está aguda. Sei que isso vai confrontá-lo, já que tenho a mesma voz de minha mãe — classe média, com as palavras mais ásperas do que o normal; afiadas pelos nervos.

"Mil, mil desculpas — isso foi completamente imperdoável. Se é de algum consolo, ela é bem..."

"Vou atrás de você e vou enfiar a porra de um machado na cabeça dela!", ele grita.

Continuo caminhando, tremendo, na direção da casa de Violet. Fiquei bastante perturbada por sua súbita invocação de um machado, e preciso falar com alguém, e Violet é a minha mais nova e melhor amiga. Ela também é a minha única amiga — além de Emily Pagett, que me lembra Baba em *The Country Girls* (Edna O'Brien, Hutchinson, 1960), pois volta e meia espalha mentiras a meu respeito, as quais eu tolero, porque ela também me conta fofocas sobre outras pessoas, o que é fascinante. Mesmo se não são fofocas verdadeiras. Admito que, ultimamente, é preciso criar nossa própria diversão.

Então, enquanto isso, vou até Violet — uma senhora de setenta e dois anos de idade que mora no final da nossa rua, com seus dois gatos siameses, Tink e Tonk.

Durante os últimos meses, tenho visitado Violet algumas vezes por semana. Acho que é uma coisa bem bacana — uma garota jovem, adolescente, ficar amiga de alguém de outra geração.

"Ela é como uma janela para o passado", penso comigo mesma. "E também, uma *viúva** para o passado — pois seu marido morreu."

Violet tem um pote na forma de um porco repleto de biscoitos de marcas ótimas. Seria honesto dizer que visito os biscoitos tanto quanto visito Violet. Uma vez ela estava sem biscoitos. Essa tarde foi difícil para nós duas.

Mas hoje tudo está bem: "Vamos tomar chá com biscoitos?", ela pergunta, dispondo coisas sobre a mesa. Ponho a mão sobre o pote. Ele emite um guincho de porco. Guincha para você cada vez que você pega um biscoito — o que nem mesmo minha amena exuberância consegue deixar de interpretar como ligeiramente reprovador. Azar.

"Que tempo ótimo", Violet diz.

"Sim", respondo. "Incrivelmente temperado!"

Tink e Tonk entram no cômodo e se enrolam nas pernas da minha cadeira, como uma fumaça densa.

"Dennis gostava de quando o tempo estava ameno?", prossigo.

---

* Trocadilho entre *window*, janela, e *widow*, viúva. (N. T.)

Eu havia lido no livro *The Moon's a Balloon*, de David Niven (Hamish Hamilton, 1972), que a pior coisa de perder um cônjuge era que as pessoas ficavam receosas de sequer o mencionar perto do cônjuge enlutado.

Aprendendo com os erros dos amigos hollywoodianos de David Niven — embora não Clark Gable, que aparentemente sempre mencionava a finada mulher de Niven, porque ele mesmo perdera a sua, a sexy atriz Carole Lombard, vários meses antes, em um acidente de avião —, eu sempre mencionava Dennis para Violet, sempre que possível, a fim de manter sua memória viva para ela.

Às vezes é difícil. Uma vez tentei trazer Dennis para uma conversa sobre pessoas de quem eu gostava.

"Será que eu teria gostado de Dennis?", perguntei.

Porém, quando Violet me mostrou uma foto dele, não fui rápida o suficiente para impedir que meu rosto denunciasse o fato de que não — eu não teria gostado *nem um pouco* de Dennis.

Eu estava esperando por um retrato preto e branco de um soldado bonitão da Resistência, da Segunda Guerra Mundial, curtindo num Spitfire. Em vez disso, Violet me mostrou uma foto recente de Dennis, de férias nos Butlins em Pwllheli, onde ele parecia o BGA de *O BGA: O bom gigante amigo* (Roald Dahl, Puffin Books, 1984). Mesmo com minha turbilhonante cabeça aberta, eu não tinha como gostar de Dennis — um homem cujas orelhas pareciam duas longas fatias de bacon.

Naquele dia, Violet acabou chorando. Não tive nenhum prazer em comer seus biscoitos e me ative a um apenas — um biscoito recheado de chocolate.

Hoje, Violet diz, "Dennis *adorava* quando a temperatura ficava amena. Realmente acho que ele preferia o tempo ameno a qualquer outro tipo de temperatura".

Mordo alegremente meu biscoito de coco. Dennis adorava quando a temperatura era amena. Estou realmente ajudando essa senhora enlutada com um pote de biscoitos no formato de porco. O dia de hoje está terminando bem, afinal de contas.

Vinte minutos depois, estou descendo a rua, voltando para nossa casa, bem feliz.

Os últimos dez minutos tinham sido tão estranhos que eu me sinto leve — como se minha cabeça fosse de fato um balão que vai simplesmente se desprender do meu pescoço e sair flutuando para longe, me deixando para que eu colapse, acéfala, em câmara lenta, na calçada.

Nossa, eu *realmente* me sinto estranha. Eu paro e sento na beirada do gramado e ponho a cabeça entre os joelhos.

"Acabo de cometer o pior erro da minha vida", penso.

Sentada na tranquilidade da casa de Violet, com ela balançando a cabeça em silêncio, tudo correra bem até que eu de repente e finalmente senti uma necessidade terrível, fatal, de *me abrir*. A parteira pensando que eu tinha uma vagina costurada, o prédio da prefeitura, minha eterna carência por ser beijada. E então, ainda por cima, um homem com um machado ameaçando matar Bianca.

"Estou sempre perguntando para Violet sobre o maldito Dennis", pensei — "mas ela nunca *me* pergunta sobre a *minha* vida. Provavelmente pensa que eu sou *feliz*. Haha! Ela não faz ideia de quanta bravura e nobreza são necessárias para apresentar ao mundo minha sempre alegre persona."

"Todas as outras pessoas têm amigos com os quais partilham seus problemas", pensei. "Meninas adolescentes estão *sempre* contando seus problemas umas às outras. Bem, Violet é *minha* amiga — então vou contar a ela os *meus* problemas. Um problema partilhado é um problema pela metade!"

Nos três minutos seguintes, eu viria a descobrir que imenso e pernicioso caldeirão de bobagem isso era — uma das maiores mentiras jamais contadas. Pois, enquanto eu contava a Violet sobre o quanto eu odiava aquela moradia e como eu mal podia esperar para que papai se livrasse do benefício por incapacidade e ficasse famoso, a velha senhora se empertigou na cadeira. Tink e Tonk foram até o seu colo e se sentaram, com olhos igualmente frios, me encarando.

Comecei a titubear. Perto da parte em que eu ia dizer, "... e nós nunca vamos nos encaixar aqui — pelo menos não enquanto Lupin usar um poncho", Violet falou, numa voz que eu não ouvira antes.

"Eu não fazia ideia de que vocês dependiam do governo para viver."

Parei de falar.

"Eu não fazia ideia de que vocês dependiam do governo para viver", ela disse de novo. "Dennis levou um tiro na perna durante a guerra, ficou terrivelmente ferido e nunca pediu um centavo do Benefício para Deficientes em todos os anos que viveu."

Não posso acreditar que Dennis ferrou comigo duas vezes. Esse maldito fantasma de orelhas de bacon é meu rival.

"Eu vi seu pai consertando o carro, na rua!", ela prossegue. "Ele estava fazendo isso hoje de manhã! Parecia bem saudável. Eu não fazia ideia", ela diz de novo, pela última vez, "que vocês estavam usando benefícios de deficiência."

Ainda sentada no gramado, estou nervosa. Sei exatamente o que vai acontecer em seguida. Nosso pai nos disse um milhão de vezes o que acontece se você diz a coisa errada à pessoa errada. Violet vai ligar para o Serviço Social e relatar que viu meu pai consertando o carro — num dos seus dias bons! Em um dos seus poucos dias bons! — e que ele tem condições de trabalhar. E então haverá um prazo de duas semanas — papelada — e alguém vai bater à nossa porta, ou mandar uma carta, e então o que vai acontecer... não sei. O que acontece com famílias quando tiram seus benefícios? É o grande mistério.

Repasso todas as opções disponíveis que já usei, ou das quais ouvi falar, para solucionar as coisas. Só consigo pensar numa.

"Querido Senhor Jesus", penso, rapidamente, enquanto me aproximo de casa. "Sei que não tenho acreditado em você ultimamente e espero que não leve para o lado pessoal, mas, como você provavelmente já sabe, dado o seu sistema de monitoramento, que imagino ser amplo, as coisas estão bem mal por aqui, e quero lhe propor um negócio. Se você fizer com que não tirem os nossos benefícios, eu vou", e aqui eu pauso, tentando pensar na maior coisa que posso oferecer.

É uma listinha bem patética. Não posso fazer doações monetárias à igreja. Não tenho filhos para batizar. Pelo que mais Jesus se interessa? Eu poderia me oferecer para me trancafiar o resto da vida em um convento, mas tenho quase certeza de que Wolverhampton não tem um convento — a menos que seja aquele prédio estranho atrás da Argos, com as paredes altas, que está sempre recebendo entrega de carnes de um caminhão.

Desesperada e improvisando, finalmente ofereço a Jesus o mais próximo que tenho de uma vida passada como Noiva de Cristo: "Jesus. Se você nos tirar dessa — tipo assim, limpar a nossa barra mesmo —, prometo que não vou me masturbar por *seis meses*".

Penso no assunto. Seis meses é — cálculo cálculo cálculo cálculo — um vinte e oito avos da minha vida.

"Um *mês*", trato de prometer. "Um mês, isso. Não vou tocar em mim por um mês. Nem mesmo preguiçosamente no banho. Nem mesmo depois de ver a imagem de dois hippies fazendo sexo oral no *The Whole Earth Catalog*, em que você pode ver o cara enfiando os dedos. Este será meu santo sacrifício para você, ó Senhor."

Fomos criados como ateus convictos, mas tenho quase certeza de que Jesus gosta desse tipo de coisa: crianças que não se masturbam. Ele tinha que se render a isso. Só pode ser um bom negócio para ele. Sucesso certo.

"Vou dizer 'amém' agora. Temos um combinado. Tudo certo. Você vai resolver o problema. Violet não vai nos dedurar. Amém."

Três

Não menospreze meu pavor da miséria absoluta quando eu te disser que consegui ficar nove dias sem abusar de mim mesma. Deixe-me ser clara — foram nove dias *terríveis*. Dias em que fiquei acabada com uma frustração sexual que várias vezes beirava a dor.

Aos catorze anos, eu me vi na primeira e dedicada onda da minha relação com a minha própria sexualidade. Foi o primeiro prazer sem limites que eu jamais experimentara. A comida acabava, livros chegavam ao fim, discos caíam na vala dos velhos, roupas se desfaziam e a TV se revertia em páginas da Oracle, ou da Ceefax, à uma da manhã — mas, batendo uma siririca, eu podia me trancar no quarto e gozar várias e várias vezes, pensando num milhão de pessoas diferentes, e nunca parar: a não ser para um lanchinho e uns cochilos restauradores, quando necessário.

Por alguns segundos, era possível desaparecer completamente — para além do tempo e do espaço e do pensamento. Para além de relógios e do sol e antes de as palavras existirem.

Nada a não ser luz branca e deleite. Até mesmo a coisa que eu mais amava no mundo — Rik Mayall como o Lord Flashheart em *Blackadder* — não era tão boa quanto aquele único segundo de saciedade.

De início, minha fiel aliada nisso era a escova de cabelo da família. De dia, eu a usava para escovar meu cabelo, isso antes de cortar a franja com a grande tesoura de cozinha. E, à noite, eu montava o cabo desse item de toalete como um inesgotável mascote do sexo — duplicando suas funções num movimento. Era um pouco como Bruce Wayne e Batman, nesse sentido. Bruce Siririca. Multitarefas. Duas vidas bem separadas. Sempre disfarçado. Escova velha de guerra. E Gotham *não sabia de nada*.

A escova de cabelo, porém — embora muito amada; no mau sentido — não era perfeita. Ficou óbvio depois de apenas algumas semanas que ela era estreita demais, e um pouco pontuda, e que até mesmo a outra grande vantagem de usá-la — poder tranquilamente escovar meu cabelo, para ficar arrumado, como se estivéssemos indo a um casamento — não bastava.

Felizmente, por essa época, decidi combater meu crescente problema de mau cheiro embaixo dos braços afanando numa loja um frasco do desodorante roll-on Mum, e me dei conta no ônibus na volta para casa de que ele tinha a forma — incrível, útil e gritante — de um alegre e apetitoso pau. Com sua tampa rosa arredondada e o frasco cuidadosamente desenhado, o pensamento por trás do mais famoso desodorante britânico para adolescentes no final dos anos 80 era uma verdade mal disfarçada: a Procter and Gamble estava vendendo a meninas adolescentes um Pênis para Iniciantes por setenta e nove centavos.

Será que eles sabiam? *Claro* que sabiam. Eles sabiam — *e* estavam brincando com a mente da gente. Por que outra razão — a não ser por um evidente veio sádico — eles teriam batizado de "Mum" algo com que milhões de meninas adolescentes esta-

51

vam se masturbando? Era o seu jeito de foder com nossa cabeça. O verdadeiro teste para ver quão cheias de tesão estávamos. Você está tão desesperada que transaria até *com sua Mãe?* Ao que minha singela resposta era — trancando a porta do quarto e deitada no chão — "Sim".

Porém, eu tinha meus limites. Eu nunca comprava (furtava) os frascos de Mum azuis ou verdes — porque isso seria como transar com um Smurf ou um alien. Para uma masturbadora compulsiva, eu era bem-comportada, mesmo. E fui sexualmente de todo fiel à minha Mum por quase três anos. Quantas pessoas podem se orgulhar disso?

Então, isso mesmo. Nove dias. Era um dia quente — coloquei um vestido fresquinho e sem querer me seduzi. Prometi a mim mesma que não iria além de umas carícias vigorosas, mas me entusiasmei e acabei indo até o fim, com culpa e para valer, pensando em uns macacos que eu vira transando em um documentário de Attenborough.

Eu sabia que não fazia sentido sequer começar a explicar isso a Jesus — nosso combinado já era —, então me dirigi a ele francamente, como se falasse de negócios.

"Jesus, sinto muito. Fiz você perder seu tempo com um combinado falso. Admito que isso significa que você não tem mais nenhuma obrigação comigo e que agora eu estou totalmente sozinha para salvar minha família da miséria. Vou não acreditar em você de novo. Vamos voltar ao ponto em que estávamos antes. Me desculpe por tudo. Cuide-se. Mande lembranças a Deus. Amém."

E, cheia de remorsos, matei Jesus na minha cabeça assim como eu o havia ressuscitado nove dias antes, no final da Eastcroft Road.

A partir daquele momento, para proteger a todos nós, eu tinha um novo plano: ficar de guarda.

"O que está fazendo?", minha mãe pergunta, vindo até o corredor. Estamos no início das férias de verão e todo mundo está espalhado, aos berros. Mas eu estou aqui, de novo, no pé da escada, comendo meus sucrilhos.

"Só... dando um tempo", digo. "Tem umas linhas imaginárias legais aqui."

Minha mãe me olha nos olhos. Claramente algo *está* acontecendo, *vem* acontecendo há algum tempo — mas então, por outro lado, só estou sentada no pé da escada. Tecnicamente, não há nada de errado aqui, e uma mãe de cinco filhos não pode combater em todas as frentes, senão morreria de exaustão.

"Bem, não...", ela começa. Há uma pausa. Na sala de estar, um bebê começa a chorar. Sua concentração se desfaz completamente. "Apenas..."

Ela vai até o bebê.

Meu plano é: todas as notícias ruins chegam em envelopes pardos. Sei disso por experiência própria. Então, todo dia, vou interceptar o correio, procurando qualquer envelope remetido pelo "Conselho Municipal de Wolverhampton". Essa claramente será a carta da destruição — a que anunciará que receberam "informações" sobre nossa família e que estão cancelando nossos benefícios.

E quando essa carta chegar, meu plano é: queimá-la. Depois, quando as cartas seguintes vierem — vou queimá-las também. E vou continuar queimando cartas — uma após a outra — até inventar um plano melhor, coisa que certamente farei se conseguir ganhar tempo até, digamos, setembro. Até lá com certeza estarei muito mais esperta. Em setembro terei pensado num plano melhor para salvar minha família da ruína inevitável.

No entanto, minha vigília junto à porta não passou despercebida por meus irmãos, já que a) não participo de nenhum de seus jogos, e b) eles precisaram passar por cima de mim para subir até o andar de cima para ir ao banheiro.

"Venha *brincar* conosco, Johanna", Lupin implora no terceiro dia das férias, se pendurando no corrimão, que ele trata de escalar, como o Homem-Aranha.

"Saia das escadas, seu lumpemproletariado", Krissi diz, me empurrando o máximo possível durante seu trajeto até o andar de cima.

Mas não arredo pé. Sou como o Greyfriars Bobby, esperando no túmulo. Sou um vigia incansável. Vou salvar esta família.

Essas acabam sendo as férias de verão mais infelizes da minha vida. No ano anterior, no último dia de aula, inundamos o quintal dos fundos com uma mangueira: os galhos mais baixos da aveleira refletiam na sopa marrom. Parecia bem tropical — um pântano.

Tínhamos pulado da janela da cozinha nessa poça — a água chegava até os joelhos de Lupin, todos nós ensopados. E então tínhamos subido a árvore e chupado cubos de Ribena congelados, cantando "I Get around", dos Beach Boys, em voz estridente e alta até que os vizinhos se debruçaram nas janelas dos andares de cima e nos mandaram calar a boca. Tínhamos um *plano*.

Este verão, bem, este verão já está arruinado. Não posso me distrair num jogo com as crianças, sob o risco de perder o barulho da caixa de correio. Fico à margem de suas brincadeiras, com o coração dividido, constantemente me adiantando e disparando para a porta — e então voltando, temporariamente aliviada, mas temerosa da próxima entrega dos correios. Durante o dia, tenho com que me ocupar.

E, à noite, fico deitada acordada ao lado de um Lupin sedento por um abrigo, imaginando, sem parar, o momento em que a carta não puder mais ser barrada e meus pais ficarem sabendo da verdade e se virarem para mim, magoados, aterrorizados, dizendo, "Johanna — *por que fez isso conosco? O que você fez, Johanna?*".

O que eu fiz? O que será feito?

Na verdade, estou basicamente ficando louca. Sinto que traí minha família. O medo que tenho de ter colocado em perigo nossa pobre, frágil família — que tem um fantasma como mãe e um *popstar* desconhecido como pai — me deixa constantemente mal; como uma terrível febre cerebral. Estou hiperadrenalizada. Estou encharcada — estou farta, estou me afogando nisso. Sinto como se eu estivesse perpetuamente a trinta segundos de o Apocalipse bater à nossa porta.

Toda essa adrenalina é disparada por meio de uma segunda e insana maré alta hormonal — uma puberdade má, obscura. Assim como a testosterona e o estrogênio abriram novos caminhos neurais, quando eu tinha doze anos, agora, aos catorze, a adrenalina exaure todo um novo mapa deles — viadutos e linhas subterrâneas que já estavam construídas; lugares onde pensamentos aterrorizantes podem se esconder ou viajar ainda mais rápido. Mais rápido mais rápido mais rápido. O pavor me faz pensar mais rápido, com uma aceleração frenética e saltitante que às vezes me lisonjeia — parece que nunca vai parar.

Fico sentada na sala de estar com minha família enquanto todos discutem vários planos para o futuro — comprar uma nova porta para os fundos, ou visitar tios no País de Gales — e penso, "Mas quando aquele envelope pardo chegar, não vamos poder fazer *nada* disso. Vamos para o abrigo de pobres, assar ratos numa vela, e *vai ser tudo culpa minha*".

A adrenalina me deixa o tempo todo inquieta. Meus punhos estão fechados. Trinco os dentes dormindo.

Nos últimos anos, sempre consigo reconhecer outra pessoa que tenha recebido essa injeção de medo numa idade tenra — outras crianças de famílias frágeis; crianças que sentiram a areia desabando sob seus pés; crianças que ficavam acordadas, sentadas no escuro, imaginando toda a sua família em chamas e planejando planejando planejando a quem salvar primeiro do futuro e das chamas, como *The Amazing Mr. Blunden* (Antonia Barber, Puffin Books, 1972). Crianças criadas com cortisol. Crianças que pensam rápido demais.

"Provavelmente é assim que é ser picada por uma aranha radioativa", penso, lugubremente, no segundo mês do meu colapso. Realmente me sinto um inseto. Meus olhos parecem brilhantes e negros. A adrenalina mantém as pupilas dilatadas — amaldiçoadas.

Confidencio um pouco disso a Krissi — minha nova e irremediável preocupação — e ele recomenda que eu leia *A metamorfose* de Kafka (Bantam Classics, 1972). Leio dois capítulos e fico tão apavorada que tenho de abandonar o livro no chão, longe da minha cama. Transformar-se em outra coisa deve ser aterrorizante.

Mas é claro que eu não posso sofrer tanto e que isso não vai fazer diferença alguma. Alguém deve estar anotando a cada vez que meu coração quase sai boca afora, como um relógio tendo um espasmo; percebendo o tonel de adrenalina em que estou mergulhada — sem jamais dizer uma palavra a ninguém. Vou aprender a lição desse medo: nunca contarei a ninguém quando me sentir mal novamente. Nunca confidenciarei uma fraqueza. Não adianta. Só piora as coisas.

É realmente melhor não contar às pessoas quando você se sente mal. Crescer é aprender a guardar segredos, e fingir que tudo está bem.

No final das contas, vou aonde sempre vou quando preciso de informação sobre algo perturbador, venenoso ou aterrorizante: a biblioteca. A resposta estará lá, com certeza — entre os vinte mil livros, tranquilos e à espera, nas prateleiras. Vou e me sento no chão na seção médica. Com quatro livros espalhados ao meu redor, descubro como é chamado esse sentimento: "ansiedade".

Fico surpresa. "Ansiedade" é quando você espreme as mãos porque o entregador de leite está atrasado. Já usei a palavra "ansiedade" em frases sobre perder o primeiro minuto de *Watchdog*, ou me perguntando o que vou ganhar de Natal.

Porém, há muitos tipos de ansiedade, aparentemente. Minhas referências cruzadas me levaram, depois de duas horas, a um volume chamado *A coragem de ser*, do teólogo Paul Tillich (Yale, 1963).

Tillich divide a ansiedade em três categorias: "ansiedade ôntica" é o medo do destino e da morte. A segunda é a "ansiedade moral", de sentimento de culpa ou condenação. A terceira é a "ansiedade espiritual", provocada por uma vida vazia, sem propósito ou significado.

Identificando minha ansiedade como principalmente "moral", com um acompanhamento de "ansiedade ôntica", folheio avidamente as páginas a fim de descobrir a cura para esses sentimentos terríveis. Bem perto do final, encontro a derradeira conclusão de Tillich sobre a ansiedade: é preciso simplesmente aceitá-la. "Faz parte da condição humana", ele diz, com toda a calma.

Reclino-me sobre as estantes e pondero sobre a sugestão de Tillich durante alguns minutos. Considero a possibilidade de aceitar me sentir assim pelo resto da minha vida. Ferver para sempre nesse azougue, nessa sopa eletrificada — os nervos oscilando como um pequeno sino sobre a porta de uma loja vazia, logo depois de uma explosão nuclear ter deixado a loja cheia de mortos, e eu como a única sobrevivente.

"A questão é", digo para Paul Tillich na minha cabeça, "A questão é, Paul, que no final das contas não penso que minha ansiedade seja ôntica, moral *ou* espiritual."

Olho para ele.

"No final das contas, só preciso de um pouco de *grana*, Paul", digo.

Paul Tillich balança a cabeça afirmativamente.

Se eu fosse rica, nada disso teria alguma importância.

Só preciso de um pouco de grana.

Quatro

Eis as maneiras de ganhar dinheiro suficiente para sustentar uma família de sete pessoas se você tem catorze anos de idade:

Então, sim.

Fui faxineira por um dia — respondi a um anúncio no *AdNews* que pedia alguém para trabalhar aos sábados numa casa grande na Penn Road, coloquei meu melhor chapéu, amarrei a cadela do lado de fora da casa e bati na porta.

Passei três horas limpando a cozinha deles, o banheiro, o vestíbulo de azulejos pretos e brancos. Ela me fez esfregar o calcário das torneiras com uma escova de dentes e desinfetar as grandes latas de lixo da rua — saquinhos rompidos de chá cobriram meus braços com folhas de infusão, e no padrão que formaram li meu futuro imediato: feder muito.

No final, ela me perguntou quantos anos eu tinha, e falei,

"Catorze", e ela explicou que seria ilegal usar meus serviços novamente, e me deu uma nota de dez, e fui embora. Acho que ela suspeitou desde o início que eu era menor de idade, mas não quis me esclarecer sobre os detalhes das leis trabalhistas até que suas lixeiras tivessem sido lavadas.

Nos filmes americanos, crianças precisando de dinheiro fazem limonada — que vendem na frente de suas casas aos passantes sedentos.

Conversei com Krissi sobre essa possibilidade. Ele simplesmente olhou para mim, e depois janela afora, para nossa rua.

"Não temos limões", Krissi disse, finalmente.

"Quando Deus não te dá limões — faça nadanada!", eu disse, espirituosa.

Não vendi limonada diante da nossa casa em busca de dinheiro, no ansioso verão de 1990.

Na sala, com meus pais, enquanto esperávamos *Catchphrase* começar, casualmente levantei a questão do que uma adolescente faz para ganhar algum dinheiro.

"Entregue jornal", minha mãe diz. "Eu entregava jornal. Poupei o suficiente para comprar um toca-discos. Foi assim que comprei todos os meus discos dos Stones."

Minha mãe tem os primeiros sete discos dos Rolling Stones, mantidos separados de todos os discos do meu pai. É a única banda de que ela sempre gostou. Às vezes ela coloca "You Can't Always Get What You Want" quando está limpando o chão da cozinha e grita junto com a música, furiosa.

"Você sempre gostou de um roqueiro sujo", meu pai fala então, beliscando a coxa dela, bem no alto, onde definitivamente começa a ficar meio grosseiro. Mamãe apalpa ele de volta, no alto da coxa. Eles encaram um ao outro de um jeito meloso, meio carregado, e parecem um pouquinho estúpidos. Pigarreio alto.

Meus pais param de se comportar de um jeito sexual um com o outro no sofá e se viram para mim.

"O truque para conseguir entregar jornais é ir à banca de revistas no último trimestre do ano", meu pai diz, com um ar profissional. "Outono. Então você trabalha três meses, embolsa todas as gorjetas de Natal e larga tudo no Ano-Novo, quando fica realmente frio e triste demais. Você pega as vacas gordas."

Infelizmente, quando vou até a banca de revista no dia seguinte — para pôr em ação seu plano brilhante —, descubro que várias outras pessoas conhecem esse truque ardiloso, também: há uma lista de espera para entregar jornais até a próxima primavera. "A menos que você queira fazer o Wordsley", o sujeito da banca pergunta, sem nenhuma animação.

Wordsley é o bairro da pesada — três torres de prédios cinza numa terra desolada e desértica, como uma tomada de três pinos esperando para ser plugada novamente e dar as costas para a área morta em volta.

Há um rumor de que uma pessoa foi crucificada no Wordsley — pregaram suas mãos numa tábua e a deixaram atrás da clínica. É uma das coisas que "sabemos" sobre Wolverhampton — do mesmo jeito que "sabemos" que o cara chamado Cowboy, que caminha pelo centro da cidade vestido como um caubói, vivia na América; e que o mendigo barbudo que vive em uma barraca no Penn Roundabout se recusou tantas vezes a ser tirado de lá que a prefeitura puxou o fornecimento de energia até sua barraca para ele poder ver TV e ter uma geladeira.

Wolverhampton é um lugar inesperadamente interessante para se viver, se você procurar bem.

* * *

O verão continua, e ainda estou tentando enriquecer. Meu negócio de pingentes de "trevo de quatro folhas da sorte" entra em declínio quando uma das crianças para as quais os vendo desmonta o seu — é um pedaço de papelão com um cordão amarrado e com um trevo de quatro folhas colado com uma fita adesiva — e percebe que peguei um trevo de três folhas e coloquei uma quarta folha em cima. Sou obrigada a ressarcir todos os meus (seis) clientes anteriores.

Então, num dia incrivelmente excitante, há um teste de elenco no *Express & Star*: "Procuram-se: Crianças para a montagem de outono de *Annie*, no Grand Theatre".

Não apenas esse anúncio especificamente oferece emprego para crianças — a primeira vez que vi uma coisa dessas fora de velhas reproduções de jornais vitorianos, que pediam crianças de dedos ágeis para trabalhar como limpadores de bobinas — como saber de cor todo o roteiro de *Annie* é uma das minhas poucas qualificações realmente genuínas.

Levo o *Express & Star* até o jardim.

As crianças estão ocupadas em nosso último projeto — uma fazenda de lesmas. Numa velha assadeira cheia de grama, terra e margaridas, temos mais de trinta lesmas, de tamanhos variados. Sabemos as diferenças de todas elas. Cada uma tem uma personalidade única. Cada uma recebeu o nome de um de nossos heróis.

"Este é o Arquimedes", Lupin diz, referindo-se à lesma em quem está dando banho em uma velha lata de tabaco cheia de água. "Ele é um bom conselheiro."

Arquimedes parece meio mole. Está tomando "banho de imersão" na "banheira" por algum tempo já.

Krissi, enquanto isso, está ocupado com um par de tesouras.

"Você nunca vai acreditar o que eu encontrei no *Express & Star*!", digo, agitando a página.

Krissi diz, com desdém: "Estou no meio de uma cirurgia".

"Dennis Lésbica e a Duquesa de York estão mal", Lupin diz, apontando para duas lesmas em uma tábua.

"Eles estão com câncer entrecruzado", Krissi diz.

Vou até lá dar uma olhada. Dennis Lésbica e a Duquesa de York de fato parecem ter "câncer entrecruzado" — estão unidas por dois misteriosos tubos brancos. Krissi está calculando o ângulo da tesoura entre as duas.

"Estavam assim quando as encontramos", Lupin diz. "Elas estão presas uma à outra há três horas. Nós as *monitoramos*."

Krissi arregaça as mangas.

"Elas não conseguem se livrar uma da outra!", diz Lupin. "Estão *presas*!"

"Psiu, Lupin", Krissi diz. "Vou cortar."

Ele corta os tubos brancos. As lesmas se contorcem, de um jeito bem violento para lesmas, e se recolhem para suas conchas — emitindo bolhas enormes e indignadas. Todos nós suspiramos, aliviados.

"Estão livres! As lesmas devem estar tão felizes", Lupin diz, pegando as duas e colocando-as sobre uma folha de silindra.

Lupin as cerca de botões de lilases, "Para ficarem boas".

"Então — o que você tá fazendo?", Krissi pergunta — limpando a tesoura em sua calça jeans com um ar de homem de negócios.

As lesmas continuam emitindo ondas de uma espuma agonizante.

"Vão montar *Annie* no Grand!", digo, agitando a página do *Express & Star*. "Nós já sabemos todas as falas! Não tem ninguém em Wolverhampton que saiba *Annie* melhor do que nós! Nós todos deveríamos fazer o teste de elenco! Vocês poderiam fazer os órfãos do coro, no orfanato!"

Krissi me olha, interessado.

"'*Vocês*' poderiam fazer o coro de órfãos?", ele pergunta.

"'Vocês'? E então *você* vai ser quem?"

"Ora."

Faço uma pausa.

"Annie", digo.

Krissi fica histérico na mesma hora. Enquanto ele ri, sinto que as ondas sônicas de suas risadas estão se quebrando contra minha cara enorme e redonda. A solidez de jogador de futebol americano do meu corpo. O sutiã da mamãe, sob minha camiseta — grande demais, que tentei apertar usando ponto caseado (*Young Girl's Guide to Sewing*, 1979). Krissi não acha que eu possa fazer o papel de uma esfomeada, porém alegre órfã americana de oito anos de idade, durante a Grande Depressão.

"Annie", digo de novo, tentando soar firme e esperançosa.

"Tá mais para *Mannie*", Krissi diz. "*Ham-mie*."

Mas sei que é porque Krissi, secretamente, quer fazer o papel de Annie ele próprio. Sei que é por isso que ele está rindo.

Passamos a manhã inteira ensaiando *Annie* no jardim. Fico surpresa ao ver Krissi participar, já que agora ele está tão velho — mas ele se junta a nós. Não apenas ele é um grande Pepper, como também faz todas as falas da Tia Agatha. Sua Tia Agatha é muito convincente. Mais uma vez, fico orgulhosa do meu irmão mais velho. Esta é uma manhã produtiva. Estou determinada a que sejamos o bando de órfãos mais bem ensaiado que o Grand jamais viu.

Fazemos uma pausa para o almoço — biscoitos de água e sal e queijo, comidos em cima da árvore; passando o pacote de um galho para o outro, como um bando de pássaros gordos e esfarrapados.

Então continuamos a ensaiar até as quatro da tarde, quando telefono para o Grand.

Todo mundo se junta em volta do telefone.

"Estou ligando por causa do teste de elenco de *Annie*", digo, usando a minha voz mais elegante — a mesma que usei ao falar com o homem que queria plantar um machado na cabeça de Bianca. Essa é a minha voz de "falar com pessoas". Eu a uso, como um chapéu para ir à igreja, sempre que falo com alguém fora de casa.

"Somos cinco. Somos um bando e tanto! A trupe Morrigan! Entre recém-nascido e quinze anos! E vocês não precisariam nos ensaiar muito — porque já sabemos *todas* as falas!"

Seria chato demais entrar em detalhes sobre a parte em que a senhora nos disse que precisávamos ter pelo menos um certificado de nível 3 de sapateado, e bastante experiência em produções amadoras, e basicamente que não podíamos ser um bando de crianças gordas e dementes, e para darmos o fora.

"Posso te garantir — temos *um monte* de experiência como amadores!", digo, quando ela menciona "experiência em produções amadoras". Ela não ri. Ninguém nunca ri quando faço esse tipo de piada. Quando Bill Murray fala besteiras desse tipo, as pessoas caem na gargalhada. Eu bem que queria ser Bill Murray. Espero que tudo o que já li sobre evolução esteja errado e que eu um dia me transforme nele. É um dos parcos três planos que tenho.

Desligo o telefone e olho para meus irmãos. Eles me olham de volta.

"Vocês sabem o que a Annie fala sobre o amanhã. Aguente até o amanhã!", lhes digo.

"Eu *disse* que isso era uma estupidez", Krissi fala, tirando a peruca da Tia Agatha.

No dia seguinte, Krissi tem de encarar o fato de que Dennis Lésbica e a Duquesa de York faleceram. Estão secas em suas conchas e não reagem — por mais que as cutuquemos pelo corpo com gravetos e, finalmente, com alfinetes.

Quando está claro que a Duquesa de York está morta, Krissi enfia um alfinete através de todo o seu corpo. Ele o faz com um ar calmo, frio — na qualidade de cirurgião-chefe de lesmas, imagino que essa seja uma pesquisa científica que ele precisa fazer.

Cantamos "Tomorrow" mais uma vez, enquanto as enterramos, e Lupin chora.

Mas, como a madre superiora diz a Maria em A *noviça rebelde*, onde Deus fecha uma porta, ele abre uma janela. Duas semanas depois, o *Express & Star* — nosso único portal para todas as coisas do mundo — traz um anúncio.

Sob a manchete "Procuram-se jovens Wordsworth!", é lançado um concurso, convidando "promissores jovens poetas das Midlands" a enviarem poemas sobre o tema "amizade".

O prêmio é um cheque de duzentas e cinquenta libras, seu poema ser impresso no *Express & Star* e a oportunidade de ler o poema no *Midlands Weekend* — o programa de TV de variedades das sextas-feiras à noite da região, que é visto por todo mundo nas Midlands Ocidentais.

"Você devia se inscrever nesse concurso de poesia, Johanna", minha mãe diz, enquanto como meu picadinho de *corned beef*.

Devido à minha recém-adquirida e ansiosa beligerância, não digo a mamãe que já tenho dois terços do poema escrito. Gosto de guardar tantos segredos quanto possível, ultimamente — na tentativa de desfazer o grande e fatal segredo que deixei escapar. É assim que sei que estou crescendo. Guardando segredos.

Mas nos dois últimos dias redobrei, em silêncio, meus esforços para salvar a família: enquanto estou sentada vigiando a caixa de correspondência, das sete da manhã à meia-noite, protegendo-a de qualquer tentativa de entregarem nosso destino fatal, escrevo páginas e mais páginas de poesia no meu caderno. Contei-as cuidadosamente, e já escrevi quase duas mil e duzentas palavras desse poema. Consegui até fazer rimar "amizades" com "batatas audazes", o que acho bem épico.

Se alguém nas Midlands Ocidentais vai ganhar dinheiro este ano escrevendo, serei eu. Com toda a certeza serei eu. Eu vou ganhar aquelas duzentas e cinquenta libras.

E eu ganho! Sou eu, mesmo. Ganho. Uma carta chega, e todo mundo grita, e a mamãe imediatamente começa a falar histérica sobre que roupa eu vou vestir para aparecer na televisão — "Você vai precisar usar o jeans do seu pai — está gorda demais para seus jeans velhos" — e papai liga para o tio Jim para pedir quarenta libras emprestadas para a gasolina, "Para levar nossa filha para Birmingham" e coloca dez libras no tanque, então gasta o resto em sapatos novos para Lupin e comprando *fish 'n' chips* para comemorar, o que me parece bem justo.

E durante uma semana inteira eu sofro dos nervos, e então passo a sexta-feira usando a calça jeans do papai — sentada numa cadeira, olhando fixamente para o relógio; literalmente sem fazer nada a não ser fitar o relógio — até que por fim são cinco da tarde, hora de pegar a estrada para Birmingham, com meu poema em uma pasta de papel identificada: "Pasta da Johanna: POEMA".

Na metade do caminho até Brierley Hill, ele desliga *Brothers in Arms* e aponta para o tranquilo vale iluminado pelos postes lá embaixo. Todas as fábricas vazias e pequenas faixas serpenteantes de casas.

"Quando eu era criança, a gente subia esta colina, e tudo aquilo" — e ele gesticula para o vale diante de nós — "*pegava fogo*. As fundições e as metalúrgicas. As olarias. O lugar inteiro brilhava — leques de faíscas de quinze metros de altura. Os fogos nunca eram apagados. Parecia o *inferno*. Mordor. É disso que o seu *Senhor dos anéis* trata. Tolkien era da região. Ele estava escrevendo sobre como a Revolução Industrial transformou as Midlands de Hobbiton para Mordor."

Um homem que tivesse passado o dia inteiro numa fundição, ou numa mina, ele dizia, ia a um pub e bebia catorze copos de cerveja — "E não ficaria bêbado. Estaria apenas se reidratando. De tanto que se suava".

Você via homens sentados pelos cantos com um pé a menos — uma mão esmagada. Ou uma cadeira vazia. Era um trabalho brutal — seres humanos tão minúsculos quanto fiapos de carne, martelando, queimando — e explosões.

Enquanto contava essas histórias sobre o trabalho de seu pai, e dos amigos de seu pai, ele falava como se não tivesse certeza se era uma coisa ruim ou boa que os homens não precisassem mais ficar no meio de fornalhas, suando.

Como tantos dos homens que eu conhecia, ele tinha sentimentos conflitantes sobre o declínio industrial da Grã-Bretanha. Acho que era como a morte de uma mãe desequilibrada e punitiva. Era uma mãe desequilibrada e punitiva. Mas pelo menos você *tinha* uma mãe. Todo mundo precisa de uma mãe. Talvez.

"Se você é da classe trabalhadora e quer sair daqui, ou se torna boxeador, ou jogador de futebol, ou um *popstar*", ele diz, finalmente. "Só assim você consegue escapar. Sem dúvida, eu escolhi ser um *popstar*."

Há uma pequena pausa aqui, enquanto nós dois ponderamos sobre sua carreira, até aquele momento, de *popstar*.

"Mas você", ele continua. "Você sabe escrever."

"É só um poema, pai."

"Se você consegue escrever uma coisa boa, você pode escrever *qualquer coisa*", papai diz, enfaticamente. "Pratique todos os dias que você vai ficar tão boa que vai poder escrever mil palavras sobre... uma lâmpada. Ou... a minha bunda."
"Sua bunda."
"Ou a *sua* bunda. Você encontrou outra saída, filha!", papai diz, golpeando a direção com a palma da mão. "Outra saída para fugir da merda. Duzentas e cinquenta libras por um maldito *poema*. Que bolada. *Muito* bem."
Estremeço de felicidade — como os gatos quando um estranho se abaixa e acaricia o rosto deles no meio da rua.

No estúdio do *Midlands Weekend*, tudo são luzes brancas e agitação. Ir da nossa inócua e parcamente iluminada casa para essa... colmeia... é desconcertante. Todos estão bem vestidos, com sapatos novos, dando a impressão de que recebem salário, e vão a restaurantes e então fazem sexo.
Eu nunca havia estado em um imóvel com pessoas que vão a restaurantes e que fazem sexo. Nunca fui a lugar algum, nem nunca fiz nada. É meio tóxico. Coisas são feitas aqui.
Uma mulher chamada Amanda coloca a mim e ao papai na "Sala Verde", que não é verde, e bebo quatro copos de refresco, e sinto uma ansiedade que parece todas as outras ansiedades que já tive, mas com o dobro da velocidade. Tudo parece absurdamente irreal. Sinto que estou prestes a desmaiar.
"Tudo parece absurdamente irreal. Acho que vou desmaiar", digo a Amanda quando ela enfim me leva até o andar onde fica o estúdio — deixando papai para trás, na Sala Verde, fazendo sinal positivo com o dedão, quando saio.
"Oh, não desmaie!", Amanda diz. "O número depois de você é um periquito que aprendeu a andar de skate, e vamos ter

que alongá-lo por seis minutos se você desmaiar. Ele já atacou um pesquisador."

O programa está sendo transmitido ao vivo. Sou colocada a postos, para o apresentador caminhar até mim quando estiver na hora da minha participação. Enquanto as câmaras giram à minha volta, olho para baixo e vejo a mim mesma — aos olhos das câmaras — nos monitores, agrupados junto ao chão.

E realmente fico desejando não ter olhado.

Em casa, não temos espelhos — nenhum. Mamãe não quer saber deles. "Vão se quebrar e trazer azar."

Então, nos últimos catorze anos, sempre tive que... adivinhar minha aparência. Para ver a mim mesma, eu me desenho, incontáveis vezes, em bloquinhos — com olhos enormes, e cabelo longo, e vestidos lindos enfeitados com peles, e pérolas. Há uma chance de que eu *tenha* essa aparência, afinal de contas — e com certeza é mais útil desenhar a você mesma dessa forma.

Claro, várias vezes vi meu reflexo, vagamente, em vitrines de lojas fechadas, no centro — mas essas vitrines não me conheciam; elas só tinham me visto por um segundo, caminhando — então como é que poderiam saber como era minha aparência? Como é que um vidro poderia refletir tão rápido? O vidro, na sua pressa, estava errado.

Mas ali, nos monitores, nos estúdios, posso me ver, em tamanho natural, colorido, pela primeira vez na vida.

E embora devesse ter acontecido em outro lugar — e por alguma outra coisa bem mais dramática e nobre —, enquanto me olho no monitor, sinto meu coração se despedaçar.

Porque o maior de todos os meus segredos — aquele que eu preferiria morrer a contar, aquele que não tinha coragem sequer de colocar no meu diário — é que eu realmente, honestamente, lá no fundo, gostaria de ser bonita. Quero muito ser bonita — porque isso vai me deixar segura, e fazer com que eu continue tendo sorte, e porque é muito exaustivo não ser.

E ali parada, olhando para mim mesma, gélida de terror, no monitor, vejo o que um milhão de pessoas vão perceber imediatamente: que não sou. Não sou nem um pouco bonita.

Sou uma garota de rosto redondo e muito pálido, e monocelha, e olhos que são pequenos demais, e cabelo escorrido da cor de um rato morto, e não sou nem um pouco bonita. E sou gorda — uma gordura sólida, pálida, que faz eu parecer uma geladeira branca e barata que alguém levou num carrinho até o palco e na qual então pintou o rosto de uma menina preocupada, graças a uma terrível indelicadeza.

Olho para mim mesma no monitor e me vejo muito rapidamente olhando para baixo, para o poema em minhas mãos, e lendo-o com atenção — pois não me importo com a minha aparência. Sou uma poeta, e uma escritora, e lido com corações e almas e palavras, e não com carne e vaidade e um vestido que teria me deixado com uma aparência melhor. Não importa que eu seja feia.

Eu só vou ter que descobrir como, exatamente, isso é verdade. Mais tarde vou provar que não importa que eu seja feia.

E enquanto o apresentador de *Midlands Weekend*, Alan "Wilko" Wilson, vem na minha direção — câmaras do outro lado do estúdio junto ao chão antecipam seus movimentos, como cortesãos fazendo reverência — e eu começo a suar de nervosismo, de repente me lembro de uma coisa muito, muito importante sobre o *Midlands Weekend*. O fato principal sobre o *Midlands Weekend*, na verdade: todo mundo nas Midlands detesta esse programa. As pessoas só assistem para avacalhar qualquer coisa que apareça nele.

Participar do *Midlands Weekend* é como se oferecer como sacrifício a qualquer zapeador entediado, ligeiramente desdenhoso nas Midlands. Vão me trucidar.

E, a essa altura, meu cérebro meio que explode.

"Amizade", por Johanna Morrigan

Quem é meu melhor amigo? Meu amigo do peito, meu companheiro?
Meu melhor amigo é meu amigo *canino*
Minha cadela — que se parece com Limahl.
Não um humano para mim
Que pode revelar segredos e esperanças
Que trai seu sussurro mais solitário
Ou que esmaga seu coração, e então se jacta.
Mas, oh! O lobo de Wolverhampton
Andamos num bando de dois
Você me entendeu, AU! E tranquilamente
E eu sei que vou ficar com você.
Você não pode me abraçar com suas patas — eu sei, eu sei, já tentei.
Mas, Bianca, eu sei que você sempre pode me abraçar — me abraçar com seus olhos.

"Johanna Morrigan — da região dos vinhedos de Wolverhampton!", Alan diz, entrando no meu enquadramento. "Agora, Johanna, preciso te fazer uma pergunta."

"Não seria adequado a gente namorar, Alan", respondo.

Eu não sabia que ia dizer isso para Alan até que falei — meu cérebro está pálido de medo; é uma resposta totalmente automática. A piada *me fez* proferi-la, como Krissi e eu dizíamos.

Para minha surpresa, Alan fica totalmente envergonhado. Anos mais tarde, ele foi investigado pela Yewtree e descobriu-se que tinha uma coleção de calcinhas de adolescentes, então, retrospectivamente, entendo por que ele ficou alarmado.

"Hahaha! Johanna! Estou vendo que você tem um *tremendo* senso de humor", Alan diz, se recuperando e olhando para a câmara. "Então você ama sua cadela, sim?"

"Sim, Alan."

"Você sempre amou sua cadela?"

"Sim, Alan."

"Johanna, na semana passada tivemos conosco uma velha amiga do programa, Judith Travalyn, do conselho municipal de Reeditch. E ela sugeriu que os assim chamados 'Cães do Mal' — rottweilers, dobermanns, pit bulls e pastores-alemães — deveriam ser *mortos*. Como você reagiria se o seu 'lobo' fosse *morto*?"

"Como digo no poema, Bianca é a minha melhor amiga", digo, francamente. "Matar a Bianca seria como assassinar meu melhor amigo."

"E como isso a faria se *sentir*?"

Penso no assunto. "Eu enlouqueceria!"

Não quero que a ideia de enlouquecer soe pesada *demais*, então faço uma cara louca engraçada. Olhos vesgos, careta. O indicador girando junto à minha têmpora.

Isso não parece suficiente — Alan faz uma pausa, como se esperando que eu diga mais alguma coisa. Sou obrigada a fazê-lo.

"Nós somos como Salsicha Rogers e Scooby Doo", continuo. "Melhores amigos para sempre."

Para esclarecer essa questão, faço aquilo que, como sei agora, você *jamais* deveria fazer se você é uma adolescente gorda bizarra ao vivo num programa de TV, às voltas com sua primeiríssima onda de autodesprezo profundo e existencial, e sendo assistida, ultracriticamente, por todos em sua cidade natal.

Sem explicar por quê, me ponho a fazer uma apaixonada imitação de Scooby Doo.

"Eu amo minha cadela!". Digo de novo. "Todo mundo ama minha cadela!"

Respiro. Posso sentir o que vou fazer em seguida.

"Scooby Dooby Dooooooooooo!", concluo, uivando. Estou dando *tudo* de mim nessa imitação.

"Scoooby Doooby Dooooooooooooo!"

* * *

No carro, durante o trajeto de volta com papai, ele fica quase que totalmente em silêncio. Demora uma hora de Pebble Hill até Vinery, e ele não fala nada até estarmos quase chegando em casa — dobrando na Penn Road, na direção da nossa casa.

"Johanna", ele diz.

Ele olha para mim. Chorei e chorei e chorei e chorei e chorei até que meu sínus entupiu completamente. Estou pegando fogo. Eu *quero* pegar fogo.

Com esse fim, fechei o zíper do meu anoraque até em cima, para gerar calor. Não quero deixar nada nesse banco de passageiro além de um montinho de cinza e o que se parece com um pernil de porco carbonizado, como os que eu vi nas fotos de combustões humanas espontâneas em *Beyond Explanation?*, de Jenny Randle (Robert Hale, 1985).

Tive que colocar o poema sobre o console, para secar — chorei muito em cima dele.

"Johanna", ele diz, como se se preparando para me dar alguma informação que deveria ter me dado muito tempo antes — talvez no dia de meu nascimento — mas, infelizmente, esqueceu, até agora. Ele soa como se estivesse se culpando por tudo o que aconteceu essa noite, e como se fosse impedir que alguma vez isso aconteça de novo.

"Johanna — nosso nome é 'Morrigan'. Não 'Idiota'."

Preciso lembrar disso. Sou uma Morrigan. Não uma idiota.

Nas semanas seguintes, as coisas são bem difíceis. Como estamos na lista telefônica, um pequeno, porém dedicado grupo de pessoas da escola toma para si a missão de ligar para nossa casa e gritar "Scoooby Doooby Doooooo!", e depois bate o telefone.

Lido com isso acionando todos os mecanismos de defesa que conheço: ficar deitada embaixo da cama com a cadela lendo *Mulherzinhas* e comer sanduíches de geleia mergulhados em chocolate quente instantâneo.

Eu achava que tudo já tinha se dissipado quando, duas terças-feiras depois, papai entrou em casa furioso. Alguém havia desenhado um Scooby no nosso portão dos fundos, em tinta preta brilhante, e escrito "Máquina de mistérios" na lateral da van.

"Gente desenhando malditos... cachorros americanos retardados na casa, Johanna", ele disse, em tom de aviso, como se aquela fosse minha última chance. "*Marcando* meu carro."

A única pessoa que conhecemos que pode repintar a van é Johnny Jones, que fortuitamente afanou um kit de pintura da Wickes quando trabalhava lá — mas ele está lá em Leicester no momento, visitando a ex-mulher.

Então, nas duas semanas seguintes andamos pela cidade na "Máquina de mistérios", e meu pai precisa estacioná-la grudada aos muros, para esconder as pichações, o que o deixa muito irritado.

Não menos irritado do que quando — branco de ressaca — ele sai da van do lado de fora do açougue e o açougueiro o sauda com "Cruzes — um fantasma!".

E, claro, não posso dar as caras na rua agora. Depois de exaustivamente ter ficado sentada vigiando o portão de entrada, a última entrega do correio não é mais um alívio para mim. Antes de me autoimolar, inutilmente, no *Midlands Weekend*, eu costumava assoviar para a cadela e ir direto para a biblioteca, e passava a tarde lá, na companhia dos meus autores.

Mas agora, nem eu nem o resto das crianças podemos sair de casa à luz do dia. Tem um monte de moleques que ficam gritando "Oi — Salsicha! É o Salsicha!" para Lupin. Com meus óculos baratos, enquanto isso, eu sou uma "Velma Gorda". Eu não podia ter escolhido um desenho animado pior para citar. Sou uma puta de uma gênia quando se trata de dar munição ao inimigo.

E assim, enquanto o verão esquenta, estamos todos presos em casa, amontoados. Todo mundo está me tratando como se eu fosse uma completa idiota. O que é totalmente justo.

A única coisa boa que acontece em todo esse período terrível é a chegada do cheque de duzentas e cinquenta libras do prêmio.

Nós saudamos o envelope. Eu o abro — ainda envergonhada, mas, pelo menos, rica. Estou cheia de planos mirabolantes para esse dinheiro. Isso, pelo menos, fez a dor valer a pena.

Então, na semana seguinte, a embreagem da van estraga, e meu pai aparece na porta do meu quarto.

"Vou precisar daquela grana, filha", ele diz.

Ele gasta cento e noventa libras consertando o carro, e o resto vai para cobrir o cheque especial (trinta libras) e para o Red Lion (trinta libras).

Então agora, na pindaíba de novo, ainda deitada embaixo da cama, eu fico olhando para a parte inferior das molas, uns dez centímetros acima de mim.

Lá embaixo, o telefone toca. Minha mãe responde.

"Sim, sim — muito engraçado. É o filho de Barbara Lemon quem fala? Cai fora."

Outra ligação Scooby Doo.

Eu me sinto como Scout Finch, quando Atticus está sendo vitimizado por toda a cidade — só que, em vez de tentar salvar da cadeira elétrica um negro injustamente acusado, eu escrevi um poema que dava a entender que sou uma solitária virgem leprosa que quer fazer sexo com sua cadela, mas que, em vez disso, fez uma imitação de um personagem de um célebre desenho animado da Hanna Barbera na TV.

Não apenas não ganhei uma fortuna que possa assegurar a sobrevivência da minha família como fiz com que nos tornássemos um motivo ainda mais grotesco de chacota nas redondezas do que jamais fomos antes. O que — dado que o enorme Buda na nossa janela significa que nossa casa é regularmente referida como a casa do "Papai Gordão" — significa alguma coisa.

"*Sou uma gota de veneno no poço/ Que não pode mais ser retirada*", penso comigo, tristemente. Adoro citar minha própria poesia. "*Sou o esporo que voou por sobre o muro da cidadela. E eu era a pessoa mais gorda que já participou do* Midlands Weekend."

Fico lá deitada por um minuto, até que a verdade cai sobre mim — como uma tocha que ilumina a toca de um texugo, acompanhada pelo clangor de espadas.

Não há alternativa: terei que morrer.

PARTE DOIS

Do que é feita uma garota

Cinco

Fico fascinada pela ideia de me matar. Parece uma coisa tão gratificantemente nobre de se fazer. Um monstro chegou à cidade — eu — e só um herói pode matá-lo: eu.

Eu não vou me matar *de verdade*, é claro. Para iniciantes, acho que deve ser um pouco difícil, e a luta é suja — talvez envolva mordidas —, e, em segundo lugar, na verdade não quero *morrer*. Não quero que haja um corpo na cama, e que seja o fim de tudo. Não quero *não viver*.

Eu só… quero não ser mais *eu*. Tudo o que sou agora não está funcionando.

Basicamente quero viver no anúncio de banco "fácil como domingo de manhã" — um enorme loft em Londres, onde uso um robe atoalhado fofinho e leio o jornal.

E então, mais tarde, vou sair com um lindo vestido verde e dizer algo tão engraçado que alguém *vai ter* que transar comigo. É isso o que eu quero. Essa é a minha vida futura.

Deitada embaixo da cama, considero as possibilidades de

essa cena acontecer com a atual Johanna Morrigan. São invisíveis a olho nu. Simplesmente não tenho os *recursos* para tanto.
"Vou precisar de um barco maior", penso.

E então, eu simplesmente... começo tudo de novo. Li, muitas vezes, a frase "um self-made man", mas não tinha entendido direito o seu sentido. Achei que descrevia não um garoto proletário que se deu bem na indústria — fumando um cigarro, usando sapatos ligeiramente brilhosos demais — mas, em vez disso, algo mais elementar e fabuloso. Alguém assim meio mágico, que havia costurado a si mesmo com gaze prateada, e ambição, e mágica.
"Um self-made man" — não nascido de uma mulher, mas surgido por alquimia, por pura força de vontade, a partir do próprio homem. É isso o que quero ser. Quero ser uma *self-made woman*. Quero me fazer aparecer por mágica, a partir de cada coisa veloz e brilhante que vejo. Quero ser a criadora de mim mesma. Vou gerar a mim mesma.
A primeira coisa que vai pro espaço é o meu nome. "Johanna Morrigan" não traz mais boas associações. "Johanna Morrigan" é a resposta para a pergunta local "Quem você acha que fez merda ultimamente?".
Faço uma lista de possíveis novos nomes e mostro para Krissi.

Ele está na sua cama tricotando uma touca com pompom enquanto ouve uma versão áudio de um livro de Agatha Christie, retirada da biblioteca. Um garoto grande, pálido, debruçado sobre um par de agulhas. Krissi fica muito bravo quando a gente diz que tricô é coisa de menina.

"Tricô era sobretudo um hobby masculino, em suas origens", ele diz — mãos grandes e branquelas manejando as agulhas. "Você enfureceria muitos pescadores escoceses se dissesse que é um hábito de meninas. Eles a espancariam com um bacalhau gigante, Johanna. E eu pagaria para ver."

Desligo o audiolivro, bem quando Poirot está tomando uma tisana.

"Poirot não vai achar nem um pouco difícil descobrir quem matou você", Krissi diz — fingindo me apunhalar no coração com a agulha de tricô e voltando a ligar a fita.

Desligo-a mais uma vez.

"Krissi, vou ter um nome novo. Qual você acha melhor?"

"'Hamburglar'. Agora dê o fora."

"É sério, K."

Krissi me conhece. Dois dias antes ele me encontrou chorando com o rosto enfiado num absorvente que eu havia colocado abaixo de meus olhos para sinalizar os vastos volumes de tristeza. Ele riu disso, mas também ficou com pena.

"Ainda acho que 'Hamburglar'", ele diz — mas passa a tricotar mais devagar, como se me ouvindo.

Tentei escolher um nome magro, e leve e forte, como um planador de alumínio: Vou embarcar nesse nome, esperar por uma corrente de ar quente e então levá-lo voando até Londres, até o meu futuro.

Tem que funcionar por escrito — tem que ficar bem em tinta preta —, mas também precisa soar alegre quando gritado de uma ponta a outra de um bar. Tem que soar como um grito alegre.

A lista de nomes feita por mim é por si só prova de por que, no geral, é melhor que meninas não sejam mães quando adolescentes. Porque, embora meninas adolescentes sejam mais do que capazes de criar bem uma criança, o tipo de nome que uma menina adolescente é capaz de escolher é uma pobreza.

"Que tal 'Juno Jones'?", pergunto.
Na lata: "Vão chamá-la de 'Jumbo Bones'".
"Eleanor Vulpine?"
Um olhar.
"Kitten Lithium?"
"Isso lá é nome de gente? Você não está pensando em Iggy Pop batizando o gato de *Blue Peter* ou algo assim?"
"Sim — é para mim. Que tal 'Laurel Canyon'? É onde Crosby, Stills, Nash & Young moravam nos anos 60. O Valhalla hippie. Eu poderia ser Laurel Canyon."
"Detesto Crosby, Stills, Nash & Young. Acho que são otários."
Eu pisco. Caramba! Krissi sorri.
"Não brinca!"
Mas seus olhos estão frios.
"Meus dois favoritos são 'Belle Jar' e 'Dolly Wilde'. Belle Jar como em *The Bell Jar*,* você sabe — Sylvia Plath — e Dolly Wilde, que era a sobrinha de Oscar Wilde. Ela era, tipo assim, uma lésbica alcoólatra incrível, puta escandalosa, e morreu bem jovem."
Krissi me olha.
"E esses são os nomes que você escolheu para levar uma vida melhor e mais feliz?"
"Krissi, é sério — qual você prefere?"
"Você não pode ser simplesmente 'Johanna Morrigan'?", ele pergunta.
"Não posso ser simplesmente Johanna Morrigan", digo. "Não posso."
Krissi suspira.
"*Ip dip do/ The dog's got the flu/ The cat's got the chicken pox/ So out goes you.*"**

---

* *A redoma de vidro*. (N. T.)
** "Ip dip do/ O cachorro está gripado/ O gato está com caxumba/ Então é você quem sai." Cantiga de roda britânica. (N. T.)

Uma hora e meia depois, estou na grande farmácia na Queen's Square, roubando um delineador preto e colocando no bolso do meu casaco, imbuída de uma imensa sensação de ter um objetivo. Me sinto feliz, pela primeira vez desde que deixei a casa de Violet.

É moralmente o.k. roubar este delineador, porque preciso dele. Preciso para desenhar o rosto de Dolly Wilde no meu.

Seis

Adoro Dolly Wilde. Ela é minha nova mascote. É um protótipo do tamagotchi do início dos anos 90. Eu sou minha própria amiga imaginária. De muitas maneiras, é o melhor e mais saudável hobby que eu jamais poderia ter descoberto: eu. Vou arrancar a minha casca surrada e fazer um upgrade de mim mesma.

Na parede acima da minha cama, começo a pendurar coisas que acho que serão úteis nessa empreitada — uma coleção de atributos que eu gostaria de dar para mim mesma, agora que estou começando de novo. Vai ser como aquelas cenas em filmes de detetives quando eles pregam na parede todas as pistas e então olham para o todo, enquanto entra a música, até que — pimba! Eles descobrem quem é o assassino, e pegam seus casacos e saem correndo da sala.

Vou colocar nessa parede toda e qualquer pista que tenho sobre como ser um eu melhor e vou ficar olhando para o conjunto ouvindo *The Best of The Hollies*, até que — pimba! Vou saber quem sou, pegar meu casaco e sair correndo do quarto, para transar.

Corto fotografias da revista *Radio Times*, e de livros, e de folhetos de promoções. As mulheres: Barbra Streisand em *Hello, Dolly!*, Anne de Green Gables e Miranda Richardson como a rainha Elizabeth em *Blackadder* — um triunvirato de irrepreensíveis ruivas. Então as morenas: Dorothy Parker, enrolada em suas estolas; Kate Bush, de camisola; Elizabeth Taylor, *in excelsis*. Aparentemente não tenho tempo para louras — exceto para o Pernalonga vestido de mulher quando ele seduz Hortelino, o bobo. Essa é uma mulher que eu poderia ser, definitivamente: um homem-coelho de desenho animado vestido de mulher, tentando transar com um careca gago. Definitivamente eu poderia fazer isso.

Reúno os homens na minha parede: minha confraria imaginária de amantes-irmãos. Dylan Thomas fumando um cigarro. O jovem Orson Welles, pregando uma peça no mundo com *A guerra dos mundos*, sem ligar a mínima. George Orwell — tão nobre! Tão inteligente! Tão morto tão cedo! Tony Benn, inventando os selos e a Post Office Tower. Rik Mayall como Lord Flashheart em *Blackadder*, arrombando a porta aos chutes e gritando "WOOF!". Uma fotografia de Lênin quando ele era muito jovem — não sei exatamente o que ele fez depois, mas sei que aqui ele está um tesão —, todo olhos castanhos, echarpe elegante e cabelo desgrenhado. Ninguém tão bonito poderia ser *tão* mau, isso é certo.

E as palavras: o resto da parede é tomado por palavras. A página de *On the Road* sobre a queima das velas romanas. Scarlett O'Hara e seu discurso "Com Deus por testemunha, nunca mais passarei fome", o qual encaro, pensativamente, enquanto como sanduíche de queijo. A letra de "Rebel Rebel" e "Queen Bitch". Quando Bowie geme *"Oh, GOD — I could do better than that"*, ouço outro jovem preso em algum lugar, olhando para fora pela janela e imaginando quão melhor poderia tornar o mundo, se conseguisse pôr as mãos nas máquinas. Se pudesse ao menos invadir a sala dos motores durante vinte e quatro horas, com uma caixa de ferramentas.

Algumas coisas eu escrevo diretamente sobre a tinta da parede, de forma que nunca serão perdidas, nem serão levadas pelo vento. Estou me construindo com uma colagem, aqui, na parede do meu quarto.

E enquanto organizo o que vai na minha cabeça, como um novo amigo com quem você passa a sair, também altero minha aparência. Nas liquidações baratas evito minhas compras típicas: coisas que meus pais teriam descrito como "vibrantes". Como a maioria dos hippies, eles adoram cores vivas — um suéter grosso tricotado à mão com um arco-íris seria saudado com "Você ficou demais com isso!".

Mas não vou mais vestir esse tipo de coisa. Não quero mais saber de cores.

Estou de preto, agora. Preto, para negócios — como um bandoleiro malvado. Botas, meia-calça, shorts, blusa: tudo preto, com um casaco preto ligeiramente justo nos seios, mas não importa. Sou Chick Turpin. Sou Madame Ant. Estou planejando assaltar algumas diligências desavisadas no caminho para Londres e roubar uma vida nova de quem quer que esteja lá dentro.

Pinto meu cabelo de preto, também, com tintura Movida roubada — o esquema de segurança na farmácia parece consistir apenas da placa "*Shoplifters: Will Be Prosecuted*"* na porta. Espertamente alguém a alterou apagando letras com uma caneta preta, de forma a dizer, "*Hope: Be Cute*"** — que estou agora adaptando como meu novo lema.

---

* "Ladrões: serão processados." (N. T.)
** "Esperança: Fique Bonita." (N. T.)

Dá para roubar qualquer coisa da farmácia. Como batom vermelho vivo — que eu passo na boca como se não houvesse amanhã.

Quando a escola começa de novo, em setembro, a revelação do meu novo cabelo preto merece vários comentários.

O melhor deles, de Emma Pagett: "Uau, irado — você parece morta, como a Winona Ryder!".

O pior, de Craig Miller, que está ao lado dela: "Parece uma Winona Ryder *morta*, isso sim. Haha!".

Permaneço incólume a tais comentários. Craig Miller é um garoto que faz as meninas de quem ele *gosta* cheirar os peidos que ele dá na própria mão. Não é Giacomo Casanova (*History of My Life*, Longmans, 1967-72), que eu sei que teria uma queda por mim, já que ele gosta de mulheres inteligentes; e, também, de bundas grandes.

Um mês depois do *Midlands Weekend*, estou descendo para o andar de baixo para fazer meu turno de vigilância do carteiro junto à porta da frente vestida como Edward Mãos de Tesoura, reluzindo como um garçom. Passo as horas bordando (*Traditional and Folk Designs*, Alan & Gill Bridgewater, Search Press, 1990) meu nome, "Dolly Wilde", em todas as minhas roupas: estampado grande no peito do meu casaco, na barra dobrada dos meus shorts, de um lado a outro da minha coxa. Estou promovendo a minha marca. Não quero esquecer meu nome.

Construir Dolly Wilde é o meu negócio agora. Adoro a sensação de que decidir quem eu sou é *trabalho*. Agora tenho uma carreira — a única pessoa em nossa casa nessa situação. Descubro que meus níveis de ansiedade caíram vertiginosamente.

Nessa terça-feira específica, o projeto do dia, decidi, é *networking*. Estou levando muito a sério o negócio de mim mesma. Na bíblia do mundo de negócios *The Practice of Management* (Peter F. Drucker, Harper & Row, 1954), o conselho é para você "encontrar outras pessoas na mesma linha de atuação e estabelecer contato".

A prima Ali recentemente reinventou a si mesma — ou seja, "virou gótica" no ano passado —, então vou para o norte da cidade, para fazer *networking* com ela.

E vou levar meu sócio comigo.

"O que você quer?"

Eu pisco.

Estou empoleirada na estátua do Man on 'is 'Oss, com minha prima Ali e sua gangue de quatro garotos góticos — um dos quais reconheço da escola. Oliver. Tenho quase certeza de que ele é o único adolescente em Wolverhampton chamado Oliver. Lembro dele antes de ele ser gótico — todos os dias, na cafeteria, os garotos o cercavam na fila dizendo "Por favor, senhor — quero mais um pouco!" em vozes fininhas, e então o empurravam contra a parede. Realmente, com esse tipo de status, era só uma questão de tempo até ele virar gótico.

Digo "Hola!", da forma mais alegre possível, mas não parece funcionar.

"Você quer alguma coisa?", Ali diz de novo.

Eu me agito, desajeitadamente. Estou bem certa de que compreendi corretamente — que este é o posto avançado dos solitários. Que, culturalmente, esta é a categoria na qual eu deveria ser colocada: "Góticos sentados junto a uma estátua/memorial de guerra". Pessoas totalmente desprovidas de qualquer força na parte superior do corpo, que leem poesia. Essas são as minhas pessoas. Estou usando o casaco preto estilo garçom, botas pretas, meia-calça preta e tanto delineador que pareço um arau.

Dado esse esforço, pensei que a contracultura fosse simplesmente... me aceitar. Eu não sabia que havia uma *entrevista de seleção*.

Pisco de novo. "Sou sua prima. Johanna. Filha do Pat."

Ali levanta o olhar por um minuto — um olhar duro, que me avalia.

"Você parece a Vovó Gorda", ela acaba por dizer.

"Eu fiquei com a cama dela!"

Os lábios de Ali se apertam: "Eu fiquei com a gaiola do periquito. Vou pôr um hamster ali".

Silêncio. A três metros dali, meu parceiro de negócios — Lupin — está perseguindo uma pomba. Vesti-o de um jeito incrível: ele anda obcecado por tigres, e fiz para ele umas orelhas de tigre e um rabo de tigre que está pregado ao fundilho de suas calças. Ele está perseguindo a pomba e gritando "ROOARR!" para ela.

Um menino olha para mim: "Ali — ela está com você?". Ali dá de ombros. Eu também. O garoto também. Eu dou de ombros mais uma vez.

Que inferno — é nisso que consiste ser adolescente? Não me entendam mal, mas já vi dias mais animados quando ensinava Lupin a usar o penico — na fase em que ele costumava fazer cocô atrás do sofá, então o jogava no penico e ficava esperando um prêmio. Na real, até que era bem divertido.

"Você é gótica, então?"

O garoto abriu a boca. Ele está examinando minha roupa, que é toda preta.

"Bem — ser gótico é uma questão realmente direta, binária, 'preto no branco'?", pergunto, como um professor universitário ancião no programa de rádio *The World at One*, gesticulando diante de suas caras branquelas e roupas pretas.

Nada.

Cara, já vi clipes de Gilda Radner arrasando no *Saturday Night Live* com esse tipo de merda. Acho que ninguém nesta cidade jamais vai rir de minhas piadas. Eles simplesmente não entendem desconstrução semiótica aqui. Talvez eu precise me mudar para Nova York.

"Eu diria que sou... 'goticocuriosa'?"

Nada ainda.

"Que banda você curte?"

O garoto está falando de novo. Ali está totalmente inerte, deixando ele me interrogar.

Penso por um minuto.

"Bem, os Beatles, obviamente. Zeppelin. *The Best of Simon & Garfunkel*. Toda essa..."

Penso.

"... merda."

O garoto está me encarando. Obviamente isso não o está impressionando.

"Você não gosta de nada *recente*?", ele acaba perguntando.

"Claro!", digo, com confiança. "Roachford. Dire Straits. E Michael Jackson — embora ele pareça um pouco otário."

Também gosto da Tina Turner — ensaiei bastante uma coreografia para "Steamy Windows" usando uma vassoura no lugar de uma bengala —, mas não digo isso. Ele está me olhando fixamente como se essa conversa fosse um jogo que eu estivesse perdendo de lavada.

"... mas sobretudo John Coltrane, e Charlie Mingus", acrescento, rápido. "Todos os jazzistas fodidos, da pesada."

Estou mentindo. Detesto jazz. Para mim soa como pessoas completamente enlouquecidas. Mas meu pai toca bastante, e lembro de seu sábio conselho: "Sempre que você precisar se sair bem numa situação — fale de jazz, Johanna. Confunde as pessoas".

O garoto continua me encarando. Ali se afasta ligeiramente de mim. Espero um minuto, mas parece que a conversa acabou.

"Bem", digo. Não posso acreditar que o jazz me deixou na mão. Me pergunto sobre o que mais meu pai está errado.

"Bem, vou...", e me levanto. Lupin está a uns seis metros, seguindo uma pomba arrulhante que tem só um pé. "Vou... embora."

Ali mal me olha. O garoto me ignora completamente. Esse encontro preliminar com a contracultura de Wolverhampton não foi bem. Um belo zero a dez. Eu me preparei mal.

Vou precisar de um barco maior ainda. Esse é meu problema recorrente.

Olho para o outro lado da praça, para Record Locker — a loja independente de discos de Wolverhampton. Tomo uma decisão.

"Venha, Lupin", digo, pondo-me de pé e estendendo minha mão para ele. "Lá vamos nós — para novas pastagens."

Essa era a tradicional última linha do crítico da *New Yorker* Alexander Woollcott — normalmente proferida depois de algum desastre, como um colapso alcoólico, ou um retumbante *faux pas* social. Lupin pegou minha mão — ainda tentando chutar a pomba — e atravessamos a praça até a loja.

Bem que eu queria que esses idiotas conhecessem Alexander Woollcott. Eles me respeitariam, enquanto eu me afasto. Em vez disso, ouço-os rindo:

Ali: "Oh, meu *Deus*".

Estou prestes a fazer o que é, sem dúvida alguma, a coisa mais corajosa que já fiz. Lojas de discos não são para mulheres. Isso é um fato. Lojas de discos são a casa na árvore da gangue com "Proibida a entrada de garotas" escrito na lateral — o equivalente da gente jovem e amante de música para a sala de fumar dos cavalheiros. Em minha fantasia mais paranoica, quando abro a porta, toda e qualquer música para, e todo mundo me olha — como numa taverna do Velho Oeste, quando entra um estranho.

Quando abro a porta, a música de fato para, e todo mundo levanta o olhar. A música parar é apenas uma coincidência — o disco acabou —, mas todo mundo olhar para mim não é. As pessoas ali, debruçadas sobre as fileiras de discos, são garotos com cabelo longo vestidos com casacos do Exército e Dr. Martens; uns dois estão usando casacos puídos de couro. Há alguns entusiastas Madchester junto aos discos. São todos membros qualificados da contracultura. Têm permissão para lá estarem.

Por contraste, eu sou uma garota gorda que ainda usa um casaco preto de garçom e uma blusa, de mãos dadas com uma criança de seis anos que está usando orelhas e rabo de tigre, que está olhando para uma pomba passante e gritando "A ÁGUIA ESTÁ VINDO!" bem alto.

O lado B de *Bummed* começa, e todos eles desviam o olhar novamente. Um ou dois estão sorrindo com escárnio. Não me importo. Tenho sexo regular e pleno com uma escova de cabelo, e sou o filho bastardo de um filho bastardo de Brendan Behan. Eles vão todos se arrepender. Algum dia.

"Muito bem", o homem atrás do balcão diz. Ele tem um cabelo preto oleoso e está usando uma camiseta do Sepultura — a qual, posso dizer só pelo logo, é um sinal internacionalmente reconhecido de que ele mata e come mulheres.

"Estou só dando uma olhada!", digo, alegre, e me aproximo do primeiro rack de discos, examinando com atenção. Estou na letra M. Olho as capas dos discos, com um jeito que espero ser de um expert no assunto, e tento definir as bandas de que eu gostaria, a julgar pela arte da capa. Morrissey. *Viva Hate*. Meio lúgubre. Mega City Four. Piercings. No nariz. Isso deve *doer*. Me pergunto se, quando você assoa o nariz, sai meleca. Pelo buraquinho.

Lupin pega um disco do Van Morrison, apalpa-o desajeitadamente e o deixa cair.

"Está procurando algo em especial?", o homem atrás do balcão pergunta, irritado. Alguns garotos nos olham novamente. Será que devo tentar o jazz mais uma vez?

"*Escalator over the Hill*, de Carla Bley", digo.

Esse é o pior álbum que meu pai tem, de longe — um álbum duplo experimental de uma forma livre de jazz-ópera que esvazia nossa sala a cada vez que ele o põe pra tocar, irritado. Nem meu pai consegue ouvi-lo por mais de meia hora sem emitir gemidos, como se sentisse dor. Ele muge.

"Mas é muito obscuro, então provavelmente você não tem", digo, piedosamente. *Confunda-os com jazz.*

"É *jazz*", esclareço, tentando ser útil.

"Johnny Hates Jazz?", o homem diz, em voz alta. "Não, não temos nada de Johnny Hates Jazz."

"Não", digo, ligeiramente em pânico. "Não é Johnny Hates Jazz."

Até eu sei que Johnny Hates Jazz é merda. Garotas com permanente gostam deles. Entrar nessa loja e pedir Johnny Hates Jazz é basicamente uma sentença de morte.

Mas é tarde demais — os rapazes estão rindo.

"Não — não Johnny Hates Jazz. Carla Bley", tento de novo, desesperadamente. "É uma ópera-jazz, oh, merda, escute, vou procurar noutro lugar."

Eu me preparo para dar no pé daquela loja, mas Lupin está segurando uma revista.

Apressada, tento tirá-la das mãos dele à força.

O papel se rasga. Levanto o olhar, petrificada. Se ele for me cobrar pela revista, não tenho dinheiro. Vou ter que... ser morta e comida por ele lá nos fundos, várias vezes, até pagar tudo o que devo.

"É grátis", o cara diz, gesticulando para sairmos da loja. "É grátis. É uma revista gratuita. Leve. Leve."

"Venha, Lupin", digo, abrindo a porta com toda a dignidade possível. "Vamos lá falar com Alexander Woollcott. Ele está esperando."

O rapaz junto à fileira de discos mais próxima da porta se debruça e me entrega alguma coisa.

"O rabo do seu filho", ele diz, me entregando o rabo de tigre de Lupin.

De novo o negócio de "filho". Jesus. ELE NÃO É MEU FILHO. NA REAL, EU SOU VIRGEM. Mas é claro que não digo nada disso.

No ônibus no caminho para casa, Lupin se inclina contra a janela, numa espécie de torpor, e eu pego a revista grudenta e amassada de suas mãos e a folheio. É uma publicação mensal sobre música chamada *Making Music*. A capa promete apresentar ao leitor ávido todo o equipamento de *backline* da turnê atual de Del Amitri, revelar os "segredos de microfone" de Midge Ure e nos guiar pelo estúdio de LA da lendária sessão do baixista Pino Palladino. Basicamente encontrei ali todo o conteúdo da cabeça do meu pai, só que impresso. Embora eu leia *qualquer coisa* — você pode me testar sobre os ingredientes da sobremesa de morango com creme da Birds o quanto quiser; já li a embalagem —, nem mesmo eu consigo ler isso.

Mas na página 4 há uma coluna chamada "J Arthur Rank", que traz "as bobagens absurdas escritas pelas pessoas de revistas". Leitores furiosos enviam trechos de críticas musicais que consideram vexatoriamente pretensiosas.

Craig Ammett, resenhando The Touch na *Melody Maker*, alega, "É o som de Deus explodindo — lentamente. E dos estilhaços atingindo Dalí em cheio no rosto".

Ian Wilkinson em *Disc & Music Echo*, enquanto isso, é

denegrido por saudar o LP de Sore Throat como "... uma evolução repentina de amebas musicais dadas a piadas internas para poderosos golfinhos sônicos".

E David Stubbs, novamente na *Melody Maker*, diz que a banda de rock progressivo de Henry Cow soa como "... arrastar um alce pelo palco, e mamar nele".

"Abaixo esses nerds!", a coluna de J Arthur Rank urge. "Vão trabalhar como Bozos atrás das máquinas de escrever!"

Trata-se, aparentemente, de textos terríveis. A cobertura musical na imprensa é, obviamente, um pouco como Versalhes, cheia de dândis decadentes, enfeitados com rendas nos punhos, datilografando nonsenses grandiloquentes sobre valorosas bandas musicais. São janotinhas parasitas e empertigados, cavalgando nas costas da besta nobre do rock. Indolentes, posudos — almofadinhas improvisando a esmo noite adentro, sem fazer sentido algum, transformando o mundo num lugar infinitamente pior. Essas pessoas, na verdade, são nada mais do que a escória.

E eu penso: adoro isso. Eu bem que poderia fazê-lo. Foda-se escrever um maldito de um livro sobre uma menina gorda e um dragão. Eu poderia, isso sim, ser uma jornalista especializada em música. Podia facilmente escrever esse tipo de coisa. Seria canja. É melhor do que poemas sobre minha cadela, ou sobre a bunda de meu pai. É justamente por isso que estive esperando.

Essa é a minha saída.

Sete

Uma semana depois, na Biblioteca Central. Uma bela construção vitoriana, cheia de prateleiras de plástico velhas dos anos 80 — e, agora, eu.

No andar de cima, na Biblioteca Audiovisual, há uma mesa enorme de madeira, na qual jornais e revistas repousam, ao alcance de quem quiser lê-los.

Antes, eu sempre ficava com pena daqueles sujeitos sentados à mesa, lendo *The Sun*. Olhando para os peitos da página 3, na biblioteca.

"Oh, Nye Bevan", eu pensava. "Se você tivesse vivido para ver o dinheiro do contribuinte sendo usado nisso!"

Agora, porém, estou entusiasmada com o lugar — já que a mesma mesa também oferece a imprensa musical da semana: *Melody Maker*, *NME*, *Disc & Music Echo* e *Sounds*.

Depois de ficar de sentinela junto à porta esperando o correio da manhã, vou caminhando até o centro e passo meu final de semana nessa mesa, lendo a imprensa musical. Não — *estu-*

dando a imprensa musical. Esse é o meu trabalho agora. Estou estudando meu futuro.

Ainda tenho meu sócio comigo — Lupin, sentado à mesa, vestido de tigre, lendo livros da Biblioteca Infantil. Às vezes, se mamãe está passando por um dia difícil com os bebês, preciso trazê-los comigo, também — para tomarem "ar fresco".

Então fico ali sentada, lendo. Há tanto a aprender. Acontece que *muita coisa* rolou desde que os Beatles se separaram. Não apenas Dire Straits e Tina Turner, afinal. Numa caderneta, anoto como é o som das bandas mais incríveis — The Smiths, My Bloody Valentine, Teenage Fanclub, Primal Scream, Pixies, Stone Roses, The Fall, Pavement.

Todos os seus nomes parecem novos e frescos: mais como lugares do que como bandas. Repletos de pessoas vivas que ainda fazem música. Há um selo de uma gravadora chamado Creation, e todos os seus músicos parecem celtas falantes e arruaceiros. Há um pub chamado The Good Mixer, em Camden, aonde todos vão beber. Em Astoria há um lugar chamado The Keith Moon Bar, onde festas pós-shows vão até uma da manhã. Uma da manhã!

Eu poderia simplesmente entrar porta adentro nesses lugares e *falar* com alguém. Eu poderia *fazer parte* disso. Sinto-me como Marco Polo, ouvindo falar sobre a China. Eu sei que preciso ir lá. Sei que vou adorar. Encontrei meu destino. Minha gente estará esperando por mim ali. Essas revistas estão descrevendo minha vida futura.

Tento suscitar o interesse de Krissi em minha recém-encontrada obsessão por música — despachos da terra ignota que acabo de descobrir. Entro em seu quarto e me jogo em sua cama.

"Oh, meu Deus, o novo single do Sonic Youth parece incrível. Kim Gordon finge ser Karen Carpenter — mas com uma guitarra fodida e sórdida tipo motosserra do início ao fim, como se ela estivesse adivinhando seu próprio destino."

"Quem é Karen Carpenter?", Krissi pergunta.
"Não faço ideia", respondo, feliz.
"E o que significa 'guitarra fodida e sórdida tipo motosserra'?", Krissi continua.
"Nada. Não faço ideia", admito. "Mas parece *incrível*."
Porém, logo saberei do que se trata. Logo saberei como é uma guitarra fodida e sórdida tipo motosserra — pois encomendei o disco. A Biblioteca Central permite que você encomende qualquer disco que quiser por vinte centavos. Tendo vasculhado os bolsos de papai atrás de moedinhas perdidas enquanto o encontrei desmaiado, de barriga para baixo, no corredor, dias atrás, pedi dez discos — das bandas que *Disc & Music Echo* mais recomenda.

"Pode levar de seis a oito semanas para chegarem", a bibliotecária me diz, calorosa, olhando para baixo, para cartões que trazem palavras nem um pouco típicas de bibliotecas, como "Jane's Addiction: Nothing's Shocking", "Babes in Toyland: Spanking Machine" e "Bongwater", com minha caligrafia arredondada e infantil.

"Oh, tudo bem", digo. "Assim terei tempo de imaginá-los."
Ela me encara.
Essa é a minha nova mania — imaginar música a partir das letras. Deito em cima do meu edredom, imaginando como as músicas desses discos podem ser. É um processo um pouco parecido com mágica, ou lançar pensamentos de segunda mão a esmo. Faço discos inteiros na minha cabeça, enquanto espero que os de verdade cheguem. Olho para as capas dos discos e infiro melodias a partir das cores — o turbilhão de sorvete nas cores do pôr do sol de *Heaven or Las Vegas*, do Cocteau Twins, ou o aplique vermelho satânico de *Ritual de lo Habitual*, de Jane's Addiction. Excitada — inspirada —, começo a incorporá-los, sinestesicamente, às minhas fantasias sexuais — desem-

bocando em cobres e estampas coloridas e nas explosões carmesins de *Scar*, de Lush.

À medida que o outono fica mais frio, e mais árduo, em novembro, chego a ter uma biblioteca de músicas imaginárias — com a cabeça cheia de cores, olhando para a lua fria lá fora.

Tentando não acordar Lupin, que dorme ao meu lado.

Claro, há um limite até o qual você pode se masturbar ao som de uma coleção imaginária inteira de discos, até que você fica desesperada por ouvi-los e toma alguma atitude.

John Peel é mencionado nessas revistas, incontáveis vezes — as sessões lendárias de John Peel na Radio 1, onde todas essas bandas tocam, em algum momento: um clube noturno nas ondas do rádio em que você consegue entrar independentemente de sua idade e da roupa que está usando. Até mesmo uma garota de catorze anos pode entrar usando uma camisola longa no estilo vitoriano, muito tempo depois de todos na casa já estarem dormindo.

À meia-noite, plugando os enormes fones de ouvido de meu pai no rádio, deito-me ao lado de Lupin — adormecido — e tento encontrar a Radio 1, a partir das informações fornecidas sobre a sintonia no *Radio Times*. Girando o dial pelos canais, ouço explosões familiares de Kylie e Simply Red e Gladys Knight, mas vou em frente — não são esses os robôs que estou procurando.

Finalmente, no 97,2 FM, encontro uma fala pausada de Liverpool, discorrendo sobre seus "consideráveis esforços para localizar as datas da turnê do festejado trio de Ipswich, Jacob's Mouse", sem sucesso.

É isso! Estou na porta! Esse é o Uncle Peel, do qual todos eles falam! Vou, finalmente, ouvir a contracultura dos anos 90 pela primeira vez! É por aqui que ela anda!

Peel termina sua ladainha morosa, bisonha, sobre as datas da turnê e apresenta o próximo disco.

"Não encontrarão aqui nenhuma amabilidade burguesa como introdução, eu aviso", ele diz, laconicamente, antes de dar a deixa para a música.

O repentino barulho, chegando através dos fones de ouvido, é desconcertante — um golpe de guitarra fortíssimo, malvado, aparentemente tocado com a única intenção de aterrorizar qualquer pessoa que ainda não tenha vivido uma experiência sonora grosseiramente equivalente, tal como ter seu triciclo atropelado por um misturador de cimento defeituoso cheio de crianças moribundas.

Então o vocal começa — um homem que parece completamente possuído, berrando um alerta urgente: *"He's outside your house! He's outside your house!"*.

Nunca fiquei tão aterrorizada na minha vida. Isso certamente não é "Steamy Windows" de Tina Turner. Esse "John Peel show" é, claramente, algum tipo de Serviço Rádio do Cidadão, por meio do qual demônios se comunicam uns com os outros, enquanto planejam acabar com a Terra. E o alerta continua: *"He's outside your house! He's outside your house!"*.

Desligo o rádio e tiro os fones de ouvido, tremendo. Jesus. Preciso de água. Saio da cama e me aproximo da escrivaninha para pegar o copo. Quando passo pela janela, olho para fora — tem um homem; e ele está do lado de fora da minha casa.

Um homem, parado sob o poste de luz logo em frente. Com toda a ameaça possível que um homem, sozinho, carrega. Por que ele estaria aqui? Por quê? POR QUÊ? Nunca passa ninguém por aqui. Oh, isso é bruxaria pura.

Ao perceber um movimento em minha janela, ele olha para cima. Seu rosto é pálido. Ele olha bem no meu rosto. Para meu horror, tenho a impressão de que seu rosto está derretendo um pouco — transformando-se no *Grito* de Edvard Munch, que vi no *The Key to Modern Art of the Early Twentieth Century* (Lourdes Cirlot, Bateman, 1990).

Sufocando um grito, volto para a cama e coloco o rádio sob uma pilha de roupas, no chão — enterrando-o, para o caso de ser radioativo de tão diabólico.

Eu me abraço no pequeno Lupin — que é um misto de conforto e algo que estou totalmente pronta para oferecer ao homem, como sacrifício, caso ele, com sua lógica má, apareça de repente na porta da minha casa.

Sou jovem demais para a contracultura, penso. Não consigo lidar com ela. Se eu sobreviver a esta noite sem morrer de puro medo — do que, no momento, duvido seriamente —, amanhã voltarei direto para os Beatles. Adoráveis Beatles, com suas harmonias sobre amor velho e amor novo! Eu devia ter ficado com vocês! Eu nunca, nunca mais vou tentar ouvir John Peel de novo. Não há hipótese de eu ser uma crítica musical se é preciso ouvir *coisas* desse tipo.

Anos mais tarde, claro, entendo que não se tratava de nenhum demônio — mas simplesmente de algum *speed-metal* bastante anódino, e que o homem lá fora era apenas um homem, em pé no ponto de ônibus, esperando pelo 512.

Mas comecei a tomar posição agora, como uma adolescente em botão, e vai ser difícil recuar. Minha transformação recente — como uma gótica rejeitada pelos outros góticos — não passou desapercebida na família.

"Você mudou. Usando preto o tempo todo. É como ter um corvo grande e gordo preso na nossa casa", minha mãe me diz um dia, enquanto desço as escadas. "Um corvo grande e gordo se debatendo nas janelas. É deprimente. Não pode usar um vestido bonito?"

"Preto é como estou por dentro. Porque não há luz dentro do corpo humano", digo.

Ela olha para mim, inexpressiva, e dá de ombros.

Ela nunca entende esse tipo de piada — nas quais tento subverter clássicos clichês de adolescente. Já tentei explicá-las para ela antes, e ela só emite um pequeno, vago e indiferente "Oh" — mais ou menos como faria a rainha se alguém dissesse, cheio de confiança, "olha só minha grana — tenho *vinte paus*".

"Oh!"

Ela também não gosta da maquiagem.

"Uma vez eu quase fiquei cega com uma escovinha de rímel", ela diz, olhando rabugenta para o meu delineador.

Não quero mencionar o fato de que isso diz muito mais sobre ela do que sobre mim. Ela poderia muito bem estar me contando uma história de como certa vez confundiu "*push*" e "*pull*" numa porta, e então me proibir de usar portas novamente — "Para o caso de você *também* ser enganada por portas".

E há toda uma série de conversas "você mudou" — como se estivéssemos tentando iniciar uma coleção.

"Você está mudada", ela diz, quando desço usando um pequeno véu de casamento rendado preto.

"Bem, isso é bom, né, mãe. Senão eu ainda estaria excretando por meio do seu cordão umbilical."

"Você está mudada" — quando assisto ao Happy Mondays no programa *Top of the Pops* e pratico a minha dança de Manchester.

"Bem, essa é a natureza da passagem do tempo."

"Você está mudada" — quando passo descolorante em meu buço, no banheiro.

"Sim. Decidi que o visual 'Hitler indie' não ia funcionar para mim, afinal de contas."

Mas as crianças gostam do meu novo visual.

"Você parece uma princesa do mal", Lupin diz, admirado, brincando com meu véu preto.

Princesa do mal. Isso me serve. É melhor do que o que eu tinha antes, pelo menos — "Pária flácida".

Eu provavelmente poderia me virar com "Princesa do mal".

Na noite seguinte escuto John Peel de novo, como uma princesa do mal faria. Não parece tão aterrorizante da segunda vez. Como numa tempestade, você só precisa esperar, e o tempo vai se abrir de novo. Sim, há montes de *dance music* — Peel adora Acid House, que, decidi em caráter definitivo, não é para mim: não tenho as roupas certas para isso; tampouco conheço qualquer pessoa com um carro que possa me levar para uma rave, e então, por esses motivos, estou fora. Sou como aqueles adolescentes reprimidos em 1963, ouvindo os Beatles e dizendo, contrariados, "Que barulheira! Prefiro as alegrias honestas do *skiffle!*".

Mas às vezes, e de repente, as barragens desses sons que excluo se quebram e revelam coisas que acho incrivelmente belas e úteis para mim e para meu coração em seu momento atual. Eu me inclino à frente e aperto *"record"*, com o intuito de guardá-las para sempre — menos seus sete primeiros segundos.

Guardo essas fitas por anos a fio. Mazzy Star. The Sugarcubes. Montes de guitarras africanas do hi-life — que eu, desdenhosamente, penso serem quase tão boas quanto as coisas de Paul Simon em *Graceland*, e as gravo com o interesse ingênuo de ter "gostos ecléticos" ainda que, para ser franca, posteriormente sempre as passe em *fast-forward*.

Mas está tudo ali, numa fita cassete, se eu quiser e precisar — e eu quero e preciso: quero e preciso de todas essas novas cores e ideias e vozes, em pequenas fitas cassete cinzentas que posso guardar no bolso, como amuletos. Como os livros antes delas, sei que cada uma dessas músicas poderia, no final das contas, provar ser justamente aquilo de que eu preciso: uma saída. Um lugar aonde ir.

John Peel é o *meu* World Service — meu clube noturno no céu, onde me encontro com todos os outros jovens como eu, também agarrados a fitas cassete vazias, que querem ouvir as últimas manchetes: alguém compôs uma música brilhante em Boston! Em Tóquio! Em Perth!

Pois este é o barato de Peel — descobrir que há um mundo seis polegadas abaixo do asfalto. A contracultura. O underground. Sempre esteve aí — como os rios enterrados que correm sob Londres. E quando chegar a hora em que você não conseguir mais aguentar o nível da superfície, e sentir que não há mais nenhum lugar ao qual caminhar lateralmente, você pode parar bem aí onde está, tirar um martelo do bolso e golpeá-lo entre seus pés, e descer. Ir mais fundo.

Cair, como Alice, em um novo e brilhante mundo de Chapeleiros Malucos, Rainhas voluntariosas e o enigmático Rato, e guerras que foram travadas infindavelmente, desde tempos imemoriais. Punks detestam os hippies, e moderninhos detestam roqueiros, e o pessoal de rave detesta garotos indie. Patti Smith friamente se levanta contra Jesus, Primal Scream brilha mais alto que o sol, e Ivor Cutler se põe numa praia rochosa com um acordeão, cantando histórias hebridenses surreais sobre garotas que espremem abelhas para obter o mel.

E às vezes — se é uma ocasião festiva — Peel toca as mais pedidas. A primeira vez que ouço "I Am the Resurrection" dos Stone Roses, danço no meu quarto, deitada, com os fones de ouvido — braços abertos bem amplos, sentindo pela primeira vez alegria de vir de uma cidade industrial menosprezada. Nesse tipo de cidade acontecem coisas que nunca poderiam acontecer em qualquer outro lugar — crianças orgulhosas e pobres fazem as coisas acontecerem com mais fervor, e intensidade, e furor, do que jamais poderiam ser feitas em outros lugares com cidadezinhas agradáveis ou com jardins bem cuidados.

Finalmente entendo o que meu pai quer dizer quando fala "Sou o filho bastardo de Brendan Behan — e você *vai* se curvar para mim". As classes trabalhadoras fazem as coisas de outro modo. Posso ouvi-lo. Consigo ver que não estamos *errados*. Não somos apenas pessoas pobres que ainda não evoluíram para outra coisa — i.e.: pessoas com dinheiro. Nós *somos* diferentes — somos como somos. As classes trabalhadoras fazem as coisas de forma diferente. Nós somos *o futuro*. Nós é que fornecemos a energia para a cultura popular — do mesmo jeito que, antes, fornecemos a energia para a Revolução Industrial. O passado é deles, mas o futuro é meu. Eles são todos anacrônicos.

"JOHANNA!", Krissi assovia. Tiro meus fones de ouvido. Ele aparentemente está chamando meu nome há já algum tempo, lá da bicama.

"Se você vai ter um treco, terei o maior prazer de enfiar uma colher de pau na sua boca", ele diz. "Pare de se *contorcer*."

"Não estou me *contorcendo*", digo, voltando a colocar os fones de ouvido. "Isto é uma dança. Estou *dançando*, Krissi."

Oito

Estou na casa do meu tio Jim. O lugar está entupido de gente. É 28 de novembro de 1990, e Margaret Thatcher acaba de renunciar ao cargo de primeira-ministra, depois de um golpe partidário interno que deixou o *Nine O'Clock News* absurdamente excitante na última semana.

A cada desenvolvimento da história, meu pai se pôs na beirada do sofá, como só faz quando o Liverpool está numa final de campeonato, gritando "Vamos lá! Acabem com a vaca! *Acabem com ela!*".

Quando a sra. Thatcher de repente, de forma dramática, surge atrás do repórter da BBC John Sergeant depois do primeiro voto, e Sergeant parece visivelmente perturbado, papai grita, "Ela está atrás de você! Que inferno — ela simplesmente aparece como o maldito exército de esqueletos de *Jasão e o velo de ouro*, não é mesmo? Tebbit andou dando com a língua nos dentes. Medusa, não é? Com cobras em lugar de cabelo. Olhem para as malditas cobras na cabeça dela, crianças".

Olhamos, e parece que podemos ver as cobras.

E, agora, ela se foi.

"Renunciou? Cassada, isso sim. Mandada embora. Veja só que delícia que é! Disso ela não gosta!", meu pai está exultando, abrindo uma lata de Guinness. Todo mundo ergue sua latinha no ar e brinda: "Ela não gosta de um pé na bunda!".

A cozinha está cheia de tios e tias, fumando e bebendo. Todos os tios e tias estão aqui — é como uma reunião tribal. Até mesmo os galeses e os de Liverpool — eles nasceram do outro lado do país, da Vovó Gorda e do Vovô Malvado, enquanto eles eram repetidamente bombardeados, então se mudavam, então eram bombardeados de novo, durante a guerra, e então buscavam trabalho, nos anos que se seguiram.

Os tios mineiros do País de Gales sempre me assustaram — fotos suas nos álbuns de fotografias os mostravam pretos, com os dentes reluzindo. Quando criança, eu sempre os confundia com os menestréis do Black and White Minstrels, e me perguntava se eram racistas. Imaginei sua casa nas minas — uma caverna perfurada a partir de um poço principal, com as tias no escuro, iluminadas apenas por uma lamparina, desesperadamente tentando manter limpos os guardanapos de tecido e as toalhas de mesa.

Quando finalmente visitei a casa do tio Jareth, em Swansea, fiquei surpresa ao ver que se tratava de uma moradia popular normal, com paredes e teto e um jardim, e permaneci inquieta — até que me mostraram o buraco para o carvão. Presumi que o tio Jareth dormisse lá, sobre o carvão, como um dragão sobre seu tesouro, e fiquei satisfeita. Voltei a jogar "It" com os primos galeses, que eram inesperadamente loiros e dourados, como se tivessem roubado toda a luz do sol da qual o tio Jareth era privado durante o dia. Filhos de mineiros são sempre muito limpos. Já percebi isso.

"Essa corja vai estar na rua no Ano-Novo", meu pai continua, repassando o que restou do gabinete tory. "Estúpidos de terno, comparados a ela. Não são nada agora que a mamãezinha se foi. Envenenaram a colmeia! A abelha-rainha está morta! Os tories vão ser enforcados nos postes de luz até o dia de São Valentim!"

Todos os tios comemoram. Todas as tias olham, reprovadoras, e continuam tirando papel filme de pratos de sanduíches.

Os tios saem para a rua, para o corredor dos fundos, e continuam falando sobre política. Só podem falar sobre política, pois ninguém nunca jamais pode perguntar "Como vai o trabalho?".

Com exceção do tio Jim — a quem nos referimos como "o tio rico", pois ele é representante do sindicato numa fábrica de automóveis —, nenhum dos outros tios tem trabalho, por ora. Trabalhadores de docas, de fábricas de automóveis, mineiros — homens enormes sentados, irrequietos, em sofás minúsculos em casas minúsculas, recebendo seguro-desemprego.

Alguns deles têm "ocupações secundárias" — tio Stu certa vez apareceu na nossa casa vendendo produtos de limpeza doméstica, numa bandeja. Papai comprou um pouco de alvejante, e então eles se sentaram na sala, bebendo até cair. Mais tarde ouvi mamãe dizer que viu o tio Stu chorar.

Todos os três filhos do tio Chris se juntaram ao Exército: "Lutando pelo país que fodeu com eles", papai diz, amargo — mas não na cara deles. Todos eles receberam treinamento para operar armamentos letais. Meu pai, embora ostensivamente imprudente, escolhe suas brigas a dedo.

Uma vez que os homens saíram, as mulheres podem conversar sobre outros assuntos. As mulheres sempre têm outros assuntos — pois elas podem falar sobre suas famílias, e seus úteros, e sobre como dar à luz vários membros da família acabou com seus úteros. Tia Viv tem uma história sobre certa vez estar na cozinha e tossir até seu útero cair na sua calcinha. Sempre que ela conta, todas as outras mulheres acendem cigarros e dizem, "Me conte!". É completamente aterrorizante.

"Então — estou vendo que sua Johanna se tornou Rainha da Noite", tia Viv diz para minha mãe, acenando para mim com a cabeça. Estou, como sempre agora, totalmente de preto, e quase cega de tanto delineador.

"Na verdade estou protestando contra a guerra no Biafra. E também contra 'Cold Turkey' ter caído nas listas", digo, organizando enroladinhos de salsicha em um prato.

Ninguém aqui leu a famosa carta que John Lennon mandou à rainha ao devolver sua condecoração de Membro da Ordem do Império Britânico — então, mais uma vez, essa formidável piada é totalmente desperdiçada. Vou ter que começar a anotar as malditas.

"Aposto que essa tinta de cabelo arruinou seus azulejos, Angie", tia Soo diz, batendo cinza na pia.

"É como ter um grande corvo preto passando esfregão na casa", minha mãe confirma.

"Você já usou essa fala", eu digo.

"Sou sua mãe", ela replica. "Posso chamar você de corvo grande e gordo dez vezes por dia, se quiser."

"Ah, ela não é um corvo — ela é um cisne negro, não é mesmo, Johanna?", tia Lauren diz. "O cisne negro da família."

Tia Lauren é demais. Tia Lauren tem um "passado" — nos anos 60, ela foi um dos hippies que derramaram detergente líquido na fonte da Queen's Square, e a encheu de espuma. Saiu na primeira página do *Express & Star*. No canto da fotografia, dá para ver a pontinha da bolsa de tia Lauren. Ela nos mostrou a fotografia várias vezes.

No último Natal, ela inventou o "Boneco de neve" — o drinque Bola de Neve de Advocaat e refrigerante, mas finalizado com vodca.

"Beba alguns desses e, de manhã, seus filhos vão acordar e descobrir que você derreteu", ela brincou. "Eles vão se ver de pijamas, segurando seu cachecol molhado e chorando. É por isso que se chama 'Boneco de neve'!"

Uma hora depois, ela caiu sobre o sofá, dançando Fleetwood Mac.

"Então, o que tem feito, Johanna?", tia Lauren continua. "Quinze anos agora, né? Já sabe o que quer ser?"

"Vou ser escritora. Crítica musical", digo.

Já vi dúzias de filmes sobre o que acontece com alguém das classes operárias que anuncia que quer fazer algo "artístico" — como ser escritor, ou cantor, ou poeta. Todos os parentes reunidos olham furiosos e começam a dizer coisas como, "Seus sonhos não valem nada — é preciso pôr pão na mesa, minha filha!" e "Você sempre se achou boa demais para nós, com seus trejeitos *metidos de Londres*". Estou totalmente preparada para me tornar uma pária. Estou pronta para ser o jovem Tony Hopkins, saindo intempestivamente da sala, para encontrar minha musa sozinha.

Não é o que acontece.

"Ah, que beleza, Jo!", tia Lauren diz, imediatamente. "Bom pra você, transformar esse monte de bobagem em dinheiro."

"Demais!", tia Viv diz — o que é realmente impressionante, dado que uma vez ela me repreendeu por fazer seu pequeno Stephen imitar o dueto de Barbara Dickson/Elaine Paige "I Know Him so Well" comigo, porque isso o deixava "corcunda".

"Sabe o que mais?", tia Soo diz, "tive um colega de escola que acabou escrevendo as resenhas pop do *Express & Star* e era um emprego bacana — ele foi até Edimburgo, com os Moddy Blues."

De repente todos na cozinha estão falando sobre pessoas que conheceram que eram escritores, ou então que entraram para a indústria da música, e que ótima carreira é essa para um jovem oriundo da classe operária aspirar. Sinto-me obscuramente prejudicada. Será possível que a minha família não consegue fazer *nada* normal? Neste exato instante eu deveria estar me sentindo rejeitada e marginalizada. Em vez disso, minha tia Soo está me dando a dica de que, quando você se torna um crítico musical, "recebe drogas de graça, segundo ouvi falar".

"Johanna não precisa de drogas — ela tem enroladinhos de salsicha", minha mãe diz, sarcástica. Ela está sentada, pálida, numa cadeira no canto, e me observa com olhos estreitos quando eu coloco um inteiro na boca.

Com tanta dignidade quanto sou capaz, pego o prato de enroladinhos de salsicha e vou para a sala de estar oferecê-los aos primos.

"ENFOLADINHOS DE FALFIFA!", grito, cuspindo farelos, que aterrissam no prato. Nunca contei quantos primos tenho. Há uma boa dúzia aqui — jogando um jogo no qual têm de percorrer todo o cômodo sem tocar no chão, subindo no sofá, cadeiras, console da lareira etc.

Minha prima gótica Ali está sentada no canto da sala com seu walkman ligado, olhando-os com desdém. Faço um circuito reduzido da sala — subindo no sofá, cadeira, peitoril da janela, console da lareira, e de volta ao início, ainda comendo o enroladinho de salsicha, gritando "É *assim* que se faz" para as crianças estupefatas — então me sento ao seu lado.

"Oi", Ali diz.

Conforme suspeitei, Ali está bem mais amigável hoje — agora ela não está se exibindo para um garoto e também está cercada por crianças pequenas das quais quer se distanciar, por ser mais velha que elas.

Ainda assim, não vou basicamente me prostituir pela afeição dela uma segunda vez. Num movimento poderoso, viro o prato, de forma que ela precisa pegar um dos enroladinhos mais deformados. Ela pega um feioso. Aceito esse pedido oblíquo de desculpas com um leve aceno de cabeça. Ela o ignora. Ficamos sentadas em silêncio por um minuto, vendo as crianças fazerem guerra de almofadas.

"Quer sair para fumar um cigarro?", ela pergunta, de repente.

Fico tão surpresa quanto se ela tivesse dito "vamos sair e ordenhar um bisão?".

"O.k.", digo.

Abrimos caminho por entre as crianças em pé de guerra e vamos nos sentar no degrau da porta de entrada. Ela tira um maço de Silk Cut do bolso.

"A marca de cigarros da mulher trabalhadora", ela diz.

Põe um na boca, e me oferece o maço. Pego um.

"Sua mãe sabe?", pergunto.

"São dela", ela diz, acendendo o cigarro e dando de ombros. Coloco o meu na boca, mas ela não me oferece o isqueiro, então... ele simplesmente fica ali.

Satisfeita, ela dá uma baforada de uma linha de fumaça, que observamos ser levada diretamente para a casa.

"Então", ela diz. "Como vai a Tina Turner?"

"Oh, superei a Tina Turner", digo. Mentira. Na noite anterior eu tinha feito uma interpretação incrível de "Nutbush City Limits", que fez Lupin chorar de tanto rir.

"Tenho lido *Disc & Music Echo*", acrescento. "Tenho ouvido Stone Roses, e Happy Mondays, e Bongwater. Quero dizer, ainda não ouvi Bongwater. Mas são os meus favoritos."

Ela me olha fixo.

"Estou esperando que cheguem da biblioteca", acrescento. "E tenho ouvido John Peel."

"Você curte John Kite?", ela pergunta, como se fosse um teste.

"Quem é ele?"

Ela dá mais uma baforada — claramente avaliando se vale a pena se dar ao trabalho de me contar. Uma olhadela rápida para um e outro lado da rua confirma a ela que não há literalmente nada melhor para se fazer no momento.

"Ele é um galês brilhante e bêbado que cresceu numa moradia popular", ela acaba dizendo. "Como um cruzamento entre American Music Club e Harry Nilsson, sabe? E verborrágico. Ele acabou de lançar esse disco ao vivo no qual, entre as músicas, é como *stand-up comedy* — e então ele canta uma música sobre a mãe dele ser louca."

"Eu me identifico com isso", digo, dando um peteleco de caubói em meu cigarro apagado.

"Fiz um desenho dele", Ali diz, puxando seu caderno de desenhos. "Faço desenhos de todos os meus cantores favoritos."

Ela me mostra seu caderno. Ali é uma desenhista bem ruinzinha. Vejo um louro ossudo.

"Esse é Zuul, de *Ghostbusters?*", pergunto.

"É Debbie Harry", Ali diz. "O queixo dela é muito difícil. Este é John Kite."

Ela aponta. Olhamos para um homem mal-arrumado, desenhado a lápis, fumando um cigarro. Ele parece um rapaz gordo feito a partir de molas de colchão quebradas.

"Adoro John Kite", Ali diz. "Olha aí mais um dele — mas fiz seu cabelo errado e o transformei no Slash dos Guns N' Roses."

Folheamos seu caderno — Ali ainda fumando.

"Vários Slashes", observo.

"Sempre que alguém fica mal, eu o transformo no Slash do Guns N' Roses", Ali diz. "É só rabiscar um monte de cabelo e colocar uma cartola em cima de tudo. Este aqui", ela aponta para um Slash em um casaco de náilon acolchoado, atrás de um teclado, "*era* Chris Lowe do Pet Shop Boys."

Ali termina o cigarro e o apaga no degrau.

"Então você ainda não tem nenhum disco — mas quer ser uma crítica musical?", ela pergunta — quase como se estivesse interessada.

"Não. E sim."

Ali faz uma pausa e pensa.

"Bem, agora você vai ter que fingir até conseguir", ela diz, finalmente. Esse superlativo lema gay drag queen é pronunciado em um tom monótono de Wolverhampton, por uma gótica deprimida.

"Fingir até conseguir."

Ainda estou pensando sobre o quão brilhante essa ideia é — a terceira grande verdade que aprendi num ano, junto com "nunca conte a ninguém seus segredos" e "não faça imitações de Scooby Doo na TV ao vivo" — quando os tios de repente saem pela porta da frente para o jardim.

Tio Jareth foi até a loja de bebidas e trouxe uma garrafa de espumante Asti, e os outros tios agora estão ocupados cavando um buraco no gramado da frente da casa do tio Jim.

"Vamos enterrar esta preciosidade!", tio Jareth está dizendo. "Vamos enterrar esta garrafa aqui, certo — então no dia em que Thatcher morrer, nós cavamos e a resgatamos, e brindamos sobre seu caixão."

Os outros tios urram em aprovação. Jareth trata de tapar o buraco, maniacamente — curtindo a suadeira.

Tio Jim olha para o buraco, enquanto Jareth volta a colocar o torrão no topo, e ali enfia um graveto, como identificação.

"Só o que podemos fazer é sobreviver a essa vadia", ele diz, em voz baixa. "Vimos ela chegar e vamos vê-la ir embora. Vamos ganhar dela. Vamos ganhar de *todos* eles."

Todo mundo fica em silêncio por um segundo — olhando para o chão, fumando, de um jeito que só os homens são capazes. Então papai grita, "Porque nós somos os FILHOS BASTAR-

DOS DE BRENDAN BEHAN, E ELES VÃO SE ARREPENDER!", e todo mundo comemora, e tio Jim entra para pegar mais cerveja e cadeiras da cozinha.

Está anoitecendo. Na casa do outro lado da rua, outra celebração começou a transbordar para o pátio. Alguém está tocando "Tramp the Dirt Down", de Elvis Costello. Vão virar a noite.

Se você quer saber por que somos pobres, e por que papai não tem um emprego, eis a razão: lá na nossa casa. Junto à cama de papai. Um grande frasco branco de comprimidos. Os comprimidos de papai.

Papai fazia parte de uma banda e, quando não ganharam dinheiro, ele conseguiu um emprego como bombeiro, e um dia — foi um dia muito ruim — ele ficou preso no topo de uma fábrica em chamas.

E, quando acordou no hospital, disseram-lhe que ele havia quebrado quase um quarto dos ossos do corpo ao pular. Fizeram dezesseis cirurgias nele, e agora ele é o Homem Lata — todo parafusos e placas e pequenas juntas metálicas que nós fingimos azeitar, com uma lata de óleo, enquanto ele fica deitado no sofá.

Ele nos mostrou uma lista de todos os ossos que se quebraram, e os raios X, e foi interessante ver o que tem dentro de um pé, ou de um ombro. Uma parte do seu pé direito parecia pó — todos os ossos explodiram em areia. E os parafusos eram bem como os parafusos que você encontraria numa caixa de ferramentas — exceto pelo fato de estarem dentro de um homem, um homem de verdade, que era o nosso papai.

Papai estava miserável, e tínhamos que ter cuidado com as suas pernas: não podíamos subir em cima dele, nem cavalgá-lo. Papai não podia nos carregar nas costas, nem correr. Se chovesse, tínhamos que cobrir papai com um cobertor, porque a dor ficava pior e fazia com que os dias de chuva fossem ainda mais tristes, porque ele enchia todo o sofá e as juntas dos seus dedos ficavam brancas, e dava para ver o grito se aproximando; esperando na soleira da porta da frente, no corredor.

"Tenho um osso na perna", ele dizia, enquanto nos afastávamos lentamente, com nosso livro não lido ou nosso fantoche não brincado. "Eu sou Arthur Ritus."

E sua boca ficava tensa, e a perna, dura de metal sob o cobertor, e a chuva e a chuva, e as formigas sob o sofá, e a chuva.

E ele dizia, nos piores dias, "Vou tornar a juntar a banda, e nos tirar daqui, crianças. Prometo isso a vocês. Prometo. Não vamos ficar aqui. No ano que vem, nesta época, não teremos mais feijão com pão torrado. Vou sair mancando daqui, numa limusine, Ritz adentro — e *vocês todos vêm comigo!*".

E isso foi em 1982, quando éramos só eu e Krissi. E agora era 1990, e havia Lupin também e os gêmeos. Agora precisaríamos de uma limusine bem grande. Uma daquelas compridas, americanas, que se veem no *Whicker's World*. Que não conseguiremos enquanto dependermos do Benefício por Invalidez, Ajuda Financeira e Benefício para Crianças.

Mas alguns pedaços de papai doíam mais que outros. Não sabíamos na época, mas anos depois (durante uma noite no The Bell — é por isso que bebemos; todas as verdades são guardadas atrás do balcão! Pergunte por aí!) um colega do papai nos contou sobre o que realmente acontecera naquela noite.

Que, antes de ele pular do telhado — enquanto os botijões de gás explodiam atrás dele, um após o outro —, papai começou a gritar a mesma coisa, repetidas vezes: "Me encontrou! Me encontrou! Me encontrou! Me encontrou!".

E foi isso o que ele gritou até o momento em que atingiu o estacionamento.

E o que ocorre quando você é "encontrado" é: algo acontece nos seus olhos. Quando você fica furioso, eles ficam azul-claros, como porcelana de ossos feita de ossos de verdade, e a sua raiva fica tão grande que enche a casa, e todo mundo que nela vive. Pegaram você, na explosão. *Você está explodindo agora.* Você está tentando ser maior do que a explosão. Porque você nunca deixou de ter medo da explosão.

Raiva é apenas medo levado à fervura.

E o problema das pessoas com medo é que, sempre que você lhes pede conselho, seja qual for o assunto, elas só têm uma coisa a dizer: "Fuja".

UM DIA RUIM

Estou sentada junto ao muro, no jardim. Estou chorando. Já faz duas semanas que Thatcher renunciou — mas não estou chorando por isso, claro.

Papai está sentado nos degraus junto ao gramado, fumando raivosamente. Fui até ele com uma pergunta, e sua resposta foi longa e furiosa. Escolhi o dia errado para falar com papai — um dia de juntas de dedos brancas. Um dia em que ele está sentindo dor. É por isso que a sua resposta durou meia hora, e foi ficando mais alta, e mais furiosa. Comecei a chorar uns dez minutos atrás. Agora estou meio histérica, mas sinto que o discurso se aproxima do fim:

"... e então, se você quer ser uma escritora, Johanna", ele diz, com os lábios tensos e brancos de raiva, "... se você quer ser uma maldita de uma escritora — então *seja* uma maldita de uma escritora. Escreva, *porra*. Escreva alguma coisa! ESCREVA ALGUMA COISA. Pare de *falar* sobre isso. Não *aguento* você falando *sem parar* sobre isso. *Faça* de uma vez. O que está *esperando*? Ande!"

E ele se levanta e manca, muito — gemendo baixinho, de dor, "malditas pernas", e voltando a entrar em casa.

Estou soluçando demais para dizer o que eu gostaria de dizer: não é tão fácil assim! Não é tão fácil assim, papai. Só tenho quinze anos, e não é tão fácil assim. Não posso simplesmente me tornar uma escritora. Ainda não ouvi nada de música! Tenho medo até de estar sozinha no ônibus! Sento na minha escrivaninha e não sei onde as palavras se escondem! Não é tão fácil assim!

É fácil assim.

Nove

Outubro de 1992

Dolly Wilde está sentada num muro baixo do lado de fora da IPC Tower em Londres, no South Bank, usando delineador e com o cabelo preso num penteado do século XVIII, mantido no lugar com canetas esferográficas. Atrás dela, o Tâmisa estende-se largo, liso e marrom, com a catedral de St. Paul se erguendo no meio do horizonte, parecendo emitir um cantarolar baixinho, como um gongo. Esta é a Londres em que John Lennon e Paul McCartney se sentaram, olhos nos olhos, violão com violão, fazendo a maior coisa já feita no planeta Terra — sendo os Beatles, em 1967, onde Blur atualmente está enfurecido no The Mixer. Este é o melhor lugar do mundo.

No melhor lugar do mundo, Dolly está sentada, com um caderno no colo, no qual finge escrever, já que está quase uma hora adiantada para seu compromisso, tentando parecer "ocupada". Ela está sentada num murinho porque nunca entrou num café ou num pub antes, e está vagamente preocupada com a possibilidade de fazer a coisa errada lá dentro. Porém, está segura quanto a seu conhecimento de se sentar em muros baixos, e então é o que faz. Eis o que ela está escrevendo em seu caderno:

> *Todo mundo em Londres é esquisito, todo mundo veste casaco cor de camelo — não como Wolverhampton onde você tem* UM CASACO *e ele é azul-marinho ou preto e impermeável. Todo mundo caminha muito rápido. Os rostos das pessoas são diferentes — seus traços fluem desde os narizes — seus narizes parecem turbinas de aviões a jato. Eles têm velocidade. Todo mundo aqui tem um objetivo. Dá para sentir o dinheiro, neste lugar. Dá para ouvi-lo sendo feito. Nunca entendi por que as pessoas votavam em Margaret Thatcher antes — nunca fez sentido em Wolverhampton —, mas aqui faz. Entendo por que as pessoas aqui pensam que mineiros e operários de fábricas pertencem a outro século e a outro país. Não consigo imaginar ninguém que eu conheça por aqui. Não sinto como se estivesse num filme — a menos que o filme seja* O homem elefante. *Talvez eu devesse enfiar um saco na cabeça. Talvez funcionasse. Estou tão nervosa! Não posso deixar de pensar que tudo seria muito mais fácil se eu já* TIVESSE BEIJADO ALGUÉM. *Os beijados geralmente têm mais autoridade.*

Dolly Wilde finge chupar sua esferográfica, como se fosse um cigarro, então se dá conta de que ainda a está segurando como uma caneta, e volta a ser Johanna Morrigan. Ela conseguiu ser Dolly Wilde por aproximadamente nove minutos.

Isso é preocupante — pois ela está prestes a entrar para fazer uma entrevista de emprego como Dolly Wilde, já que não há hipótese de Johanna Morrigan conseguir um emprego na *Disc & Music Echo* como crítica musical. Johanna Morrigan assinou todas as cartas para D&ME como "Dolly Wilde" — ela pegou o telefone e falou com eles como "Dolly Wilde", e todas as resenhas de vinte e sete discos que lhes mandou — todas elas cuidadosamente redigidas no computador do tio Jim e impressas em sua impressora margarida ("Margarida"! Eu poderia ter me chamado de "Margarida!") — mandadas uma por dia, todo dia, durante vinte e sete dias, têm "Dolly Wilde" como assinatura.

Exceto, é claro, que não é uma assinatura ainda. Um nome não se transforma numa assinatura até que esteja em uma revista, ou um jornal. Até então, é apenas um nome, só que escrito à máquina.

E hoje é o dia em que Dolly Wilde entra na D&ME e descobre se vai se transformar numa assinatura, ou apenas permanecer um nome escrito à máquina.

Passei os últimos dois anos construindo "Dolly Wilde — crítica musical" tão assiduamente quanto possível. Já peguei emprestados 148 discos da Biblioteca Central, ouvi praticamente todo e qualquer programa de John Peel e agora sou especialista em música indie/alternativa de 1988 a 1992. Pensei muito, no meu quarto; agora posso dizer como é a música dos anos 90, para uma garota de dezesseis anos. Há três tipos.

Há o barulho. Barulho branco. Ride e My Bloody Valentine e The House of Love e Spaceman 3 e Spiritualized e Slowdive e Levitation. Barulho como um trem intermunicipal direto passando por uma estação, à noite — só que em vez de você assistir da plataforma, com a saia balançando ao vento, você pula sobre os trilhos, de cara para o trem, como Bobbie em *The Railway Children* — e você abre bem a boca, e ele entra direto na sua cabeça e começa a fazer circuitos loucos, rápidos e frios em suas veias.

Não se pode discutir com barulho ou argumentar com barulho — barulho não pode estar certo ou errado, não pode falhar nem cair, e nunca houve um barulho assim antes, de forma que você não pode desprezá-lo nem diminuí-lo. Adoro esse barulho.

Se alguém me perguntasse "No que está pensando?", eu apontaria para esse barulho.

Estou devorando esse barulho como bocados de uma neblina congelante e reluzente. Estou me preenchendo disso. Estou usando-o como energia. Porque o que você é, como adolescente, é um foguete pequeno, prateado e vazio. E você usa música como combustível e usa a informação contida em livros como mapas e coordenadas, que te digam aonde você está indo.

O segundo tipo de música, de 1992, é a música de rapazes da classe operária. Manchester. Madchester. Mondays e o Roses. Adoro os discos. Adoro a arrogância, a euforia — a maneira como o orgulho operário e nortista soa como metade do país finalmente se colocando em pé de novo, depois dos anos 80, na glória de seu poder e inventividade. Mas temo os homens. São os mesmos rapazes suburbanos da minha região pelos quais passo com a cabeça baixa, torcendo para que não gritem comigo: eu jamais poderia ser amiga deles.

Seus olhos imediatamente revelariam sua bruta análise sobre mim: que, em última análise, eles não trepariam comigo. Eu então instantaneamente me tornaria invisível de novo, na presença deles. Meninas como eu são invisíveis para rapazes de bandas como essas. Não apareço em suas músicas. Não sou Sally Cinnamon.

Não sou a irmã de Ian Brown, feita de fios de açúcar.

Então, meu amor — na verdade todo o meu feroz *amor* — vai para o terceiro tipo de música de 1992 — aquela que é barulhenta *e* provocante. A música em cujas músicas eu *de fato* me encontro, todas elas escritas por desajustados sensuais, espertos, furiosos.

O ano de 1992 está cheio deles — é uma rara maré alta para os vingativos, literatos e estranhos. A Manic Street Preachers usando roupas de casamento com granadas na boca, cantando sobre o Primeiro Mundo destruindo o Terceiro. Camurça em suas blusas de liquidação, cantando sobre moradias populares e insistindo que todo mundo é bissexual depois das onze da noite. Homens-femininos. Homens de delineador e glitter, como se Marc Bolan e David Bowie tivessem posto em 1973 uma ninhada de ovos de dragão que só agora começaram a eclodir.

E, o mais incrível de tudo, as próprias garotas-femininas. Mulheres.

Pois há uma tempestade na América, e a chuva agora foi soprada para cá, na hora certa para mim: Riot Grrrl. Um bando de mulheres como uma Liga de Cavalheiras Extraordinárias — escrevendo fanzines, produzindo shows só para mulheres, andando juntas, tentando abrir um espaço — na superpopulada, pantanosa selva do rock — que seja apenas para mulheres.

São todas guerreiras, usando anáguas e botas pesadas — Kathleen Hanna da Bikini Kill pagou por sua guitarra fazendo striptease; Courtney Love dá socos em quem a maltrata.

Courtney Love deu um soco em Kathleen Hanna, também, mas estrelas do rock são assim — não esqueçamos de Charlie Watts dando um soco em Mick Jagger depois que Jagger o chamou de "meu baterista". "Você é *meu vocalista*", Watts rosnou, antes de arrumar os punhos e ir embora. Às vezes, na selva, é preciso brigar uns com os outros. A selva é quente, e você fica com raiva.

As músicas que elas escrevem são como conversas bêbadas com amigos, em pubs, no momento em que você está a ponto de começar a dançar sobre as mesas. Em "Rebel Girl", da Bikini Kill, Kathleen Hanna começa a descrever uma mulher orgulhosa e peculiar como se a detestasse, mas então ela explica que essa moça é sua heroína e que quer trepar com ela.

E, quando Courtney Love canta "Teenage Whore" — meio autodesprezo, meio orgulho —, eu me sinto estranhamente calma, embora excitada. Ouvir mulheres cantando sobre si mesmas — em vez de homens cantando sobre mulheres — faz tudo parecer repentinamente claro, e possível.

Toda a minha vida sempre pensei que, se não fosse capaz de dizer algo que os meninos achassem interessante, eu poderia muito bem calar a boca. Mas agora me dou conta de que havia toda uma outra metade invisível do mundo — garotas — com quem eu podia falar. Toda uma outra metade igualmente silenciosa e frustrada, apenas esperando que dessem a ela o menor sinal verde — a menor cultura de arranque — e ela *explodiria* em palavras, e música, e ação, e em gritos aliviados e eufóricos de "Eu também! Eu também sinto isso!".

As notícias chegaram à Grã-Bretanha: estão fazendo novos tipos de garotas nos Estados Unidos. Garotas que não dão a mínima. Garotas que ousam. Garotas que fazem o que outras garotas fazem. Garotas que gostariam de uma garota como você.

Hibernando — incubando — virando crisálida em meu quarto — sinto como se conhecesse essas bandas bizarras — os rapazes e as garotas — inteiramente: eles também se deitaram embaixo da cama, sabendo que não podem mais ser quem são e que precisam construir um barco maior. Encontram-se todos no furioso, confuso e luminoso ato de autocriação, tentando inventar um futuro no qual possam existir.

Posso imaginar seus quartos — letras de músicas espalhadas pelas paredes em canetas marca-texto, casacos no chão com o cheiro de mofo de bazares de caridade e de brechós, bolsas de carteiro cheias de cópias cassete detonadas de David Bowie, Stooges, Patti Smith e Guns N' Roses, e todos nós nos encontrando, sem saber, no meio da noite, na taberna de John Peel — com fones de ouvido, tentando não acordar as outras pessoas de nossas casas populosas. Estamos todos fazendo a mesma coisa. Estamos todos apenas tentando atravessar esses anos rumo a um lugar melhor, que nós mesmos teremos de fazer.

Sei o que tenho de fazer: fui colocada na Terra para fazer com que todo mundo em Wolverhampton goste dessas bandas. Essa é a missão da minha vida.

De um ponto de vista prático, sou a pessoa ideal para fazê-lo, entre toda a humanidade — pois a parada do ônibus 512, rua acima, é essencialmente uma armadilha na qual multidões de futuros fãs são obrigadas a esperar durante vinte minutos entre um ônibus e outro — tempo mais do que suficiente para eu trazê-los para a causa, com o volume certo.

Arrasto o estéreo até a janela — um rastro quase hospitalar de cabos, pretos e vermelhos e amarelos, atravessando o cômodo — e o coloco no parapeito da janela. Então me empoleiro na janela, passo as pernas para o lado de fora e ponho o estéreo no meu colo.

"Vou educar esta cidade", digo para a cadela. "Vou deixar Wolverhampton tão boa quanto... Manchester. Vamos mudar de nível."

Coloco "Double Dare Ya", da Bikini Kill, tão alto quanto possível.

"Sim, camponeses", minha atitude diz. "*Estou* chocando vocês. Chegou a hora. Vocês não precisam mais ouvir Zucchero e Check 1-2 com Craig McLachlan. Eu trouxe para vocês o bagulho bom."

Claro, a fila do ônibus faz o que todas as filas de ônibus britânicas fariam, em circunstâncias similares — eles dão as costas e me ignoram... Menos uma mulher — de uns cinquenta anos, talvez — que simplesmente fica me encarando.

Na hora, pensei que a expressão em seu rosto fosse de asco. Pensando retroativamente, porém, vejo que é uma expressão de profunda pena. Sou uma criança de camisola, sentada no parapeito de uma janela, segurando um aparelho de som no colo, tocando música a todo volume para a rua, tentando mudar uma cidade com um disco, caso eu morra.

Uma hora depois, ainda estou sentada na janela, escrevendo "MANIC STREET PREACHERS" no aparelho de som com corretor líquido e tocando Hole a todo volume quando o Volkswagen dobra a esquina — arranhando o meio-fio de forma notável e atingindo o asfalto num baque tão pesado que dá para ouvir todas as panelas e caçarolas tilintando lá dentro, até mesmo daqui.

A van para do lado de fora da casa, e então nada acontece por um minuto ou mais. Eu sei, por experiência, que isso é porque papai está bêbado e tentando se concentrar para descobrir como abrir a porta.

Quando consegue, ele emerge, com uma cara péssima e inicialmente confuso quanto ao que está acontecendo. Ele ouve a música — Courtney Love aos gritos — e então olha para cima e me vê, na janela, alto-falante no colo.

"Papai!", digo.

"Gatinha!", ele responde.

É exatamente como uma daquelas propagandas da Renault "Papai!", "Nicole!", mas numa casa popular.

De repente fico com pena do papai — voltar para casa e descobrir que tudo o que a geração dele conseguiu foi simplesmente varrido pela minha. Suas feridas estarão doendo. Seu coração estará pesado. Seus discos todos vão morrer.

Papai inclina a cabeça como um cachorro, e sua expressão muda. Algo está acontecendo.

"Sabe o que você precisa fazer?", ele diz.

Não consigo ouvi-lo direito e coloco a mão em concha junto ao ouvido.

"Você precisa AUMENTAR O MID-RANGE E DESLIGAR O DOLBY", ele grita para mim — dando um aceno de cabeça profissional.

Ele então apaga o cigarro e entra em casa. Ouço-o cair, como de costume, antes de chegar às escadas.

Então essas foram as resenhas que andei mandando — uma por dia — para *D&ME*. Ride, Manic Street Preachers, Jane's Addiction, Belly Suede, Stone Roses, Aztec Camera, Lilac Time e My Bloody Valentine.

E agora o editor assistente me chamou até a redação. Faço mamãe escrever um bilhete de aviso de doença à escola — "Por favor permitam que Johanna falte à aula, ela está com uma dor de ouvido terrível", ela escreve, acrescentando para mim, "de tanto ouvir todo aquele maldito lamento" — e estou aqui, do lado de fora, esperando.

Lembro o último conselho de Krissi, dado quando eu saía de casa — tão cedo — para pegar o ônibus, para pegar o trem, para vir até Londres. Eu estava aplicando delineador no espelho e cantando.

"Faça o que fizer", Krissi disse, levantando os olhos do seu George Orwell, "só... não seja você mesma. Isso nunca funciona."

Olho meu relógio. É uma hora da tarde. Hora de entrar para a reunião. Fico em pé.

"Boa sorte, filha", papai diz.

Ah, sim. Pois tive de trazer meu pai comigo. Ele vai se sentar junto a este muro do lado de fora da *D&ME* e esperar por mim. Está usando sapatos novos.

"Não vou deixar você descer até Londres sozinha", ele dissera, resoluto, quando falei que havia sido chamada para uma reunião. "Sei bem o idiota que eu era quando adolescente — não vou deixar você se misturar com idiotas como eu na cidade grande. Este idiota aqui vai manter os outros idiotas *longe*."

Obviamente, durante várias horas implorei por permissão para ir sozinha — mas ele estava irredutível.

"Além disso", ele disse, na terceira hora, "gosto da ideia de ver como está a Velha Esfumaçada. Ver meus velhos locais de peregrinação."

"Bem, então por que não trazemos *Lupin* conosco, também, e *os gêmeos?*", digo, sarcasticamente, chorando. "Por que não fazemos do meu trabalho novo um *enorme programa em família?*"

"Londres? SIM POR FAVOR SIM SIM!", Lupin grita, pulando no sofá.

"Não seja um pentelho, Lupin", digo, empurrando-o de leve sobre as almofadas. Ele começa a chorar — então pula no meu colo, e nós lutamos no chão. Gosto de lutar com Lupin. Acho muito relaxante. Quando finalmente o imobilizo, faço de conta que estou massageando seu coração, coisa que aprendi com *Casualty*.

"RESPIRE, Lupin, RESPIRE! Fique comigo! Um, dois, três!"

Se você faz isso em alguém, a pessoa não consegue respirar, e também ri histericamente.

Continuo fazendo a massagem até que mamãe me diz para parar e para fazer chá.

A *DôME* fica no vigésimo nono andar, a recepcionista me diz. Ela checa meu nome numa lista — "Nós recebemos... *bandas*... que aparecem", ela diz, com um olhar de nojo — antes de me deixar passar pela segurança.

Nunca subi vinte e nove andares antes — isto é o mais alto a que já cheguei. No elevador, brinco com a ideia de que este pode ser o dia em que descubro que tenho medo de altura e que posso sair do elevador, olhar por uma janela, gritar e desmaiar — mas, quando saio do elevador, fico feliz de reportar a mim mesma que estou me sentindo bem.

A *D&ME* fica à esquerda dos elevadores — suas portas estão cobertas por adesivos, discos quebrados grudados com fita Blu-Tack e uma carta de uma firma de relações públicas que começa por, "Prezados COMPLETOS imbecis. FODAM-SE".

Lá dentro há uma sala que, em sua masculinidade, faz a Record Locker parecer o provador feminino coletivo da Dorothy Perkins.

A redação é essencialmente feita de calças, presunção e testículos. Há pilhas de edições velhas por todos os lados — amarelecidas, desgastadas. Mesas com pilhas altas de discos e CDs.

Em volta de uma das mesas estão alguns homens — estou muito apavorada para contar quantos — reunidos em volta de outro homem que está sentado numa cadeira, com uma faixa de curativo suja em volta da cabeça, fumando um cigarro e chegando ao final de uma anedota muito longa.

"... então acordo embaixo da mesa, é, e ele não está mais lá — toda a banda se *foi* — e há uma conta de trezentas libras, e *uma porra de um cocô humano no cinzeiro*. Bem, *acho* que é um cocô. Fico em pé e tenho um ataque — um ataque mesmo — e grito 'ISSO É UMA MERDA! ISSO É UMA MERDA HUMANA DE VERDADE!' quando o dono da casa noturna se aproxima e diz que é um charuto. E que eu já tentara acendê-lo."

"Sim — mas o *curativo*, Rob", o editor diz, enquanto todo mundo ri. "Você ainda não explicou como foi que voltou de Amsterdam parecendo que se atrapalhou em Dover e acabou indo para o Vietnã. Imagino que o baterista tenha te dado um soco. É para isso que existem bateristas. Para bater em jornalistas."

"Acho que ele tentou puxar a Marianne, e ela quebrou uma cadeira na cabeça dele", outro homem contribui.

"Não... Caí no Duty Free da balsa na volta, comprando duzentos Marlboros", Rob diz, dando de ombros — gesticulando com o cigarro na mão. "A enfermeira de bordo era *adoráááável*. Dei a ela a fita demo do disco da banda, e ela me mostrou o armário onde guardam todos os remédios." Ele dá tapinhas no bolso, contente.

Um pensamento de repente ocorre a ele. "Espero", ele diz, com um olhar de preocupação se espalhando no rosto, "que ela não tenha nenhum irmão falsificador. Senão, vai haver cópias piratas por todo o mercado de Camden na segunda-feira, e Ed Edwards vai dar um chilique."

Durante essa anedota, tentei me colocar no lugar mais óbvio possível, para que fosse notada. Claramente está na hora de eu me anunciar. Quando a anedota finalmente termina, e os homens riem de novo, dou um passo à frente.

Por um terrível momento, me dou conta de que, no fundo no fundo, eu — uma adolescente gorda de uma moradia popular, usando uma cartola — não serei capaz de lidar com essa situação. Não sei o que dizer para esses homens grandes do rock 'n' roll.

E então tenho o que até hoje considero meu único grandioso momento de gênio: vou simplesmente *fingir* que sou alguém que sabe. É só isso o que tenho de fazer. Sempre. Fingir ser a pessoa *certa* para essa situação estranha. Fingir até conseguir.

"Olá!", digo, alegre. "Sou Dolly Wilde! Vim para Londres para ser uma crítica musical!"

Todos os homens se viram e olham para mim. Suas expressões são um pouco como uma que vi num documentário, em que alguém colocou um flamingo solitário num cercado de zoológico cheio de camelos, por razões que não recordo. Todos os camelos ficaram olhando. O flamingo também. Todos os demais pareciam fatalmente confusos.

Nesse silêncio confuso, um homem silenciosamente enfia a mão no bolso de sua calça jeans e entrega a outro homem uma nota de cinco. O homem mais próximo a mim acena afirmativamente para eles.

"Fizemos uma aposta aqui na redação. Algumas pessoas tinham certeza de que você era um cara de quarenta e cinco anos do The Wirral, passando um trote."

"Ainda não!", digo, alegremente. "Mas quem sabe aonde os próximos anos me levarão! A vida é como um rio!"

"Eu sou Kenny", um homem diz, se levantando. Ele é um homem muito grande, muito careca e muito gay usando shorts incrivelmente cavados. Tem um quê de galeão real. Está com seis credenciais penduradas no pescoço, como uma guirlanda *lei* havaiana, e claramente em nenhum momento de sua vida deu a menor bola para o que as pessoas pensam dele. Anos depois, perguntei-lhe como um gay com predileção por rock progressivo acabou trabalhando para uma revista dedicada a música indie incrivelmente hétero, quase inescutável — tudo o que ele detestava. "Eu *nunca* misturo trabalho e prazer", ele respondeu, sardônico.

Mas agora: "Você falou comigo, no telefone", Kenny diz.

"Você é o editor assistente!", digo. Estou tentando *acertar* isso.

"Sim", ele diz. Há uma pausa. "Então..." — ele abre os braços — "... quer um emprego?"

"Sim, por favor!", foi o que eu deveria ter dito. Me ofereceram um emprego menos de um minuto depois de eu entrar porta adentro. Estou em vantagem.

Mas, na época, todos os filmes que eu vira e livros que eu havia lido me levavam a crer que, sempre que possível, você não deveria dizer a coisa mais educada, ou a mais apropriada — e sim a coisa mais *lendária*.

No caminho para Londres, no ônibus, eu havia planejado qual seria a resposta mais *lendária* para uma oferta de emprego, e é o que eu digo agora:

"Trabalhar para você?", digo. "Eu adoraria! Eu absolutamente adoraria, mesmo!"

Pego um guardanapo de papel sobre a mesa, o mergulho num copo de água e então faço de conta que vou limpar as paredes.

"Primeiro vou limpar as paredes", digo para Kenny, "e então o chão — assim, se eu pingar..."

Esse é um diálogo de *Annie* — a cena em que Papai Warbucks pede que Annie more com ele por um mês, e ela no início entende errado, e pensa que ele quer que ela seja sua empregada.

Quando me imaginei dizendo essa fala, imaginei todo mundo da D&ME rindo.

"Nós oferecemos a ela um emprego no periódico de música mais alternativo do país — mas ela parodiou tanto o seu background operário *quanto* sua obsessão por musicais fingindo que tínhamos oferecido um emprego de faxineira! Incrível!"

Não é possível que ninguém dessa redação tenha visto *Annie*. Essa piada vai ser genial.

Ninguém nessa redação viu *Annie*. Há um silêncio constrangedor.

"É de *Annie*", tento ajudar. "O musical?"

Mais silêncio.

"Não há grandes fãs de musicais na D&ME?"

"Musicais são só para homossexuais e mulheres", Kenny diz, num tom seco, de um jeito que é tão pós-pós-pós-irônico que praticamente deixa de ser comunicação e simplesmente se torna confuso, e inútil.

"Eu até que gosto de *O rei e eu*", diz o homem com a bandagem na cabeça.

"Você bateu a cabeça recentemente", Kenny responde.

É tudo piada! Esta é uma redação de piadistas! Obviamente me sinto mal por *minha* piada não ter funcionado, mas não muito — perdi só umas seis vidas, de dez. Não é "Scooby Doo na TV ao vivo".

"Bem, agora que você faz parte da equipe, Annie, quer participar da reunião editorial?", Kenny pergunta. "Não consigo pensar em nenhuma razão pela qual uma adolescente prestes a adentrar uma vida incrível não queira participar do processo que resulta na gente colocando Skinny Puppy na capa, e perdendo vinte mil leitores numa só semana."

"Ei!", Rob diz, bravo.

"Você já ouviu Skinny Puppy?", Kenny me pergunta.

"Não, senhor", digo. Decidi começar a chamar as pessoas de "senhor" e "senhora". Vi Elvis fazendo isso uma vez, na TV, e pareceu muito bacana.

"Bem, não ouça", Kenny me adverte. "É simplesmente terrível. Como alguém queimando vivas um monte de crianças inocentes."

A Reunião Editorial acontece numa sala contígua. Fumar parece ser obrigatório, assim como falar todos ao mesmo tempo. A maior parte das pessoas está vestida de preto, e todo mundo parece impressionantemente confiante — todos parecem saber como são seus personagens e como desempenhá-los à risca: há um homem bravo, um homem cínico, um homem esperto, o homem com a bandagem na cabeça. Essa reunião é uma cena que eles já interpretaram muitas vezes antes, e todos sabem seus papéis e figuras de linguagem. Como sou nova, não tenho ideia de qual é o meu, além de ficar ali sentada me sentindo muito, muito ansiosa. Fico bem quieta.

Há uma discussão de vinte minutos sobre a capa da próxima semana: é Lush, um bando de contadores de histórias embriagados que se parece um pouco com um My Bloody Valentine versão bebê, além de ser liderado por Miki Berenyi — uma cockney meio japonesa, meio húngara com um cabelo curto vermelho-cereja.

"Ela é uma mulher bonita para caramba", Rob diz, e todos olham para a foto dela e concordam. "Bonita para caramba."

Isso é o que está sendo decidido na reunião. Que Miki Berenyi é uma mulher bonita para caramba. Ainda estou absorvendo todas as ramificações disso — são muitas — quando Kenny de repente se vira para mim e diz, "Então, a primeira seção. Novas bandas. Você tem algo? Por quem os jovens ignorantes das Midlands estão enlouquecidos atualmente?".

Penso. Não faço a menor ideia. Como é que eu deveria saber quais são as bandas novas? Aprendi tudo o que sei na *D&ME*. Onde é que uma pessoa sequer *encontra* bandas novas?

"Tem uma banda bem interessante de três pessoas de Derby", um rapaz do outro lado da mesa atravessa, durante aquele silêncio constrangedor. Além de mim, ele é a única pessoa que ficou quieta durante a reunião. Ele é o que o meu pai chamaria de "rapaz escuro" — paquistanês, talvez? — e presumo que ele esteja quieto pela mesma razão que eu: nos sentimos desconfortáveis nessa sala.

"Uma coisa meio dançante — eles fazem umas grandes misturas orquestrais em cima de batidas de break melancólicas. Meio como Shut Up and Dance, se alguém lhes tivesse dado de Natal *Now That's What I Call Classical Music for Christmas*. O vocalista parece Catweazle", ele continua, num sotaque de Birmingham muito doloroso. "Eles tocaram no 69 Club em Wolverhampton na semana passada", ele acrescenta, se dirigindo para mim, "não tocaram?"

"Oh, sim!", digo, fingindo que sei do que estou falando. "Sim — ouvi falar neles. É. Acho que Peel tocou uma música deles na semana passada. Senhor."

Não tenho a menor ideia se Peel tocou mesmo uma música deles na semana passada — mas dado o fato de que Peel toca cerca de cem músicas por semana, tenho bastante certeza de que ninguém jamais vai descobrir se isso aconteceu ou não. Trata-se de uma mentira sólida e utilitária.

Kenny acena, decidido, ao rapaz preto.

"Quer acompanhá-los?", pergunta. "Descobrir se há um single, de repente?"

O rapaz faz que sim. Acabo de descobrir quem ele deve ser — ele escreve com o pseudônimo de "zz Top" e cobre bastante rap, dance e hip-hop. Na verdade nunca leio suas resenhas porque acho rap, dance e hip-hop ligeiramente aterrorizantes. Não tenho as roupas certas para curtir esse tipo de música, e tudo me parece um pouco intenso demais. Categorizo esses gêneros junto com o heavy metal e speed metal, sob a rubrica: "Pessoas que me matariam e depois me devorariam". Gosto de bandas com vocalistas que se parecem com alguém que eu poderia, com alguma sorte, vencer numa briga. Acho que eu provavelmente nocautearia Morrissey, se fosse preciso. Pratiquei bastante — com Lupin. Mas não acho que eu conseguiria resolver algum mal-entendido no braço com Ice T.

"Muito bem!", Kenny diz, encerrando a reunião. "Já para o pub, camaradas. Mesmo horário na semana que vem?"

Enquanto todo mundo se retira — empurrando uns aos outros, falando — eu fico para trás, pois não tenho ninguém para empurrar. Percebo que zz Top está fazendo a mesma coisa — provavelmente pela mesma razão. Lentamente guardamos nossas cadernetas e saímos caminhando mais ou menos juntos. zz abre a porta para mim, e eu agradeço e trato de seguir meu caminho.

"Obrigada, senhor", digo, como Elvis faria. Vou adiante com esse negócio do Elvis.

"Não vi você no *Midlands Weekend?*", zz pergunta. Meu coração muito prontamente esvazia as quatro câmaras de sangue no meu rosto, e minha barriga congela.

"HAHAHA!", digo. "HAHAHA!"

"Você participou, não participou?", ele insiste. "Algo sobre Scooby Doo? Eu estava na casa dos meus pais. Você assustou Wilko *para valer*. Eles deveriam ter colocado aquele clipe de *It'll Be Alright on the Night*."

Parece que ele quer falar mais alguma coisa, mas não aguento essa conversa. Está me deixando profundamente ansiosa.

"Bem, eu obviamente devo a você um pedido de desculpas *gigantesco*. TCHAUUU!", digo e saio correndo para o banheiro das mulheres — deixando ele parado ali no corredor, segurando sua mochila.

Sou a única pessoa no banheiro feminino. Há uma pilha de *BMX Weekly*, cuja redação é no mesmo andar da *D&ME*, próximo à lixeira. Essa sala é obviamente usada sobretudo para guardar coisas — pois não há mulheres para o Banheiro Feminino.

Vou até o banheiro e tenho uma diarreia induzida por uns flashbacks do *Midlands Weekend* e então percebo que a minha menstruação começou, da sua maneira costumeiramente imprevisível e estúpida.

"Oh, merda, *ótimo*", digo para as minhas calcinhas — limpando o sangue da melhor maneira possível e depois enfiando um maço de papel higiênico nas calças. *Annie, Midlands Weekend*, não ter dito nada durante a reunião, e agora *Carrie, a estranha* nas minhas calças — é sem dúvida meu dia mais bem-sucedido e glamoroso. Dou a descarga e faço um gingado meio estranho sobre o vaso — já que caminhar normalmente é algo impossibilitado pelo travesseiro improvisado nas minhas calcinhas. Lavo as mãos, olhando-me no espelho.

"Bem, esta é a hora em que você diz algo sábio para si mesma", digo, em voz alta.

Posso ver onde desenhei Dolly Wilde em cima do meu próprio rosto — as duas coexistindo com dificuldade —, mas talvez outros não vejam. Se eu caminhar e falar rápido o bastante, talvez ninguém perceba. Tudo o que preciso é de um momento para me recompor, aqui. Só um tempinho para me recompor. Talvez os próximos dezoito anos.

"Algo inteligente", repito.

Mas não sai nada. Pareço Dolly Wilde, mas ainda estou me comportando como Johanna Morrigan. Isso vai ter que mudar. Porque este é o lugar onde preciso estar. Preciso ser capaz de poder voltar aqui e fazer deste o *meu* lugar, porque é assim que você consegue conhecer bandas, e fazer dinheiro, e trabalhar com música. Das portas que já vi, essa é a única que se abre para o meu futuro.

Quando finalmente saio até o corredor, todo mundo se foi. Desço vinte e nove andares sozinha.

Dez

Então agora sou uma jornalista. Uma jornalista! Tenho três discos para resenhar esta semana — duzentas palavras cada — pelo que ganharei a soma principesca de 85,23 libras. E *é* uma soma principesca.

Porém, o dia a dia do meu novo emprego se mostra inesperadamente difícil. Temos um computador — um Commodore 64, que nos foi dado pelo tio Jim — na sala de estar, conectado à televisão, e no meu primeiro dia de "trabalho", um sábado, marcho sala adentro com minha caderneta de anotações e meus CDs e me preparo para contar o tempo.

Lupin está no computador, jogando *Dungeon Master*.

"Cai fora, nanico", digo, de um jeito não de todo antipático. "Preciso me conectar com minha musa. Vaza."

"Mas é a minha vez", Lupin diz, implacavelmente. Sem tirar os olhos da tela, ele aponta para a "Grade do computador" — a arduamente preparada grade de horários, registrada num pedaço de uma folha de ofício grudada na lateral da televisão, que inventamos um ano atrás, depois de meses de disputas sangrentas. E é verdade. "Lupin — das nove às onze da manhã" está logo antes de "Johanna — das onze à uma da tarde".

Mas agora, com certeza, tudo mudou.

"Sim — mas isto é *trabalho*, Lupin", explico, sentada na beirada da cadeira, de forma que o estou empurrando um pouco. "Jo-Jo precisa escrever duzentas palavras sobre o disco do Milltown Brothers. Lupin vai brincar com Sticklebricks um pouco."

"É a *minha* vez", Lupin diz, com tenacidade.

"Não é mais", digo, sentando ao seu lado na cadeira e forçando-o a sair dela, como uma ervilha de uma vagem. "Você perdeu seu posto. Circulando."

"MAMÃE!", Lupin grita, caindo da cadeira.

"Sim — MAMÃE!", eu grito, sem me mexer da cadeira.

Quando minha mãe chega na sala, com um dos gêmeos no colo, descubro que ela está inesperadamente simpática à causa de Lupin.

"É a vez dele, Johanna", ela diz, com firmeza.

"Mas ele só está... fazendo bagunça. Ele só está...", olho para o monitor "... matando um fantasma. E nem é de verdade. Um fantasma imaginário. Mas eu ESTOU TRABALHANDO", explico.

"Não podemos mudar tudo só porque você conseguiu um trabalho", mamãe diz. "Todos são iguais nesta casa."

"Menos papai", digo, amuada. "Ele sempre recebe a maior costeleta. E tem direito de ver a TV quando está passando futebol americano. Nós nunca podemos ver *That's Life*."

"Johanna, vai ter que esperar a sua vez", mamãe diz. "Não posso te dar tratamento especial. Há muitas pessoas nesta casa, e precisamos ser justos com todos."

"Não *quero* tratamento especial — apenas tratamento *lógico*. Minha necessidade é *maior*. Como escritora profissional, simplesmente tenho mais *direito* a usar o computador do que Lupin. É como… se estivéssemos tentando forjar nossa política de relações internacionais neste instante. Se eu fosse Boutros Boutros-Ghali, você daria mais ouvidos a mim do que… pro Karatê Kid aqui."

"Não vou discutir com você, Johanna. Você não é o Boutros Boutros-Ghali", minha mãe diz, deixando a sala.

"Por favor, me deixe usar o computador", sussurro para Lupin.

Mas Lupin agora tem a prerrogativa de ter sido apoiado pela mamãe.

"É a minha vez", ele diz, teimoso, voltando a se sentar. Sento-me sobre ele mais um pouco — para deixar clara minha posição — e sussurro, "Menino mau!" para ele e então vou até a cozinha fazer um leite maltado bem forte para mim — minha bebida preferida, em tempos de crise. Pretendo bebê-la furiosamente, enquanto nutro uma sensação de injustiça cada vez mais apática.

Papai está na cozinha, fritando um pouco de bacon e usando meu robe rosa.

"Ah — lá vem o Hunter S. Thompson!", ele diz, enquanto abro a garrafa. "Como vai a vida na trincheira-financeira cruel e superficial que chamam de rock?"

"Lupin está sendo um idiota", digo, amuada. "Tenho que esperar mais uma hora para usar o computador."

"Ah, não se preocupe com ele", papai diz, alegremente — derramando a gordura que saiu do bacon sobre o pão. "Preciso falar com você sobre o nosso plano."

"Nosso plano?", pergunto.

"É. Como vamos tomar a cidadela, agora que você colocou um pé na porta."

Olho para ele, perdida.

"Johanna, passei vinte anos esperando que alguém viesse e me conseguisse um contrato para um disco", ele diz, tirando molho HP da garrafa com uma faca. "Fiquei esperando em pubs, mandando fitas demo, e andando por estúdios falando com engenheiros que dizem que conhecem alguém que conhece alguém que é o técnico de guitarra do Peter Gabriel. Estive esperando pela única pessoa que pode nos tirar daqui." Ele olha para mim. "Você."

"Ahn...", digo.

"Johanna — agora é a hora, filha!" Ele dá uma mordida no sanduíche. Parece mais feliz do que já esteve em anos. "Só precisamos ter um single de sucesso, e caímos fora daqui. Uma maldita música. Melhor ainda se for algo sazonal. Veja Noddy Holder. Tudo o que ele precisa fazer é pôr o chapéu de Papai Noel uma vez por ano, gritar 'É NATAL!' e então ficar de pés para cima de novo, sujeito sortudo."

"Apenas faça meu nome ser publicado no jornal", ele diz. "Só preciso disso. Só me consiga um pica grossa."

Pensando, "um pica grossa? Mas esse é o meu plano para *mim*", volto para a sala, rindo comigo mesma de ver o quão sexualmente liberada eu estou. Para uma virgem que nunca sequer beijou, tomando uma dose dupla de leite maltado, estou *totalmente* Riot Grrrl. Agradeço a minhas irmãs mais velhas, do outro lado do Atlântico, pelas aulas de atrevimentos provocantes e maloqueiros. Não tenho nenhuma ideia de como ajudar meu pai.

Duas e meia, e finalmente estou no meu lugar de direito — o computador —, digitando, quando minha tentativa de instalar uma nova dinâmica de poder na família se choca com outro obstáculo. Estou na metade de um parágrafo difícil tentando descrever as guitarras incontestavelmente ruidosas dos Milltown Brothers de outro jeito que não "ruidosas" — até então, consegui "bastante sonoras" — quando um som lamentoso vem da cozinha. Ouço minha mãe indo lá investigar, e então seus passos no corredor. Ela surge na sala, furiosa.

"Você pediu para Lupin fazer um sanduíche para você?", ela pergunta, parecendo extremamente irritada.

"Para falar francamente, fiz *milhões* de sanduíches para ele ao longo dos anos", digo. "Achei que ele iria gostar de aprender uma nova habilidade. E estou com o prazo apertado! Estou morrendo de fome!"

"Ele acabou de cortar fora metade do dedão, no ralador de queijo", ela diz.

Então baixo minha cabeça: aquele lamento vindo da cozinha soa, de fato, *exatamente* como um menino de oito anos que ralou o dedão. É *exatamente* esse timbre.

"Johanna. Nós somos uma *família* — e não 'Johanna Morrigan e seus suplicantes'", minha mãe diz. "Você não pode sair jogando tudo nas costas das crianças."

Obviamente, não posso *dizer* que estou tentando numa cartada salvar nossa família da ruína iminente, porque aí eu teria de falar para ela da ruína em potencial — que foi toda culpa minha, para começar.

"Se eu não conseguir ficar com esse emprego, então minhas únicas opções para uma carreira futura são trabalhar no Argos ou virar prostituta", falei, furiosa.

"Talvez você pudesse trabalhar no Argos *como* prostituta", minha mãe diz, alegremente. Ela parece estar gostando dessa conversa. "Eles poderiam listá-la no catálogo, e as pessoas fariam fila e esperariam você chegar pela esteira rolante."

Como sou letrada, sei que clichê terrível é uma adolescente gritar "ODEIO você, não PEDI para nascer", de forma que me contenho.

Além disso, já usei essa fala antes, e a minha mãe respondeu, muito calmamente, "Bem, como budistas, acreditamos que as crianças *na verdade* pedem, sim, para nascer. Você teria na verdade *me pedido* como mãe, Johanna. Então, se não está funcionando, receio que seja culpa do seu pobre discernimento cármico ao me escolher. Lamento".

Nessa ocasião, simplesmente ponho meus fones de ouvido e ouço "Mother", de John Lennon, da maneira mais sarcástica possível.

E assim as semanas transcorrem.

Um telefonema. Kenny, lá da DOME.

"Não temos notícias suas há algum tempo", ele disse, laconicamente. "Muito ocupada?"

Não posso dizer que atualmente ninguém tem permissão para usar o telefone, enquanto uma conta vencida de setenta e oito libras descansa sobre o aparador, e que estive rezando muito para que ele me ligasse e me oferecesse mais trabalho.

"Sim!", digo, eufórica. Aprendi todas as lições da reunião de pauta e agora sei como falar. Sei que tipo de pessoa preciso ser quando estou conversando com Kenny. "Tenho feito muita festa, Kenny! É difícil encontrar lugar na agenda para toda transa e também para todas as bebedeiras."

Estou sentada nas escadas de camisola, observando um dos gêmeos vomitar em silêncio e tranquilamente no seu carrinho, sujando todo o seu queixo.

"Bem, se você puder largar os rapazes por um só minuto, Wilde", Kenny diz, divertido, "temos mais daquele negócio de textos pelo qual você parecia tão interessada. Smashing Pumpkins no lugar abstrusamente chamado Edwards Number 8, em Birmingham. Que tal seiscentas palavras a respeito? Na próxima quinta-feira. Achamos que estava na hora de te dar uma matéria maior. Se esforce! É uma promoção! Você teve bastante tempo para fazer uma reserva de bebedeiras e transas, antes de voltar ao trabalho. Sim?"

"Sim, senhor!", digo. Vou descobrir exatamente como — com minha total pindaíba, até que eu receba meu primeiro pagamento — chegar a Birmingham mais tarde. Talvez Birmingham, na semana seguinte, se mova para perto de Wolverhampton, e eu possa então ir até lá a pé!

"O assessor de imprensa da gravadora é Ed Edwards — ele é um total inútil, mas todos eles são", Kenny suspira, antes de me dar o número de Edward. "Peça para ele pôr seu nome na lista de convidados. Você pode até tomar umas e outras enquanto está lá! Guarde os recibos, nós pagamos. Infelizmente, acho que as despesas oficiais não cobrem 'umas transas' — mas você pode tentar."

"Despesas?"

Sinto como se tivesse sido atingida na cabeça por um saco cheio de ouro.

Esta é uma palavra mágica. "Despesas." Oh, a palavra mais linda! Despesas quer dizer... *mais dinheiro*.

"Então posso incluir despesas de viagens, também?", pergunto. Cruzei todos os meus dedos das mãos e dos pés, esperando que ele dissesse "Sim".

"Bem, podem não gostar se você pegar a primeira classe, ou se andar de pedalinho num... cisne, mas, geralmente, sim. O financeiro reconhece que você não está indo para 'Birmingham Edwards Number 8' para algo tão divertido quanto... diversão", Kenny diz, antes de desligar — me deixando deitada no chão, fitando o forro, balbuciando "Yessssssssssssss". Tenho um trabalho novo sensacional. Fui promovida.

Embora Lupin possa não estar disposto a ser prestativo quanto a meu recém-encontrado papel — o de "importante colaborador de uma publicação nacional" —, meu pai, de olho na minha posição como "alguém útil para *sua* carreira" — é bem mais solícito. O que gera resultados ambíguos.

Neste exato momento — quinta-feira à noite — ele está tentando dar ré na nossa van numa vaga de estacionamento do lado de fora de Edwards Number 8, que é pequena demais, insistentemente empurrando um amontoado de latas de lixo que estão no caminho. Como era de esperar, isso está causando um barulho de choque e arranhões lá fora —, mas ele está ouvindo "Buffalo Soldier" tão alto dentro da van que não dá para saber. O baixo está fazendo o câmbio vibrar.

A semana passada foi agitada. E com isso quero dizer terrível. Tendo pedido a meu pai um dinheiro emprestado para pagar minha passagem de trem até Birmingham, ele recusou terminantemente, alegando que "sei como me comportava em trens noturnos quando eu era um jovem, e não quero saber de você encontrar nenhum imbecil desses".

"Você já usou essa fala comigo", digo.

"E você já usou essa fala com sua mãe", ele replica.

Ele insistiu em dirigir até Birmingham.

"Pode me pôr nessa lista de convidados, não pode?", ele pergunta. "Pat Morrigan e acompanhante. Como nos velhos tempos. É sempre bom dar uma olhada na concorrência. Ver o que os jovens malandros estão fazendo. Me ajuda a me manter no prumo."

Seu entusiasmo por rock alternativo moderno e seus impulsos cavalheirescos seriam ainda mais admiráveis se ele não tivesse se oferecido depois de ter ouvido que jornalistas que cobrem a área musical podem colocar bebidas nas despesas.

"Bem", ele diz agora, trancando a van e esfregando as mãos. "Está na hora daqueles 'refrescos'."

Seu adesivo de deficiente permitiu que ele estacionasse bem perto do lugar do show, no que acho que talvez fosse na verdade um ponto de ônibus. Isso, somado às batidas nas latas de lixo, fez de nós objeto de bastante curiosidade das pessoas na fila do lado de fora de Edwards Number 8. É uma chegada que não deixa de suscitar a pergunta "que caralho são vocês?".

Papai manca confiantemente na direção do porteiro. Isso é, na verdade, uma extorsão, e ele sempre fica alegre, e se sente em casa, ao praticar uma extorsão. Ele certa vez se referiu a seu pedido de noivado à mamãe como "uma extorsão". "Extorqui um sim dela em Brighton Beach", ele disse, virando uma Guinness. "Extorqui a sua mãe."

"Estamos na lista de convidados", ele diz, no seu tom de voz "explicando o mundo a um camponês". "Johanna Morrigan e acompanhante."

O porteiro verifica a lista de convidados, incrédulo.

"Ahn, não", digo para meu pai — e então para o leão de chácara. "É, ahn, Dolly Wilde. Dolly Wilde e acompanhante."

"Dolly Wilde?", meu pai diz — olhando de fato para mim pela primeira vez em meses. Estou toda de preto, é claro — e também usando minha cartola, comprada numa liquidação, em homenagem ao Slash, dos Guns N' Roses. Estou bem incrível. Ou, pelo menos, não estou com o mesmo visual do ano passado.

"Dolly Wilde?"

"É meu pseudônimo", digo. "Dolly Wilde."

"Ahhhh", o velho diz, agradado. "Ahhhhh. Pseudônimo. Boa."

"Ela era uma lésbica alcoólatra e infame", acrescento, com alegria.

"Supimpa!", papai diz, enquanto o porteiro libera a faixa vermelha e nos deixa entrar.

Nunca fui a um show antes. Meu primeiríssimo show — e estou sendo paga para estar aqui. Tudo é novo para mim. É muito cedo — não há ninguém lá ainda — e as luzes do estabelecimento continuam acesas. Dá para ver que estamos onde antes era um salão de música eduardiano, com um bar longo e decadente ao fundo. As paredes foram pintadas de um preto "rock" escuro, e tudo — chão, paredes, teto — está gasto e descascado e cheira a cigarro e a banheiro entupido.

É aqui que o rock acontece! É aqui que os jovens vêm! O rock tem cheiro de banheiro e cigarros! Estou aprendendo! Estou *muito* entusiasmada. Sinto como se estivesse numa espécie de limiar.

"Vou só ali pegar algumas das mencionadas bebidas", papai diz, se dirigindo para o bar e dando um aceno de cabeça viril para o barman.

Vou até o fundo, bem perto do palco. Quero me certificar de ter uma boa visão das duas bandas — Chapterhouse vai abrir; é uma banda bem famosa no momento — a fim de fazer da minha resenha a melhor resenha que a *DÔME* já publicou.

Fico bem em frente ao microfone principal — onde estará o vocalista Billy Corgan — e consolido minha posição pegando minha caneta e minha caderneta, abrindo-a na primeira página e escrevendo "SMASHING PUMPKINS — BIRMINGHAM EDWARDS NUMBER 8, BIRMINGHAM, 19 de novembro de 1992".

Eu me viro e vejo que meu pai está reclinado sobre o balcão do bar, bebendo uma Guinness e falando com o homem a seu lado. Ele me vê e ergue a Guinness, numa saudação.

"*Estou só me refrescando*", ele faz com a boca.

Aceno com a cabeça.

Ainda falta 1h37 para a primeira banda começar. Suspiro. Talvez eu tenha chegado um pouquinho cedo.

"BIRMINGHAM EDWARDS NUMBER 8, BIRMINGHAM, MIDLANDS OCIDENTAIS, GRÃ-BRETANHA, EUROPA, PLANETA TERRA, VIA LÁCTEA, INFINITO", acrescento na minha caderneta, com minha caligrafia mais rebuscada.

Tenho dezesseis anos e estou sendo paga por palavra escrita.

* * *

22h11. Bem. Tudo isso está se revelando um pouco confuso. Consegui manter meu lugar — na frente do pedestal do microfone de Billy Corgan —, mas a muito custo. Pois, como estou rapidamente aprendendo, existe uma coisa muito estranha que os fãs do Smashing Pumpkins fazem: uma espécie de dança intensa, violenta, agitada, ao som das músicas da banda.

De início, pensei que era apenas uma tradição para a música de abertura — sabe, como quando "Oops Upside Your Head" começa, em um casamento, e todo mundo rema pelo salão. Imaginei que todo mundo ia parar de fazer aquela zona depois da primeira música, que ficariam quietos e, basicamente, parariam de pular na minha cabeça.

Mas já estamos na terceira música do Smashing Pumpkins e claramente essa mania de ficar pulando não é apenas uma tradição de abertura de show. Em vez disso, há um constante chocar-se entre as pessoas, como se todo mundo estivesse tentando fazer fogo ao se esfregar uns nos outros — usando camisetas Tad como gravetos.

Registrar minhas importantes impressões in loco do show — "Corgan parece mto. sério! D'Arcy bebe água" — está se tornando cada vez mais difícil, já que na maior parte do tempo preciso segurar minha caderneta na boca, enquanto uso as mãos para manter minha cartola na cabeça. Essa plateia não tem o menor respeito por uma pessoa usando um chapéu elegante.

Quando começam os acordes iniciais da quarta música, há um empurrão particularmente vigoroso lá do fundo, e perco tanto meu chapéu quanto minha caderneta de anotações.

"JESUS!", grito. "QUE DEMÊNCIA!"

Eu me ajoelho para recuperar meu chapéu e então luto para abrir caminho pela multidão — para observar da lateral.

Essa gente é doente. E pensar que sempre tive medo de raves, porque pensava que seriam muito barulhentas e suadas. Isso é, com certeza, muito pior.

Fico de lado. Decidi que vou ser uma observadora da cultura jovem esta noite. Além disso, como eu poderia de fato analisar os acontecimentos se estivesse participando deles? Sou uma crítica musical, não um *animal*. Meu lugar é ficar de lado, observando.

O show dura o que parece uma eternidade. Estou muito cansada — já passou das onze horas e a essa altura normalmente estou na cama ouvindo as ligações dos ouvintes da Beacon Radio. Todas as sextas-feiras eles têm uma sessão de telefonemas sobre temas sobrenaturais. É sempre muito interessante. Há uma mulher em Whitmore Reans que tem um fantasma no corredor de sua casa, e ela sempre telefona para contar o que ele está fazendo.

"Harry" — esse é o nome do fantasma: Harry — "aprontou uma boa essa semana. Derrubou todas as listas telefônicas de cima da mesa."

Não conheço nenhuma das músicas tocadas pelo Smashing Pumpkins — roubei vinte centavos para encomendar *Gish* da biblioteca, mas não chegou a tempo. Um cara em Brewood pegou emprestado antes de mim, aparentemente. Cretino — mas dá para sacar quais são as mais famosas, porque todo mundo fica especialmente louco quando essas começam. Algumas pessoas fazem *crowd-surf*, o que sempre imaginei que era algo que acontecesse só nos Estados Unidos, e parece um tanto estranho de se ver em Birmingham — como se todo mundo aqui começasse a chamar combustível de "gasolina" e a enlouquecer com a formatura do colégio.

"Essa cultura não é de vocês!", fico com vontade de dizer a eles. "Vocês deveriam estar dançando como as pessoas dançam 'Tiger Feet' do Mudd no *Top of the Pops*! Ou então fazer a Lambeth Walk! Esse é o jeito britânico de ser!"

Durante um pedacinho de show meio chato — lento —, vou até os fundos para ver como meu pai está. Ele encontrou um parceiro de bebida e está bem alto.

"Esse é Pat", ele diz, me apresentando ao homem que também está bêbado. "Porque eu também me chamo Pat! Somos dois Pats! Ele é protestante", ele acrescenta, num sussurro exagerado, "mas já nos *entendemos*."

Ele o diz como se eles tivessem solucionado todo o conflito da Irlanda do Norte — e como se, assim que derem um telefonema de uma cabine telefônica, depois do show, haverá novamente paz entre nossas duas nações.

"Você está bem para dirigir?", pergunto-lhe.

"Melhor que nunca", ele diz, tentando colocar o copo sobre o balcão do bar e errando por pouco.

"Preciso ir lá no fundo do palco depois do show — dar um oi para a banda", digo.

Não sei por que inventei isso. Acho que talvez isso seja como uma festa dada pelo Smashing Pumpkins e que seria mal-educado de minha parte não me apresentar, e agradecer a eles, antes de ir embora.

Dou meu chapéu e minha caderneta para o papai e vou até a frente do palco para as duas últimas músicas. Apesar de eu na verdade não gostar de Smashing Pumpkins — acho eles um pouco *deprês* —, não posso deixar passar essa oportunidade de vivenciar plenamente meu primeiro show. De forma desajeitada, e um tanto relutantemente no início, faço como os demais. Fico pulando sem sair do lugar, com cuidado — como se me aquecendo para a aula de educação física.

"O rock demanda sutiãs com bastante sustentação", observo — enquanto seguro meus seios ao pular para cima e para baixo, tenazmente. Isso é uma coisa que as publicações sobre música jamais mencionaram. Elas oferecem poucos conselhos para garotas.

Num coro, as pessoas atrás de mim me empurram, e então eu empurro de volta — estou me esfregando em garotos, o que, percebo com alegria, é minha experiência mais sexual até o momento.

"Sou aproximadamente sete por cento menos virgem agora!", penso, ao sentir as costelas de um garoto magrinho roçarem como um xilofone nas minhas costas.

Em menos de dez minutos, fico molhada até os ossos num arrebatador coquetel de suor meu e dos outros. Nuvens de vapor sobem da área do *mosh* e se misturam com o gelo-seco.

Quando finalmente consigo sair de lá cambaleando — com o último acorde da banda soando num eco infinito —, meu cabelo está tão molhado quanto ao sair do banho, e eu estou parcial e alegremente surda. É como aquela vez em que participei de uma corrida cross-country e curti a maior adrenalina — só que sem ninguém gritar "MAIS RÁPIDO, Morrigan!" para mim. Entendi qual é a graça.

É incrivelmente fácil chegar até o *backstage*. De fato, nos anos futuros, nunca mais acharei tão fácil assim, independentemente de quantos passes e crachás eu tenha. Acho que pode ser que os seguranças do Birmingham Edwards Number 8 não estejam nem um pouco acostumados com garotas baixinhas, gordas, suadas e hiperadrenalizadas chegando até eles e dizendo bem alto "sou jornalista! Estou aqui para falar com a banda!", pois sua audição foi comprometida.

Via de regra, você sabe que o esquema de segurança de uma banda falhou espetacularmente quando uma garota de dezesseis anos usando uma cartola — segurando uma caderneta surrada que ela finalmente encontrou chutada junto ao amplificador —, com seu pai bêbado, e Pat, o amigo bêbado de seu pai — consegue entrar no camarim da banda.

Os membros da banda estão sentados — jogados, suados, exaustos. A atmosfera no camarim é tensa — mais tarde, lendo sobre sua carreira, descubro que nessa época o guitarrista James Iha e a baixista D'Arcy Wretzky estão no meio de um rompimento tumultuado, que o baterista Jimmy Chamberlin está começando o que se transformará num considerável vício em heroína e Billy Corgan está entrando num período de depressão, em parte detonado pelo fato de ele estar tão falido que está morando numa garagem.

"Olá!", digo para todo o camarim.

Na verdade não sei conversar com bandas — na verdade não sei conversar com pessoas — e, por alguma razão, presumo que seja essencial sentir um pouco de pena deles. Os Pumpkins estão muito obviamente exalando uma vibração negativa, e conjecturo que seja porque acabaram de voltar dos Estados Unidos — terra dos carros grandes, *Dynasty* e Elvis — e chegar a Birmingham, e que estão tristes por isso. Obviamente, na época, não sei sobre a garagem de Billy Corgan. Imagino que todos os americanos têm casas enormes. Quero dizer, até mesmo em *Roseanne* eles têm uma casa enorme, com uma varanda — e Roseanne é só uma cabeleireira, varrendo cabelo do chão.

Sento-me junto a D'Arcy, pois ela é mulher, e dou um sorriso simpático.

"Dia longo, é?", digo. "Você provavelmente quer uma birita. Como uma xícara de chá. É assim que chamamos o chá aqui. 'Birita.' Não, tipo, breja. Cerveja. Não isso."

D'Arcy me olha, confusa.

"Você parece exausta", continuo.

Ela parece ainda mais desolada e confusa.

"Mas você arrasou!", trato de acrescentar. "Você esteve FANTÁSTICA! OH, MEU DEUS! Nunca vi um show assim antes!"

O que é bem verdade. Nunca vi um show assim antes. Nunca vi um show antes.

"Como está indo a turnê?", pergunto. "Está bacana?"

"Oh, sabe como é...", ela diz. Tem sotaque americano. É o primeiro sotaque americano com o qual interajo. Antes, sotaques americanos só haviam me chegado pela televisão. "É bem incrível vir para a Europa e encontrar pessoas que ouviram falar de nós."

Ela fala *"Europe"*, "Yuuuuurp". É *incrível*. Genuinamente estrangeiro. Mas ela continua olhando para o chão. Há um silêncio constrangedor. Toda a banda está de olhos vidrados — aparentemente um pouco traumatizados pelo show que acabaram de dar. Não faço a menor ideia do que dizer em seguida. Uma voz de repente surge lá da porta.

"Vou dizer uma coisa — cês são uma bandinha foda!"

É meu pai. Fala com grande autoridade. Todo mundo se vira para olhar para ele. Ele está encostado no batente da porta, ainda com uma caneca de Guinness na mão.

"Foda. Bandinha", ele reitera. "O baterista de vocês é bom, cara", ele diz para Billy Corgan, herói do grunge. "Tem um lance meio jazzista. E essa pombinha...", ele faz um gesto na direção de D'Arcy Wretzky, heroína do grunge, "... essa pombinha tá bem para *caralho*."

Todo mundo fica olhando para o meu pai.

"Caras, caras!", Pat — o amigo do papai — gorjeia. "Vocês foram bem — *bem* —, mas não conhecem nenhuma música de festa? Ou 'Protestant Boys'? É uma puta de uma música. Sempre agita o pessoal. '*The Protestant Boys/ Are Loyal and True/ Stout-hearted in battle/ And stout-handed too…*'."

Decido que é hora de ir embora, para novas pastagens. Provavelmente já basta de Smashing Pumpkins agora.

Quando sai a resenha, ela contém toda e qualquer palavra superlativa que consigo imaginar — em parte meu jeito de compensar aos membros da banda por terem tido que conhecer meu pai e Pat, e em parte porque, assim que volto para a van do meu pai e o faço dirigir de volta até Wolvo, furiosa, tudo o que eu quero é retornar àquele lugar e ser tomada por aquele som pesado outra vez.

Agora sei o que acontece num show, vou estar pronta na próxima vez — irei apenas de camiseta e shorts e botas, e lutarei para abrir caminho até a frente do palco, como um soldado paciente e determinado, e então deixarei que a banda acabe comigo. Quero entrar em lugares como aquele todas as noites, e sentir que algo *está acontecendo*.

Um show, percebo agora, é um lugar onde as pessoas se reúnem e permitem que tudo aconteça. Coisas podem ser ditas e gritadas e cantadas; pessoas ficam furiosas; são beijadas — há toda uma agenda comum de alegre selvageria. São a sala de reuniões dos jovens, onde estabelecemos nossa vibração.

A título de contraste, tudo o mais que faço é apenas ficar sentada e esperar.

Deus, quero sair de novo.

Ao ser publicada — manchete: "MOSHING PUMPKINS!" —, a resenha é acompanhada por uma foto grande da banda e ocupa metade de uma página. "Esta é a noite em que tudo começa para o Smashing Pumpkins na Grã-Bretanha", escrevi.

Todo jovem bacana das Midlands veio prestar homenagem aos novos Imperadores do Grunge Enlutado. Não importa se o estilo de cantar de Billy Corgan é um tanto "uivado" — como um gato exposto à chuva que acaba de se dar conta de que sua portinhola está trancada. Desde os primeiros e estrondosos acordes de "Siva", todos os jovens no local têm no rosto a mesma expressão: "Eu também já me senti como um gato trancado fora de casa na chuva, Billy Corgan! Vivo em Bilston! É preciso esperar 45 minutos pelo ônibus 79! Obrigado por compor uma música que finalmente expressa como é isso!".

Olho para a resenha com uma profunda felicidade. Posso ocupar meia página, agora. Tenho exatamente o valor de meia página. É excitante acompanhar minhas crescentes habilidades como jornalista — como no pedaço de parede na cozinha onde as nossas alturas são marcadas, a cada seis meses, num arco-íris rabiscado com canetas de cores diferentes. "Lupin — Halloween 1991." "Kriss — Natal 1990." "DOLLY, primeira resenha principal, DOME, 1992."

Kenny me diz que quando eu tiver cinquenta resenhas vou ser experiente o bastante para fazer a minha primeira entrevista.

Em janeiro de 1993, já entrevistei dezenove bandas locais. Entrego meu texto no prazo, tendo revisado a grafia de todas as palavras, com auxílio de um dicionário, e todas as minhas melhores expressões e frases exibidas como barretes, peles e joias, para encantar os olhos e provocar a curiosidade.

Em fevereiro, quando meu salário de repente chega a cem libras por semana, vou até a escola às onze horas e fico sentada do lado de fora da sala da coordenadora, ouvindo Jane's Addiction no meu walkman, cantarolando sutilmente, até que ela aparece.

"Estou pedindo demissão", digo, alegremente, à coordenadora — puxando os fones de ouvido para baixo até o pescoço de forma que nós duas podemos ouvir Perry Farrell gritando "SEX IS VIOLENT!" num timbre metálico, desde o meu peito. "Não poderei mais continuar minha educação, pois vou fugir para me juntar ao circo. Vendi minha alma para o rock 'n' roll."

"E você informou seus pais a respeito?", a coordenadora me pergunta, calmamente, como se já tivesse ouvido isso antes.

"Ainda não", digo, casualmente. "Mas eles vão concordar na boa."

Entrego a ela a minha gravata do uniforme escolar.

"Dê isso para Tim Watts da sala 10J", digo. "Ele precisa. Ele mastiga isso o tempo todo. Acho que seus dentes ainda estão nascendo. Sua voz não engrossou ainda. Talvez ele tenha alguma anormalidade cromossômica. E também, só para você saber, foi Andy Webster que acionou o alarme de incêndio no ano passado, Annette Kennedy deixa as pessoas a bolinarem na quadra de esportes por vinte centavos e a sra. Cooke não tem absolutamente nenhum controle sobre Educação Religiosa — Tim Hawley, o evangelista com lábio leporino, fica em pé sobre a escrivaninha e faz uma 'dança da cobra' enquanto ela escreve no quadro-negro. Ele costuma baixar as calças e mostrar suas partes íntimas para as pessoas. Acho que ele é bem perturbado. E também meio torto. Uma das suas bolas tem duas vezes o tamanho da outra. Não faço a menor ideia se isso é normal — mas logo vou saber, porque agora vou me divertir, enquanto sou jovem."

A coordenadora da escola não parece impressionada com essa fala clássica de Rizzo, em *Grease: Nos tempos da brilhantina*, e apenas enfia a gravata no bolso e diz, "vou informar o diretor e mandar uma carta para seus pais".

Saio para o recreio e digo a meus amigos que estou deixando a escola.

"Não creio, cara, você é tão sortuda", Emma Pagett diz, comendo Chipstix, os olhos quase saltando para fora. "Você é *demais*."

Do outro lado do pátio, posso ver Krissi olhando para mim com desaprovação.

Pego o caminho mais longo para casa — parei no pátio, onde um grupo de uns trinta adolescentes escreveram mensagens de adeus na minha camiseta da escola com caneta hidrográfica. Tenho um rato dizendo "FODONA" no meu braço, "DELÍRIO MADCHESTER" nas minhas costas, e "VÁ TOMAR NO CU" na minha gola. Estou parecendo a parede do banheiro das meninas.

Quando entro, já passa das seis da tarde e mamãe e papai estão na sala com Krissi. Parecem um furioso conselho administrativo intergaláctico, prestes a declarar guerra a um Jedi forasteiro, i.e.: eu.

"O que você está aprontando, Johanna?", papai diz. "Você *saiu* da escola?"

"Você vai voltar direto para lá amanhã e dizer que cometeu um erro", mamãe diz.

"Não posso. Entreguei a minha gravata. E esta é a minha única camisa", digo, indicando o "VÁ TOMAR NO CU" na gola.

"Você pode ficar acordada a noite toda esfregando isso até sair enquanto nos explica o que *porra* pensa que está fazendo", mamãe diz. "Você não pode simplesmente *sair* da escola."

"Mas todo mundo vai à escola para conseguir um emprego — e eu já *tenho* um", digo. "Quero dizer, se eu ficar na escola, não vou poder *manter* meu emprego. Shows não terminam antes das onze da noite — eu peguei no sono durante uma aula de natação na semana passada. Eu estava flutuando com o rosto para baixo, como o cadáver em *Crepúsculo dos deuses*, enquanto as pessoas jogavam boias na minha cabeça. Já estou tendo que recusar coisas por causa das aulas estúpidas de matemática. Nunca vou precisar de matemática! Vou ser tão boa em inglês que vou ganhar toneladas de dinheiro e contratar um contador! Já planejei tudo. Não sou *burra*."

Nunca vi a mamãe tão furiosa na vida. É ainda pior do que uma vez em que, quando éramos muito mais novos, eu e Krissi vestimos um boneco-bebê em tamanho real com as roupas de Lupin e jogamos pela janela do quarto, gritando, "NÃO, LUPIN, NÃO!", bem quando ela estava estacionando o carro. Aquela bronca durou um dia inteirinho.

Esta dura uma semana. Naquela noite, discutimos até meia-noite — eu chorando histericamente a partir das nove horas.

Às sete da manhã seguinte, ela me acorda tirando o edredom de cima de mim.

"ESCOLA", ela diz. Mas me recuso a ir. Não demora até estarmos aos gritos.

"Como eu trabalho com a língua inglesa, me enoja usar um clichê como 'Tenho DEZESSEIS anos agora, eu CUIDO DA MINHA PRÓPRIA VIDA'", digo, resolutamente sem arredar o pé. "Seria um diálogo vulgar. Então em vez disso vou agir e poupar minhas palavras."

E puxo o edredom para me cobrir novamente.

"Esta sou eu não indo para a escola", esclareço, caso ela não tenha entendido. "Eu cuido da minha vida. Peça a Lupin para me fazer um sanduíche no capricho."

Mamãe não acha muito divertida essa rememoração de uma transgressão pregressa. Depois de vinte minutos, ela sai, para ser substituída por papai.

"Você precisa estudar, Jo", ele diz, sentando-se na cama. Sua atitude é muito mais conciliatória. Gentil. Quase... convincente. "Sabe o quê? Vá bem nas provas. Conquiste aquele pedaço de papel."

"*Você* não conquistou", digo. Papai abandonou a escola aos quinze anos para se juntar à sua banda. A história é conhecida — fazer shows em bares frequentados por operários; tocar em boates de striptease e bases do Exército americano; devorar bifes e aprender a jogar pôquer com prostitutas; e ficar a apenas seis meses de fazer sucesso — sucesso mesmo.

"Sim", ele diz. "Não conquistei."

Há uma pausa, enquanto nós dois telescopicamente fazemos um zoom mental na casa — o carpete da escada, com cada pedaço surrado e levantando. Estantes feitas de tijolos e tábuas de madeira: um tipo de mobília muito conhecido, no *The Antiques Roadshow*, como "Escrivaninha da moradia popular". O chuveiro pingando e o carrinho de bebê com a alça quebrada e o cocô de rato nos fundos dos armários da cozinha. Um dos gêmeos está chorando lá embaixo.

Ele suspira. Seu rosto de repente parece muito triste. Eu me levanto, e o abraço. Ele me puxa para o seu colo, pela primeira vez em anos.

"Você vai *mesmo* detonar seus joelhos", digo, consciente do quão maior estou desde a última vez que ele fez isso.

Deito a cabeça em seu ombro. Ele cheira a cigarro, e a sabonete de alcatrão, e a suor.

"Oh, minha filha", ele diz.

Quero dizer, "Não vou fazer merda. Não vou fazer merda... como você, papai. Aprendi a sua lição. Sei que vai dar certo". Mas isso seria reconhecer que papai fodeu com tudo, que não fez nada certo, e tornaria ainda mais difícil olhar para seu rosto.

Então no lugar disso simplesmente digo, "Vaaaaaamos. Deixa".

Ouço ele descer ao andar de baixo para falar com mamãe. Ouço o murmúrio baixinho ficando mais alto e mais acalorado, até que se transforma numa discussão.

"Você *sabe* que é mais complicado do que isso!", mamãe grita, lá pelas tantas.

Coloco meus fones de ouvido e ouço Courtney Love cantando "Teenage Whore". Courtney saiu de casa aos catorze anos e se tornou uma stripper — e ela está *totalmente* bem. Não entendo por que eles estão preocupados.

A discussão entre mamãe e papai dura uma semana. Ela está irredutível quanto a achar que eu deveria continuar na escola e terminar meus exames — ele fica dizendo "Deixe a menina fazer o que ela quer, Angie", enquanto ela surta na penteadeira e se inquieta com a possibilidade de eu "me estragar com um bando de loucos drogados".

Fico no meu quarto, escrevendo minhas resenhas — apenas me aventurando lá embaixo para preparar xícaras de chá de um jeito muito respeitável, forjando a atitude mais inocente e magoada que consigo.

No final, depois de uma semana de luta, ela se rende: "Que seja, como quiserem", ela diz. "Mas não digam que não avisei." Então ela diz, olhando para papai, "Acho que você não pensou bem nisso. Vai ser mais difícil do que você supõe. É muito para Johanna lidar".

Eu a abraço, gritando, e então a ele — a ele por muito mais tempo.

"Eu *prometo* que vou fazer isso dar certo!", digo. "Vai ser bom para *todos* nós! Vou poder contribuir para as despesas da casa! Vai ser como quando Jo March escreve contos para ajudar Marmee, em *Mulherzinhas*! Ou quando Pauline Fossil consegue o papel de Alice em *Alice no País das Maravilhas*, em *Ballet Shoes*. Vou lhes dar quinze xelins por semana, para casa e comida! Se papai for à guerra, vamos poder mandar cobertores para ele, e brandy!"

"A única guerra na qual vou me alistar é a guerra de classes", papai diz. Ele cita sua frase cinematográfica favorita: "Seu pai quer atirar na família real e acorrentar todo mundo que frequentou escolas públicas. Ele é um idealista".

Então acrescenta: "Mas com certeza o brandy seria bem-vindo".

E parece que ele vai conseguir o brandy mais cedo do que todos nós pensávamos: no dia seguinte, Kenny liga e diz, "Parabéns, Wilde: você vai para Dublin na próxima semana, para entrevistar John Kite".

Onze

Estou num avião. ESTOU NUM AVIÃO. Estou num avião. Nunca estive num avião antes. Claro, não vou dizer isso a Ed Edwards — Ed Edwards, assessor de imprensa da gravadora com a qual o lendário bêbado John Kite tem contrato. Não quero que ele fique com pena de mim. Não quero que ele veja como fico quando faço alguma coisa pela primeira vez. Não quero que ninguém me veja *mudar*. Vou mudar privadamente. Em público, eu sou, sempre, a coisa acabada. A coisa certa, para o lugar certo. No escuro, pende uma crisálida.

Fiquei surpresa com quão pouca resistência meus pais demonstraram quanto a eu ir à Irlanda sozinha. Minha mãe disse, "Você vai sozinha, para andar com uma banda, em outro país? Não tenho certeza se gosto disso. Como são essas pessoas?" — claramente imaginando Led Zeppelin no esplendor de sua glória, jogando garotas de catorze anos pela janela do hotel e enfiando peixes vivos em aparelhos de televisão.

Mas mostrei-lhe algumas entrevistas feitas com John Kite — ele falando sobre a guerra, e sobre os Beatles, e seu tipo preferido de biscoitos — e ela fungou e disse, "Oh, então ele não é *bem* um astro do rock. É só um *músico*", de um jeito que sugeria que músicos não tinham pênis e, portanto, não seriam uma ameaça para mim.

Papai, por outro lado, ficou sobretudo interessado nas "mordomias": "Estão colocando você num hotel bom? Vai voar de primeira classe? E o táxi do aeroporto? Ah, gravadoras. Grandes mãezonas".

Quando conseguiu calcular que a gravadora de John Kite estava gastando um pouco menos de quinhentas libras para me mandar para a Irlanda, ele pareceu satisfeito em me deixar ir: "Gravadoras grandes demonstram quanto gostam de você com o valor que gastam com você", ele disse, sabiamente, fumando um cigarro. "Não vão gastar quinhentos paus para jogá-la aos lobos."

Então cá estou — só eu, com minha minúscula mochila, numa pista de decolagem, prestes a ir para outro país. Observo para mim mesma, alegremente, que na semana passada minha ex-turma da escola fez *sua* primeira viagem para o exterior: uma viagem de intercâmbio para a França. Emma Pagett foi sorteada com uma família que a colocou numa bicama com uma criança de doze anos que ficava dizendo "Kenny Everett" numa voz inglesa metida, e eles comiam salame e queijo no café da manhã. A carta que ela escreveu depois disso fervia de despeito:

"Fomos todos para a cidade para ver se encontrávamos sucrilhos. Tim Hawley estava chorando", ela observou, satisfeita.

A título de contraste, estou ficando num hotel que tem uma *piscina*. Com uma *estrela*.

"Pediram para colocar o Bono na lista de convidados esta noite. Bono!", Ed diz, sentado em seu assento no avião como se fosse uma cadeira de pub. Está com o jornal no colo. Está se preparando para *ler* enquanto voamos. Ele vai fazer palavras cruzadas. Uma distração — para o entediado!

Eu não vou ler enquanto voamos. Meu rosto está colado na janela. Enquanto voarmos, estarei absolutamente presente, a cada metro e a cada nuvem. Ninguém *nunca* vai ter voado tanto quanto eu.

"Bono! Que máximo!", digo. "Posso fazê-lo pedir desculpas para mim por... tudo."

Estou fazendo de conta que detesto o U2 — sobretudo porque percebi que todo mundo na D&ME detesta o U2, e acho que eles simplesmente... sacaram tudo.

Secretamente, porém, U2 é uma das minhas bandas favoritas. Se escuto "Who's Gonna Ride Your Wild Horses?", eu começo a soluçar e só consigo parar quando imagino Bono me abraçando. Eu adoraria ser abraçada por Bono. Eu adoraria que Bono fizesse para mim seu "Discurso Bono" — o discurso infame em que ele tem um tête-à-tête com criaturas afogueadas, jovens e desnorteadas, e lhes dá conselhos, e promete defendê-las, no equivalente do rock ao beijo de Glinda na testa.

Se você ouve o Discurso Bono, significa que você está salvo. Eu adoraria ser salva. Eu adoraria que alguém empiricamente me dissesse o que devo fazer. Ter que adivinhar — improvisar — o tempo todo é tão exaustivo.

"Ele vai entrar às dez horas — aqui as coisas começam tarde — então vamos comer primeiro", Ed continua, enquanto preenche o nove vertical. "Então, depois do show, você vai ter o John todinho só para você."

O avião começa a taxiar pela pista. Eu não fazia ideia de que ia tão rápido. Nunca fui tão rápido. Já estamos indo rápido demais — e então aceleramos. Aviões entram em velocidade de cruzeiro a seiscentas milhas por hora. Isso são seiscentas milhas por hora? Essa velocidade é desumana, e sacrílega. É nervosa. Aviões precisam ficar furiosos antes de poderem voar. Chutam o chão para longe e se arremessam contra as nuvens, gritando. Com esforço abrimos caminho pelo céu. A Terra fica longe, como se tivéssemos levantado âncora. Você conta até três, e árvores e estradas e casas ficam minúsculas. Você conta até seis, e as cidades encolheram até formarem uma faixa cinzenta, grudada numa estrada.

"… ele não gostou da matéria da *NME*", Ed está dizendo, em tom de confidência. "Colocaram todas aquelas coisas sobre sua ex-namorada, que deveriam ser em off, e a mãe dele ligou para ele, chorando…"

Cale a boca, Ed — o mundo abaixo de nós se transformou num mapa. Um mapa de verdade! As florestas se parecem com as sinalizações "Florestas: caducifólias" da Ordnance Survey.* É bem como eles desenharam! Quem diria! Quem diria que é possível colocar o mundo todo no papel, afinal de contas! Os artistas tinham razão! Isso é tão reconfortante!

"… e quando fomos à MTV, a única bagagem que ele tinha era uma sacola com um par de fones de ouvido, seu passaporte e uma garrafa de hidromel comprada no duty free. Hidromel! Quero dizer — quem é que bebe hidromel?" Ed dá uma risada animada. "John é *louco*."

As janelas ficam cinza-claras — entramos nas nuvens. Nuvens de chuva são sujas e molhadas — olhar para elas pela janela faz você achar que ficou temporariamente cego. O interior de uma nuvem de chuva é como uma bolha de noite. E então o avião voa mais para cima — as nuvens rasgando-se transversalmente ao seu nariz —, e de repente irrompemos no sol claro, claro e brilhante.

Enquanto minha primeira dose de adrenalina de ansiedade me invadiu como água suja de inundação, dois anos atrás, isso é agora o oposto.

---

* Departamento do governo britânico responsável pela confecção de mapas e um dos maiores órgãos de cartografia do mundo. (N. T.)

Sentada no assento 14A, no sol, flutuo numa alegria que é como uma maré de lua cheia, diferente de tudo que eu jamais vivenciei. Estou ficando incrivelmente chapada com um único e surpreendente fato: que, acima das nuvens, sempre há o sol. Sempre. Que todos os dias na Terra — todos os dias que eu já vivi — eram, em segredo, ensolarados, afinal de contas. Por mais feio e chuvoso que seja em Wolverhampton — nos dias em que as nuvens parecem baixas, como uma tampa, e a limalha borbulha e os esgotos espumam para fazer a digestão — *sempre* faz sol aqui em cima.

Sinto-me como se tivesse acabado de voar a seiscentas milhas e mergulhado de cabeça na metáfora mais bela da minha vida: se você voa alto o suficiente, se chega acima das nuvens, é um verão sem fim.

Decido que, pelo resto da minha vida, pelo menos uma vez por dia, vou me lembrar disso. Acho que é o pensamento mais animador que jamais tive. Quando finalmente aterrissamos em Dublin, e vou conhecer John Kite, estou basicamente embriagada de céu.

John. Não era um garoto bonito, nem alto. Era redondo, como um barril, num terno marrom surrado que ele mesmo remendara — e seu cabelo não era nem de uma cor nem de outra. Seu rosto era ligeiramente achatado, e suas mãos tremiam muito para um homem de vinte e quatro anos — ainda que ele tenha dito, mais tarde, "em idade canina, meu fígado tem sessenta e oito". Mas, quando o vento soprou pela esquina da rua, pude ver seu coração batendo sob a camisa, e, quando a conversa se acelerava, dava para ver sua mente badalar, como um relógio. Ele era brilhante brilhante brilhante, como a luz sobre a porta de um pub no mês de novembro — ele fazia você querer entrar e nunca mais ir embora. Ele era uma companhia — boa companhia — a única companhia possível para mim, logo descobri.

Quando o vi pela primeira vez, ele estava no bar estilo *saloon* de um pub perto do Temple Bar, discutindo com um homem que estava se gabando por fumar oitenta cigarros por dia.

"Mas quem é o otário que está contando?", Kite perguntou, cerrando os punhos.

Ele fumava todo cigarro com solenidade — como se cada um fosse feito à mão e contivesse um pouco de ouro — em vez de estar facilmente disponível em tabacarias de esquina, em pacotes de vinte.

Ele entrava no pub — mais de uma hora atrasado — como um juiz adentra um tribunal. Era ali, claramente, que os negócios seriam conduzidos — mas ali era também o palco do coração humano, onde todas as coisas aconteciam e todas as coisas seriam reveladas, com o devido tempo.

Ele ainda estava discutindo com o homem — "Você tem cheiro de quem fuma menos de cinquenta por dia, para mim, meu amigo. Você quase não tem cheiro nenhum, para um obsessivo" — quando Ed foi até lá e tocou seu braço.

"John", ele disse, "D*O*ME está aqui!"

"Tudo bem", John disse, me dando um aceno de cabeça.

"Esta é a Dolly", Ed disse.

"Muito bem — duquesa", John disse de novo. Ele se virou, olhou para mim e de repente ficou totalmente interessado. Todas as luzes se acenderam — como se alguém tivesse ligado o jukebox Wurlitzer. A pista de dança se inundou de dançarinos.

"Dolly", ele disse, "é um prazer conhecer você. Vamos nos acabar com gim?"

John era sorridente — era o próprio sorriso. Quando sorria, parecia que nunca quisera fazer outra coisa em toda a sua vida senão sentar-se àquela mesa comigo, e fumar, e conversar, enquanto observávamos as pessoas passando pela janela.

Ele sorriu quando eu disse que só beberia Coca-Cola — "Mas obrigada" — e riu quando eu disse que não fumava: "Parabéns, Dolly", ele disse, acendendo um cigarro. "Parabéns por sua lucidez. A questão é, quando começa a fumar, você acha que comprou um dragãozinho filhote engraçadinho. Você acha que enfeitiçou um animal fabuloso, que fez dele seu brinquedo, que vai impressionar todo mundo que o vir. E então, vinte anos depois, você acorda com seus pulmões cheios de cinzas e sujeira, e a cama em chamas, e você se dá conta de que o dragão cresceu — *e incendiou a porra da sua casa.*"

E ele tossiu — uma tosse viril, de homem peludo — para provar seu ponto.

E bateu seu copo de gim no meu copo de Coca e sorriu até que seus olhos eram apenas linhas de alegria, e simplesmente começamos a conversar e nunca mais paramos: famílias, loucura, e *Os caça-fantasmas*, e nossas árvores favoritas — "Em termos gerais, nunca conheci uma árvore de que não gostasse — menos o limoeiro, que é um cretino irrecuperável" — e Larkin, e Tolstói, e cachorros. E se "septuagésima" era uma palavra ou frase melhor que "lua crescente gibosa", e moradias populares, e como era ir para Londres pela primeira vez, e ficar com vergonha dos seus sapatos: "Mas não mais", ele disse, colocando os pés em cima da mesa. "Irlandeses feitos à mão. Vinte libras na Oxfam. Só machucam quando caminho. Mas olhe só que bonito é o *lustro*. A gáspea é de couro de novilho; de amarrar — estilo Derby."

E em vinte minutos — e então pelos próximos vinte anos da minha vida — eu soube de uma coisa muito importante: que tudo o que eu queria fazer era estar perto de John Kite. Que as coisas agora iriam se dividir, muito simplesmente, em duas categorias: coisas a serem feitas com John Kite, e coisas a não serem feitas com John Kite. E que eu iria abandonar qualquer coisa da segunda categoria num piscar de olhos se houvesse possibilidade de algo na primeira categoria.

Eu havia conhecido um bom rapaz que sabia falar, e de tempos em tempos eu levantava o olhar, e nos via refletidos no espelho, abaixo das lâmpadas douradas do pub, enquanto a neblina se depositava úmida do lado de fora da janela, e isso era a mais bela fotografia jamais tirada de mim. Parecíamos tão felizes juntos.

John Kite foi a primeira pessoa que conheci que fez eu me sentir normal. A primeira pessoa que não ia embora quando eu "falava demais", dizendo, "Você é *estranha*, Johanna" ou "*Cale a boca, Johanna*" — era aí que a conversa na verdade começava a ficar boa. Quanto mais coisas ridículas eu dissesse — quanto mais coisas surpreendentes eu confessasse —, mais ele rugia de tanto rir, ou dava um tapa na mesa, dizendo: "É *exatamente* assim, sua figurinha".

Falei a ele sobre querer salvar o mundo, e querer ser nobre, e sobre como trabalhar na D&ME fazia eu me sentir uma criança peculiar. Falei a ele que meu chapéu caiu da minha cabeça nos Smashing Pumpkins, e que meu pai e Pat apareceram no *backstage*, bêbados, e ele batia a mão na mesa, chorando de tanto rir.

Encorajada, contei a ele que eu gostava de Gonzo, dos *Muppets*, e ele levou isso totalmente a sério e disse, "Você, minha amiga, *adoraria* Serge Gainsbourg. Já ouviu? Ele é *igualzinho* ao Gonzo. *Igualzinho*. Minha teoria é que eles o fizeram baseado no cara. Oh — você e Serge foram feitos um para o outro! Vou mandar uma fita para você *no minuto* em que eu chegar em casa! Eu, por mim, sempre suspeitei que Mary Poppins fosse uma *safada*".

"Você nunca foi tão feliz", eu disse a mim mesma no espelho, no ornado banheiro vitoriano, duas horas depois.

Eu estava tendo uma conversinha de menina para menina comigo mesma — ouvindo uma segunda opinião. Beliscando meu próprio Maverick.

"Você fez um amigo! Você está fazendo um amigo *neste exato instante*! Olhe só a sua cara de quem está fazendo amigos! Você está fecundando uma relação! Porque a questão sobre John Kite — o *importante* sobre John Kite é..."

A porta se abriu, e a cabeça de John Kite de repente surgiu — cabelo meio caído sobre a testa, cigarro na mão.

"Duquesa, coloquei Guns N' Roses no jukebox, e esvaziaram nosso cinzeiro de um jeito muito elegante, e você realmente não pode perder mais tempo mijando, sabe. Já são quatro da tarde."

Às cinco e meia tínhamos decidido seguir em frente — um homem num chapéu surrado, que dava toda a impressão de ter acabado de se livrar de um porco que trazia embaixo do braço, nos informou que um pub chamado "Doran's" tinha a melhor seleção de uísque de Dublin.

Nunca encontramos o tal pub — flanamos pelas ruas, excitados pela neblina baixa; excitados de ver como as coisas emergiam para fora dela, por um segundo sólidas, e então derretiam novamente, um segundo depois. Tudo tinha o ar onírico de *Alice através do espelho* — eu não teria ficado surpresa se uma torre gigante de xadrez ou ovelhas tricotando tivessem se materializado e então desmaterializado na esteira rolante invisível à qual parecíamos caminhar paralelamente.

Em um ponto, descemos uma rua e quase acabamos na Liffey — chegou até nós tão rápido — e nos sentamos na pedra fria, à beira d'água, e avistamos do outro lado as evanescentes linhas claras de prédios na margem oposta.

Às oito da noite, na escuridão nova, suave, John se virou para mim, com um topete loiro e sujo no olho, e disse, "Duquesa, essa é uma daquelas noites maravilhosas em que a gente faz um amigo para a vida toda, não é mesmo? Nós simplesmente somos... muito parecidos".

Chegamos ao show com uma hora de atraso — Kite passando pelas portas com seu casaco de pele falso como um poderoso e bêbado cafetão do País de Gales. Eu estava segurando sua mão. Eu embolsava todos os olhares invejosos, que me tornaram infinitamente rica.

No camarim, enquanto Ed tentava dar café preto a John — e John continuava a beber uísque calmamente, enquanto afugentava Ed como se ele fosse uma mariposa — eu olhava em torno e pensava: "Estou no *backstage*! Quero dizer, *estou com* o *backstage*. *Eu sou o backstage*. Não sou mais só plateia. Estou com a banda".

Olhei para "A Banda", do outro lado. Ele estava tentando tirar sua gravata, com alguma dificuldade. Era uma coisa tricotada, de lã — "Mas vou colocar uma gravata-borboleta para me apresentar", John disse, com firmeza, "porque acredito num traje mais formal para cantar músicas sobre corações partidos. Uma sensação de autoridade traz um senso de conforto aos sofredores".

Como a casa estava cheia — barulhenta, abafada; todo mundo ligeiramente irritado com os demais por curtirem esse cantor que pensavam ser seu segredo pessoal — não havia lugar algum onde eu pudesse ficar e assistir ao show.

"Você vai se sentar aqui", Kite disse, com um floreio — apontando para a beira do palco. Estávamos em pé nas coxias, esperando.

"*Nem* pensar", falei — mas ele já tinha pegado minha mão e entrado no palco comigo, em meio aos aplausos, que eram quase sólidos e enchiam o recinto, e que pareciam algo que você realmente conseguia enxergar. Com as luzes brancas no rosto, estar no palco era como abrir a porta de casa e encontrar à sua espera os penhascos brancos de Dover — alinhados em ordem de importância, da plateia até os deuses. Os penhascos brancos de Dover se erguiam, pacientes e gigantescos, acima de nós.

"Esta é a duquesa. Ela está com a banda", ele disse, apontando para mim. Acenei para a plateia, me sentei na beiradinha do palco e então me concentrei em expressar minha apreciação por Kite, de maneira profissional.

"E eu estou com A Banda", Kite continuou. "Fui devidamente informado por *Melody Maker* que vou partir em dois os corações mais frágeis, então — preparem-se."

Fiquei sentada no palco e chorei do início ao fim do show. Devo ter parecido uma instalação de arte — "Garota chorando por influência de músicas tristes". Tentei não chorar — mas, quando a segunda música começou, eu já era: as músicas de John tinham uma propriedade fragilizante, assustada, que eu reconhecia de sentar sozinha, à noite, e achar o futuro aterrorizante.

Na música sobre o colapso de sua mãe — "Subject to Melody" — ele cantou "*A poor boy all alone/ In a burning home/ Choosing which one will walk out last*";* foi a primeira a me atingir; e quando seus dedos pálidos e curtos dedilhavam "We Are the Calvry" — "*You remind me of a field of crucified saints/ Kindness is a wound/ And at closing time/ We wash the blood with/ Our hair*

---

* "Um pobre menino sozinho/ Numa casa em chamas/ Escolhendo quem será o último a sair." (N. T.)

dipped in wine"* —, eu estava com ranho escorrendo do nariz para a boca e tive que engoli-lo, estremecendo em silêncio.

Num dado momento ele olhou para mim e me viu chorando, o que pareceu perturbá-lo por um segundo — parecia que ele estava a ponto de interromper a música. E então sorri bravamente, e ele sorriu de volta — tão alegre quanto estivera no pub — antes de voltar para seu refrão triste, triste.

E foi então que eu soube que simplesmente amava esse homem imundo, feio, loquaz, vestido num casaco de pele, que podia passar o dia flanando a esmo pela cidade, procurando luzes brilhantes e risos — e então à noite subir no palco, e desabotoar dois botões de seu colete, com seus dedinhos gordos e atrapalhados, e mostrar o coração que havia sob ele.

Depois do show, ele ficou no *backstage* durante três drinques — os quais, tratando-se de John Kite, ele inalou como vapor em menos de dez minutos — e então dispensou todo mundo, com um alegre "agora vou ser trucidado pela duquesa", e me levou de volta ao hotel, para a entrevista.

Eu só tinha uma fita cassete para o meu gravador — uma única C90. Nunca me ocorrera que, afinal, eu passaria da meia-noite às cinco da manhã falando com ele. Ele havia bebido o suficiente para nunca parar de falar, e eu nunca sequer aprendera a parar de falar.

Ele me contou sobre sua mãe ter sido internada quando ele tinha nove anos de idade — que seu pai era bêbado e que ele foi deixado com três irmãos mais novos para cuidar. E que ele vestia

---

* "Você me lembra um campo de santos crucificados/ A gentileza é uma ferida/ E na hora de fechar/ Lavamos o sangue com/ Nosso cabelo embebido em vinho." (N. T.)

o casaco da mãe e sentava no colo seus irmãos mais novos e carentes de mãe, e os abraçava, para que eles pudessem cheirar o casaco e fingir que era ela.

"Eu tinha lido que era o que se fazia com filhotes de cachorro", ele explicou. "E eles todos pareciam filhotinhos, Duquesa. Cachorrinhos abandonados numa caixa de papelão, debaixo de uma ponte."

E que eles eram tão pobres que roubavam lenha da fogueira da prefeitura, na Noite das Fogueiras,* e a levavam para casa no carrinho de bebê — com o bebê sentado no topo dela. E que, quando ele visitava a mãe no hospital, se sentindo tão frágil e pequeno e velho, ela nunca o abraçava nem o tocava. Ela não conseguia ter nenhum contato físico. Em vez disso, no final da visita, ela beijava as pontas dos próprios dedos e os pressionava contra a boca dele — dizendo "E esse é o adeus de John".

Então eu contei sobre a minha família — meu pai bêbado, a casa lúgubre. Como eu causara nossa iminente ruína e como eu estava correndo o máximo que podia para superá-la. Que mamãe se tornara um fantasma carrancudo que não gostava de quem eu era agora. Que mamãe achava que Dolly Wilde não era quem eu *realmente* era.

"Oh, Deus — as pessoas sempre querem dizer *quem* você é", ele disse, com um gesto de desprezo, como se isso fosse um hobby totalmente repulsivo; como dança Morris ou bater punheta em gatos. Ele acendeu um cigarro. "Que maldita chatice são as pessoas."

Conversamos até o nascer do sol, quando John colocou travesseiros na banheira do seu banheiro privativo para fazer uma cama para mim.

---

* Data comemorativa britânica (5 de novembro) que alude à tentativa de assassinato do rei protestante Jaime I por um soldado católico. (N. T.)

"Você vai dar uma de 'Norwegian Wood', amor?", ele disse, enquanto eu me arrastava para ir dormir na banheira.

Quando eu já estava lá dentro — era inacreditavelmente confortável; como se deitar dentro de um ovo — Kite veio e colocou seu casaco de pele sobre mim. Uma banheira branca, cheia de pelos.

"Ainda é cedo?", ele perguntou, esperançoso, sentando-se ao lado da banheira.

"John, são cinco da manhã", falei.

"Bem", ele disse, pensativo. "Então azar, podemos muito bem continuar conversando."

Seria inútil dizer o quanto rimos. Ele deitou na cama, e contou histórias, e ficou em silêncio — estaria dormindo? — e então ele riu, e então eu ri, e ele disse, "Desligue o telefone", e eu disse, "Não, desliga *você* o telefone".

Lá pelas tantas ele entrou no banheiro cambaleando para fazer xixi, a um metro de onde eu estava — uma poderosa descarregada de uísque, Guinness e gim.

"Desligue o telefone", ele disse.

"Não — *você* desliga."

"Te amo, querida."

Ele deu descarga e voltou para a cama.

Éramos como duas crianças numa colônia de férias.

Primeiro um táxi, depois o aeroporto. Um avião. Parece que a sombra do avião é uma baleia, no mar da Irlanda. Adoro a maneira como nos segue, todo o caminho até a Grã-Bretanha. Heathrow. Piccadilly Line. Victoria Line. Trem. Wolverhampton.

Ônibus 512. Caí de paraquedas no ônibus 512. Minhas roupas ainda cheiram à Irlanda, mas cá estou de volta. A Penn Road! Com suas monstruosas árvores cheias de nós! Eu vos saúdo!

Minha mochila está no assento ao meu lado — pesada com os três cinzeiros que Kite insistiu que eu roubasse. Dois de pubs, um do hotel.

Ele tinha insistido mais com o cinzeiro do hotel. Eu tinha acordado às nove horas e o encontrara sentado à mesa, junto à janela — com as ruínas do café da manhã à sua volta.

"Não tinha flores na bandeja do café da manhã", ele explicou, contrariado. "Nenhum cravo. Nenhuma rosa! Será preciso perder tempo com a compra de um *boutonnière*."

Ele gesticulou para sua lapela vazia, onde costumava haver uma flor.

"Preciso deixar registrada minha *insatisfação*", disse, enfiando o cinzeiro na minha mochila, com um floreio — e a seguir todos os xampus, hidratantes e sabonetes em miniatura, antes de tentar a sorte com uma toalha de mão, sem sucesso.

"Este é um feedback negativo do consumidor, para o gerente do hotel", disse, esvaziando o frigobar nos meus bolsos laterais.

O ônibus chacoalha um monte, descendo a Penn Road, o que torna difícil equilibrar o copo de vidro cheio de Guinness que tenho nas mãos. A Guinness é meu grande suvenir de Dublin.

Às dez horas da manhã de hoje, no táxi a caminho do aeroporto de Dublin, eu fiz Ed Edwards parar o carro do lado de fora de um pub enquanto eu corria lá dentro, comprava um copo de Guinness e então pedia ao barman, com tanta solenidade quanto consegui forjar, "O senhor poderia enrolar para presente? Preciso levá-lo para a Grã-Bretanha".

Juntos inventamos um método segundo o qual eu colocaria uma bolacha de cerveja no topo, como uma tampa, e ele então o enrolaria com praticamente um rolo inteiro de papel filme, da cozinha do pub. Passei as sete horas e meia subsequentes carregando carinhosamente essa múmia marrom e grudenta por todo o trajeto do aeroporto de Dublin até Wolverhampton.

Eu fiz isso porque, desde que consigo lembrar, meu pai sempre teve uma reclamação recorrente pela absolutamente insatisfatória qualidade da Guinness na Grã-Bretanha.

"A única boa Guinness", ele diz — a barba sapecada de espuma cremosa —, "é feita em Dublin. A água é diferente. Eu daria *meus colhões* por uma boa Guinness."

Então levei aquela Guinness para ele — uma Guinness de verdade, irlandesa, da Irlanda. Esse copo — trazido pelo céu e acima do mar. Finalmente ofereço a meu velho um bom copo de Guinness.

Enquanto atravesso a porta, segurando o copo — as crianças pulando em cima de mim, uma delas já chorando —, eu o estendo para o papai e digo para ele experimentar.

Ele arranca o papel filme rasgando-o — olhando para mim, confuso — e então dá um gole.

"Jesus. Está sem gás", ele diz.

Uma hora mais tarde, vou para o meu quarto. Coloco para tocar o disco de John, *Forestry*, no volume máximo.

Enquanto tocava, eu lembrava da cara dele quando contei que aquela era a minha primeira vez num avião — "Ó amor! Eu queria ter visto você! Aposto que adorou, sua puta esperta e safada! Aposto que você *surtou*!".

Eu tinha gostado de contar a John Kite que aquela era a primeira vez que eu fazia alguma coisa. Ele pareceu achar graça na minha inocência. Não consigo me imaginar dizendo-o para qualquer outra pessoa. Outras pessoas parecem ver a minha inexperiência como um fardo. John Kite é a primeira pessoa que conheci que não faz eu me sentir estranha.

Começo a escrever uma lista de coisas sobre as quais quero conversar com John, coisas que não posso conversar com mais ninguém, e escrevo no cabeçalho: "As próximas cinquenta conversas com John Kite".

Na biblioteca — sub-repticiamente — rasgo fotos de John das revistas *Melody Maker*, *DOME*, *NME*, *Select* e *Sounds* — e as colo na parede, ao lado de Manic Street Preachers, Brett Anderson e Bernard Butler, e de Kurt Cobain usando um vestido. Começo a escrever meu diário dirigindo-me a ele, em vez de a Gilbert Blythe. Coloco os três cinzeiros sobre a escrivaninha e fico admirando-os.

Se eu fumasse, poderia usar os cinzeiros de John e seria como se estivéssemos fumando *juntos*. Talvez eu devesse começar a fumar. Talvez essa seja a coisa certa a fazer.

Quatro dias depois, recebo uma carta. Um envelope comprido, creme, com meu endereço rabiscado na frente com caneta esferográfica cinza numa caligrafia arredondada, e uma fita cassete dentro, com "Gonzo Gainsbourg" escrito nela, na mesma caneta. Nunca antes eu tinha visto caneta esferográfica cinza. Quem diabos sabe onde conseguir uma esferográfica cinza? Coloco a fita no meu som e aperto "Play" enquanto leio o bilhete.

"Olá, Duquesa", começa — as duas melhores palavras que já li na vida. Meu primeiro e único batizado. "Olá, Duquesa."

> Achei que você ia gostar de saber que nosso dia alcoólatra terminou comigo na piscina do hotel às onze da manhã, dormindo numa espreguiçadeira, ainda com o casaco de pele. Pensei em dar um mergulho para ficar sóbrio, deitar para ter um dos "pensamentos profundos" de sua autoria, e, quando acordei, havia toda uma família de maiô e bundas de fora em pé à minha volta, com a mãe no fundo, dizendo, "Deixem o homem em paz! Afastem-se!".

Ninguém nunca havia me chamado de "homem" antes — fiquei orgulhoso, e sério. Esse poderia ser o meu portal para a vida adulta.

Foi bom conhecê-la, princesa — vou vê-la em breve, sim? Vamos fazer com que seja em breve — não quero ter que esperar vinte e quatro anos para encontrar com você novamente. Vou sair para dar uma caminhada. Não saio de casa há três dias.

Com amor, A Banda

A fita que John gravara para mim é *Melody Nelson*, de Gainsbourg: soa incrível, insuportavelmente sexual. Soturna e surpreendente. Como um futuro do qual tenho medo e para onde eu corro, ao mesmo tempo. Fico junto da carta, e uma parte do meu cérebro infantil é ativada, e de repente explodo em lágrimas.

Acho que choro por pelo menos meia hora — o tipo de choro que é como a chuva que começa sem aviso, e violentamente, mas que se dissipa em repentinos arco-íris e melros piando em gratidão enquanto atravessam, voando, gramados molhados. O choro do alívio.

Sem nem mesmo saber o que estou fazendo, ergo a carta até meu rosto, para ver se consigo farejar qualquer vestígio do cheiro das mãos de John — mãos que fazem música. Mãos que tocam guitarra. Não sei por quê, mas as mãos dele partem meu coração.

Oh, obrigada Deus obrigada Deus obrigada Deus, penso — não vou morrer sem ter recebido uma carta. Recebo cartas agora. As pessoas me escrevem cartas. Sou amiga da música. Posso cair no mundo, posso fazer amigos. Está funcionando. Estou com A Banda.

Doze

As semanas seguintes são as piores da minha vida, pois descobri algo incrível: que algumas pessoas não são apenas pessoas, mas um lugar — um mundo inteiro. Às vezes você encontra alguém onde poderia viver pelo resto de sua vida.

John Kite é como Nárnia para mim — adentrei seu casaco de pele e descobri uma terra onde eu sou a Princesa Duquesa, a tagarela de Cair Paravel. Em John Kite, as pessoas caminham pelas ruas com porcos, e subimos ao palco de mãos dadas, na direção da luz brilhante, e eu voo sobre mapas minúsculos na direção de grandes teorias e durmo na banheira, ainda tagarelando. Quero ser cidadão de John Kite para sempre — quero me mudar para lá agora mesmo. Sei que ele é a pessoa mais fantástica do mundo. Coisas acontecem com John Kite.

"Não posso mais viver aqui", digo à cadela, com tristeza. Subi no telhado da edícula e tentei encorajá-la a vir comigo.

"Não posso ficar aqui", continuo. "Não funciona. A casa é pequena demais, e nada acontece, e aqui nunca vou ter mais que doze anos."

Desde que estive num avião e desde que vi casas se transformando em caixas de fósforo, todas as casas de Wolverhampton parecem ter encolhido. Sou como Alice quando ela fica maior, então menor, então maior novamente, no *País das Maravilhas*. Minha escala mudou. Ainda estou a cem mil metros de altura. Não consigo passar por portas minúsculas. Sonho que fico de pé e piso sobre casas, e as achato, e fujo. Preciso fugir para Londres, onde John Kite vive e onde serei a Duquesa e morarei em vários bares.

Mas não posso. Pelo terrível fato de agora saber o que quero — passar o resto da minha vida a não mais de cinco metros de distância de John Kite —, não posso tê-lo. Agora que entreguei minha entrevista com John Kite para Kenny, não posso deixar de perceber que a fonte de trabalhos secou. Kenny está um pouco estranho comigo no telefone: "Gostou da matéria?", eu pergunto.

"Bem, você deixou bem claro para nós o que você pensa do cara", Kenny diz, e muda de assunto.

A matéria sai no dia 18 — caminho até a banca de revista e lá está, anunciada na capa.

O parágrafo de apresentação, escrito por Kenny, descreve minha noitada com Kite: "Dolly Wilde vai para Dublin, acumula uma conta de duzentas e dezessete libras em bares, termina na banheira de John Kite e explica por que ele agora é 'Mais importante que os Beatles' [Jura? Os Editores]".

Na matéria, tentei descrever como é estar tão próxima da música — segurar a sua mão e estar no palco com ela, e conversar com ela, e então ouvi-la fazendo xixi. Tenho um objetivo na matéria: fazer com que toda e qualquer pessoa que a ler queira comprar os discos de John Kite. Eu o chamo de "anjo sujo e missionário" e "coroinha imundo" e "um coração vivo e sangrento num terno surrado". Depois de cada uma dessas descrições, Kenny escreveu "[Epa, madame — Os Editores]" ou "[Caramba! Os Editores]", o que me deixa desconfortável.

Mas Kenny não escreveu nada depois do parágrafo em que descrevo a aparência do rosto de John quando ele canta — como sua franja cai, úmida, sobre seus olhos, e como toda a sua atitude é a de que ele vai cantar essa música para você, e então pular por sobre a beirada de um navio e nadar até Paris, para começar uma vida nova, com vergonha de ter sido tão verdadeiro. Então talvez esteja tudo bem.

É a minha primeiríssima carta de amor, embora eu não tenha me dado conta na época — talvez o tom de semi-histeria exagerada devesse ter me alertado. Ou — mais prosaicamente — o pedaço em que eu dizia, "Estou apaixonada por John Kite. Quer dizer, sua música".

Na época, achei isso bem sutil. Eu também poderia muito bem ter escrito uma repetição de 2500 palavras da frase "TENHO UMA PUTA QUEDA POR JOHN KITE".

Porém, depois de a matéria ser publicada, Kenny para de me ligar e de me oferecer trabalho. Há um silêncio assustador. Não há mais viagens a Londres, independentemente de quantas vezes eu ligue pra ele. Talvez eu devesse ter ficado na escola e tirado aquelas notas A e ter me contentado em ser apalpada por Craig Miller, que não faz parte de nenhuma banda. Talvez eu tenha cometido um erro.

Nas primeiras duas semanas não é assim tão ruim, já que John está em turnê nos EUA. Fico deitada na minha cama com revistas de música e leio as resenhas que chegam com a mesma ânsia de uma mãe lendo cartas do filho enviadas do campo de batalha.

"O que ele estará fazendo agora?", pergunto, enternecida, ao abrir na página sobre seu show em Nova York, onde ele aparentemente "encantara a multidão" com sua "confusa zombaria entre uma música e outra", que é "menos o anúncio dos [não] hits e mais um número de *stand-up* proferido por um Withnail sentimental".

"Eu sei como ele é engraçado, porque ele é *meu amigo!*", penso. "Já o vi sendo engraçado *só para mim*. Ouvi as piadas que ninguém mais ouviu. Eu o vi fazendo xixi. Ninguém deve ter visto ele mijar."

Uma semana depois, a suíte é publicada, escrita por Rob Grant, que está acompanhando a turnê americana de Kite. Foi então que as coisas encrencaram para mim, enquanto eu entrava na terceira semana de *Anno domini Nostri Kite*. Oh, Deus, a agonia de ler essa matéria.

Deitada na cama comendo uvas-passas, leio que Grant basicamente foi lá e roubou minha noite perfeita — a noite que eu teria pedido antes de encarar a cadeira elétrica pela manhã.

Ele esteve lá para o show, percorreu bares de uísque às três da manhã, e, por fim, Kite sentou na sacada do seu quarto, às seis horas, ao nascer do sol, cantando para Grant suas músicas novas enquanto Nova York despertava abaixo deles com suas buzinas.

Teve café da manhã numa lanchonete — "Desculpe, minha senhora, mas este jukebox não está funcionando". "Isso porque é uma máquina de vender cigarros, senhor" — e então eles pegaram a balsa até a Estátua da Liberdade, bebendo uísques em miniatura e acendendo um Marlboro atrás do outro no deque superior, com o céu azul e novo acima deles.

Cada parágrafo me deixa progressivamente mais furiosa. Mastigo as passas até obter uma polpa negra. Grant não precisa desse dia — ele nem sequer o queria, droga! Sua banda favorita é a Can, e ele provavelmente passou todo o maldito fim de semana reclamando que queria voltar para a mulher e os filhos!

Eu, por outro lado — eu teria devorado aquele dia inteirinho. Eu teria espremido todo e qualquer pontinho de glitter do céu noturno, e então cavalgaria sobre as grades da sacada ao nascer do sol. Poderiam ter me matado com um tiro ao meio-dia e eu teria morrido com um sorriso no rosto. *Por que não estive lá?* Numa tortura requintada, pessoas escreviam sobre *a vida que eu deveria ter tido* — mas, em vez disso, estou aqui, sem fazer nada, só esperando, e morrendo. Outra pessoa está escrevendo o meu diário, agora — e não está sequer me incluindo na história.

Pois, enquanto estou neste cômodo, eu não existo.

"Você, na real, não existe enquanto está neste quarto", digo para a cadela, para que ela fique sabendo desse fato importante. "Garotas adolescentes em quartos fechados não são reais."

Levo os joelhos junto ao peito, para ficar mais parecida com uma bala de revólver ou uma bola de canhão e levanto os olhos para a parede, onde todas as fotografias de Elizabeth Taylor e George Orwell e Orson Welles foram ofuscadas por novas fotografias de John Kite. Isso representa perfeitamente o interior da minha cabeça.

"Eu preciso cair fora deste quarto", digo pra ele. "Por favor, espere por mim. Não gaste toda a diversão agora. Não se empanturre de outras pessoas que não são eu. Não acabe com o seu apetite."

Mordo minhas mãos. Tenho mordido mais, ultimamente — as juntas das minhas mãos; as juntas do dedão. Essa é a versão adulta de chupar o dedo — morder. Isso é o que adultos fazem quando precisam se reconfortar — mordem as mãos, silenciosamente, em seus quartos. Aplaca a ansiedade — transformada em dois pequenos crescentes de marcas de dente na minha pele.

"Vou cair fora deste quarto."

E eu sei como. Na semana seguinte, John Kite faz seu show de retorno a Londres, no Falcon. Vou cair fora deste quarto. Vou pegar um trem para Londres e entrar de novo na jogada.

***

Desço pulando as escadas, alegremente, para dizer à mamãe que vou para Londres para ver John Kite. Já estou planejando minha roupa — talvez um vestido florido, da loja de caridade. John gostaria de uma moça num vestido florido. Eu poderia *matar* John Kite num vestido florido. No bom sentido.

Na metade do caminho escada abaixo, vejo que algo de ruim aconteceu. Mamãe e papai estão saindo de casa — mamãe chorando e papai batendo a porta, apressado — e Krissi está em pé, com um envelope marrom na mão. Como imaginei aquele instante tantas vezes, era de se esperar que eu soubesse lidar com ele. Mas não. Eu nunca, nunca fui capaz de imaginar além desse ponto.

"O que aconteceu?", pergunto.

"Estão acabando com a gente, Johanna", Krissi diz. "Estão cortando nossos benefícios."

"Por quê?", pergunto.

Sinto que vou me mijar nas calças, como quando as crianças ficam aterrorizadas ou se machucam — mas vou simultaneamente chorar até morrer, numa autoimolação acelerada e piroclástica.

"Eles 'receberam informação'", Krissi diz, soturno.

Treze

Pelas seis semanas seguintes, enquanto investigava mais aprofundadamente a "informação" sobre uma "possível irregularidade", o Serviço Social corta nossos benefícios. Mamãe e papai fazem cálculos nas costas de uma série de envelopes e chegam à conclusão de que perdemos onze por cento da nossa renda. Inicialmente, fico aliviada — eu tinha imaginado cinquenta por cento, noventa por cento — todo e qualquer centavo tirado da gente, e então o quê? Em 1993, nem mesmo o asilo de pobres era uma possibilidade — talvez tivéssemos de nos mudar para a casa de uma tia, como famílias decadentes de romances do século XIX. Uma família extra num cômodo vazio, vivendo de caridade. Sete Jane Eyres, de vários tamanhos — lançando-se à piedade da tia Reed. Eu teria de dormir num armário de cozinha, e Lupin seria perseguido por fantasmas.

Em contraste com essa profunda ruína, onze por cento parece... gerenciável? Afinal de contas, se cortassem onze por cento do meu cabelo, eu mal perceberia. Por um momento penso que onze por cento não é assim tão ruim.

O que por ora não consigo entender é que já estamos muito apertados de dinheiro. Não há nenhum tipo de investimento a ser resgatado que possa manter nossa cabeça fora d'água, acima dessa queda de onze por cento — nenhum crédito, nem poupança nem ações. Não temos "pequenos luxos" para cortar, como ir ao cabeleireiro, ou assinar uma revista. Nós cortamos nosso próprio cabelo e lemos revistas na biblioteca. Não há nenhum plano grandioso que possamos temporariamente arquivar durante esse período de vacas magras — como trocar de carro, ou decorar a sala de estar. Não iríamos nunca trocar nosso carro, nem decorar nossa sala de estar.

E não há ninguém de quem possamos pegar emprestado — pois uma das verdades sobre os pobres é que eles tendem a se relacionar apenas com outros pobres, que tampouco poderiam dar conta de um corte de onze por cento e, portanto, não podem subsidiar o nosso.

A verdade é que, quando você é muito pobre, onze por cento atingem você no osso. Onze por cento a menos significa escolher entre eletricidade e comida — eletricidade e comida que já são racionadas e disputadas. Onze por cento não são muito — mas, quando você é muito pobre, podem formar o alicerce da sua sobrevivência.

E agora você está apoiado em muito menos do que antes. Você está instável. Você corre o risco de cair.

A nova matemática da nossa existência foi então cuidadosamente refeita, num pedaço de papel e grudado à parede. É o nosso novo orçamento, sem nenhum espaçozinho para qualquer tipo de extra — nenhum frasco de geleia, nenhum par de sapatos novos. Não podemos fazer nada a não ser ficar bem quietinhos. Estamos com onze por cento a menos daquilo-que-já-não-era--suficiente-pra-começo-de-conversa.

Na manhã seguinte a meus pais terem feito nosso novo orçamento, vou até o quarto deles, enquanto estão na cama, e sento na beirada.

"Olhem", digo. "Não é tão ruim quanto parece. Estou ganhando dinheiro agora! Quando aquele cheque finalmente chegar, posso lhes dar dinheiro!"

Ao fazer tal oferta, sinto uma combinação de alívio e medo. Estou aliviada por poder dar dinheiro à família e pôr um fim a toda essa preocupação.

Além disso, é claro, quanto mais dinheiro eu der a meus pais agora, menos furiosos eles ficarão quando finalmente descobrirem que fui eu que fodi com tudo. Se eu puder ganhar algum dinheiro e lhes dar, digamos, mil libras antes da grande descoberta, talvez eles não fiquem furiosos comigo, no final das contas! Talvez eu possa comprar seu perdão! Vou deixá-los *endividados* comigo! É um bom plano!

Porém, minha mãe imediatamente enterra esse plano.

"Quando esse cheque vier — *se* vier —, você vai colocar metade do valor numa poupança", ela diz, com firmeza. "E metade de tudo o que vier depois, também. Eu e seu pai já conversamos sobre isso."

"*O quê?*"

"Você não sabe o que vai acontecer no futuro, Johanna", papai diz. "Abandonar a escola é um risco..."

"Não é!", digo. "Todo mundo na D&ME tem tipo *trinta anos*, e eles têm, tipo, *casas* — é um trabalho como qualquer outro!"

"Você está no comecinho da carreira, Johanna", mamãe diz. "Precisa fazer um pé-de-meia."

Papai se levanta para ir ao banheiro — "Só vou tirar água do joelho, amor" — e mamãe se inclina para a frente, falando baixinho. Por um momento, ela se parece com a pessoa que era antigamente, antes de os gêmeos nascerem.

"Se tivesse uma poupança, seu pai não teria sido obrigado a desistir da música quando a banda se separou", ela diz, com urgência. "Quando as coisas dão errado, você precisa de dinheiro, para não... ficar paralisado."

Ela olha para os gêmeos — dormindo sobre um colchão ao lado da cama.

"O que aconteceu com os nossos benefícios?", pergunto.

"Tenho certeza de que vamos descobrir logo logo", minha mãe diz. Ela fala com o tipo de tristeza insípida de quem está exausto e encurralado. O tipo de tristeza que deixa você louca de medo quando você a vê no seu pai ou na sua mãe.

E então papai volta para o cômodo, e ela se deixa cair de novo sobre os travesseiros, fingindo ser ela mesma novamente.

No dia seguinte, dois homens aparecem na nossa porta e levam embora a televisão. Sempre alugamos o aparelho — todo mundo na nossa vizinhança faz assim. Quem é que tem trezentas libras para comprar um? — e agora esse é o primeiro dos cortes radicais a serem feitos.

As crianças fazem uma fila da sala de estar até a porta de entrada, como num funeral — chorando enquanto o aparelho deixa a nossa casa.

Então voltamos à sala e ficamos em torno do ponto vazio — como os animais da floresta tristes em volta do corpo da Branca de Neve.

"É como se a nossa mãe tivesse morrido. Nossa mãe *de verdade*", Krissi diz. Até mesmo Krissi está chorando um pouco — e Krissi nunca chora. A última vez que ele chorou foi quando caiu para trás da bicama em cima de umas peças de Lego e um pedaço de pele caiu da sua orelha.

Lupin está devidamente histérico — estamos na metade da primeira temporada de *Twin Peaks*, pela qual estivéramos obcecados.

"Agora nunca vamos ficar sabendo quem matou Laura Palmer!", Lupin lamenta, com baba saindo da boca.

Até mesmo minha sugestão de que a gente "encene" *Twin Peaks* — enrolando Lupin em sacos de lixo e deixando ele no jardim — não melhora o clima geral. Depois de vinte minutos, Lupin reclama que não está conseguindo respirar direito — apesar de termos feito enormes buracos no plástico — e a brincadeira é abandonada. Sentamos junto à árvore, soturnamente, contemplando um futuro sem televisão.

"Nada de *Blue Peter* ou *Saturday Superstore*", Lupin choraminga.

"Ou *Crimewatch*", Krissi diz. Adoramos *Crimewatch*. Anotamos regularmente as placas de todos os carros que passam pela nossa rua — para o caso de um deles conter um assassino e se tornar uma prova crucial. O bordão estranhamente ameaçador de Nick Owen, o apresentador de *Crimewatch* — "Por favor, não tenham pesadelos. Por favor, durmam bem" — é nossa maneira tradicional de dar boa noite para Lupin, depois de contar a ele uma história de terror longa e macabra.

Agora essa despedida soa falsa aos nossos ouvidos. Pois o pesadelo enfim chegou, e é pior do que um assassinato.

Não é só a televisão. Tudo tem de ser cortado. Agora não há mais caixas de frutas e legumes comprados no atacado. Papai compra um saco de cinquenta quilos de farinha integral, e pelo menos uma refeição por dia consiste em *chapattis* — farinha, água e sal misturados numa massa, achatados à mão em rodelas do tamanho de um prato que são assadas e então besuntadas com margarina.

Descobrimos que, achatando os discos com um garfo, antes de assá-los, é possível dobrar a quantidade de gordura derretida que eles absorvem — o que os torna ligeiramente mais saborosos. Fazemos competições para ver quem consegue colocar mais margarina num *chapatti* — concurso que estou ganhando, com mais de uma colher de sopa — até que mamãe descobre e raciona a margarina também: "Essa etiqueta — 79p — *significa* 'setenta e nove centavos'. E não 'grátis'".

Nós nos tornamos especialistas em descobrir barganhas de produtos prestes a passar do prazo de validade. Durante um tempo, o mercado local liquida enormes latas de salsichão em salmoura, e as comemos três vezes por semana, com repolho branco cozido e muito ketchup de marca própria de supermercado ou molho de salada. Vivemos de ketchup e molho de salada. Sem eles, haveria realmente um motim. O conteúdo total do nosso estado de espírito está encerrado em garrafas de um quilo de condimento de marca própria.

Chega uma conta de gás e, então, uma de eletricidade. Mamãe consegue um limite extra no banco para pagá-las: agora estamos andando para trás, no dobro da velocidade. Os sapatos de Lupin se gastam — mas não temos dinheiro para comprar outros: ele tem de usar as galochas de borracha velhas de Krissi. Seus pés ficam perpetuamente macios, e úmidos, e brancos de suor.

Meus roubos em lojas vão às alturas — "Esperança: Fique bonita", a placa da farmácia me lembra, enquanto recheio meus bolsos com absorventes internos e desodorantes. Como Robin de Locksley, estou roubando absorventes dos ricos para forrar as calcinhas dos pobres.

Roubar lojas está mais difícil agora, já que não há mais dinheiro para pagar pelo ônibus até o centro da cidade: preciso chegar e ir embora a pé: quase nove quilômetros para ir e nove para voltar, pelo acostamento, com caminhões derrubando o chapéu da minha cabeça incontáveis vezes.

Frequentemente levo os gêmeos comigo, no carrinho — para não me sentir sozinha durante a caminhada. Ou então

Lupin e a cadela — eu canto para eles, enquanto caminhamos. Canto "I Am the Ressurection", e "Cemetry Gates", dos Smiths.

Essas músicas significam ainda mais para mim agora que o dinheiro acabou. Até mesmo os punhados de moedas de vinte centavos para encomendar novos CDs acabaram — e então minha coleção encalha nos 148 discos que eu tinha antes: esses 148 discos, pirateados de CDs da biblioteca, são todo o meu mundo. Um farol na distância para o qual só eu estou remando. Um lugar ao qual vou chegar, algum dia.

Na Biblioteca Central — os bolsos ainda cheios de absorventes internos roubados, a cadela amarrada lá fora — os gêmeos dormem no carrinho enquanto leio a D&ME, a *Melody Maker* e a *NME*, pelas quais caminhei nove quilômetros. Para fazer valer, leio todas as palavras — até mesmo as listas de shows, na frente, que não são nada mais do que um registro de palcos pequenos ou médios em toda a Grã-Bretanha de 1993: Rayleigh Pink Toothbrush, Derbyshire Wherehouse, King Tut's Wah-Wah Hut, Buckley Tivoli, Windsor Old Trout. Sei de cor todos esses nomes, como um rosário de lugares aonde as pessoas ainda vão, e onde coisas ainda acontecem — e aos quais, um dia, *eu* também irei, e onde *eu* também vou acontecer. Não vou ficar presa aqui. Me recuso.

Em certa semana há uma entrevista com John Kite na D&ME, anunciada na capa. Reflito sobre a utilidade de ter amigos famosos que são entrevistados por revistas. É uma maneira adorável de poder colocar o assunto em dia com eles no meu tempo livre. Tão prático. Olhe só como estamos mantendo contato!

Já no primeiro parágrafo descubro que John ganhou um colar novo de uma fã na Alemanha — um crucifixo, "para caso eu me veja repentinamente em meu leito de morte e precise rapidamente dar uma guinada no meu catolicismo moribundo"; escreveu uma música sobre cogumelos chamada

"Increase the Lexicon", e também fez uma pequena tatuagem, um dragão escocês, pintado sobre seu braço pálido e macio: "Muito embora, vou ser franco com você — o lugar aonde fomos não era muito bem-afamado e a tatuagem parece mais um gato comprido com eczema".

A parte principal da entrevista, porém, é sobre classes sociais — um assunto em voga atualmente. Todos são questionados sobre a recessão, o governo, os benefícios, política e pobreza. Estão perguntando a todo mundo qual sua posição.

E então a seguinte pergunta recai sobre John Kite — um bebedor da classe proletária de Gales e infame monologador de bar — numa entrevista com Tony Rich na D&ME. Sentada na Biblioteca Central com a chuva caindo lá fora, leio:

"Há uma enorme diferença entre pobres e ricos", Kite diz, dando uma tragada no cigarro. Estamos num bar, na hora do almoço. John Kite está sempre, a menos que o local não permita, fumando um cigarro, num bar, na hora do almoço.

"Os ricos não são maus, como tantos dos meus companheiros diriam a você. Conheci pessoas ricas — já toquei em seus iates — e elas não são grosseiras, ou malignas, e não odeiam os pobres, como muitas pessoas diriam. E não são estúpidas — ou pelo menos não mais que os pobres. Por mais que eu ache divertida a ideia de uma classe dominante composta de dândis tagarelas, incapazes de vestir as próprias meias sem uma babá para ajudá-los, ela não é verdadeira. Eles constroem bancos, e empreendimentos imobiliários, e formulam políticas, tudo com perfeita competência.

"Não — a grande diferença entre ricos e pobres é que os ricos são alegres. Acreditam que nada pode realmente ser tão ruim. Nascem com o adorável e aveludado lustro da jovialidade — como lanugem, num bebê — e isso nunca é prejudicado por uma conta que não pode ser paga; por uma criança que não consegue receber educação; por uma casa que deve ser abandonada por um abrigo, quando o aluguel fica alto demais.

"A vida deles é a mesma por gerações a fio. Não existe revolução social que realmente os afete. Se você se encontra confortavelmente na classe média, qual é o maior mal que uma política de governo pode fazer? O pior dos piores? Cobrar noventa por cento de imposto e deixar suas lixeiras cheias na calçada. Mas você e todo mundo que você conhece vão continuar a beber vinho — talvez mais barato —, tirar férias — talvez em algum lugar mais perto — e pagar seu empréstimo habitacional — embora talvez com atraso.

"Pense, agora, nos pobres. O que é o maior mal que uma política de governo pode fazer para eles? Pode cancelar sua cirurgia, sem possibilidade de recorrer à saúde privada. Pode acabar com suas escolas — sem rota de fuga para uma escola particular. Pode tirar você de casa e colocá-lo numa pensão até o final do ano. Quando as classes médias falam apaixonadamente sobre política, estão discutindo seus privilégios — seus incentivos fiscais e seus investimentos. Quando os pobres falam apaixonadamente sobre política, estão lutando pela sobrevivência.

"A política sempre vai significar mais para os pobres. Sempre. É por isso que fazemos greve e passeatas, e entramos em desespero quando os jovens dizem que não votam. É por isso que os pobres são vistos como mais vitais e animalescos. Nada de música clássica para nós — nada de passeios em propriedades históricas do Tesouro Nacional, ou comprar assoalhos de anúncios. Não temos nostalgia. Não trabalhamos com o dia de ontem. Não suportamos isso. Não queremos ser lembrados de nosso passado, porque era terrível: morrer em minas, e cortiços, sem alfabetização ou direito a voto. Sem dignidade. Era tudo tão terrível. É por isso que o presente e o futuro são para o pobre — este é o lugar no tempo para nós: sobreviver agora, esperar pelo melhor no futuro. Vivemos o agora — para que nossos deleites quentes, rápidos e instantâneos nos incitem: açúcar, um cigarro, uma nova música ligeira na rádio.

"Você nunca, nunca pode esquecer, quando fala com uma pessoa pobre, que é preciso dez vezes mais esforço para chegar a algum lugar quando se sai de um código postal ruim. É um milagre quando alguém de um código postal ruim chega a algum lugar, filho. É um milagre que façam o que quer que seja."

A matéria continua — como sempre faz em entrevistas, Kite acaba ficando bastante bêbado, e o clima fica mais leve quando ele fala sobre sua próxima turnê europeia, que está se aproximando, e a recente adoção de um bicho-preguiça do zoológico do Regent's Park. ("As semelhanças físicas entre nós dois são incríveis. Eu esperaria, em circunstâncias diferentes, que a raça dos bichos-preguiça tivesse a mesma consideração por mim.")

Mas, na Biblioteca Central, tento disfarçar o fato óbvio de que estou chorando. Então é assim! Sou de um código postal ruim! Eu sou aquelas palavras! Eu amo John Kite. *Ele* entende os onze por cento. Tenho vontade de deixar o carrinho dos gêmeos junto dessa mesa e sair correndo — correr para onde ele estiver e apertar sua mão, e arregaçar minha manga e mostrar a ele a nova tatuagem que *eu* teria feito, na qual se leria "wv4 — Código Postal Ruim".

Quero levar aquela entrevista comigo para todos os lugares, como um documento de apresentação — para o supermercado, para os órgãos da prefeitura, para a D&ME — e mostrá-la às pessoas, dizendo, "É assim que é. Isso é o que está acontecendo comigo. É por isso que estou tão cansada".

Estou muito cansada. Cansada — mas tão tão tão eletrizada.

Porque a única coisa que não confessei a ninguém é que tudo isso é culpa minha. Que nossa repentina, aterrorizante e excruciante pobreza é culpa minha.

O clima na nossa casa já está terrível — três vezes tive que arrebanhar Lupin e os gêmeos no quarto e tocar "Bridge Over Troubled Water" de Simon & Garfunkel bem alto enquanto mamãe e papai gritavam um com o outro lá embaixo. Esse tipo de briga sempre terminava com papai saindo de casa para ir ao Red Lion, onde Johnny Jones o embebeda — e mamãe ficava em casa remanejando as contas da gaveta; como se cada contato com a mão dela pudesse diminuir a soma.

Krissi está, é claro, profundamente deprimido. Ele estava fazendo planos de ir para a universidade — mas agora parece uma péssima hora para discutir algo que vai envolver gastos e discussões, então ele está quase totalmente em silêncio. É como se estivesse temporariamente se fazendo de morto.

E é minha culpa — tudo culpa minha —, e a ansiedade está me matando. As injeções de adrenalina que tive enquanto vigiava a caixa de correio, esperando — não são nada se comparadas às novas: minhas mãos às vezes chegam a ficar dormentes. Fico apavorada. Meus pensamentos são tão rápidos e aterrorizantes que eu frequentemente penso no trecho da autobiografia de Bob Geldof (*Is That It?*) e que, depois que sua mãe morre, ele se vê se empurrando contra um prego saliente de uma parede — empurrando a cabeça do prego na própria testa, como um trépano amador.

Isso é o que eu gostaria de fazer, penso. Enfiar um longo, gélido e limpo prego bem no meio da minha cabeça. Isso me acalmaria. E ninguém me culparia — uma garota com um prego no meio do crânio. Eles me levariam ao hospital — e, como estaria ferida, e doente, eu ficaria segura. Se eu quebrasse todos os meus ossos, ninguém me odiaria. Se eu estivesse em apuros. Se eu estivesse no fundo do poço. Se eu fosse esmagada. Se eu morresse.

Você não pode se poupar de ataques mesmo sendo poderoso — e eu, visivelmente, não tenho poder algum. Minhas mãos estão vazias — então, talvez, em vez disso, você possa se defender de ataques por estar arruinado. Explodir a si mesmo pelos ares antes que o inimigo chegue até você.

A razão pela qual estou tão assustada é que tudo isso já aconteceu antes. Já estivemos pobres assim antes — numa casa assim tão furiosa, na qual os olhos de papai estavam totalmente frios e tudo parecia próximo do fim —, quando ele parou de trabalhar, em 1986.

Tem uma história sobre isso que vou contar a você agora — costumava me deixar triste, mas não mais. Pode ouvir.

No meu décimo primeiro aniversário, eu queria uma festa. Eu nunca tinha tido uma festa antes. Isso foi quando eu tinha acabado de fazer minha única amiga — Emma Pagett —, e eu queria convidá-la para a nossa casa.

Minha mãe disse que era possível — meu presente de aniversário seriam dez libras, e eu teria total liberdade para usar aquele dinheiro para comprar comida de festa e receber minha amiga.

Eu fiz meu próprio bolo — e fui uma cozinheira alegre. Você bate a margarina com açúcar, então adiciona os ovos, a farinha, fermento, faz camadas com creme e geleia, e então você tem um bolo.

Krissi fez uma foto minha, quando a mesa estava totalmente posta: o bolo num prato forrado de papel-alumínio, por causa da festa, e eu com meu chapéu de aprendiz de confeiteiro, como John Lennon. Estou em pé junto à mesa, mostrando os quitutes com um gesto elegante — como Anthea Redfern chamando a atenção para os talheres da cantina em *The Generation Game*.

Mas, durante todo esse tempo, papai estava na cama. Era um daqueles dias em que ele simplesmente... não se levantava. Ficava na cama, ao lado do seu grande frasco de remédio, com os olhos quase brancos.

Às três da tarde, minha mãe veio até a sala, onde eu estava sentada numa cadeira lendo Os *meninos e o trem de ferro* e esperando Emma chegar, às quatro.

"Seu pai não está se sentindo bem", minha mãe disse. "Ele vai para a cama. Ele… não quer que você convide a Emma, para caso ele precise…" — ela pensou por um momento — "… tomar um banho."

Não lembro como foi que falei para Emma, no telefone, que ela não poderia vir. Eu não contaria para ela que, quando seu pai caiu de um prédio, às vezes ele não gosta que pessoas venham à sua casa. Que ele não deixa que ninguém entre, ou saia.

Acho que falei que não estava me sentindo bem — que estava com dor de barriga e que então ela não podia vir.

E era verdade, no final das contas — sobre a dor de barriga. Porque comi tudo o que estava na mesa. Comi todo o meu aniversário.

E depois fui para a cama.

Catorze

Ainda assim, a vida em Wolverhampton não é de todo desprovida de excitação. Na quinta-feira, levamos Lupin ao dentista, onde cinco de seus dentes são removidos.

Aí, talvez, resida a razão por ele ter estado chorando tanto. No fim das contas, não é que a sua natureza tenda instintivamente para a melancolia e a meditação — é só que seus dentes estavam repletos de cáries. O dentista precisa anestesiá-lo e tirar cinco dentes, numa porrada cirúrgica brutal e com uma hora de duração.

"São só seus dentes de leite, filho!", papai diz, alegre, enquanto voltamos com Lupin para casa na van — ele deitado, com a cabeça no colo de Krissi. "Seus *primeiros* dentes! Agora você vai ter seus Dentes de Homem! Logo você vai estar mastigando tijolos — como em *Tubarão*!"

Lupin está segurando o saco de balas que lhe deram, como prêmio. Não temos nenhum outro sistema de prêmios no momento. Pagaram-lhe pelos seus dentes em Black Jacks, Refreshers e Fruit Salads. E ele pagou por seus Black Jacks, Fruit

Salads e Refreshers em dentes. De certa forma, é um perfeito e circular sistema odontológico para crianças.

"Quando eu era criança, *todos* nós tínhamos dentes estragados!", papai conta por cima do ombro, com alegria. "Todos nós! Todos os tios! Seu tio Jim tinha um que nasceu preto. *Nasceu. Preto.* Nós o chamávamos de 'O dente do demônio'. Sua Vó Gorda já usava dentes falsos aos vinte e oito anos! Ela dizia que tinha perdido um dente por filho."

"Parece que Lupin também perdeu", Krissi diz, friamente — olhando em volta na van cheia de irmãos.

Nenhum de nós consegue parar de olhar para Lupin. Ele ainda está grogue — dormente — e, quando abre a boca, parece que um quinto do seu rosto está faltando. Lacunas vermelhas e úmidas em sua cabeça. Ele não tem mais uma boca — só um buraco.

Em silêncio, Krissi põe o dedo na bochecha de Lupin, me indicando algo: abriram os lábios dele, também, enquanto ele estava anestesiado. Os dentes *e* os lábios. Só o que deixaram foi uma polpa bagunçada — com apenas um incisivo, do lado direito, como uma torre martelo, erguendo-se sobre uma costa de sangue. Pobre Lupin.

Quando chegamos, vemos que mamãe deixara a casa superarrumada — como só acontece quando vamos receber visitas. Hoje a visita ilustre é a boca sangrenta de Lupin. Ele recebe o melhor lugar no sofá — com mais molas funcionando embaixo — e o melhor cobertor sobre os joelhos, e quando ele se recupera totalmente da anestesia, para se divertir ele pede para todos nós fazermos coisas cada vez mais humilhantes em troca de balas do seu saquinho.

Krissi precisa fingir que é um orangotango preso embaixo da poltrona. Eu preciso dizer que gosto de uma série de pessoas cada vez mais desagradáveis — começando pelo sr. Bennett, o coveiro de *Take Hart*, e terminando por A Luva, do *Yellow Submarine* — até que começo a chorar, e a mamãe precisa intervir, e dar bronca em todo mundo por deixar a coisa sair do controle.

Todos nós fazemos de conta que estamos fazendo as coisas humilhantes para alegrar Lupin. Na verdade, é em boa parte pelos doces. O jantar é macarrão e repolho cozido. Estamos em busca dos "pequenos e baratos deleites" de John Kite. Lupin recebe uma lata inteira de pudim de arroz só para ele, com uma colher cheia de geleia por cima, porque, sem dentes, não consegue comer macarrão e repolho branco.

"O meu jantar é o melhor!", diz. Deixamos Lupin gozar da sua vitória.

"Esses aqui são demais", Krissi diz, mais tarde. Estamos no quarto — todos os filhos, em círculo, no chão. Estamos todos brincando com os dentes de Lupin. Krissi está cuidadosamente raspando com um alfinete a cárie macia de um molar.

"Tem cheiro? Cheiro podre?", Lupin pergunta.

Krissi cheira o dente, com cuidado.

"Não."

Mas há um cheiro ruim no quarto, de todo jeito. Dez minutos antes, Krissi pegara um fósforo e o aproximara de um dente — para queimar um restinho de gengiva que ainda estava preso ali.

"Tipo bacon humano", dissera, riscando o fósforo.

Disso emanou um cheiro de cabelo queimado — mas talvez fosse do próprio dente. Há marcas pretas chamuscadas nos lados. Quem diria que é possível se divertir tanto com dentes!

Uso três dos dentes para tirar meu I Ching. Meu hexagrama é quarenta e quatro — "Vir ao encontro".

Consulto o livro de I Ching, para ver o que significa.

"'Vemos uma mulher que é ousada e forte'", leio. "Deve ser eu! Vou me casar com John Kite!"

Mostro meus dedões em sinal afirmativo para todo o recinto. Comemoro. Dou socos no ar.

Continuo lendo.

"'Não será bom casar com tal mulher.'"

Todo mundo me lança um olhar de "eu avisei".

Olho para os dentes de Lupin.

"Vou jogá-los de novo", digo.

Torno a jogar meu I Ching nove vezes, uma atrás da outra — até que o resultado seja bom. Continuo jogando até que ele diga que vou me mudar para Londres, e viver em um apartamento na Rosebery Avenue, e me casar com John Kite, tendo Stephen Fry como padre. Às vezes obter esse futuro leva a noite inteira. Mas agora tenho todo o tempo do mundo.

O *livro do I Ching* está sendo muito usado no momento. Enquanto as investigações sobre os nossos benefícios se alongam, todos nós ficamos obcecados com a previsão do futuro. Estamos tentando conseguir alguma sensação de controle, ainda que tênue, sobre o que acontecerá em seguida.

Por alguma razão, mamãe decide que Krissi tem "A Visão" e o faz ler a sorte de todo mundo, dia sim, dia não — infinitamente apertando o botão de *"refresh"* do nosso futuro, até que consigamos um que nos agrade.

"Vai ser exatamente o mesmo que ontem", Krissi larga, jogando as moedas-oráculo no chão.

Mas, com a pressão do tempo, o foco principal das nossas sessões de leitura de sorte ainda é o papai.

Sabendo que agora tem um prazo — fama mundial ou o abrigo de pobres! O dobro ou nada! —, papai tem redobrado seus esforços para voltar para sua terra Elísea de rock e doçuras. Com consentimento da família, ele tirou dez libras do orçamento de comida semanal para mandar doze fitas demo recém-terminadas para gravadoras em Londres. Enfim encontrando uma utilidade para a surrealmente pouco prática caneta de caligrafia que ganhei de Natal, escrevo os endereços nos envelopes de papel pardo — Virgin Records, Island Records, WEA — e lhes mando a última versão de "Dropping Bombs", que agora foi retrabalhada como um clássico "grunge", ao estilo do Happy Mondays.

A recente adoção por parte de papai da música moderna me chegou com certa surpresa. Quando ele chegou à sala, enquanto eu assistia *Top of the Pops*, eu esperava totalmente que ele se lançasse em sua clássica ladainha ex-hippie sobre a porcaria que é a música moderna. Não apenas eu estava preparada para isso — mas eu *ansiava* por isso. Seria capaz de discutir com ele, de forma indignada, defendendo a minha geração, e me sentiria vigorosa, furiosamente adolescente.

Em vez disso, ele ficou ali por um minuto, junto à porta, vendo os Mondays tocarem "Step on", claramente chapados, e disse, apreciativo, "Esses caras têm colhões. Olhe só para eles! Caralho!".

Ele acrescentou esse último termo quase... *amorosamente*.

Então, quando esses envelopes pardos cheios de grunge são postados, Krissi — orientado por mamãe — lê a sorte de papai. De novo.

"Então — quando vou receber meu primeiro milhão?", ele pergunta, chegando até a sala e esfregando as mãos uma na outra.

Todos nós nos juntamos para ouvir a novidade — papai deitado de lado, no chão, depois de alguns minutos, já que seus joelhos não aguentam seu peso.

As moedas dizem que talvez seja preciso esperar um pouco mais do que idealmente gostaríamos por nossa riqueza — "Merda

— espero que não passe de março. A carteira de motorista está vencida, e é o casamento do Chris, no maldito *Hull*" —, mas nossa fortuna está, com certeza, a caminho. Foi o I Ching quem disse.

No final da sessão, todos nós damos uma salva de palmas para Krissi. Todo mundo está alegre.

"Então está resolvido", papai diz, lentamente se levantando do chão. "Argh! Joelho! Johanna — está na hora de darmos o golpe, agora. Enquanto os auspícios são bons."

"Sim!", digo, pois não há nada mais para ser dito. Há uma pausa. "Como assim?"

"Podemos tomar Londres de assalto *juntos*", papai diz. "Você precisa falar com algumas dessas pessoas nas gravadoras. Lançar um rumor sobre mim. Me promover um pouco."

"Sim!", digo novamente. E então: "Como?".

"Não sei", papai diz. "O que as bandas fazem hoje em dia para se promover? Talvez a gente devesse perguntar ao I Ching de novo", ele diz.

"O I Ching está cansado agora", Krissi afirma, com firmeza. "Vocês precisam deixá-lo se... *regenerar* um pouco."

"Você e eu temos que pensar juntos", papai me diz. "Invente algum plano. Seja como P. T. Barnum. Eu e Johanna vamos pensar em alguma coisa."

Tenho quase certeza de que não consigo pensar em nada.

Mais tarde esta noite, Krissi se deita na cama, em seu beliche, fitando o teto. Lupin está dormindo na parte de baixo do beliche. Vejo que ele quer dizer algo. Finalmente:

"É tudo bobagem, você sabe", ele diz. "Todas as sortes que tirei são bobagem. Nem cheguei a ler o livro."

Ele continua fitando o teto.

"O quê?"

"Não sei ler o futuro. Não sei ler o I Ching. É tudo mentira. Claro que é bobagem, Johanna."

"Mas — mas você disse que eu teria um namorado até o Natal!", lamento.

Estou sentada na beira da minha cama de casal, vestida com as velhas ceroulas de inverno de papai, com uma máscara facial à base de aveia sobre a qual li no *The Brownie Guide Handbook*. Aparentemente é bom para as espinhas — as quais estou adquirindo rapidamente desde que começamos a viver numa dieta que é noventa por cento repolho branco refogado e *chapattis* com margarina.

Krissi olha para mim por um minuto. Às vezes ele me olha com algo que é quase — quase — pena. É o que está fazendo agora.

"Oh, sim. Isso vai acontecer, é certo", ele acaba por dizer, se virando e tapando a cabeça com o edredom.

Espero até que todos estejam dormindo e então coloco minha mão sobre meus pelos. Minhas fantasias sexuais se tornaram bem medievais, recentemente — como uma extensão de todos os livros de previsões esotéricas que temos emprestado da biblioteca, eu me interessei pelo resto da seção "sobrenatural" e tenho lido bastante sobre feitiçaria.

Os livros sobre feitiçaria são cheios de pornografia, descobri, para minha surpresa. Claro que não *dizem* que é pornografia — são apenas relatos históricos de mulheres, frequentemente freiras, que fizeram sexo com o diabo.

A história, parece, é cheia de freiras que transaram com Satã. Se o diabo come você na posição papai e mamãe, ele é um íncubo. Se você monta nele, ele é um súcubo. Há muitos detalhes técnicos a aprender sobre transar com o diabo.

"A jovem neófita, aparentemente drogada, é levada ao meio do grupo, e fazem com que fique em pé, nua, diante da multidão", um relato diz. "'Jovem iniciante!', o Alto Padre diz. 'Você me serviu adequadamente! Levante-se e se junte a essas pessoas aqui para que elas possam olhar para você, e fazer o que quiserem!' Ela é então submetida ao desejo carnal de qualquer membro da multidão que a solicitar, e tomará parte em perversões grupais."

Seja como for. Sim, sim, sim. O que interessa é, eu me masturbo bastante pensando em demônios medievais.

Estressada depois do dia que tivemos, começo a pensar sobre ser deitada no altar e forçada a "conjurações de luxúria" com uma série de demônios e padres excitados. Os trigais estão secos e definhando, e, a menos que comam uma virgem numa Missa Negra, todos na aldeia vão morrer de forme.

Imagine se fazer sexo com alguém fosse *útil*. Todo mundo precisando de você. Senão a colheita será terrível. Está tão quente. Perversões grupais. Hummmmm. É ou pensar nisso, ou em John Kite, e, cada vez que penso nele, eu choro. Então, em vez disso, penso na Missa Megra.

"Johanna."
Silêncio.
"Johanna, o que está fazendo?"
É Krissi. Ele está acordado.
"Ahn... Só estou com um pouco... de coceira. Me coçando."
Silêncio.
"Você tem tido muita coceira, recentemente. Tarde da noite."
Outro silêncio.
"Você tem se coçado muito, Johanna."
Uma pausa muito longa. Até que:
"Acho que estou com... lêndeas."

* * *

No dia seguinte, Krissi pergunta para mamãe se pode sair do quarto que divide comigo e Lupin, e ter seu próprio quarto.

"Claro!", mamãe diz, alegremente. "Eu adoraria! Vou inventar um quarto enorme e fantástico para você — vai sair da minha bunda! Quer um pônei, também? E um estábulo? Tenho uns aqui, também, acho!"

"Eu podia ficar com a sala de jantar", Krissi diz, friamente.

Mamãe é nocauteada.

"A sala de jantar?"

"Sim. Pensei nisso. Todo mundo come na sala de estar, afinal de contas."

É verdade. Todas as refeições são pratos no colo, no sofá, no chão. Ou em pé na cozinha, comendo pedaços de queijo e pão.

"Você não pode ficar com a sala de jantar", mamãe diz, simplesmente.

"Preciso do meu próprio quarto", Krissi diz.

Há em Krissi uma nova e impressionante firmeza, desde que todos o seus planos de ir à universidade foram calados. Algo de: "E essa foi a *última* vez que vocês vão foder comigo. De agora em diante, não me submeterei. Vou lutar".

Obviamente sei que ele está pedindo para se mudar para a sala de jantar porque o acordei com minha masturbação de fantasias satânicas por semanas a fio — como sou a culpada, sou levada a apoiá-lo na mesma hora para levar a cabo esse plano.

"Acho que Krissi *deveria* ter o próprio quarto", digo. "Ele está com dezessete, e precisa de privacidade."

"Sim, preciso de privacidade", Krissi diz, resolutamente sem olhar para mim. "E preciso de mais espaço, para as minhas mudas."

Krissi recentemente começou a curtir jardinagem, com a intenção de cultivar legumes, para que não morramos de escorbuto. Nosso quarto está cheio de potes espalhados com etiquetas de "abobrinha", "ervilha", "tomates" e "pimenta vermelha".

Como é costume da nossa família, segue-se então um enorme e acalorado debate sobre a possibilidade de Krissi ficar com a sala de jantar, no qual todo mundo se aproveita e usa a abertura do pedido de um irmão para apresentar também *suas* demandas. Lá pelas tantas Lupin está barganhando uma bicicleta, uma luminária de cabeceira e um Transformer.

Mas, pelas quatro da tarde, mamãe capitulou. A cama de Krissi está na sala de jantar — onde antes estava a mesa. E a mesa agora está no meu quarto, onde vou usá-la como escrivaninha para "meus textos".

À noitinha, a sala de jantar tem na porta uma placa que diz "Harém de Alan Titchmarsh" — escrita por mim —, e Krissi está arrumando suas mudas no sistema de estantes improvisado feito à base de tábuas e tijolos.

E eu — eu tenho uma escrivaninha! Não faz mal que metade da mesa esteja coberta com caixas de brinquedos e roupas — a outra metade, delimitada com uma faixa de fita adesiva, é toda minha: um lugar onde posso finalmente escrever.

Removo todas as minhas fotos e citações de cima da minha cama e as coloco na parede atrás da mesa. Tenho coisas novas a acrescentar, que encontrei nas últimas semanas. O "Lines on a Young Lady's Photograph Album", de Larkin, com os versos "Uma garota de verdade, num lugar de verdade" e "sempre adorável" salientados em vermelho. *Sempre adorável. Sempre adorável. Uma garota de verdade, num lugar de verdade.* Coloco uma foto grande de John Kite ao lado. Isso era quando eu era uma garota de verdade, num lugar de verdade.

Há também uma lista intitulada "Minhas palavras favoritas", que estive colecionando tão assiduamente quanto outras pessoas devem colecionar borboletas, ou broches: *Chagrém.*

Uxório. Mimosa. Catedral. Coloidal. Mercúrio. Iodo. Tagarela. Lilás. Mascavo. Atol Brose. Zoológico.

Nessas semanas em que estou tendo tão pouco trabalho, sinto que preciso reunir melhores armamentos: preciso me certificar de ter na parede as melhores, mais afiadas e mais potentes palavras — de forma que, quando for chamada à batalha novamente, eu possa lutar no mesmo instante, de forma imbatível — e jamais ser relegada de novo.

Também tenho as páginas centrais do guia *London A-Z* presas com alfinete à parede, as quais estive estudando e decorando como minha grade de horários. Quero que as pessoas pensem que Londres é minha cidade natal — que nasci em Londres e que apenas por acidente fui parar noutro lugar. Quando eu voltar para lá, entre os adultos, quero que pareça que conheço esse lugar melhor do que eles: quero poder imediata e casualmente dizer, "Sim — Rosebery Avenue, EC1. Você pode chegar até lá pela Clerkenwell Road. Pronuncia-se Marylebone Road 'Marra-lee-bom Road', e os pubs de Billingsgate Market ficam abertos toda a noite, e de manhã cedo, para o café da manhã. Você vê, conheço todas as ruas de Londres. Conheço Londres inteira. Esse lugar não é misterioso para mim. Eu sempre soube que viria para cá. Esta é a minha verdadeira casa. Tivemos outra vida por engano — mas está tudo melhor agora. Tudo está bem melhor agora".

Vou voltar para Londres assim que puder, e lá vou ser uma garota de verdade, num lugar de verdade, novamente.

Uma coisa boa acontece nesse mês terrível: no dia 29, finalmente recebo um cheque por todo o trabalho que fiz para a D&ME até então: 352,67 libras. Vou até o centro e compro uma televisão de uma loja de produtos usados, e a instalo na sala de estar em meio a vivas e exclamações alegres. As crianças correm e beijam a televisão, deixando marcas de boca em toda a tela.

"Estamos de volta ao negócio", Krissi diz, plugando a tomada, ligando a TV e voltando a iluminar a sala com seu belo e tremeluzente brilho. Assistimos ao noticiário pela primeira vez em meses e à previsão do tempo, e a programas de culinária. *Spitting Image* fez um boneco de John Major que é todo cinza e não consegue entender por que a economia está indo ralo abaixo. Não há mais tantas piadas.

"A televisão era mais engraçada quando Margaret Thatcher era primeira-ministra", Lupin diz, com sabedoria.

Naquela noite, ficamos acordados até as três da manhã assistindo a *Hammer House of Horror* e comendo pilhas de queijo ralado. Adoro dinheiro. Uma coisa quebrada pode deixar de ser uma coisa quebrada. Eu *sabia* que podia provar que Paul Tillich estava errado. Tudo o que eu *precisava* era de um pouco de dinheiro. O dinheiro melhora tudo.

Quinze

Finalmente, o telefonema — Kenny me chama para outra reunião editorial: "Parece que não vemos você há um bom tempo, Wilde".

Por um momento pisco ao ouvir o nome — faz tanto tempo que inventei Dolly Wilde, e há semanas ninguém usa esse nome.

"Quinta ao meio-dia, Wilde", Kenny diz. "Traga ideias. Deus sabe que podemos usá-las."

Parece que fui perdoada por seja lá o que fiz de errado com minha matéria sobre John Kite. Ou, pelo menos, estão me dando outra chance.

Excitada por ouvir o nome de Dolly novamente, eu me recordo o quanto eu a amava e a ressuscito para valer.

Preparo Dolly para Londres como se eu fosse a sua criada: na pia, primeiro faço uma descoloração no seu cabelo e então o pinto de vermelho-cereja — a cor dos sapatos de Dorothy, a cor de Miki Berenyi, de Lush. Reconstruo os olhos de Dolly, com traços generosos de delineador preto; visto-a com meias sete oitavos, um vestido preto e sua cartola.

Fiz minhas anotações, vejam vocês, sobre do que é feita uma garota e como lançá-la no mundo. Todo mundo bebe. Todo mundo fuma. A Miki-Esponja-Berenyi é uma puta de uma mulher legal. Fingir até conseguir. Você conversa sobre sexo como se fosse um jogo. Você tem casos. Você não faz citações extraídas de musicais. Você faz tudo aquilo que os outros estão fazendo. Você fala coisas para ser ouvida, mais do que para estar certa.

Você lamenta para as luzes dos postes, pensando que são o Sol.

Estou na estação de trem de Wolverhampton, e subo no trem como se fosse uma bala sendo propulsionada de uma arma suja. A vista da janela é como folhear um livro: terraços de prédios, pátios traseiros, canais — terras devastadas como pratos de repolho cozido demais. Mal posso esperar esperar esperar para dar o fora desta cidade e estar em Londres novamente. Vou fazer de todos os momentos um sonho quente e louco que eu posso segurar no fundo da minha boca, a meu bel-prazer, e saborear de novo e de novo quando eu estiver de volta aqui, comendo *chapattis* e olhando para paredes sujas.

Quando se sai do túnel, do lado de fora da Euston Station, os muros são altos, e brancos, e cobertos por trepadeiras. Parece que você está entrando na antiga, rica Roma.

DOME. Elevador. Corredor. Indo direto para o sempre deserto banheiro feminino, me dirijo ao espelho.

"Oi de novo", digo para mim mesma. Desta vez, estou preparada. Tenho um maço de cigarros numa mão — Silk Cut, os cigarros da mulher trabalhadora — e, na outra, uma garrafa de bebida. Tomei a decisão executiva de começar a beber, aqui, na frente dos meus colegas de revista. É o que eu faço agora.

Levei um tempão para decidir qual garrafa de bebida comprar para trazer aqui. Parece ser uma questão-chave da vida adulta — sua bebida predileta. Nos livros, as pessoas fazem julgamentos instantâneos sobre a personalidade de alguém inteiramente baseados na bebida escolhida.

"Ah, um homem do uísque!", dizem. Ou, "Mas *claro* — champanhe!".

No final — na loja de bebidas próxima à estação, ao lado de um mendigo trêmulo — optei pela garrafa de Mad Dog 20/20, o "vinho fortificado" verde-claro tão popular nos anos 90.

Não apenas é barato e tem uma cor alegre, mas também observei que essa é a garrafa vazia mais comumente vista junto a acampamentos improvisados de colchões e baterias de carro queimados, no The Green. Isso funcionou como uma campanha de marketing viral pelos baixos aluguéis muito bem-sucedida — marcando MD 20/20 como a primeira bebida preferida de jovens como eu.

Penso em tomar um golinho de Mad Dog *antes* de ir para a reunião — aqui e agora, no Banheiro Feminino — mas decido não fazê-lo.

Não faz sentido beber se ninguém está vendo.

A Sala de Reuniões está quase cheia quando entro. Eles estão sentados em cadeiras, e na mesa, conversando e fumando.

"Senhoras e senhores — SR. ELTON JOHN!!!!!", anuncio a mim mesma. A maior parte das pessoas ri — de forma que *já* estou levando vantagem, em comparação com a última vez.

"Wilde", Kenny diz, levantando os olhos para mim, para o meu cabelo e meu MD 20/20. "Você está que nem a Joplin."

Abro a garrafa de Mad Dog e ofereço para todos na sala.

"Aperitivo?", pergunto. Todo mundo recusa. Eu dou um golinho direto da garrafa.

É o primeiro gole de álcool que já bebi. É terrível — a princípio parece um ataque brutal aos meus olhos, que incham e enchem-se de lágrimas.

"Ah, graças a Deus. Agora sim", digo, colocando a garrafa sobre a mesa e limpando minha boca com o dorso da mão. Fingir até conseguir. "A noite passada foi *depravada*."

Mais risos divertidos. Essa coisa de "garota roqueira e beberrona" está caindo melhor do que todo o negócio de *Annie*. Eu, claramente, encontrei meu nicho.

"Bem, antes que Wilde encontre e jogue uma televisão pela janela, é melhor a gente começar esta reunião", Kenny diz, fechando a porta num chute lá de onde está sentado.

Se eu tivesse que resenhar a mim mesma nessa Reunião Editorial, em comparação à primeira, eu me daria retumbantes sete estrelas de dez. Não apenas conto três piadas que fazem a sala toda rir — sobre Prince ser um *sex symbol*, digo: "Desculpem, mas, falando como mulher — o que quase sempre sou —, Prince é pequeno demais para ser sexy. A menos que você coloque um cabo elétrico na bunda dele e o use como vibrador". GARGALHADAS por essa — mas, no final, eu também estou bem bêbada.

Se eu tivesse que adivinhar, antes, como era "ficar bêbada", eu nunca teria imaginado esse resultado pouco comum: seus joelhos ficam quentes e a sua ansiedade se transforma alquimicamente em algo meloso, e agradável, e maleável. Como todos os remédios, o gosto é revoltante — mas faz você se sentir melhor. *Faz você ficar melhor.* Se eu tivesse quatro colheres de sopa disso por dia, nunca mais precisaria morder minhas juntas novamente. O álcool é a cura para isso, e para a preocupação. Mary Poppins bebe sua colherada de ponche de rum. John Kite a observa, lascivamente. Meus pensamentos se espiralam, num agradável turbilhão alcoólico.

No final da reunião, Kenny dá a costumeira indicação de que o negócio acabou — "S'imbora, galera, para a porra do pub!" — e, dessa vez, também fui embora para a porra do pub.

Este é o segundo pub a que vou — e Dublin não contou, na verdade, porque lá só bebi Coca-Cola.

Dessa vez, porém — largamente medicada com o MD 20/20 —, eu de repente me dou conta de que, de todos os prédios do mundo — galerias de arte e hospitais e bibliotecas e casas —, os pubs são o melhor tipo. Como meu pai sempre insistiu, são os palácios do proletariado. Os castelos das vadias.

Em 1993, os pubs estão no alto de sua esplendidez e nobreza. Cada esquina em cada cidade é cravejada por uma dessas fortalezas vitorianas: opulentas com espelhos adornados de dourado, enormes janelas com batentes e mesas envernizadas e reenvernizadas de marrom tantas vezes que parece que foram laqueadas com molho de carne.

Cada mesa tem um cinzeiro no meio — e, quando todo mundo se senta, você se dá conta de que o cinzeiro é o eixo do grupo.

Toda a tarde e toda a noite, a mesa vai girar, cada vez mais rápido, como uma roda — mas, desde que consiga ficar batendo a cinza de seu cigarro no eixo, no centro, você não vai cair da mesa, nem sair voando porta afora. É uma boa política a dos pubs colocarem seus cinzeiros em lugares menos propensos à gravidade centrífuga. Proprietários são homens que prezam a segurança e a ciência. Já foi comprovado que tais estabelecimentos funcionam.

"Dolly — o que você quer?"

A equipe da *D&ME* ocupou uma mesa grande, e Kenny está pedindo as bebidas. Tenho quatro libras na bolsa e enfio a mão para pegá-las, mas Kenny faz um gesto para eu deixar isso para lá.

"O que vai beber?", ele me pergunta, de novo.

"Outro MD 20/20 cairia bem, senhor", digo. Kenny olha para mim.

"Sim — mas acho que não vendem Mad Dog aqui", Kenny diz, com cuidado. "Mas podemos voltar lá e perguntar a um dos mendigos do Waterloo Roundabout se te venderia uma dose. Tenho certeza de que você conseguiria trocar por um… rato, ou um jornal molhado, algo."

Penso em todas as bebidas das quais já ouvi falar. Não consigo pensar em muitas. Fico pensando em Cary Grant no saguão de um aeroporto, pedindo algo — mas não consigo me lembrar se é um "High Ball" ou um "Screw Ball" e não quero errar. Que bebidas *existem*?

"Uma sidra com soda, por favor", acabo dizendo. Kenny me encara, atônito.

"Uma sidra… com soda?", ele repete.

"Sim!", digo, alegre. "É uma tradição das Midlands. Senhor."

zz olha para mim por um momento. Ele é das Midlands. Ele sabe que não é uma tradição de lá.

"Bem, vivendo e aprendendo", Kenny diz, indo até o balcão e fazendo o pedido. Vejo a reação do barman para a "sidra com soda". Kenny dá de ombros para ele. "Parece que é bem popular nas Midlands", ele diz. "Talvez seja bom você anotar a receita — caso Slade venha para cá."

Quando Kenny traz a bebida, dizendo, "sua sidra com soda, Wilde" — claramente ainda divertido com a coisa toda —, eu respondo "muito obrigada, senhor".

"Você, na verdade, está dando uma de Elvis Presley com isso?", Kenny pergunta.

"Sim, senhor", respondo. "Muito obrigada, senhor."

"O.k.", ele responde.

O editor ergue o copo. "Saúde, pessoal!"

"Saúde!"

Todos nós brindamos. Parecem os Três Mosqueteiros, batendo espadas. Faço parte de um bando faço parte de um bando faço parte de um bando.

"Há uma razão para você estar toda de preto?", Kenny pergunta, sentando-se a meu lado.

"É para todos os futuros amantes que vou matar", digo, brincando. Eu me sinto *muito* alegre. Invencivelmente alegre. Como Debbie Reynolds em *A inconquistável Molly*. Eu poderia muito facilmente fazer um número musical *agora mesmo*. Em vez disso, depois de dez minutos discutindo sobre o R.E.M. ("Eu os conheço há cinco anos. Punheteiros", Kenny diz), reúno coragem para enfim perguntar a Kenny por que tenho recebido tão pouco trabalho recentemente.

"Kenny — por que não estou recebendo nenhuma grande pauta?"

"Bem", Kenny diz, constrangido, remexendo-se na cadeira. "Ah. Wilde. É que. Sua entrevista com John Kite…"

"O que tem?", pergunto, com toda a bravura do rei Arthur.

"Nós ficamos… meio decepcionados, para ser sincero", ele disse, não sem alguma gentileza. "Quer saber a verdade?"

Não! Claro que não!

"Sim."

"Ficou um texto meio… *groupie*", Kenny diz, quase pedindo desculpas. "Você parecia uma adolescente histérica no aeroporto Heathrow, batendo nas portas e gritando, 'QUEREMOS OS ROLLERS!'."

Ele olha para mim, e então se lembra de que eu *sou* uma adolescente histérica e que provavelmente também não sei quem são os Bay City Rollers.

"Não leve a mal", ele diz. Então, mais gentil ainda: "Ei — você tem uma queda por John Kite?".

"Não", digo, pateticamente. É um óbvio não-sim.

"Porque me pareceu que o último parágrafo era basicamente um pedido de casamento. Sabe? Quero dizer, todos nós já passamos por isso. Mas Dolly — nós somos *críticos* musicais, não... *fãs*. Estou pensando em você. Como você chega até o *leitor*."

Na real não consigo ouvi-lo, porque estou ocupada escrevendo uma enorme nota mental que diz: "INFORMAÇÃO FUNDAMENTAL PARA O RESTO DA SUA VIDA: NÃO ESCREVA COMO UMA FÃ, NEM SE APAIXONE".

Kenny vê que estou prestes a chorar, então ele leva a conversa para um território menos arriscado.

"E as referências musicais que você fez foram um pouco... nada a ver. Você compara o disco de Kite a Deacon Blue e com uma faixa de *The Best of Simon & Garfunkel*. Nenhuma menção a American Music Club, ou Nick Drake, ou Tim Buckley?"

Dou de ombros, me sentindo pior ainda. Nick Drake é o próximo na minha lista de discos para pedir à biblioteca, quando eu conseguir algum dinheiro. E nunca ouvi falar de Tim Buckley. Quantas malditas bandas você tem que ouvir para ser um crítico musical decente? Se forem mais de duzentas, vai levar *décadas*. Só posso pedir cinco discos de cada vez, com minha carteirinha de adolescente.

"Pegar CDs da biblioteca pode ser lançado como despesas?", pergunto, de repente. "Custa vinte centavos cada um. Posso lançar isso como viagem, e como 'bebidas'? Seria bem útil."

Por um minuto, Kenny parece tão surpreso que, pela primeira vez, o vejo em silêncio. Finalmente diz:

"Wilde — você pode ter o disco que quiser. Ligue para os assessores e eles vão te mandar um envelope pardo cheio de todos os onanistas em busca de atenção, molhadores de cama e idiotas e miseráveis do cânone do rock ocidental. Você pode encher suas botas com tanto Superchunk, Ned's Atomic Dustbin e Bum Gravy que puder aguentar. E então, se chegar à conclusão de que não gosta de um disco específico de algum medíocre e desclassificado antissocial, você pode vendê-lo por uma boa grana. Bryce Cannon, dessa paróquia, tem sustentado um saudável, leia-se fatal, vício em cocaína com os lucros desse sistema há quase quatro anos. Este é o Club Tropicana. Linx grátis."

Ele olha para mim.

"Linx é uma banda, Wilde."

Quatro horas depois: estamos numa festa, em algum lugar do Soho.

Saímos do pub às cinco da tarde, em bando. É algo majestático sair de um estabelecimento em um grande esquadrão bêbado, para o início de uma longa noite de primavera. Os prédios no South Bank são cinza-pálido, como damas de honra sujas; mulheres em vestidos coloridos, passeando até seu próximo destino. Londres parece um brinquedo infinito. As noites não têm fim — simplesmente, sem que você perceba, elas se transformam no amanhã.

Eu tinha bilhete para o trem das sete da noite para Wolverhampton — mas na rua, quando começo a dar tchau, a conversa muda para a festa aonde todos eles vão à noite.

"Venha conosco", Kenny disse. "Junte-se à gangue demolidora. Os caras do *Disc & Music Echo* estão aqui — nós bebemos seus homens e fodemos sua cerveja!"

"Eu realmente deveria ir para casa", digo. Não quero ir para casa.

"Seu John Kite vai estar lá", Kenny diz, esperto.

"O último trem para Wolverhampton é às 22h35", Zee acrescenta.

"E John Kite vai estar lá", Kenny diz de novo, me fitando nos olhos.

Então cá estou, na minha primeiríssima festa da indústria musical. Primeiríssima festa, na verdade — se você não contar recepções de casamentos de primos. Na última dessas a que fomos, sentamos sob a mesa do bufê e chupamos o recheio de uma bandeja inteira de éclairs — e então jogamos um jogo no qual íamos até a pista de dança e chutávamos nossos sapatos pro ar ao som de *Star Trekkin'* do The Firm. Infelizmente Lupin estava usando galochas de borracha, e a prima Ali estava sentada onde estava, mas, de resto, foi uma noite bem divertida.

A tal festa é muito diferente do casamento de uma prima. O principal problema é que não conheço ninguém. Claro, vim com todo o pessoal da D&ME, mas ainda assim não sei o que fazer com eles. Eles entram e ficam junto ao bar — e esperam, irritados, para serem servidos. Sinto, estranhamente, que eu deveria tomar alguma providência a respeito disso — nem que seja porque não consigo juntar-me a eles nas conversas sobre a banda Faust, pois nunca ouvi falar de Faust.

Após mais dois minutos de espera, resolvo tomar a frente da situação.

"O que querem, rapazes?", pergunto — me debruçando sobre o bar e começando a servi-los. Estou *corajosa* de tanto MD 20/20 e sidra.

"Eu vou tomar um Jack Daniels com Coca, Wilde — mas, ahn, será que você deveria fazer isso?", Kenny pergunta.

"Chamamos isso de 'self-service de Wolverhampton'", digo, gostando de ser folclórica. "Uma vez fiquei responsável pelo bar do pub Posada durante vinte minutos numa véspera de Natal. Considerando-se o quanto eu estava ajudando, achei rude quando, depois, me proibiram de pôr os pés lá."

Tudo isso é uma mentira deslavada — eu nunca havia bebido álcool num pub até hoje —, mas todo mundo parece gostar da minha história, e qual a graça de ter dezessete anos se você não puder inventar completamente sua própria história? Estou apenas fazendo o que Bob Dylan fez — só que com vestido, e uns drinques grátis.

Rob Grant está gargalhando deliciado, como uma menina — "Uma cerveja para mim, Wilde" —, de forma que reforço minha disposição para anedotas e jogo algumas nozes sobre o balcão.

"Salgadinhos, alguém?", pergunto. Mas o barman vem e me faz uma cara muito feia, então tenho que me recolher, dizendo "Tava só tentando ajudar, meu irmão!", de um jeito amistoso, e engulo de uma só vez o gim que servi para mim mesma — me deleitando com o ar escandalizado e afeminado dos rapazes da D&ME.

"Temos uma empolgadinha", Rob diz, em aprovação.

Adoro ser "uma empolgadinha". Trata-se de um substituto/ upgrade admirável para "conseguir se enturmar".

Ainda assim, quando a excitação "garçonete freelance" termina, continuo não conseguindo participar da conversa sobre Faust, que fora retomada.

John Kite ainda não está aqui — "Ele está gravando um vídeo no leste de Londres. Vai chegar às nove horas" —, e então, caminhando a esmo, me afasto da equipe da D&ME, com boas duas horas para matar até ter alguém com quem *festejar*.

Uma festa é definitivamente um esforço colaborativo, observo, olhando para todas as outras pessoas que conversam e dançam juntas e se beijam no cantinho. Oh, beijar. Observo os beijos até ficar na cara que estou observando os beijos, e então me afasto, rapidamente. Não é legal ser vista observando beijos alheios.

A essa altura, meu beijo não beijado parece pólvora nos meus lábios — se qualquer pessoa chegar perto de mim com um vago calor de atração, vou me incendiar numa lâmina de chamas — começando pela boca. Sinto uma fúria sexual, por um momento. Oh, Deus — por que vocês não me deixam transar com vocês! *Todos* vocês! *Todas as pessoas nesta sala.* Tenho a sensação de que só farei sentido na cama, deitada de costas. Você entenderia o que quero dizer se estivéssemos lá.

Bem. Nos noventa minutos seguintes tento uma variedade de táticas diferentes para tentar não parecer tão solitária na festa. Minhas descobertas sobre "como festejar sozinha" são as seguintes:

1) O bufê. Há um bem bacana, e nenhuma garota pode dizer verdadeiramente que está sozinha se estiver ao lado de um prato de minilinguiças com mel! Como seis, parcimoniosamente — então fico preocupada de apenas parecer uma garota abandonada comendo um monte de minilinguiças. Sob o comum e errôneo juízo adolescente de que qualquer pessoa a) está nos observando e b) dá alguma bola para o que estivermos fazendo, pego dois pratos de papel e os encho — como se estivesse buscando comida para uma amiga que está do outro lado do recinto. Dou o melhor de mim nessa encenação — deliberando sobre fatias de quiche miniatura e então as rejeitando, porque minha amiga — "Claire" — não gosta de quiche, "lembrando" que, diferentemente de mim, "Claire" na verdade gosta de bolovos — então atravesso a pista de dança, "procurando" por minha "amiga" "Claire", até que eu e meus dois pratos de estivador chegam ao...

2) ... banheiro, onde tranco a porta e como os dois pratos inteirinhos. Quando termino, vejo a Lixeira da Vergonha, que está cheia de absorventes, mas não consigo enfiar nela os pratos de papel, por causa dos bolovos não

comidos, então, em vez disso, os deixo praticamente enfileirados no chão. Quando saio do banheiro, uma pequena fila se formou do lado de fora. A primeira mulher da fila olha para dentro e vê os pratos com os bolovos no chão. "Vão eclodir logo logo!", digo-lhe, alegremente. "São ovos de dragão! Boa sorte!"

3) Sendo uma jornalista muito ocupada. Se você escreve, alguma vez estará *realmente* de folga? A condição humana não tira folga — precisa ser reportada, vinte e quatro horas por dia, sete dias por semana. Sento-me no canto com minha caderneta e anoto todas as incríveis observações que me ocorrem. Quando encontro as cadernetas, anos mais tarde, vejo que consistem em desenhos de um gato usando uma cartola; o número da minha conta no banco — que eu estou tentando decorar; e, em uma página sozinha, "Eu queria que Krissi estivesse aqui".

4) Uma conversa com um estranho! "Sabe onde é o banheiro?" "Sim — ali." "Ah — obrigada." Fico feliz por parecer o tipo de pessoa em quem se confia para perguntar onde fica o banheiro. Sempre que perguntam a Krissi, numa festa, ele sempre aponta na direção de um armário e então fica observando, enquanto ri. Nossa, que saudades do Krissi.

5) E, finalmente, fumar. Não tem jeito — essa merda é bem útil. Observei longamente sua utilidade na sociedade e concluí que é fundamental. Todo mundo fuma — é simplesmente algo que precisa ser feito. Tendo finalmente admitido isso, na noite passada, comprei um maço de dez Silk Cut de uma banca de revista da cidade. A loja em questão é conhecida por sua atitude relaxada ao vender cigarros a menores. Até pouco

tempo atrás, costumavam vender cigarros avulsos junto com uma bala de menta Polo, por quinze centavos — a fim de atrair fumantes de hora de almoço que precisavam refrescar o hálito antes de voltar para o trabalho. Sentada na grama do lado de fora da catedral de São Pedro, diligentemente ensinei a mim mesma a fumar. Estou impressionada com a minha diligência, porque é — e não tem como dizer de outro jeito — nojento. Tem o pior gosto de queimado do *mundo*. É como sugar tudo o que você já colocou numa lata de lixo — cinzeiros, carpete queimado de bar, neve suja, morte. Papai às duas da manhã. Enquanto minha adoravelmente limpa garganta e meus pulmões róseos absorviam a fumaça, fiquei com muita, muita pena de mim: não é isso o que uma criança deveria estar fazendo. Num mundo justo, eu não deveria precisar fazer nada mais a não ser gastar aquele dinheiro em oito Curly Wurlys e uns Refreshers.

Mas agora, aqui, na festa, fico feliz de ter os cigarros na mochila — porque agora tenho uma tarefa a desempenhar, que me mantém ocupada. Vou até a janela, pego o maço, acendo um cigarro e fumo, enquanto olho pensativamente para a rua lá embaixo. Tento lembrar como foi que vi Elizabeth Taylor segurar cigarros, e o ergo até a altura do meu rosto. No meu reflexo na janela, vejo que a coisa toda parece menos com *Gata em teto de zinco quente* e mais como se eu estivesse fazendo um cisne com teatrinho de sombras. Volto a baixar meu braço e tusso um pouco. Deus, é *nojento*.

"Aaaaaaaah", diz um homem em pé ao meu lado, acendendo o cigarro. "Que delícia de cigarro, não?"

"Sim, de fato", digo, numa voz ligeiramente estrangulada. "Passei o dia todo morrendo de vontade de fumar. E então, claro", continuo, com o humor negro que imagino que todos os fumantes têm, "vou morrer disto *literalmente* quando chegar aos cinquenta!"

Parece que essa não é a coisa certa a se dizer.

"É", ele diz, antes de se afastar.

Tudo bem. Tenho outras coisas nas quais me concentrar. Na rua lá embaixo, um homem bêbado de aparência elegante está lendo o cartão de uma prostituta, grudado na campainha de um prédio. Ele o examina com todo o cuidado forense que imagino que empregue ao ler uma carta de vinhos.

"O que você está procurando?", eu pergunto, na minha cabeça. "Que mulher cairá melhor com o seu prato principal de terrível e punheteira solidão?"

Especulo, brevemente, sobre o quão diferente o mundo seria se fosse dirigido por mulheres. Nesse mundo, se você fosse uma mulher solitária, cheia de tesão — como eu; como sou sempre —, você veria cartões-postais grudados às portas de entrada do Soho, dizendo, "Belo homem de cardigã, 24, vai falar com você sobre os Smiths enquanto prepara torrada de queijo + vai a festas com você. Interessadas, favor candidatar-se aqui".

Mas este não é esse mundo.

Fico observando o bêbado elegante — claramente nem um pouco atraído pelo que acabou de ler — sair tropeçando pela rua, escuridão adentro, ainda sozinho. Encosto minha cabeça contra o vidro. Ainda estou fumando.

Às 21h59, John Kite finalmente aparece — um burburinho junto à porta anuncia sua chegada, além do som de um cara do País de Gales bêbado, dizendo "Preciso tirar este maldito casaco — a chuva deixou ele com cheiro de zoológico. Um *animalarium*".

Vou até lá e o vejo — tirando seu enorme e encharcado casaco de pele e o pendurando na chapelaria, com o cabelo molhado caindo-lhe pelos olhos, cigarro na boca.

"Duquesa!", ele diz, ao me ver. Seu abraço — enorme — é a quarta melhor coisa que já aconteceu comigo, depois de aniversários, Natal e aquela Páscoa em que nevou nos primeiros botões de rosa. Sinto os velhos anéis dourados das suas mãos pressionando minhas costas.

"Você é como uma bebida ruim num mundo bom. Eu não sabia que você estaria aqui! Isso é — *demais*, cara. Onde está o gim?", ele pergunta.

Entrego-lhe um gim-tônica. Comprei-o exatamente às 21h29 — prevendo sua chegada. A maior parte do gelo já derreteu. O drinque está bem aguado.

"Quer que eu pegue um com gelo para você?", Ed Edwards pergunta. Kite tem um pequeno entourage ao seu redor.

"Não, não — isto conta como o copo de água entre drinques", Kite diz, bebendo metade do drinque de uma vez. "Faz bem para a saúde." Ele tosse. O entourage de Kite ainda está à sua volta.

"Vamos fumar um cigarro?", pergunto a Kite. Estou com o maço na mão — a caixinha que funciona como um escudo contra a solidão, cada cigarro uma pequena varinha que posso agitar para rearranjar o mundo como eu quiser. Com esse cigarro, posso atrair Kite para longe das pessoas.

"Sim!", Kite diz.

Estamos próximos à janela — o entourage deixado para trás — quando ele enfim se dá conta do que está acontecendo.

"Está fumando agora, Duquesa?", ele pergunta.

"Achei que estava na hora de eu ter outro hobby", digo, com um ar de ousadia, tentando acendê-lo.

Kite se inclina na minha direção. "Mas a maioria das pessoas fuma do outro lado."

Ele gentilmente tira o cigarro da minha boca, o vira e o recoloca no lugar. Minha boca se enche com o gosto de filtro queimado.

"Mas nunca tenha medo de experimentar coisas novas, doçura", ele diz, acendendo a ponta certa com um floreio. "Se alguém pudesse inventar Cigarro Ao Contrário, só poderia ser você, meu amor."

Durante dez minutos, estou feliz como nunca. Ao lado dessa janela grande com John, fumando nossos cigarros — sábia decisão, a minha — e tagarelando sobre o que estivemos fazendo. Ele me conta uma história sobre sua turnê no Canadá que me faz rir, e eu conto sobre os dentes de Lupin e enceno tudo, com muito sucesso, acredito. Lá pelas tantas, ele pega minhas mãos nas suas e diz, "E obrigado pela *adorável* entrevista que você escreveu. Você me fez parecer Owain Glyndwr com um violão de doze cordas, explodindo seu próprio castelo. Foi algo lindo de ler no ônibus da turnê. Li em voz alta para Ed Edwards até ele me dizer que eu estava agindo como um macaco de zoológico, apalpando o próprio pau e rindo".

Mas então John apaga o cigarro, acaba seu drinque num só golpe e faz o mesmo que pressionar um enorme canhão contra o meu coração.

"Muito bem — preciso ir agora, Duquesa. Está na hora da cama para John-John."

Eu rio.

"Você está indo embora cedo? Kite, o único jeito de você ir embora de algum lugar cedo é numa maca — paramédicos massageando seu coração e gritando, 'O QUE VOCÊ TOMOU, JOHN? JOHN, DIGA O QUE VOCÊ TOMOU'."

Impossível essa figura ir embora cedo.

Essa figura vai embora cedo.

"Sério, Duquesa. Amanhã vamos gravar na MTV na Holanda às oito da manhã. Tenho que ir", ele diz. "Recebi uma advertência. Aparentemente nunca mais terei permissão de passar a noite acordado com você, e então morrer numa piscina."

Levanto os olhos e vejo Ed Edwards segurando a porta aberta para ele — esperando ele atravessá-la, entrar no carro e ir embora, para a Holanda.

"Porra — você vai mesmo."

Fico em silêncio por quase dez segundos — o maior período de tempo em que fiquei em silêncio na vida. Entro num caixão. Prego a tampa. Basicamente morro durante esse silêncio.

"Bem", digo, enfim. "Bem. Boa sorte. Lembre-se — sempre saia como se estivesse prestes a se encontrar com a sua Nêmesis."

Ele se inclina e me beija na boca. Não sei o que isso quer dizer. Só fico ali, e sou beijada. Um beijo. Delicado como a neve.

Meu coração explode como um enxame de abelhas.

"Adeus, Duquesa", ele diz.

E então ele se foi — toda a minha razão para estar naquele recinto; em Londres; viva. Meu bilhete de trem de 18,90 libras e toda a minha vida entrando num táxi, me deixando como presente de despedida aquele lugar cheio de gente — uma festa.

Nunca desejei menos uma coisa.

Fico ali em pé, sozinha, por alguns minutos, seu beijo ainda ecoando em meus ossos. Enquanto tento descobrir o que eu penso, fumo outro cigarro. Nossa, eles são *úteis*. Eu devia ter começado com isso *muito* mais jovem! Talvez se fumasse quando ainda ia à escola eu não tivesse me sentido tão sozinha!

Essa é a primeira vez que um homem toca minha boca. A primeira. Foi só um beijo de tchau — seco, tranquilo —, mas foi a primeira vez em que uma pessoa não beijou a minha bochecha direita ou a esquerda — mas foi direto no centro, como homens e mulheres fazem.

"A boca é o coração do rosto", penso, pegando um cálice de vinho grátis da mesa e virando-o de uma vez só; mãos vibrando; cabeça zunindo. Não sei bem o que fazer comigo mesma. Quero mais daquele beijo. Quero terminá-lo — continuá-lo mais e mais e chegar ao ponto em que alguém simplesmente arranca as roupas do meu corpo com os dentes, e simplesmente me *come*. *Por que* continuo sem fazer sexo? O que está acontecendo? Isso é um enorme erro operacional.

Olho em volta. Eu deveria ir em frente e participar da festa. Zee está lá no bar, segurando um copo e conversando com alguém. Zee é legal, meus cinco gins me dizem. Vou até lá e me junto a ele.

"Ooooooiiiiiiii!", digo. "Ooooooiiiiiii!"

"Dolly — este aqui é Tony Rich", Zee diz, me apresentando. "Anthony, esta é Dolly."

"Olá", Rich diz.

Sei quem Rich é, é claro — ele é o principal jornalista da *D&ME*. Com sua educação exótica, ele se formou em Harvard — ele esteve na *América*! O lugar de onde *Marilyn* veio! — Rich é absurdamente inteligente e absurdamente doente. Seu humor é uma insatisfação geral com a maior parte das músicas que estão nas paradas de sucesso. Na semana passada, ele descreveu The Wonder Stuff, os alegres heróis indie das Midlands, como "O som de cinco idiotas rindo de boca aberta. Eles são o ponto em que a música termina sua incrível e expansiva jornada para o espaço, aterrissa numa estação espacial desolada e então começa a orgulhosamente colonizar calhas de lixo, recolhendo a bosta como se fosse um tesouro".

Seja como for, nada disso importa agora. O que *importa* é que acabo de me dar conta de que Tony Rich é incrivelmente gato. Um rapaz alto com uma boca grande e pele bem clara cujos olhos são penetrantes como foguetes — armas — o sol — e da *mesmíssima* cor da Coca-Cola.

Acho incrível não haver notícias de quão lindo ele é nas páginas de notícias, todas as semanas. Por que alguém *não* daria essa notícia nas manchetes? O jornal realmente pisou na bola aqui. Isso é o que acontece se você tem um ambiente de trabalho totalmente masculino: não apenas não te avisam que você deve usar um top esportivo na hora do *mosh*, mas também deixam que oportunidades de perversão de primeira linha para as mulheres sejam desperdiçadas por todos os lados.

Não posso acreditar em como o timing é adequado: trinta segundos depois de John Kite, meu futuro marido, ir embora — deixando-me excitada, e de mãos abanando, com um beijo —, o mundo me apresenta de bandeja meu segundo futuro marido. Ou talvez eu tenha um caso com Rich, enquanto for casada com John. Ou talvez eu só faça sexo com os dois — sexo pleno, de verdade — e então me case com Gonzo de *Os Muppets*, conforme planejei desde meus nove anos. Tudo ainda está em aberto. Sou *só* possibilidades agora.

"Você é judeu, não?", pergunto a Rich, no meu melhor estilo "puxando papo". "Na semana passada descobri que também sou meio-judia! Pelo lado da minha mãe!"

"Mazel tov", Richard diz, laconicamente. *Claro* que não tinha descoberto que era meio-judia na semana anterior —, mamãe é de Peterborough, e seus pais são das Hébridas — mas eu *li* toda a autobiografia de Harpo Marx (*Harpo Speaks!*, Limelight, 1985), então sei o que significa "shiksa" e também "pinochle", e às vezes eu *gostaria* de ser judia — o que dá basicamente na mesma. Além disso, mentir tem funcionado muito bem para mim esta noite. Estou me inventando enquanto as coisas acontecem! Eu sou o jazz! Bebo outro gim.

"Não há muitos de nós em Wolverhampton", suspiro, do jeito mais judaico que consigo. Considero a possibilidade de denegrir Wolverhampton como uma cidade cheia de gentios, mas ainda não sei bem como pronunciá-lo — só conheço a palavra pela leitura — e imagino que seria bastante gentio pronunciar "gentio" errado, então deixo de lado minha fervilhante etnicidade para perguntar "Então — de quem vamos falar mal? Eu também detesto eles. Pode contar comigo".

"Estávamos agora mesmo falando sobre o seu carinha, John Kite", Zee diz, com olhos brandos e piscando. "Tentando descobrir quanto ele finge."

"*Finge?*", digo. Fico tão atônita que momentaneamente paro de admirar Rich — o que significa um choque e tanto. Sinto-me tão ofendida como um cristão que acaba de entrar numa conversa sobre se a cruz que Jesus carregou em seu calvário tinha ou não rodas retráteis secretas — tipo bagagem de levar na cabine do avião — e se Jesus, na verdade, encenou tudo.

"*Finge?* Não acho que John Kite finja ser John Kite", digo. "Já passei algum tempo com ele. Em Dublin, ele fez xixi ao meu lado enquanto eu estava na banheira, usando seu casaco de pele e fumando um cigarro. John Kite é cem por cento John Kite, cem por cento do tempo. Acredito nele como acredito em Elvis cantando salmos no domingo."

"Foi uma música do Eurythmics o que você acabou de citar erroneamente, defendendo John Kite?", Zee pergunta.

"Sim. Entrei em pânico."

"Muito bem", Zee consente.

Rich estremeceu à menção dos Eurythmics — uma banda, agora lembro, que ele certa vez descreveu como "O som de praticamente nada se masturbando enquanto se admira no espelho".

Não apenas eu adoro os Eurythmics — Krissi e eu fazemos uma versão incrível de "Sex Crime"; ele é sempre Annie Lennox — como também já me masturbei me olhando no espelho. Bem, no verso de um CD. O buraco do CD se alinhando com o meu. Era muito irritante. Talvez Rich e eu não nos casemos, afinal de contas.

"As pessoas se tornam autoconscientes de suas próprias lendas muito rapidamente", Rich diz. "Depois de ler meia dúzia de resenhas sobre si mesmo, qualquer artista perde a inocência que alimentava sua persona original. Todo ato está fadado a acabar se transformando em seu próprio tributo. ABBA se transformou em Björn Again *anos* antes de Björn Again aparecer."

"E qual é a *minha* lenda?", pergunto a Rich.

Rich me olha de cima a baixo — digerindo o delineador, a cartola, as meias sete oitavos, o vestido curto, o cigarro. Gosto dele olhando para mim.

"Bem, você ainda a está forjando", ele diz, me olhando bem nos olhos. "Mas suspeito que inclua confusão."

Sua boca é demais. Não me importa o que esteja dizendo. Só a quero em cima de mim. Deus, imagine essa boca na sua barriga. Imagine ele caindo de boca e deixando meus pelos úmidos. Como as imagens em *The Whole Earth Catalog* — mas acontecendo comigo. Com todas as partes do meu verdadeiro eu.

Bom Deus! DEUS! DEUS QUE ESTAIS NO CÉU! Atendei minhas súplicas agora! Porque estou avisando — há de haver beijos, logo. Beijos — senão vou morrer. Há de haver beijos para molhar meus lábios e refrescar o meu calor — tenho algo na minha boca que precisa ser dominado. Como filhotinhos de pássaros que pegam sementes da boca de suas mães. Eu me pergunto se conseguiria fazer caber toda a boca de Rich na minha — se eu segurasse sua cabeça perfeitamente imóvel e me pressionasse contra ela. Se eu o *comesse*. Se eu simplesmente saísse por aí e forçasse as pessoas a me beijar. Talvez seja isso que eu deva fazer.

Estou doida com esse negócio de beijar.
Preciso pegar meu trem.

No último trem para casa, uma hora depois — ainda semibêbada de vinho, e gim, e beijos, e da boca de Rich — pondero sobre isso. Penso no dia inteiro — em fumar, e beber, e na importante informação de que uma entrevista não é uma carta de amor; e de que eu sou uma jornalista agora — não uma fã. E que eu cheiro a confusão. Deve ser isso mesmo — Rich me resenhou, e ele é o crítico mais inteligente que eu conheço.

Na minha bolsa, tenho minha caderneta de anotações, na qual comecei a tomar notas para o próximo disco que devo resenhar, de uma banda fracassada chamada The Rational.

O disco é medíocre de cabo a rabo — só mais um caça-níquel alternativo —, e comecei a esboçar descrições extravagantes das guitarras e fiz umas piadas sobre o fato de a banda vir de Dunedin — eles dunedinaram algumas músicas, para ser sincera.

É tudo muito alegre — apenas uma suave amostra da essencial desesperança deles. Lá no final, comecei a descrever o vocalista, Alec Sanclear — um homem bastante sombrio com *mullets* loiros e cabelo espinafrado no topo da cabeça: "Parece que alguém alfinetou a foto de um homem confuso numa cacatua", escrevi.

Risco tudo, menos essa última frase, e recomeço.

"Oh, Deus — por que esse imbecil de cabelo de cacatua foi libertado da gaiola para fazer um *segundo* disco?", escrevo. "Não dá para a gente ligar para alguma espécie de central de atendimento e enviar a Sociedade Real de Proteção aos Pássaros com grandes redes — para recapturá-lo? Ou talvez pudéssemos pôr remédio em algumas uvas-passas, e espalhá-las em volta de seu poleiro — como fazem em *Danny, o campeão do mundo*. Sim — isso funcionaria. Esse plano é bom. Então injetamos Secobarbital nas guloseimas do camarim de The Rational, vamos até a plateia e observamos enquanto hordas de Sanclears infelizes caem do céu. Eiiiiiii! Poft. Eiiiiiii! Poft. E lá se vão. Se espatifando lá de cima.

"Essa última parte, aliás, também é uma descrição perfeitamente onomatopeica de quase todas as faixas desse disco: é só 'ei' e 'poft'."

Estou no último trem para casa, encarnando a confusão.

Dezesseis

Nos dois meses seguintes me sinto permanentemente bêbada. Metade disso é por causa do sucesso instantâneo do meu novo papel: o de uma pistoleira arruaceira. Confusão.

Apareço em shows, com minha caderneta, e assisto a uma sucessão de bandas alternativas medianas com um olhar sarcástico no rosto, e depois vou para casa e as eviscero. É tão mais fácil do que aquilo que eu estava fazendo antes — tratar bem as bandas — e, para ser honesta, é mais divertido. Por que ficar ali tentando educadamente participar de uma conversa sobre Faust se você pode apenas pular sobre o balcão do bar e distribuir BEBIDAS FORTES para todo mundo? Todo mundo adora uma garota má se dando bem.

As resenhas seguintes são um sucesso — meu passe no jornal vai às alturas. Estou trabalhando seis dias por semana — sentada em meu quarto, com minha mais recente aquisição financeira — um computador novinho em folha — dando machadadas para todos os lados a sete centavos a palavra. Causar confusão é rentável. Confusão é uma coisa boa, trabalho garantido. Confusão é o futuro.

"Se quiser subir na vida, semeie o ódio", Kenny diz, alegremente, enquanto me passa resenha principal após resenha principal.

A sensação é vertiginosa — começam a surgir cartas sobre mim na Página do Leitor, bandas falam de mim em entrevistas. Para alguém que vive numa casa sem espelhos, ver as pessoas falarem de você é algo muito excitante. Sempre me preocupei ligeiramente com a possiblidade de eu não existir — de não passar de um sonho longo que eu estava sonhando. Ou então um sonho de Krissi, do qual ele estivesse desesperadamente tentando acordar.

Mas agora sou incontroversamente real — agora que outras pessoas estão falando sobre mim. Agora que minha assinatura está na página 7, e na página 9, e da página 17 à 20, e a Página de Fofocas tem uma foto minha, bêbada, numa festa, em pé em cima de uma mesa com minha cartola, acompanhada da legenda "Slash se libertou".

Pois a outra razão que faz eu me sentir permanentemente bêbada é o fato de eu estar bêbada permanentemente. Bem, não permanentemente. Mas todas as noites, em cada show a que vou, eu bebo — quem é que deixaria de beber um centavo da sua "verba para bebidas" de vinte libras, a não ser algum louco? Nos dias longos, o guincho violinesco e enervante de preocupação pode ser firmemente aplacado com o pensamento, "Às nove horas estarei *na balada*". E, além disso, estou bebendo por razões práticas. Tendo gastado todo o meu dinheiro no computador, volto dos shows a pé, descendo a A449 até o nosso bairro, e o álcool me mantém aquecida, e faz com que não desafine nas notas altas quando canto. A música "High Land, Hard Rain", de Aztec Camera, me leva até a saída da Springhill, e então pelas ruas escuras e vazias até nossa casa — passando pela casa de Violet.

"O que você disse a eles?", me pergunto, quando passo por ali — as cortinas de renda como cataratas rígidas e brancas nas janelas, fazendo a casa parecer míope e teimosa. "O que vai acontecer agora?"

Em um show em Wolverhampton — bêbada, é claro — dou de cara com Ali, minha prima gótica.

"Bacana", ela cumprimenta por cima de seu copo de cerveja. Percebo que ela não é mais gótica — agora está vestida como uma clássica jovem alternativa *shoe-gazing*:* botas curtas pretas, jeans, camiseta listrada, uma franja enorme.

"Ali!", exclamo. "Oh, meu Deus! Oi! Eu também adoro o John Kite agora! Dormi na banheira dele! Ouvi ele fazer xixi!"

"Não curto mais", Ali diz, pura e simplesmente. "Agora estou curtindo The Nova. São brilhantes."

Não faço a menor ideia de quem são The Nova.

"Eles tão ali", Ali diz, acenando com a cabeça para o canto da boate onde estão, carrancudos, cinco meninos magrelos de jeans pretos e cabelos pretos, também de camiseta listrada.

"Eles estão *nova* ali, você quer dizer", digo. "*Nova* ali. Estão *nova* ali."

"Estou dormindo com o baixista", Ali diz, acrescentando: "Já o ouvi fazer xixi e tudo. E número dois também".

"Nunca ouvi um *popstar* fazendo número dois", admito. Ali *sempre* está na minha frente.

"Eu me pergunto quem é que faz o cocô mais barulhento na música pop", devaneio. "Aposto que Céline Dion tem um daqueles vasos vitorianos chiques, com desenhos de flores na parte de dentro, que ela enche com milhões de minúsculas pastilhas — como um coelho. Tic tic tic tic tic!"

---

* Referência ao estilo de rock alternativo surgido no sul da Inglaterra no final dos anos 1980. (N. T.)

"Ah", Ali diz. Sua expressão não muda — é o mesmo rosto frio, inexpressivo que tem desde que nasceu — mas ela está claramente intrigada, pois diz, "Prince faz escondido atrás do sofá — como um gato. E então se esfrega um pouco no tapete, antes de sair para transar com Sheena Easton".

"Acho que Nick Cave faz pela boca, como uma coruja. Ele abre a boca e o troço sai — cheio de ossinhos."

Continuamos assim por algum tempo, até termos descrito os hábitos de banheiro de praticamente todo mundo na lista dos Top 40. Então:

"E aí — transou com ele?", Ali pergunta, depois de contemplativamente dar uma baforada no cigarro em silêncio. "Você transou com John Kite?"

"Talvez", digo.

"Então não", Ali diz. "Seja como for, você ainda parece uma virgem."

"Não sou virgem!"

"É, sim."

"Não sou! Eu sei como é... o gosto de sêmen!"

Ali olha para mim.

"Tem gosto de alvejante."

Li isso certa vez numa entrevista com Sally da banda Bleach, que estava explicando por que a banda se chamava "Bleach". Aparentemente, a informação de Sally procede, e Ali fica satisfeita.

Mas sua pergunta perturbou algo em mim. Meu beijo não beijado tem agora um peso palpável — como bócio; ou uma ferradura de cavalo sem sorte, ou uma corrente, que tenho de arrastar comigo. Às vezes parece que me faz parar de falar. Às vezes, parece que me faz parar de respirar.

"Mas não transo com ninguém há séculos", confesso, o que é verdade: meu aniversário de dezessete anos já passou, e em todos esses anos não transei com ninguém. Uma vida inteira é *séculos*. John Kite não conta — não teve língua.

"Estou subindo pelas paredes."

Ali me olha por um segundo e então acena na direção do The Nova.

"Está vendo o carinha com a banda?", pergunta. Junto aos integrantes há um rapaz desengonçado, com cabelo e rosto indefinidos.

"Ele fica com você. Ele é 'O beijoqueiro'."

Olho para ele de novo. O Beijoqueiro. Não sei como descrevê-lo. Ele é só... normal. Todas as partes no lugar, e na direção certa. Ele tem tipo... uma cabeça, e tudo o mais. Pernas. Dr. Martens. O Beijoqueiro.

"Ele fica com você, se você quiser", Ali diz. "É o que ele faz. Ele saiu com todas as minhas amigas. Sabe aquelas coisas que ficam do lado de fora das lojas, que são tipo uma girafa, e você coloca uma moeda de dez centavos e então dá um passeio? Ele é assim. Você só... sobe nele, e transa com ele. Ele é tipo um homem-puta."

Olho mais uma vez para O Beijoqueiro. Então, como já bebi alguns drinques, olho para meu relógio. Acho que subconscientemente estou verificando se está na hora de eu ter meu primeiro beijo para valer. Meu relógio me diz que são 21h47 de quarta-feira, dia 17 de maio de 1993 — mas é tudo meio rápido. Como eu! Eu quero ser rápida! Porque vou ganhar meu primeiro beijo!

"Como é que... funciona, então?", pergunto.

Ali começa a atravessar a pista de dança, e eu vou atrás.

"Oi, caras", Ali diz, para o The Nova e O Beijoqueiro.

"Oi, Al", eles respondem.

"Essa é a Jo — Dolly Wilde. Minha prima."

"Você é Dolly Wilde de *Disc & Music Echo*?", um dos integrantes do The Nova pergunta, parecendo impressionado.

"Sim", respondo. "Quase sempre."

"Uau — legal!" E então ele faz uma cara feia. "Mas, espere aí — você acabou com Uncle Tupelo na semana passada. Eles são legais, Uncle Tupelo."

Oh, francamente — vim até aqui para descolar um beijo — e não para ser levada a uma discussão sobre música americana.

"Estou de folga no momento!", digo, com um amplo gesto de mão.

"Era sua a resenha com todas aquelas coisas sobre Neil Young ter, tipo, setenta por cento de todos os búfalos dos Estados Unidos?", outro integrante do The Nova pergunta.

"Sim", digo.

"É verdade?"

"Acho que sim", respondo.

"É impressão minha, ou isso é estranho?", ele pergunta. "Neil Young ter todos os búfalos. Isso é estranho."

"Sim", digo. "É como descobrir que a mãe de Mike Nesmith do The Monkees inventou o corretivo líquido."

Os Nova ficam surpresos.

"Não pode ser!"

"Pode, sim", respondo. "Aparentemente depois que viu quão mal o filho tinha datilografado a expressão 'The Monkees', e precisou corrigi-la com um pouco de... branquinho."

O namorado de Ali revela que a primeira vez em que ficou doidão foi de cheirar Errorex — "Bem, era fluido corretor de marca própria" —, e o papo descamba para uma conversa inteligente de cinco minutos sobre quais artigos de papelaria, exatamente, deixam você doidão. Cola, caneta marca-texto, refil de gás butano para isqueiros — eu não fazia ideia. Basicamente, a papelaria WH Smith no Mander Centre é a versão de Wolverhampton para o Studio 54. É uma mina de ouro de narcóticos. Eu não fazia ideia. Eu só a usava para comprar grampos para o grampeador.

Mas nada disso está me levando a beijo algum, então olho para Ali — que então, com muito tato, leva o The Nova para "fazer... umas coisas" e me deixa com O Beijoqueiro.

Como não fui beijada antes, não tenho bem certeza de como ativar essa função num homem. Penso em todos os beijos que já vi. Sei que dizer "agora você pode beijar a noiva!" tem uma taxa de êxito de cem por cento — mas isso parece inapropriado aqui. Leia fez Han beijá-la antes de eles se pendurarem juntos numa corda num abismo de uma nave especial — mas isso demandaria muito mais infraestrutura do que tenho disponível no momento.

Estou apenas tentando relembrar como os beijos começam em A *noviça rebelde* — normalmente, quando chegamos às partes melosas, damos um *fast-forward*, porque Lupin começa a gritar "ECA!", e só o que consigo lembrar são imagens de Christopher Plummer e Julie Andrews correndo um atrás do outro ao redor de uma pérgula — quando O Beijoqueiro faz jus à sua fama e simplesmente... me beija.

Parece ser um tipo de "Beijo Pré-Fabricado" — um, dois, três beijos nos lábios, e então a língua desponta — mas está acontecendo! Estou beijando! Os capitães daquela casa noturna estão escolhendo seus times de Adolescentes Sexualmente Ativos — e meu nome, finalmente, foi chamado!

Continuo beijando por mais alguns minutos — é um pouco difícil, porque meu cabelo insiste em atrapalhar, e precisamos ficar o tempo todo tirando-o das nossas bocas. No final, resolvo ser prática e digo, "Espere um minuto", e faço um rápido e conveniente rabo de cavalo — e rapidamente volto a beijar. Beijar, como sempre imaginei que fosse, é demais: eu colocaria logo atrás da televisão — mas com certeza na frente de beber, espremer cravos ou feiras de rua. Ou de espremer os cravos nas costas de Krissi — o que ele me deixou fazer num Natal, se eu prometesse não contar a ninguém.

Lá pelas tantas abro meus olhos e vejo Ali no outro lado da sala, me olhando — de braços cruzados, fumando um cigarro.

"*Mete bronca*", ela fala, sem som.

Eu e O Beijoqueiro nos beijamos por nove minutos — confiro mais tarde no meu relógio — e então a banda sobe no palco, e O Beijoqueiro diz, "Oh, eu gosto dessa música", e vai até a frente, para entrar no *mosh* — mas não há ressentimentos. O Beijoqueiro fez sua parte. Sou grata por seus serviços. Se eu precisasse que ovelhas fossem levadas de um campo para outro, eu teria chamado um pastor. Se tivesse perdido minha aliança de casamento no ralo da pia, eu chamaria um encanador. E como eu precisava do meu primeiro beijo antes de ficar um só dia mais velha, lancei mão d'O Beijoqueiro. Me sinto melhor agora.

"Qual o nome dele?", pergunto a Ali, depois. "D'O Beijoqueiro, quero dizer."

"Gareth", ela diz. Olhamos uma para a outra.

"Melhor continuarmos chamando ele de O Beijoqueiro", digo.

Quando volto para casa, Krissi está na sala, assistindo a *Eurotrash*, com Lupin dormindo em cima dele.

"Pensei que seria educativo para ele", Krissi diz, baixando o olhar para Lupin. "Mas ele caiu no sono antes de os homens com roupas sadomasô entrarem."

"Dei meu primeiro beijo!", digo a ele, triunfante. No caminho para casa, só conseguia pensar em contar para o Krissi. Me parece muito importante contar a ele o que fiz.

"Oh", ele diz, sem tirar os olhos da TV.

"Primeiro beijo! Dei meu primeiro beijo!", digo, de novo.

"Certo", Krissi diz.

"Eu não queria que você... se preocupasse sobre isso", digo. "Pensei que talvez você pudesse pensar que havia algo de errado comigo. Mas nã-não! Sou uma pessoa beijável!"

Krissi olha para mim.

"Foi Gareth, por acaso?", ele pergunta. "Parece um... garoto normal?"

"Sim! Sim — foi Gareth!", engasgo. "Foi Gareth!"

"Ele ficou com o Tommy Gordo no ano passado", Krissi diz, atendo-se aos fatos.

Ainda estou tentando descobrir o que fazer com o meu rosto quando ele acrescenta, "Papai quer falar com você. Ele está no jardim. Está bêbado".

Eu também estou bêbada, então estamos empatados — podemos ficar bêbados juntos! Esse é o objetivo de se ficar bêbado.

Lá no fundo do jardim, Papai está sentado no banco que ele fez — é claro — com uma tábua e alguns tijolos. Seu cigarro flutua no escuro, acima da sua mão, como um minúsculo fogo-fátuo cor de laranja.

"Ei, Johan!", ele diz, fazendo lugar para mim. "Foi boa a noite?"

"Sim", digo, sentando ao seu lado.

Gosto de quando sentamos juntos assim. Quando menor eu era a Companheira de Compras do Papai. Ele gostava de ir ao supermercado cedo, antes de qualquer outra pessoa chegar, então nos sentávamos no muro lá fora, esperando que abrisse, e ele me contava histórias sobre como era sua vida quando ele era garoto, em uma cidadezinha de Shropshire, com sete irmãos e irmãs.

"Não havia benefícios sociais, naquela época", ele dizia, enquanto ficávamos sentados esperando — um garoto de uniforme amplo recolhia os carrinhos abandonados do estacionamento, com um barulho estrondoso. "A paróquia vinha e verificava quais eram suas necessidades, e, se você tivesse algum móvel que pudesse ser vendido — bang! Nada de dinheiro da paróquia. Então, quando você ouvia a batida na porta, sua vó os distraía enquanto todas as crianças pegavam as cadeiras e as mesas e iam até o fundo do jardim e os passavam por cima do muro, para os vizinhos. E eles faziam o mesmo quando a paróquia batia nas portas *deles*. Toda a rua jogando colchões por cima das cercas quando batiam na porta. Devia ser muito engraçado visto de um avião. Todos aqueles móveis, constantemente emigrando de um lado para o outro, para evitar problemas."

"Devia haver um grande senso de comunidade", eu dizia, falando sério, balançando minhas pernas no sol da manhã.

"Oh, não — era horrível", papai dizia, alegre. "A guerra tinha terminado havia pouco, e metade dos homens na cidade estavam traumatizados e bêbados. Os homens batiam em suas mulheres, e ninguém dizia nada. 'Dei de cara com uma porta', elas diziam, com o olho roxo, ao chegar ao açougue. Era cruel, Johan. Todo mundo era muito mais sofrido, naquela época. Na escola, as freiras batiam em você com uma régua se você fosse canhoto."

"Elas batiam em *você*?"

"Sim! Eu era um anjinho. Eu era lindo, meu amor. E elas faziam você ficar em pé na frente de toda a escola — cinco reguadas na palma esquerda — para você não segurar mais o lápis com ela. Aquelas vacas."

Penso na caligrafia do papai. Ele escreve com a mão direita agora, e sempre tiramos sarro de sua caligrafia cheia de garatujas, feiosa, com uma ou outra letra invertida, de vez em quando. Uma de suas coisas favoritas de ser diagnosticado como deficiente é que ele não precisa assinar todo o seu nome — "Só um X! Como um maldito *espião*!".

"Por isso fugi e me juntei à banda", ele dizia. "Para sair daquele lugarzinho pestilento. Voltei seis meses depois de calças boca de sino e o cabelo até a bunda, junto com o resto da banda. Voltamos com cachimbos de haxixe da Turquia, e incenso de Londres. Todo mundo ficou chocado. Fizeram o baixista tomar seu chá sentado no telhado da varanda."

"Por quê?"

"Ele era negro. Nunca tinham visto um preto em Shropshire antes."

"De onde ele era?", perguntei.

"Bilston", papai respondeu.

Eu adorava essas conversas com o papai. Essas histórias desse lugar absolutamente estranho — aqui, exatamente aqui, mas vinte e cinco anos antes. Uma época tão recente, mas que parece mais próxima da Idade Média do que de 1993, com suas freiras violentas, padres distribuindo dinheiro, fome, ratos, guerra e medo de homens de pele preta. Me deu a sensação poderosa de que tudo o que compunha o *meu* mundo — benefícios sociais, multiculturalismo, rock 'n' roll e até mesmo escrever com a mão esquerda — eram invenções bastante novas — um mundo tão novo que tínhamos acabado rasgando seu papel de embrulho. Percebi que grande conquista era a vontade de um pequeno número de homens e mulheres que escreveram, e pensaram, e protestaram e cantaram. Se você matasse as duzentas pessoas certas, esse futuro nunca teria acontecido. Talvez esse futuro tivesse vindo tão tarde porque, no passado, de fato *mataram* as duzentas pessoas certas — inúmeras vezes ao longo da história.

Toda vez que papai me conta histórias de como era quando ele era jovem, estremeço novamente de alívio e alegria por estar aqui, agora. Acho que eu não teria sido eu mesma em nenhuma outra época. Não teriam me permitido. Sei o que acontece com garotas como eu, na história. Elas têm mãos ásperas, suadas e sem perfume, frutos do trabalho manual. Pegam tão pesado que parecem ter cinquenta anos aos trinta. Eu trabalharia numa fábrica, ou no campo, sem livros por perto, ou música, ou trens que me levassem até Londres. Eu seria uma de um milhão de cabeças tristes de gado, pegando chuva, sem deixar rastro. Eu não significaria confusão, com minha cartola, em Londres.

Deixo escapar um pequeno e condoído "Muuuuu" para a Johanna do século XVI.

"Você o quê, filha?", papai diz. Lembro de onde estou: bêbada, no jardim.

"Ah, nada, só estou feliz de estar aqui", digo, descansando a cabeça em seu ombro.

"Filha, temos de traçar um plano, tá?", papai diz, beijando minha cabeça e enrolando outro cigarro. "Sua mãe está em pé de guerra. Recebemos uma carta do Departamento de Saúde e Seguridade Social. Terminaram sua in-ves-ti-ga-ção e vão manter os benefícios como estão."

"Genial!", digo. "Oh, graças a Deus!"

"Não", papai diz. "Vão mantê-los como estão *agora*. Cortados."

"Por quê? Disseram por quê?" Oh, por favor, faça com que não seja culpa minha.

"Não", ele diz, casualmente. "Só… um deles, né? Descobriram que estavam pagando a mais para a gente. Então estamos quebrados."

"Eu posso dar mais dinheiro para vocês!", digo. "Se eu não guardar nada na poupança. Poupança é uma coisa idiota. Precisamos de dinheiro agora."

"Sua mãe não vai aceitar", papai fala. "Então vamos ter que ser espertos. Somos uma família — não podemos depender de você. Para começar, não é justo com você, querida. Não — temos de *utilizar* nossos *recursos*. Que são — você e eu. Você escreve sobre música. Eu faço música."

Ele faz uma pausa e acende o cigarro.

"Você tem que me colocar lá, filha. Me consiga uma brecha. Faça eu aparecer naquela revista. E estaremos milionários até o Natal."

Como estou furiosa, e como o amo, e como estou me sentindo grata por viver no século XX, eu o abraço.

"Combinado", digo. E apertamos as mãos.

Dezessete

Já que agora sou uma colaboradora regular na *D&ME*, envelopes pardos começam a chegar em casa — dez, quinze, vinte por dia. Todo disco lançado na Grã-Bretanha é entregue na minha casa — o carteiro praguejando, com a bolsa recentemente prenha de pacotes. Se o barulho da caixa de correspondência antes significava apenas contas vencidas e a ameaça dos envelopes pardos da prefeitura, agora essas correspondências minúsculas são afogadas por CDs, singles, LPs e fitas brancas pré-lançadas. Parece Natal, todos os dias. Está chovendo música.

Junto tudo num cesto de roupa suja, levo para meu quarto e escuto, dividindo o material em duas pilhas: aquilo que eu adoro, e sobre o que, portanto, não me permitirei escrever (NÃO SE COMPORTE COMO UMA FÃ) e aquilo que posso rasgar em pedacinhos em críticas divertidamente venenosas, contrariando seja lá qual for o grupo de temerários forasteiros que estiver tentando desperdiçar o tempo e o dinheiro da juventude britânica.

Depois de três semanas desse novo butim, vou para o banheiro no meio de um disco e volto para encontrar um visitante inesperado no meu quarto: Krissi. Ele está sentado no chão, revirando o cesto de roupa suja.

"Olá", digo.

Este é um desenvolvimento interessante — Krissi não põe os pés em meu quarto desde o episódio SatãSiririca. Na verdade, ele mal falou comigo desde SatãSiririca — nem mesmo quando tentei contornar a situação referindo-me a ele como "SatãSiririca". Quando o fiz, ele simplesmente baixou sua tigela de Ready Brek, suspirou e deixou o cômodo.

Outro triste corolário do "SatãSiririca" é que não consigo mais pensar em Satã enquanto me masturbo. Agora impreterivelmente associo O Grande Lúcifer com a irritação de Krissi — e isso é assustador.

"Olá, nojenta", Krissi replica, ainda vasculhando o cesto de roupa suja.

"O que você..."

"Você tem algo dos Bee Gees?", ele pergunta.

"Acho que tem um The Best of ali...", digo, apontando para minhas prateleiras: tábuas e tijolos, como no quarto de Krissi; mas onde ele tem sementeiras, eu tenho centenas e mais centenas de CDs. Fico olhando enquanto ele vai até lá.

"Eu estava assistindo *Grease* de novo ontem, e lembrei como aquelas músicas são boas", Krissi diz, examinando as prateleiras. "Preciso de um pouco de *Grease*."

Pego o disco e o seguro perto do aparelho de som — quer que eu toque? Krissi faz que sim, eu coloco o disco para tocar enquanto ele continua examinando as prateleiras.

"E você tem alguma coisa do Velvet Underground?", ele pergunta, enquanto a magia suave e enxuta de *Grease* enche o cômodo e eu começo a pedir carona no canto.

"Bem, eles não lançaram nada ultimamente, desde que se separaram, em 1973 — então eu teria de pedir", digo.

"Eu sei que eles não estão mais fazendo shows", Krissi diz, murchando. "Percebi que eles não apareceram no *Going Live!* recentemente, sendo anunciados por Gordon, o Castor."

"Gordon, o Castor, não poderia anunciá-los — ele é mudo."

"Ele poderia *gesticular*", Krissi diz, fazendo uma pilha de CDs sobre minha mesa. "Ele poderia... apontar para Lou Reed."

"Então — você está curtindo música, é?", digo, me deitando casualmente na cama.

"Sempre curti música, ô diva", Krissi diz. Tenho um repentino flashback de nós encenando "Sex Crime" do Eurythmics. No dia seguinte ao Natal. Para a Vovó Gorda. Antes de ela morrer. Ele tem razão. "Só que diferente de você. Também tenho ido à biblioteca."

"OooooooOOooooh, o que você pegou?", pergunto. "Ei — não foi você quem reservou o disco do Smashing Pumpkins antes de mim, foi? Ainda estou esperando por ele."

"Eu evito Smashing Pumpkins", Krissi disse. "Não dá para *fazer* nada com eles."

"O que você faz com música?"

"Danço", Krissi diz. "O KLF, e Pet Shop Boys, e Public Enemy, e Ice-T, e NWA."

"Hip-hop? Você gosta de hip-hop? Como você conhece hip-hop?"

"Eu leio."

"Você lê a *D&ME*? Você lê os meus textos?"

Este é um desenvolvimento insanamente excitante. Krissi nunca, até então, fizera alguma referência ao meu trabalho. A ideia de que ele esteja me lendo escondido há meses me enche de alegria — me sinto como Bruce Wayne quando Vicki Vale menciona casualmente que gosta do Batman.

"Não, eu não leio a *Dame*", Krissi diz, em tom de menosprezo. "Não leve a mal, mas é muito estúpido — como sentar numa sala de aula de ensino secundário com uma dúzia de aspirantes a sapatas discutindo sobre o aparelho de som. Eu gosto de *música*, Johanna. Leio fanzines. Gosto de *Thank You*."

Thank You é o principal fanzine das Midlands, escrito por zz Top — a publicação que ele toca paralelamente e que rendeu a ele o emprego na *Dame*. Custa cinquenta centavos, e a última edição tem uma análise incrível, frenética, de duas mil palavras de *O.G. Original Gangster*, de Ice-T, segundo a qual o disco traz "um funk amargo, furioso, militarizado — como se Bootsy Collins sofresse um engavetamento numa perseguição policial em alta velocidade e emergisse das ferragens com as calças boca de sino queimadas, empunhando uma metralhadora, pronto para a guerra".

zz apenas escreve sobre pessoas de quem gosta. A não ser por Sting, com quem tem uma longeva e imaginária rixa. zz escreve como um fã. É por isso que ele ainda é o mais modesto colaborador da *Dame*. Certa vez ouvi Kenny se referir a ele, desdenhosamente, como "o *groupie*".

"*Thank You*? Não, obrigado", ele disse, antes de cair histericamente na risada e dar a zz outro show alternativo barato num lugar vagabundo na cidade de Derby para resenhar.

"Oh", digo, agora, para Krissi. Na verdade não sei como responder. Nunca me ocorrera que eu talvez não fosse o jornalista preferido do meu irmão. É um momento meio estranho. Penso em pedir desculpas novamente pelo episódio SatãSiririca, só para dizer alguma coisa — mas Krissi, se dando conta de que a coisa toda ficou um pouco delicada, me encara com um olhar atônito e aponta para mim, dramaticamente: "Staying Alive" começou a tocar.

Krissi começa a dançar na minha direção sacudindo-se num estilo disco exuberante. Ainda um pouco chateada, faço para ele vagos e burocráticos "dedinhos dançantes".

Krissi avança e passa por mim, e apaga a luz. É o que costumávamos fazer quando éramos mais novos — criar boates escuras. Desligar todas as luzes e dançar ao som de *Hotter Than July*, de Stevie Wonder, na escuridão, para podermos dançar tão dramaticamente quanto quiséssemos, sem o constrangimento de ver os membros agitados um do outro, e rebolar de forma irremediavelmente desajeitada.

Sempre vou dançar no escuro com Krissi. Ele sempre me anima com a dança. Em menos de trinta segundos, ele me encurrala, dançando, num canto. Ao lado da luz verde do aparelho de som vejo minha garrafa de MD 20/20, tomo um gole e ofereço para Krissi — ele faz uma pausa por um minuto e então toma uma golada.

"ARRRRRGH!", ele fala em falsete.

"AHHHH!", é a minha réplica.

Dançamos e bebemos sem parar durante "Night Fever", "Jive Talkin" e "Tragedy", e então caímos sobre a cama para "I've Got to Get a Message to You", suarentos e um pouco irritados.

"Deus, os Bee Gees são *tão* gays", digo, entre uma linha e outra da letra da música. Estou refestelada junto a Krissi como fazíamos quando éramos bem pequenos — como cachorrinhos num cobertor. "Eu adoraria ter um amigo gay. Me pergunto se há *algum* gay em Wolverhampton. Acho que a pessoa provavelmente seria fuzilada."

Krissi fica um pouco duro, na cama, então dá um suspiro profundo.

"Kenny não é gay? Da revista?", ele pergunta. "Ele não é seu amigo?"

Penso em Kenny por um minuto. Kenny, com seus agasalhos de corrida, tomando sua terrível anfetamina e ouvindo Yes escondido.

"Ele é o tipo errado de gay, para mim", digo.

A essa altura as luzes de repente são acesas, e papai entra no quarto, furioso.

"O que estão fazendo, batendo o pé como malditos elefantes? Os gêmeos estão tentando pegar no sono", ele diz, olhando para nós dois, na cama.

Ele olha para o aparelho de som, e para mim, deitada em cima de Krissi, e para a garrafa de MD 20/20 em minha mão.

"Oh, estou entendendo", ele diz, a raiva se dissipando imediatamente. Ele estende a mão na minha direção.

"A rolha."

Eu pateticamente tento esconder a garrafa de MD 20/20 sob meu casaco, mas a mão dele continua estendida. Entrego a garrafa, e ele a entorna como um profissional.

"Isso deve dar uns quinze por cento", ele diz, segurando a garrafa contra a luz e avaliando o novo nível do líquido. Então dá mais um gole.

"Mais a gorjeta, é claro", ele diz, me devolvendo a garrafa.

Ele vem e se senta na cama, obrigando-nos a abrir espaço, e então volta a pegar a garrafa de mim.

"E imposto de circulação", ele diz, tomando mais um gole. Quase não sobra nada.

"Então, o que estão fazendo?", papai pergunta, olhando para os CDs e envelopes pardos espalhados pelo chão.

"Separando a correspondência", digo. "Sendo uma crítica de rock. Esses são os vencedores", aponto para uma pilha, "e esses são os perdedores, em quem eu bato."

Papai olha para a pilha de envelopes pardos, de um jeito bastante curioso. Por um momento, não consigo entender o que sua expressão significa, e então penso: esses envelopes são exatamente como os que ele vem mandando para Londres — que são sempre devolvidos, com os polidos bilhetes de recusa: "Prezado pat morrigan, Obrigado por enviar o material para nossa análise, mas infelizmente…".

Há uma longa pausa.

"Vou resenhar você logo logo, papai", digo. "Só preciso escolher o momento certo."

"É", papai diz, aquiescendo. "Você tem que escolher o momento certo. Tudo é uma questão de timing. Os ritmos do universo. Engrenagens dentro de engrenagens."

Olho para ele. Seus olhos estão fixos. Ele claramente tomou uma dose excessiva do seu remédio hoje.

Dezoito

É só que... estou meio ocupada fazendo outras coisas. Com a minha boca. Dois meses depois, e fiquei com Tony Rich seis vezes. A última foi no apartamento dele, onde passei a noite: três longas, lentas e úmidas horas beijando à luz verde e brilhante do seu computador que, no canto do quarto, exibia um texto pela metade sobre My Bloody Valentine — até que subo em cima dele e coloco seu rosto na sombra.

Ele não vai me comer esta noite, já que tá "meio que saindo com uma pessoa", mas a "pessoa" evaporou na próxima vez em que eu vou a Londres:

"Agora estou solteiro", ele diz, no pub, depois da reunião editorial, antes de me puxar para fora e me beijar na soleira quente do verão. Quando levanto o olhar, metade da equipe está fitando para fora da janela, acenando sarcasticamente. Eu abano como a rainha, e Rich faz para eles um V de vitória, antes de começarmos a nos beijar de novo, e eles acabam por se desinteressar e se dispersam.

Voltamos para dentro e tentamos acompanhar a conversa — mas estamos ambos tão bêbados de tesão que a coisa gradualmente se torna insuportável: as mãos dele estão nas minhas coxas, sob a minha saia, e, sentada ao seu lado, me inclinando sobre ele, posso sentir seu coração batendo forte sob a camisa.

"Vocês não acham que deveríamos deixar os pandas copularem em paz?", Kenny pergunta a todos na mesa, enfim, quando minhas pupilas dilatadas e as respostas cada vez mais dispersas de Rich deixam claro que não estamos devidamente aptos a socializar, naquele momento.

Pego Rich pela mão e o levo para fora de novo e, agora, os beijos são inacreditáveis. Não é nada como O Beijoqueiro. Isso é... emocionante. A boca de Rich é tão grande e ondeante — é como uma festa sem fim, o banquete de um homem para o qual finalmente fui convidada. Ele está me beijando de um jeito que restituiria a vida aos moribundos. Tem meu rosto em suas mãos, e há uma alegria urgente, indolente, no jeito dele de se mexer — tenho quase certeza de que nunca ninguém beijou daquele jeito. Ninguém *beijou* antes. Estamos inventando o beijo, nesses últimos dez minutos. Se você seguir todos os beijos do mundo correnteza acima, você acabará dando aqui — na soleira de uma pizzaria em frente à estação Waterloo, com táxis e pessoas passando, pés se distanciando, alheios, e Tony Rich beijando os cantos da minha boca — lenta, cuidadosamente — antes de mergulhar com tudo em mim outra vez. As primeiras duas pessoas a jamais pensarem em fazer isso. Primeiríssimas.

E quando você está sendo beijada assim, é como o Dia de Natal; você é o foguete que vai à Lua; você é as cotovias dos campos. Meus sapatos de repente valiam um milhão de libras, e meu hálito era o álcool do champanhe. Quando alguém o beija desse jeito, você é a razão de tudo.

Fui eu quem sugeriu o táxi — fui eu que desabotoei o primeiro botão, enquanto passávamos pela ponte de Waterloo. Nos livros, um homem galante sempre diz, "Tem certeza?" antes de abrirem a porta da frente, mas Tony não perguntou, porque teria sido uma lamentável perda de tempo. Eu exalava tanto tesão que estávamos ambos tontos — e quando você tem a mão de um homem a envolvendo com força por quase uma hora, também não se trata de uma pergunta que você precise fazer.

E fomos para sua cama, e trepamos.

Perder a virgindade é uma coisa estranha, quando você pensou no assunto por anos a fio. Nada no sexo foi surpreendente — diferentemente do beijo supernova, que nem mesmo o Nostradamus da masturbação poderia ter previsto até que acontecesse com a sua própria boca. A mecânica básica da coisa foi tudo o que eu já tinha pensado — dedos molhados, bocas; de repente — enfim! — ter alguém dentro de mim.

Eu não gozei — mas, também, isso não me surpreendeu. Porque tudo o que eu queria era fazer sexo. Eu não sabia que *tipo* de sexo. Eu só queria — sexo. E foi tudo incrível, acrobático, urgentemente divertido, e, quando ficamos exaustos, deitamos um ao lado do outro, rindo. E isso foi perder minha virgindade com Tony Rich, que outrora havia sido apenas palavras numa revista, mas que agora deixara roxos nas minhas coxas, onde seus dedos agarraram enquanto ele chamava meu nome. Fiz ele gritar meu nome — "Dolly!" — bem alto, como se fosse a palavra primordial. E, quando o fez, fiquei momentânea e inesperadamente triste por ele não estar dizendo "Johanna!" — mas ignorei esse sentimento, por ora.

Enfim me vi surgindo para o mundo. Fazendo sexo, e registrando palavras. Eu estava lentamente entrando em foco, no campo de visão, ao fundo de um telescópio.

Então, não — o sexo não foi aquela coisa surpreendente, desconhecida, que eu precisava foder para descobrir.

Todo o resto é que foi a surpresa. Eis a coisa incrível sobre sexo: você tem uma pessoa inteirinha para você, pela primeira vez desde que você era um bebê. Alguém que está olhando para você — só você — e pensando em você, e desejando você, e você nem precisou deitar ao pé da escada fingindo-se de morto para convencê-la a fazer isso.

Gostei tanto de tirar a camiseta de Rich que achei que eu ia morrer — tirar a camiseta de um homem é finalmente se sentir uma mulher adulta. Não é aquela merda dos catorze anos. Apenas mulheres fazem isso.

E você está num quarto com a porta fechada, e ninguém mais pode entrar. Ninguém pode chegar e interromper — ninguém vai vir e sentar ao seu lado e estragar a conversa toda. Não há aquele momento triste em que o telefonema vai terminar — ou em que as luzes vão acender de repente, e a música termina, e você tem que ir para casa, sozinha, ao final de um show, ou de uma festa.

Me pareceu que essa é a verdadeira razão pela qual as pessoas querem tanto transar. Para chegar aqui. Para chegar a esse pequeno, minúsculo lugar em que não há mais nada a fazer a não ser estar com alguém. Apenas dois humanos que — por um breve período — não têm mais ambições. Este é um belo objetivo, um objetivo final. O final das coisas.

É tão amigável, ficar aqui deitada. À luz da lâmpada de cabeceira, ele segura minha mão e vira meu braço, para ver a parte de dentro. Há marcas de mordida em toda parte ali, de quando eu era infeliz.

"Você andou dando mordidas de amor em você mesma?", ele brinca. "Você tem transado com você mesma?"

"Sim — mas é uma relação bem aberta. Também estamos saindo com outras pessoas."

Ele faz torradas de queijo com cogumelos por cima, também — "A coisa mais importante que aprendi em Harvard" —, o que parece exótico, e encontra um vinho tinto — "Da loja da esquina, desculpe" —, que bebemos em copos de vidro verde, e oh!, é tudo *tão* adorável. Não imaginei que escolher alguém e casualmente transar com essa pessoa seria adorável.

Os livros sempre me levaram a acreditar que a segunda transa deveria ser lenta, e meio onírica, e mais saciante, mas, quando terminamos de comer, a segunda transa foi até mais urgente do que a primeira, e eu ainda não gozei, mas, quando *ele* gozou, eu me senti… incrivelmente útil. Homens precisam gozar — e eu fiz aquilo acontecer. Eu tinha um propósito muito simples.

E de manhã eu disse, "A gente podia fazer isso de novo", e ele disse "Volte logo", e ficou me beijando na parada até que o meu ônibus chegou e me levou embora — minha boca pressionada contra o vidro para se refrescar de todos aqueles beijos. Os beijos não tinham me refrescado nem um pouco. Tinham me deixado com mais tesão.

Entrar em casa, em Wolverhampton, foi bizarro. Eu me sentia fresca de uma vitória no campo de batalha. Dentre as realizações da nossa família naquela semana, eu havia, com certeza, conseguido o feito mais importante. Em qualquer outro mundo, eu poderia abrir a porta da frente num chute, como Lord Flashheart em *Blackadder*, e gritar, "OH, YEAH! AQUELE HÍMEN SE FOI. NÃO PRECISAM MAIS SE PREOCUPAR COM ISSO", e então correr pela sala, recebendo *high-fives* dos meus pais e irmãos. Eu havia, literalmente, marcado um ponto para o time.

Na realidade, é claro, eu sabia que aquela não era a coisa certa a se fazer. Por mais injusto que fosse — e era absurdamente injusto —, eu tinha que fingir que aquela era só mais uma semana normal, pela qual eu passara sem causar ereções, sem ter constituído a metade de uma dupla olímpica de beijação, e que tinha fracassado em fazer um homem que frequentara uma universidade nos ESTADOS UNIDOS ejacular na minha genitália educada em escolas públicas.

Tentando encontrar uma maneira de equilibrar esse embate dos meus instintos *versus* limites sociais, acabei, em vez disso, decidindo andar de um lado para o outro toda vaidosa.

"O que você está fazendo com o seu rosto?", Krissi perguntou, enquanto eu fazia um sanduíche de queijo na cozinha. Tendo ficado fora por duas noites, eu tive um insight repentino e vertiginoso de quanta margarina parecia permanentemente espalhada nas bancadas da nossa cozinha. Aquele cômodo inteiro era um atentado à saúde pública.

"O que você quer dizer?", perguntei — demonstrando ainda mais vaidade enquanto cortava o queijo.

"Seu rosto — está claramente pedindo uma bofetada", Krissi disse, me encarando. "Está se comunicando comigo numa frequência inaudível. Está implorando que eu estapeie ambas as bochechas ao mesmo tempo — como Cannon & Ball."*

"Não é nada", falei, continuando a ralar queijo sobre o sanduíche. "Só... tô me sentindo meio fodona no momento. Sabe. Meio... gostosona."

"Você *é* meio gostosona", Krissi disse. "Meio gostosona mesmo."

"Obrigada!", falei.

"... gostosona que nem Basil Brush",** Krissi continuou. "Você tem a mesma habilidade de Basil para rir, furiosa e lon-

---

* Dupla de comediantes britânicos formada por Tommy Cannon e Bobby Ball, que se tornaram conhecidos na década de 1970 graças a um programa de televisão. (N. T.)
** Uma raposa antropomórfica que estrelou programas infantis de sucesso na Grã-Bretanha entre as décadas de 1960 e 1980. (N. T.)

gamente, de suas próprias piadas. E", ele acrescentou, deixando o cômodo de fininho, "um homem andou passando a mão na sua bunda."

Mais tarde naquela noite, digo a palavra "Ptarmigan" para Krissi — nosso velho código, que quer dizer "Me encontre no armário, vou te contar um segredo". Contamos todos os nossos segredos ali. Foi ali que admiti que eu gostava de Jason de *Battle of the Planets*, e Krissi me disse que ele também gostava, e concordamos que, quando crescêssemos, ou nos casaríamos com alguém do *G-Force*, ou com mais ninguém. Isso foi há muito tempo.

Sentamos dentro do armário, apertados um contra o outro — tão maiores do que costumávamos ser quando começamos a fazer isso.

"E aí?", ele diz, sério. "O que foi?"

"O que você quis dizer — quando disse que um homem tinha passado a mão na minha bunda?", perguntei.

"Você *sabe*", Krissi diz.

"O quê?", pergunto.

"*Você sabe.*"

"Não sei!" Eu sei.

"Está na cara", Krissi diz. "Mandou bem."

Silêncio.

"Você quer me fazer alguma pergunta a respeito?"

Krissi, imediatamente: "NÃO!".

Silêncio. Krissi estava obviamente se debatendo entre a curiosidade e o pavor. Enfim:

"Doeu?"

"Nã."

"Na real, não quero ouvir isso."

Krissi começa a sair do armário. Puxo ele de novo para dentro, e ficamos sentados em silêncio, até que sua evidente náusea se apazigua.

"Você", ele pergunta, enfim, "tirou *toda* a sua roupa?"

"Sim", falo.

"Oh, meu Deus."

"Desculpe", acrescento.

"Tudo bem."

Krissi suspira, várias vezes. Ele assopra e bufa. Até que: "A questão é, quero te fazer perguntas — mas as respostas são literalmente intoleráveis, porque então imagino você transando e isso, inevitavelmente, faz eu querer me matar, e a todo mundo nessa família. E a todo mundo que eu jamais vier a conhecer. E — Deus. Não quero pensar em você transando."

"Você tem que pensar em mim, transando."

"Não! É *nojento*."

"Pense nisso... eu, transando."

"NÃO!"

"Eu transando eu transando eu transando."

Krissi me dá um soco de irmão. Qualquer pessoa que tenha um irmão sabe o que isso significa — um soco que na verdade dói bastante, e que é para doer, mas com o qual você não pode se ofender, nem retaliar, porque, para merecê-lo, você saiu da linha — porque, às vezes, você *quer* que seu irmão te dê um soco. Ninguém sabe por que é assim. Ficamos sentados em silêncio de novo.

Até que: "Por que não damos aos protagonistas outros nomes?", sugiro. "Não eu e Tony Rich. Digamos, Peter Venkman e Dana Barrett?"

Krissi concorda.

Então eu conto sobre Dana Barrett de *Os caça-fantasmas* perdendo sua virgindade com Peter Venkman de *Os caça-fantas-*

mas, e ele faz mais algumas perguntas, e só diz "ARGH!" ou "QUERO MORRER" três vezes.

Lá pelas tantas ele põe um travesseiro sobre a cara e diz, numa voz bem baixinha, "E como era a aparência do pau dele?", e eu digo:

"A pele era supermacia, como casaquinhos de lã de bebê, e era meio curvo, para a esquerda — acho que porque ele é canhoto e o inclina para esse lado na hora de bater punheta. Fiquei muito orgulhosa de descobrir isso. Eu me senti como… David Attenborough,* descobrindo o que algumas formigas estavam fazendo."

E, no fim, contei a Krissi tudo sobre como é fazer sexo pela primeira vez, e nós dois concordamos, sem dizer uma só palavra, que nunca, nunca mais vamos falar nesse assunto de novo.

Quando saímos do armário, deixamos ali a perda da minha virgindade, entre os sacos plásticos pretos cheios de casacos. E Krissi desce lá para baixo e coloca "Gotta Get a Message to You" a todo volume até que os gêmeos acordam, e choram, juntos — o único som na Terra mais alto e mais persistente que as harmonias dos irmãos Gibb.

---

* Naturalista britânico, apresentador de inúmeros programas sobre história natural na segunda metade do século XX, sobretudo na BBC. (N. T.)

Dezenove

Todo esse tempo, estive escrevendo para John Kite — duas, três, quatro cartas por semana, recebendo igual quantidade dele. As minhas partem da escrivaninha, onde escrevo olhando para fotos dele, batendo a cinza no seu cinzeiro; as dele partem do estúdio em Gales, onde está gravando seu novo disco.

Ele é a primeira pessoa a quem conto sobre ter perdido minha virgindade — bem antes de eu puxar Krissi para dentro do armário e traumatizá-lo, eu estivera no trem a caminho para casa — ainda doída —, escrevendo para John sobre o que acontecera aquela noite.

Embora eu já fosse, naquele momento, uma não virgem por quase catorze horas, ainda se tratava essencialmente da carta de alguém com muito pouca experiência — agora eu ficaria envergonhada de escrever sobre algo tão estranho e inocentemente pornográfico. Eu não sabia que não se costuma escrever cartas para os "amigos" com descrições gráficas de ser virada de um lado para o outro e comida até uivar — que falar sobre ficar encharcada de suor, e de cavalgar alguém, nua a não ser pelo colar batendo em sua clavícula, era... *um pouco demais*. Eu pensava que, uma vez que você tivesse adentrado a Terra da Transa, fosse desse jeito que todos os fodedores e fodidos falavam uns com os outros — independentemente da situação social.

"As pessoas da Terra da Transa provavelmente falam assim no supermercado", pensei, "ou enquanto esperam na oficina mecânica."

E, para ser honesta, mesmo se *soubesse*, eu ainda assim provavelmente teria escrito aquela carta. E todas as outras cartas explícitas que vieram depois. Não foi nenhuma coincidência eu ir atrás do primeiro homem no qual pus os olhos depois que John me beijou — John havia começado algo que ele não podia terminar, e, em chamas, fui procurar alguém que podia. Eu basicamente perdi a virgindade *na cara* de John. Quando escrevi a ele sobre isso, eu queria que ele imaginasse a si mesmo na transa. Eu queria que aquelas cartas o *perturbassem* — que o fizessem vir atrás de mim.

Mas sua resposta foi inigualavelmente imparcial: "Nossa, Duquesa, você está perdendo tempo com crítica musical. Isso é coisa para revistas pornôs da mais alta qualidade — você poderia enviar isso para a *Razzle* e nunca precisar resenhar Bum Gravy no George Robey de novo. Rende definitivamente cinco punhetas de cinco. Embora você vá me desculpar se eu fingir que era outra pessoa que não Rich com quem você transou? É só que acho a babação de ovo dele pelo Lou Reed intolerável. Detesto Lou Reed. Ele parece o maldito Erik Estrada de *C.H.i.Ps* com mau humor".

Mas então, se é para eu ser franca, eu quero que *todo mundo* imagine que está transando comigo. Porque, agora que perdi minha virgindade, uso isso como um trampolim para entrar no que é basicamente uma Jornada da Trepada. Quero ser como James Bond, que nunca vai embora de uma festa sem transar com alguém, ou explodir alguma coisa. Essa é a minha inspiração.

E é um modelo de inspiração inicialmente escolhido mais em função de esperança do que em função de uma real expectativa. Pois, até eu sair com Tony Rich, meu entendimento de mundo indicava que, sendo uma garota gorda, eu talvez só transasse três ou quatro vezes na vida — metade das quais instigada por piedade; todos eles bêbados e indiferentes — até que eu me aquietasse com um marido gordo e abandonasse o sexo casual, mais uma vez, para as garotas bonitas e magrinhas, para as quais esse passatempo foi inventado. Se *eu* fosse uma Lady Sex Bond, então o filme seria *Só se transa duas vezes — isso se você tiver sorte*.

Mas agora descobri a verdade sobre isso: que qualquer mulher pode transar, sempre que quiser. *Qualquer mulher. Sempre que quiser.* É o maior e mais incrível segredo da Terra. Realmente não importa se você é uma garota gorda que usa uma cartola e fala com sotaque de Wolverhampton. É ridiculamente fácil. Você vai a uma festa, ou a um show, começa a falar com alguém, introduz o assunto do sexo — não importa como; e, *de todo jeito*, tudo já gira um pouco em torno disso — e, vinte minutos depois, você estará grudada com alguém num canto escuro, tentando, entre um beijo e outro, descobrir onde essa pessoa mora.

Pois, no verão de 1993, tenho um mapa cuidadosamente detalhado das áreas de Londres em que posso transar — todas elas trianguladas a partir da estação Euston, para onde inevitavelmente terei de ir de manhã a fim de voltar para Wolverhampton. Não mais ao leste do que Clerkenwell, não mais ao oeste do que Kensal Green, não mais ao norte do que Crouch End, e não mais ao sul do que Stockwell. Se é mais do que vinte e cinco minutos de táxi de qualquer lugar do Soho, onde invariavelmente me encontro, irei, por certo, declinar a relação sexual — pois aprendi a duras penas quão desagradável pode ser, às nove da manhã no dia seguinte, ir de Putney ao centro da cidade com uma mordida de amor no rosto.

E também tenho um ódio irracional da District Line, e só a uso como último recurso em casos extremos:

"Por que você não vem comigo até a minha casa, e então [enfiando a mão sob meu sutiã] falamos mais sobre isso?"

"Onde você mora?"

"Earl's Court."

"Desculpe. Estou trabalhando num albergue de mendigos esta noite e prefiro dormir lá. Tchau."

Aprendo muito ao longo do caminho. Se você fala sobre sexo com cada homem bêbado que encontra, você acessa gerações de comportamentos sexuais em questão de minutos — um estoque de sabedorias e crenças. Uma estrela do rock me diz que ele pode "dizer quão inteligente uma garota é pelo seu jeito de andar".

Isso me deixa confusa. Tenho tornozelos muito fracos, o que significa que basicamente ando como um pinguim. Sempre me achei bastante inteligente — mas talvez meus tornozelos não pensem assim? Ou então são só meus tornozelos que são estúpidos?

Passo semanas tentando alterar meu passo — tentando adivinhar como uma garota inteligente caminha. A resposta aparentemente mais provável é "de forma rápida e determinada", então começo a me mexer de forma bastante parecida ao T-1000 em *O exterminador do futuro 2: O julgamento final*, quando começa a correr atrás do carro. É totalmente exaustivo e também, não posso deixar de pensar, bastante ameaçador. Não tenho certeza se parece "inteligente". Eu devia ter pedido mais detalhes.

Um baixista me diz, durante uma entrevista alcoólica, que o fator determinante para uma mulher ser boa na cama é "Nunca deixe uma mão ociosa — sempre faça algo com ambas as mãos".

De novo, isso me traz preocupações. Lembro disso quando vou transar e acabo dando tapinhas amigáveis porém vazios nas costas do cara que está em cima de mim — como se tentando acalmar um bebê. Foi isso o que ele quis dizer? Não parece nem um pouco sensual. Todos esses homens estão sendo vagos demais.

Outros homens não são suficientemente vagos. Um caça-talentos com sotaque cockney — que não é a pessoa com quem quero fazer sexo, mas está ao lado da pessoa com quem quero fazer sexo, ficando então preso no fogo cruzado do flerte — me diz, de forma confiante, que ele sabe "tudo" sobre garotas gordas: "Elas são boas em duas coisas: nadar e fazer boquete".

Ele me explica que isso é porque, na escola, as garotas gordas não gostam de esportes que envolvam corrida. "Porque seus peitos ficam balançando, não é mesmo?", e portanto gostam de estar na água. "Porque não se sentem pesadas. Elas gostam de flutuar."

Quanto aos boquetes: "Não precisa tirar a roupa. Garotas gordas não querem tirar a roupa".

Não é necessário dizer que não faço sexo com ele — ainda que eu pense "Meu Deus! Eu *sou* boa na natação!" e me pergunte, a contragosto, se ele poderia de fato ter razão quanto aos boquetes. Ainda não fiz nenhum — mas com certeza é uma coisa na qual quero ser boa. Dominar a arte do boquete é algo que pretendo fazer, neste ano em que a maioria do pessoal da minha idade está, em vez disso, concentrada em suas notas A.

Quero ser uma entendida em sexo — a maioria das minhas piadas é muito baseada em insinuações, e preciso entender dos assuntos que uso nas piadas. Por enquanto estou apenas fazendo um monte de adivinhações, baseadas em livros, e coisas que li em entrevistas e filmes.

Sinto, urgentemente, que quero ter conhecimento sobre trepar. É uma qualidade que desejo ter. Quero ser respeitada e admirada pela minha incrível bunda — na verdade eu gostaria de ser apresentada como "Esta é Dolly Wilde — ela tem uma *bunda incrível*" —, mas o único jeito de fazer isso é sair e trepar um monte. E isso tem repercussões.

Pois, de certa forma que parece bastante injusta, a única maneira de eu me qualificar nisso — sexo —, que é vista como socialmente importante e desejável, é sendo uma baita vadia — o que *não* é visto como socialmente importante e desejável. Isso muitas vezes me deixa furiosa.

"Ninguém falaria mal de um encanador com muita experiência em consertar banheiros!", penso, furiosa, comigo mesma, sempre que vejo a expressão "baita vadia" e lembro que se aplica a mim. "Ninguém chiaria para um veterinário que tivesse salvado a vida de mais de trezentos porquinhos-da-índia! Bem, é a mesma coisa aqui! Estou me aprimorando na tarefa! Estou expandindo meu cv! Estou me tornando um par de mãos hábil — em paus!"

Num exercício para desconstruir a vergonha, repito frequentemente a frase "baita vadia" para mim mesma, de forma que ela deixe de parecer tão nociva. "Eu sou uma baita vadia!", penso comigo mesma, com fins motivacionais. "Sou uma Aventureira do Sexo! Sou uma pirata da genitália! Sou uma fodedora filha da puta! Sou uma vadia amigável, nobre, incrível — e agora vou tomar meu café da manhã de vadia." Penso em "Teenage Whore" de Courtney Love como meu hino pessoal.

Tem várias áreas do sexo nas quais eu gostaria de ser "especialista". A primeira é SM — sexo pervertido. Já ouvi discos do Velvet Underground do Krissi vezes o bastante para saber do chicote, e da dominatrix; e, nos apelos de um masoquista, ouço um apetite sexual furioso como o meu. Um homem que quer ser dominado tem a mesma desesperada, quase inconsciente, necessidade de ser subjugado que *eu* tenho. Quero *ajudar* esses caras. Quero, novamente, ser *útil*. Se um homem algum dia quisesse ser meu escravo, eu ficaria *deliciada* em ajudá-lo. Como um pequeno negócio recém-inaugurado, eu ficaria deliciada em atender um nicho de mercado desassistido. Eu açoitaria com toda a minha bondade aqueles rapazes famintos.

A segunda é boquete. Boquetes são, reza a lenda, aquilo que todos os rapazes mais querem — e então, de novo, como boa estudiosa das forças do mercado, tenho muito interesse neles. Margaret Thatcher basicamente me fez ser pró-boquete. Tendo lido tudo o que pude sobre eles, sou levada a entender que o essencial é que você *precisa* engolir. Garotas que não engolem são frescas, e devem ser coagidas a engolir — o que é desagradável para ambas as partes. Para dominar o mercado, pretendo engolir, de corpo e alma. De forma que todos os meus boquetes serão essencialmente *livres de estresse* quanto a isso, e ninguém vai se sentir estranho, ou envergonhado.

Também tem uma habilidade não sexual que quero dominar: digitar enquanto fumo, como em *Jejum de amor* e em todas as fotos de Hunter S. Thompson. Já tentei antes, mas a fumaça sempre entra diretamente nos meus olhos — e então eu fico fumando, chorando e digitando, tudo ao mesmo tempo.

Da última vez que fiz isso, Krissi me viu, saiu do quarto e voltou com um par de óculos de natação.

"Para ajudá-la a se sentir cool", ele disse, colocando-os ao lado do meu laptop e me dando tapinhas misericordiosos na cabeça.

Três semanas depois de fazer sexo com Tony Rich, dei início a essa lista — tentei um pouco de SM, usando o clipe de "Justify My Love" da Madonna como minha fonte primária de informação prática.

Um homem desavisado que me leva para sua casa parece muito excitado quando eu digo "Você viu o clipe de 'Justify My Love'?" e então muito alarmado quando ronrono "Você dá conta?" enquanto pingo cera derretida de vela sobre suas bolas.

"MEU DEUS!", ele ruge ao pular da cama e apalpar sua genitália, espalhando cera de vela vermelha por toda parte.

Na próxima vez que o vejo, num show, ele ainda está caminhando de um jeito ligeiramente estranho e evita meu olhar. Parece um pouco assustado. Depois ouço falar que havia tanta cera seca em suas bolas que ele acabou tendo de depilar todo o lado direito para se livrar dela e que, como resultado, seus amigos o estão chamando de "Phil Oakey".*

Obviamente, machuquei *aquele* pênis para além de qualquer possibilidade de felação — mas, uma semana depois, estou num apartamento em Ladbroke Grove — bem na área limítrofe do meu Mapa do Sexo; mais quatro ruas para o oeste e eu teria declinado — fazendo meu primeiríssimo boquete.

Absorvi alguns princípios de Jilly Cooper: primeiro, que se trata sobretudo de entusiasmo e que a parte de cima do pênis — a parte na qual eu penso como "a cabeça do capitão Jean-Luc Picard" — é onde a ação deve ser concentrada.

Também, logicamente — aprendendo com meus próprios hábitos masturbatórios —, imagino que precisa ser uma coisa ritmada, e acelerada no final, como "Release", de Aztec Camera.

O pênis se revela um mecanismo bastante simples, fácil de entender. A princípio, pelo menos.

No início, acho inesperadamente agradável tê-lo na boca — é bem reconfortante, na verdade. Como chupar seu dedo e ao mesmo tempo fazer outra pessoa muito, muito feliz. Gosto de

---

* Vocalista da banda inglesa The Human League, de música eletrônica, e conhecido por seus cortes de cabelo assimétricos. (N. T.)

como é *amigável* — me sinto estranhamente honrada que ele confie em mim para não mordê-lo, o que talvez comprove quão jovem ainda sou. Mulheres de quarenta e três anos de idade provavelmente não pensam, "Olhem! Não estou mordendo!".

"Aqui estou", penso para mim mesma, "sendo totalmente habilidosa com um pênis — e ninguém nunca me ensinou isso! Sou uma autodidata! Muito bem!"

As coisas, porém, ficam mais complicadas à medida que o orgasmo se aproxima — momento em que ele começa a se agitar um pouco, a fazer barulhos confusos e então empurra a minha cabeça para seu pau.

Bem, esta última ação não apenas é mal-educada — estou, afinal de contas, fazendo um favor a ele; de repente colocar uma porção extra, sem aviso, na minha boca é basicamente como mendigar por uma carona e então tentar enfiar junto consigo seis amigos e um armário num Mini Cooper — como é tremendamente contraproducente. Porque, quando você enfia um pau muito fundo na boca de alguém, essa pessoa vai, quase que inevitavelmente, vomitar. É uma questão de reflexo.

Atônita, dou uma pequena regurgitada — bem na hora em que ele goza.

Sob muitos aspectos — embora inicialmente não seja bem-vindo — o vômito facilita o gerenciamento sexual subsequente: pelo menos não tenho um dilema de última hora sobre se sou na verdade o tipo de pessoa que cospe ou engole — porque, pelo bem da educação, simplesmente tenho de engolir o vômito, de todo jeito. É a coisa sensata a se fazer. Não há onde cuspir uma porção média de vômito, a menos — passo os olhos ao redor — que eu use um cálice de vinho vazio *ou* as calças dele, e nenhuma das quais parece combinar com a manutenção do clima que estabelecemos: o de uma sensualidade pesada.

Eu me pergunto — como costumo fazer em momentos sexuais — se isso algum dia já aconteceu com a Madonna: se ela alguma vez já fez um boquete em alguém na beirada de uma cama gasta, com a boca cheia de vômito.

Ansiosa por ainda parecer "acolhedora", isto é, ao boquete, continuo chupando bastante tempo depois de ele gozar — até que ele se deixa cair e se encolhe na cama, com a mão na minha cabeça, dizendo, "Cuidado, querida — está muito sensível".

Tentamos fazer mais um pouco de sexo de novo, depois — mas minha chupada hiperentusiasmada o deixou com um minúsculo arranhão no prepúcio, e então o pênis está fora de cogitação: nós dois olhamos para ele, tristemente, por um tempo, e então olho para fora da janela e digo, "Oh, bem, melhor eu pegar o ônibus", e vou embora.

Não consigo nem mesmo dar um beijo de tchau, porque a minha boca ainda está com gosto de vômito e porra, e não quero constrangê-lo — mesmo que a culpa seja dele.

"Adeus, então", digo formalmente enquanto ele avança para me dar um beijo, na porta — ao que eu pego a sua mão e a aperto, em vez disso. Ele parece muito confuso. E também, ainda, com uma certa dor residual na virilha. Mas nada disso foi culpa minha! Ah, é tudo tão complicado.

"Continuo arruinando pênis por aí", penso comigo mesma dolorosamente no ônibus 37, na direção da estação Euston. "E além disso, até agora, ninguém me fez gozar. Ainda sou a minha maior amante. Ainda sou o melhor que já tive."

Alguns desses homens tentaram, claro — começando pelo beijo na barriga que é o prelúdio do sexo oral: me olhando por entre suas franjas, o olhar perguntando, "Posso?" — mas eu sempre os detive.

Por quê? Estou tentando entender. Não consigo me decidir se é porque acho que não mereço — que eles não iam *gostar* de fazê-lo, estão só sendo educados, então a coisa certa a se fazer é declinar — ou se é porque sinto que *eles* não merecem: que não quero que esses homens me vejam perder o controle e gozar nas mãos deles, como faço quando estou sozinha.

Eu, afinal de contas, nunca vi uma mulher gozar, exceto em *Harry & Sally: Feitos um para o outro*, o que para mim ainda é mais uma cena sobre um sanduíche incrível do que sobre sexo. Isso foi na época pré-pornografia de internet. Em todos os filmes de sacanagem que eu vi, apenas os homens gozam. De certa forma, eu teria de inventar o orgasmo feminino do zero para poder vivê-lo com mais alguém no recinto. Não tenho nenhum modelo para saber onde o encaixaríamos no sexo — ou como. Devo gozar antes de treparmos — ou depois? *Qual* é o cronograma certo para esse tipo de coisa? Quanto tempo se deve levar para gozar? Será que demora demais? Será que não se deve nem pedir isso de um homem se você demora mais do que, digamos, quatro minutos? Será que isso é simplesmente impensável? Não quero ser uma pessoa difícil e provocar lesão por esforço repetitivo em alguém. Não quero ter fama de "cansa-mão".

Além disso, tenho de admitir que um fator importante do meu não gozo é o fato de que alguns dos caras são absolutamente lamentáveis. A mão de um homem na minha calcinha está tão dolorosamente longe de onde seria útil que, no final, enquanto ele tenta manipular minha coxa até o orgasmo, olho para ele e digo, "Sabe do que mais? Se estiver aí, eu mesma te dou o dinheiro".

Mas ele não entende a referência, e a piada não agrada. Mais tarde, enquanto me faço gozar ao lado de seu corpo adormecido, sussurro, ressentida, "Bette Midler não toleraria esse tipo de merda. Todo mundo entende as piadas de Bette Midler", gozo e pego no sono.

Vinte

A intensa temporada de sexo casual chega ao ápice com Al Pau Grande.

Al Pau Grande é membro de uma banda de Brighton chamada Sooner, e sempre o encontro em shows e fico de amasso com ele — mas sempre é preciso parar, porque ele precisa pegar o último trem para casa.

Da próxima vez que Sooner faz um show em Brighton, ele me convida para passar a noite lá, num telefonema que poderia muito bem se chamar telefonema do "Vamos transar na próxima quinta-feira?".

Então, cá estou em seu apartamento em Brighton — no quarto andar, olhando para os terraços dos prédios em um quarto cheio de panos de batique, pauzinhos de incenso, budas e violões.

Estou vestindo apenas uma combinação de náilon azul-escuro, e Al está reduzido às suas calças. Acabei de baixar o zíper — e libertei o maior pênis que jamais vi. É preciso duas mãos para tirá-lo das calças. Eu me sinto como uma encantadora de cobras em *Blue Peter*.* É assustadoramente grande. Em meio à minha surpresa, acho que o ouço fazer "poft" ao sair. A última vez que vi algo assim foi na casa da minha falecida Vovó Gorda, no chão próximo à porta da frente, na qualidade de peso de porta, com dois botões à guisa de olhos. Alguns meninos com os quais fui à escola tinham pernas mais curtas que isso aqui.

"Caramba!", digo — agitada, falando como uma limpadora de chaminé cockney ao encontrar uma moeda prateada de seis centavos.

"Eu *sei*", Al diz, com o sorriso preguiçoso e triunfante dos gigantescamente bem-dotados.

Tudo o que li até este momento me levara a inquestionavelmente acreditar que, quanto mais pênis, melhor. Jilly Cooper foi literalmente muito firme a respeito: que os paus dos homens são basicamente como mesas de bufês em festas — simplesmente nunca são grandes demais. Se você não consegue dar conta de alguma coisa no calor da festa, ela pode simplesmente ser enrolada em papel filme e comida no café da manhã, no dia seguinte — como uma lembrancinha.

Isso, porém, claramente não é o caso. Este pênis é tão grande que é praticamente uma emergência médica. Se vou me arriscar a ter nem que seja metade dele dentro de mim, vamos precisar de algumas unidades de paramédicos por perto, para o caso de um terrível acidente — como nas curvas perigosas das corridas de Fórmula 1.

Com algo daquele tamanho, Al na verdade não está me pedindo sexo. Não é disso que se trata.

"Você não precisa de uma vagina", penso. "Você está simplesmente tentando evitar o aluguel de um local apropriado para

---

* Um dos mais antigos programas televisivos infantis, que se anuncia como uma viagem de aventura e descoberta. (N. T.)

guardá-lo, isso sim. Meu amigo, você vai precisar de um alvará da prefeitura para deixar uma coisa dessas estacionada."

Al está deitado de barriga para cima, olhos fechados, de forma que tenho a oportunidade de dar uma olhada *nele* de novo. Ah, *ele* me faz sorrir. É uma parte do corpo muito louca — parece o braço de uma criança, ou o focinho de Alf, de *Alf*.

Tem a aparência que estou começando a perceber que todos os pênis eretos têm — um certo ar de esperança, misturado com algo que é quase uma súplica: "Por favor, me toque! Sou bonzinho!" —, mas, considerando-se seu tamanho, não deixa de parecer ligeira, inevitavelmente ameaçador. A escala está totalmente errada. Como o gatinho gigante e fofinho de *The Goodies*. É um adorável gatinho branco e peludo! Mas está inegavelmente pisoteando sua casa e esmagando você até a morte!

Este pênis vai, inegavelmente, pisotear minha casa e me esmagar até a morte.

"Isso", digo, numa voz amigável, "é um pênis muito grande."

"Sim", Al diz, com bastante urgência. "Chupa ele, deixe maior."

Haha, não vou fazer isso, que piada. Não sou louca.

Mas então *o que* vou fazer? É um dilema e tanto. Se eu continuar tocando esse pau, ele vai — como acabei de ser devidamente avisada, embora, para ser franca, pareça impossível — ficar ainda maior. Se eu tentar trepar com ele, ele vai simplesmente me atravessar inteirinha e sair pela minha cabeça, como a estaca de um espantalho. E se eu simplesmente recuar, é o fim do sexo — o que seria um desperdício enorme e *intolerável*, dado que gastei 25,90 libras chegando até aqui, estou usando roupas íntimas provocantes, quero fazer sexo e há um homem inteirinho num apartamento fechado — que é exatamente a coisa que sempre quero, mas quase nunca tenho.

Passo um segundo pensando sobre o plano de "não sexo" e tenho um rápido flashback da casa dos meus pais. Quinta à noite. Se eu for para casa, o jantar de hoje é sopa de tomate, e depois vamos ficar brincando de fazer charadas. Oh, que merda, não.

O que eu realmente preciso é que Al se ofereça para me chupar — pois esse é o sexo que nós somos capazes de fazer sem que eu seja assassinada —, mas isso parece não ter ocorrido a ele, e meu entendimento sobre homens chupando mulheres é que as regras são um pouco como a Primeira Diretiva de *Star Trek*. Você sabe — na qual a tripulação do *Enterprise* é proibida de contar a outras culturas mais primitivas sobre avanços tecnológicos incríveis e interessantes vistos em outros planetas.

Eu, Tiberius Kirk, não posso contar a este homem não oral sobre a gloriosa revolução da chupação. São notícias do futuro, com as quais ele ainda não saberá lidar.

Olho para o pau dele e suspiro. Ele levanta o olhar.

"Você está bem, gata?", ele pergunta.

Acabamos transando, é claro. De cavalo dado não se olham os dentes. No final das contas, descubro que o que funciona é parar de pensar sobre o que *estou* pensando quanto a essa relação sexual específica — basicamente, "Estou com medo! Este é o maior pênis de todos os tempos, com certeza! Rápido! Ligue para Norris McWhirter!"* — e começo a pensar sobre o que *ele* está pensando, em vez disso. Como está claramente excitado pela minha boca e pelo aspecto "boa de apertar" da minha bunda.

"Ele está se divertindo muito comigo!", penso, alegremente, enquanto ele sobe em cima de mim e diligentemente começa a

---

* Um dos criadores do *Guinness World Records*. (N. T.)

tentar me alimentar com trinta quilômetros de pau. "Estou sendo uma amante generosa!"

Anos mais tarde, descubro que isso leva o nome de "desconexão física", que está ligada à tendência das mulheres de terem sua sexualidade mediada pelo olhar dos homens. Há muito poucas narrativas femininas sobre como é comer alguém e sobre como ser comida. Perceberei que, como uma adolescente de dezessete anos, na verdade não pude ouvir a minha própria voz durante o sexo. Eu não tinha a menor ideia de como era a minha voz.

Mas bem ali, naquele quarto em Brighton, com a colcha de batique se enrolando embaixo de nós e uma pilha de D&ME no canto, tudo o que sei é que o tesão dele está me deixando com tesão, e fico muito satisfeita comigo por conseguir fazer ao menos metade do pau dele entrar em mim sem gritar "Caramba! Não empurrem aí no fundo! Acalmem-se!". Realmente, meu comportamento sexual é quase... nobre.

E entre um momento de prazer e outro — que eu tenho, em vários instantes —, encontro tempo para compilar, mentalmente, uma pequena lista de lembretes e dicas para um futuro e hipotético panfleto chamado "Companheiras: Como VOCÊ Também Pode Lidar Com Um Pênis Impossivelmente Grande! Assinado, Uma amiga".

1. Quando na posição papai-mamãe, coloque suas mãos espalmadas no peito dele e faça força força força com os braços. Isso limita a profundidade da penetração. E também, agradavelmente, salienta seus seios, então também é meio que uma boa dica para parecer gostosona, ao posar para fotografias futuras etc.

2. De quatro, você pode sutil, mas essencialmente, *rastejar* na direção oposta ao pênis — impossibilitando que mais do que os primeiros catorze centímetros entrem. Durante nossa ses-

são de dez minutos, consigo dar a volta na cama, de quatro, enquanto Al ardentemente me persegue, de joelhos. Um filme em *fast-forward* disso faria Al parecer Bernie Clifton, muito lentamente cavalgando seu avestruz (eu) em volta de uma hipotética Arena Quitinete da Foda.

3. Ao longo de mais ou menos uma hora, você vai descobrir que, bem a calhar, no final das contas tudo numa mulher é elástico e se adapta. Embora provavelmente haja um termo técnico para isso, no momento penso nele como "Usar o pênis como uma pá, para aprofundar o buraco".
4. Pense em Han Solo.
5. Continue fingindo que você é o Al. Pense em quão incrível é para ele poder transar com você! Ele deve estar admirando sua bunda — tremendo a cada arremetida — e pensando: é Natal. Sim — este é um bom dia para Al. Sujeito sortudo, felizardo.
6. Pense que você não gostaria nem um pouco de tomar sopa de tomate e brincar de charadas. Tudo é relativo. Sobretudo sua família.
7. Faça pausas de boquete do mesmo jeito que o futebol americano lança mão de pedidos de tempo. Todo mundo tem a chance de recuperar o fôlego e cuidar de recentes escoriações e ferimentos etc.
8. Pense em Han Solo e Chewbacca trepando — tudo muito terno depois de alguma luta de laser intergaláctica. Mmmmm, que tesão.
9. Até que é divertido.
10. Porém, isto nunca, nunca, nunca vai me fazer gozar.

Al finalmente goza, com um rugido bastante lamentoso — tal como Aslam faria ao ter um espinho tirado da pata. Emito um ruído de aprovação — tipo, "Mmmmm!" —, e ele sai de mim e se deita, sem ar, ao meu lado, como se tivesse terminado a última parte de um salto de paraquedas e o emaranhado da minha combinação fosse o artefato.

Ainda não sei bem o que fazer em situações pós-coitais. Imagino que as regras básicas devem ser como as de conversas de bar. Depois de um minuto de silêncio, me decido pôr a bola em jogo.

"Você leu o artigo de Tony Rich sobre o Cocteau Twins?", pergunto, gesticulando para a pilha de *D&ME*. "Ele usa a palavra 'basorexia' — a necessidade absurda de ser beijado. Não é uma palavra incrível? 'Basorexia.' Fico pensando que eu poderia arranjar uma latinha e guardar palavras incríveis lá dentro. 'Basorexia.'"

Quando isso é recebido com silêncio, eu me viro para olhar para ele. Enquanto estou vermelha como um botão, a aparência de Al é muito estranha — como se ele tivesse acabado de ser atingido na lateral da cabeça com uma enorme frigideira Acme pelo Papa-Léguas. Depois descubro que a isso se chama "estado pós-coital".

"Mmmm, né?", ele diz, com os olhos estranhamente soltos na cabeça. "Não li. Desculpe, gata."

"Eu *transei* com Tony Rich!", acrescento — meio por orgulho, meio para não deixar a conversa morrer. As pessoas adoram conversar sobre sexo! É o melhor assunto de todos!

Mas Al pegou no sono.

"Parabéns por ter acomodado todo o meu pênis em você, Dolly!", digo, espirituosamente. "Obrigada pelo sacrifício! Nada mau, considerando que essa foi a sua terceira transa! Considerando que você é praticamente ainda uma criança e eu sou um adulto, você levou tudo com muito aprumo!"

Al não se mexe. Se foi.

Não estou nem um pouco com sono. O que eu sinto é vontade de fazer mais sexo. Sexo melhor. Sexo com mais participação minha. Na verdade, com um pênis menor — um pênis que não viva em dois códigos postais ao mesmo tempo. Tenho claro para mim que eu gostaria de fazer sexo o dia inteiro, para ser franca. A ideia de sexo levar apenas, digamos, quarenta minutos parece estranha — como aquelas pessoas que apenas assistem televisão uma hora por dia. Você simplesmente mantém a televisão ligada, de fundo, o tempo todo, certo? É UMA TELEVISÃO.

"As mulheres", penso, "podem manter a TV do sexo ligada o dia inteiro."

Mas Al pegou no sono, então o único sexo que vou fazer é comigo mesma. Eu me masturbo durante dez minutos, então gozo — com força, como um acidente de carro, tentando fazer silêncio — ao lado dele.

Eu me pergunto ao lado de quantos homens mortos terei de gozar nos dez anos seguintes. Quantas vezes vou gozar sozinha, ao lado de um estranho inerte, enquanto a pálida e fantasmagórica Lua observa tudo pela janela e suspira.

Na hora em que Al acorda, eu já havia agido como uma total imbecil e arrumado todo o apartamento. Joguei colchas sobre seu sofá encardido, esvaziei os cinzeiros e tirei o pó do console da lareira. Também fiz uma torta assada com restos de pão velho — havia três sacos pela metade — e inventei um desodorante de ar rudimentar ao ferver uns limões partidos ao meio numa panela (como recomendado em *Mrs. Beeton's Book of Household Management*), para completar. O que estou tentando fazer? Provar que sou útil, acho, e legal, e prática. Que sei como fazer outras coisas que não apenas escapulir graciosa e sistematicamente de um pênis enorme.

"Tudo bem, gata?", Al diz, andando pelo quarto — com o rosto e as calças do pijama amassados de sono, e acendendo um cigarro.

"As fadinhas estiveram aqui!", digo, mostrando o apartamento com a mão num gesto largo. Estou sentada à mesa, comendo a torta de pão. Eu dou uma colherada a ele.

"Porra — demais! Vou terminar este cigarro, primeiro", ele diz.

"Oh, me dá um — estou morrendo", digo.

Não quero nem um pouco um cigarro — mas você sempre fuma um cigarro quando outra pessoa está fumando, até mesmo se a ideia te parece um pouco repulsiva. É assim que os cigarros funcionam. Os fumantes todos têm de se sincronizar. É um pacto.

Ele me dá um cigarro. Eu o acendo, dou uma tragada e fico com a cabeça um pouco zonza.

"Foi... incrível", Al diz, indicando o quarto com a cabeça.

"Obrigada", digo. "Nunca tive nenhuma educação formal sobre sexo. Sou totalmente autodidata. Da... Escola de Paus Duros."

Deito a cabeça sobre a mesa.

"Você está bem?", ele pergunta, sentando-se à mesa. "Você está um pouco... pálida."

"É", digo, meio tonta. "Estou só... fazendo um cochilo rápido. Está tudo bem. Continue falando."

Al vai até o aparelho de som e procura algo.

"Aqui", ele diz, ansioso. "Quer ouvir nossas músicas novas? Tenho umas demos."

Normalmente a ideia de ouvir música que ainda está em construção — música nova, música ainda quente, recém-saída da cabeça de alguém — me deixaria excitadíssima. Faço aquela parte de mim dizer, "Ora, claro!", enquanto o resto de mim diz, "Não. Na verdade eu não gostaria de ouvir suas músicas novas.

Estou me sentindo um pouco estranha e estou com um ouvido encostado na mesa. Estou enviando sinais-de-mal-estar. Você também poderia me perguntar se quero dar um passeio em seu novo barco a remo e sair velejando pelo Mar de Tinta".

Al coloca uma fita cassete no aparelho de som, e eu ouço minha primeiríssima demo bruta de uma banda.

Rapidamente entendo por que fitas demo brutas nunca são lançadas. Se estivesse resenhando isso, minha resenha consistiria da frase "Bobagem fragmentada, abafada, em esboço". Trata-se de um estraga-magia — como mostrar a alguém os tubos pelos quais os coelhos dos mágicos descem.

"Uau, é tão incrivelmente... embrionário", digo, o que é uma frase que Krissi uma vez usou quando perguntei sua opinião sobre meu jeito de dançar.

A fita demo continua tocando. Al me encara, sem descanso, durante todo o tempo — parando apenas para fechar os olhos num enleio devaneante em várias partes particularmente terríveis.

"Nesta parte vamos colocar uns clarinetes invertidos!", Al grita, lá pelas tantas. Ou: "Temos que arrumar essa equalização na mixagem — o teclado do Steve está um pouco espinhoso".

Com a cabeça sobre a mesa, me sinto cada vez pior.

Dentro de mim, tenho uma sensação ruim.

De início, parece só um mau humor — o que é compreensível, dada a quantidade de exercício agressivo a que fui submetida. Foi uma noite da pesada, para as minhas partes. Consegui lidar com pelo menos oitocentos metros de pau nas primeiras três horas. Basicamente fodi todo o caminho de ida e volta até a estação de trem. Metade do trajeto de um ônibus.

Mas, depois de meia hora, a irritação está definitivamente se metamorfoseando numa raiva palpável — estou começando a sentir uma guerra acontecendo nos meus países baixos.

Penso em imagens que vi, em livros de história, de castelos sendo atacados. É assim que me sinto lá embaixo, agora. Como se algo estivesse me atacando de dentro, e as defesas estivessem capitulando rapidamente. Camponeses assustados derramando óleo fervente sobre os parapeitos. Gado em pânico. Cavalos recuando e relinchando. Princesas tentando ir embora às pressas, pela saída secreta dos fundos — seus chapéus altos, pontudos, empurrando minha uretra. Muitos gritos.

Al percebe que estou entrando e saindo da conversa — cada vez mais distraída pelos telegramas urgentes enviados por minhas partes pudendas.

"Você está bem?", ele pergunta, enfim — abaixando o som da fita demo.

"Ah. Hmmmmm", respondo, arrojadamente. "Só vou ao banheiro."

Sento na privada. Há um espelho na frente — fazendo desta a primeira vez em que vejo como fico sentada no vaso. Embora eu aprecie a informação nova e fresca, tenho de admitir, não é lá muito sensual. Tenho a oportunidade de observar minha postura naturalmente encurvada e mando um bilhete para mim mesma: "Lembrete para o futuro: dificilmente provocará atração sentada no vaso. Não iria muito longe nos tempos de banheiros comunitários de Roma".

Dou início ao meu xixi, e tenho a incrível oportunidade de ver meu rosto se contorcer numa repentina e total agonia. HELLO. Este xixi aparentemente é feito de veneno fervente. Veneno fervente, um bilhão de flechas liliputianas e um cata-vento em rotação selvagem, feito de dentes afiados de Satã. O que está acontecendo? Que defeito é este?

Não fiz sexo suficiente para saber. Talvez seja isso o que "pós-coital" realmente signifique. Sempre pensei que significasse "ficar meio sonolento" — mas talvez *na verdade* se refira a "sentir como se alguém tivesse acendido uma fogueira feita de espadas na sua vagina". Talvez isso.

Volto até a cozinha e sento de novo na cadeira, com cuidado. Pensei bastante.

"Acho", digo, lentamente, mas no que espero que também seja uma maneira estadista de falar, "que estou com cistite."

"Deus!", Al diz, alarmado. "Merda! Porra!"

Pausa.

"E o que é isso, mesmo?"

"Minha mãe tem", suspiro. "Ela me contou tudo a respeito."

Sinto como lobisomens adolescentes decerto se sentem na primeira vez que explicam a natureza hereditária da licantropia a seus pares adolescentes, uma noite após algo terrível ter acontecido com a lua cheia e com o gato de um amigo.

"Herdei da família da minha *mãe*", eles diriam, meio que se desculpando — com uma coleira ainda pendurada na boca, exibindo uma pequena sineta e uma plaqueta circular em que se lê "Tibbles".

Mas então: "Significa que dói muito ao fazer xixi".

A expressão de Al é a de um homem tentando entender uma informação bizarra, estranha, peculiarmente alarmante.

"Bem, então não é *tão* ruim?", ele tenta — obviamente fazendo as contas para ver quantas vezes por dia ele urina e me vindo com "menos do que dez minutos de sofrimento".

"Só que você sente vontade de ir ao banheiro *todo o tempo*", esclareço. "Falando nisso — com licença", e volto para aquele cômodo frio, frio, e me sento no vaso novamente.

Apesar da pressão desesperada e excruciante em minha bexiga, consigo espremer menos do que uma colher de chá do que parece uma geleia de amora aquecida a mil graus Celsius. O espelho me permite, mais uma vez, ver como fico mijando geleia a mil graus Celsius. A resposta é "rosto vermelho e infeliz".

Ouço a voz de Al, do outro lado da porta.
"Você precisa de alguma coisa?", ele pergunta.
"Pode entrar", digo. "Três horas atrás, você estava me comendo enviesada num futon. O pudor já foi pro saco."
Ele abre a porta e fica, hesitante, junto ao batente. Quando o espelho se move, vejo meus olhos chorosos acima da toalha de mão que estou mordendo, como se nos estágios iniciais de um trabalho de parto.
"Merda", ele diz, desolado.
"Não, número um", digo, como o maldito do Oscar Wilde.
"Ahn, parece sério", Al diz, mexendo na maçaneta da porta, "mas, ahn... eu também tenho, agora? Cistite... pega? É como chato ou algo assim? Não faz mal — já tive antes."
Oh, Deus. Chatinhos nesse banheiro. Este é um dia daqueles.
"Não, Al", digo. "Não se pega cistite. É uma infecção detonada por ruptura do tecido", me sinto como o dr. Chris em *This Morning*. Muito esperta.
Embora tente não deixar óbvio, Al dá um suspiro de alívio. "Posso fazer algo por você?", ele pergunta — parecendo bem mais feliz.
Tento lembrar o que a minha mãe faz.
"Preciso de codeína e suco de cranberry, por favor", digo. "Esses são os remédios para cistite. Codeína e suco de cranberry."
Ele imediatamente pega as chaves e a carteira em cima do aparador.
"Segure as pontas, princesa — estarei de volta em dez minutos", ele diz, batendo a porta atrás de si.
Pingo mais sete gotas — cada uma caindo como um jorro de carvão — e me permito, agora sozinha no apartamento, a emitir um "AHHHHHHHHHHH" de dor.
Há um ruído muito específico que as mulheres fazem quando estão com dor no aparelho reprodutório, causado por algo infeliz

tentando negociar uma rota de saída. Anos mais tarde, durante o trabalho de parto, reconheço esses mesmos ruídos. Tenho certeza de que um musicologista poderia determinar com exatidão o tom da "imolação vaginal". Talvez pudessem tocá-lo num órgão de igreja, enquanto uma plateia de mulheres estremece.

Incitada pelo barulho, a gata de Al entra no banheiro e senta — a pouca distância — olhando para mim. Seus olhos são como pratos de jade pálido. Sua pelagem é como um lindo casco de tartaruga. Eu a aprecio enquanto animal, e também gostaria muito de usá-la como luvas, peliça ou chapéu. Usaria os olhos como botões. Quero vestir essa gata. Essa gata poderia ser minha melhor roupa de todos os tempos.

"Gatos machos têm espinhos no pênis — então, tenha cuidado", digo à gata, encostando a cabeça na parede. "Li no *Your Guide to Cats and Kittens*. Basta uma noite num teto de zinco quente e você vai ficar assim, também."

Encaro a gata. A gata me encara de volta.

"Ou talvez você seja macho", continuo. "Nesse caso — vá à merda. Vá à merda, seu destruidor de vaginas."

O banheiro de Al é velho, com azulejos verdes e brancos — provavelmente vitorianos ou eduardianos. O chão é frio, de linóleo preto. O ar é "duro" — o radiador está gelado. Tem a aparência de um açougue bem cuidado, ou de uma despensa. Sinto-me como um pedaço de queijo numa prateleira. Não vou apodrecer aqui.

A banheira é igualmente antiga — uma estrutura enorme, de ferro forjado, com marcas de ferrugem onde as torneiras gotejaram por, provavelmente, séculos. Abro a torneira — a água é cuspida pelos canos velhos. Sinto que a água quente vai melhorar tudo.

Assim que três centímetros de água se acumulam no fundo da banheira, tiro tudo e me sento junto às torneiras, jogando água sobre minha pobre e infeliz vagina, estremecendo. O alívio é imediato. Não me *cura* — mas o alívio da dor é significativo a ponto de eu não ter mais medo de começar a gritar. Sei, no mesmo instante, que devo ficar naquela banheira por várias horas. Esse é o único lugar possível para mim agora. Não há hipótese de eu sair desta banheira, nunca. Como vou voltar para Wolverhampton? Em algum momento, vão ter de me colocar em um daqueles tanques usados para transportar golfinhos do SeaWorld, e me levar num enorme caminhão de plataforma pela estrada M1.

"Um enorme caminhão de plataforma pela M1", eu penso. "Esse é um bom eufemismo para aquilo que provocou essa dor. Tive um enorme caminhão de plataforma atravessando minha M1."

Quando Al volta, meia hora depois, com codeína e suco de cranberry Ocean Spray, estou até o pescoço dentro d'água, ouvindo *Screamdelica* do Primal Scream, lendo um exemplar surrado de segunda mão de *Adrian Mole* que encontrei em seu quarto e chorando.

Não são lágrimas de tristeza, de forma alguma — apenas de pura agonia.

"Tome!", ele diz, me entregando comprimidos e suco, ainda parecendo bem assustado. Não sei por quê. Sim, ele arruinou uma mulher com seu pênis, uma mulher que agora está chorando de dor em seu banheiro, mas sabe como é. Seguramente é isso o que adultos sexualmente ativos fazem. Imagino que esse tipo de coisa aconteça todo o tempo.

Tomo os comprimidos e bebo o suco direto da caixa, e continuo a chorar.

"É sobre isso a música 'Slash 'N' Burn', do Manic Street Preachers", digo. "E também, possivelmente, aquilo que o Dire Straits estava tentando nos avisar em 'Tunnel of Love'."

"Você quer algo para comer?", Al pergunta, ainda parecendo mortificado.

"Não. Bebi quatro litros de água", digo. "Estou bem. Cheia."

"É que…", Al diz, parecendo ainda mais constrangido. "É que tenho aquele show hoje à noite."

"Eu sei!", digo. "é por isso que estou aqui."

"E, ahn, bem… Disse que a banda de abertura podia dormir aqui hoje. Eles vieram de Ayrshire, e acho que não têm nenhum outro lugar aonde ir e…"

"Al", digo, estendendo imperiosamente minha mão como num sinal de "pare". "Não se preocupe. Tenho certeza de que tudo isto terá terminado em uma hora e, quando você voltar, triunfante, do seu show, estarei sentada na sala, inteiramente curada, novinha em folha, fazendo coquetéis."

23h48

Ouço vozes no corredor, e então a chave de Al na fechadura. Estão de volta, finalmente.

Tive uma tarde interessante, e uma noite também. E com isso quero dizer: terríveis.

Quando a codeína começou a fazer efeito, eu me senti bem o suficiente para enfim sair do banho — tão branca e enrugada quanto o et, quando Eliot e Drew Barrymore o encontram morto, no córrego.

Fico deitada, me sentindo fraca, por uma meia hora — a dor está diminuindo incrivelmente — e então me visto devagar e me preparo para deixar o apartamento. Eu realmente deveria ir para casa — embora Al tenha me convidado para passar a noite lá, tudo ainda parece bem estranho lá nos países baixos e, além disso, o bom senso me manda fazer quarentena e me proteger de seu pênis por todo o futuro próximo. Seria insanidade passar de novo pela dor por que acabei de passar — e então transar de novo com ele. Como Luke, com muito esforço, explodindo a Estrela da Morte — então reconstruindo a Estrela da Morte, para tornar a enfiá-la em sua vagina.

Não — vou voltar para a casa de meus pais, e para a minha cama, e não vou enfiar mais nada dentro de mim pelo menos até depois do Natal. Toda essa área — passo a mão sobre as calças — está fechada para manutenção.

Saio do apartamento de Al e vou até a loja da esquina, e então a dor volta com tudo. O que quer que os pequenos e corajosos comprimidos tenham conseguido fazer, eles foram agora, claramente, derrotados. Fico com muito, muito calor, e então com muito, muito frio, e entro na loja por um minuto, para comprar batatinhas fritas, porque de alguma forma estou convencida de que me farão melhorar.

Três minutos depois estou me arrastando para o apartamento de Al de novo, com três sacos de batata McCoy's com sal — grata por saber que ele guarda as chaves sob o capacho. Eu, claramente, não conseguirei ir para nenhum lugar por algum tempo. Quando enfio a chave na porta, faço um pouco de xixi agoniante nas calças, bem como os ratos fazem. Fariam. Se usassem calças. Aparentemente, os ratos costumam se mijar bastante. Estou me excedendo um pouco. Tenho que parar de pensar em ratos.

Quando Al volta, às 23h48, já consegui fazer alguns preparativos para sua chegada. Entre as três e seis da tarde, só chorei, exausta, na banheira, me sentindo muito, muito acuada. Então, às seis horas, sento na banheira e janto as batatas — um jantar bem útil, como se configurou, já que, àquela altura, eu já havia bebido tanta água que o nível de sal no meu sangue estava perigosamente baixo, o que explicava minha confusão mental.

Depois do piquenique de batatas na banheira, me sinto um pouco mais recomposta e termino O *diário secreto de um adoles-*

cente e então *Adrian Mole na crise da adolescência*. Entediada, encontro uma extensão e arrasto a TV e o videocassete de Al para lá e os posiciono de forma que eu possa ver seu vídeo de *Os desajustados* sentada na banheira. Sempre quis ver isso e, nas circunstâncias, achei bastante inspirador — eles estavam tomando tantas drogas que me senti segura da minha decisão de tomar duas vezes a dosagem recomendada de codeína. Escancarei a enorme janela de guilhotina e olhei para os telhados úmidos de chuva de Brighton, e fiquei sentada no banho escaldante, o cabelo preso no topo da cabeça com uma agulha de tricô que encontrei na cozinha.

Withnail e seu eu foram companhias fantásticas para a tarde. Na verdade, não fosse pela dor excruciante, eu avaliaria essa tarde como uma das melhores da minha vida até então. Quando Withnail recitou *Hamlet* na chuva para os lobos ignorantes no zoológico do Regent's Park — arrebatado pelo amor, embaixo de seu guarda-chuva — eu chorei até meus olhos saírem das órbitas, entupida de codeína e fumando um cigarro.

Então, quando Al voltou, meu plano fantástico. Eu ainda estava definitivamente com muita dor para abrir mão dos efeitos analgésicos do banho de banheira quente — mas, por outro lado, eu sabia que os hóspedes de Al — e, de fato, o próprio Al — iriam precisar usar o vaso e achariam um tanto desconcertante uma mulher pelada na banheira.

"Al!", gritei — alegremente e meio embriagada, da banheira. "Amigos do Al! Venham me dar oi!"

Eu os ouvi se aproximando pelo corredor — hesitantemente — e Al dizendo: "... não está muito bem...".

Al surgiu na porta com a formação completa de uma banda que, mais tarde descobri, se chamava Plume — todos de preto, todos parecendo bastante preocupados.

"Olá!", falei, extrovertidamente — o cigarro na mão. Eu estava me sentindo muito quente e tonta.

"Me desculpem", eu disse, "mas estou temporariamente confinada a esta banheira, devido a uma dor feminina. Porém, como isso é totalmente inconveniente para qualquer um que queira usar o banheiro, estou vestida com minha combinação", gesticulei para mim mesma, sentada, na água quente, usando a combinação encharcada, "e sairei temporariamente do banheiro, para ficar à espera lá fora, sempre que alguém precisar usar este cômodo."

E foi o que aconteceu, até as duas da manhã. Deixo a porta do banheiro aberta e participo da festa de forma bastante vivaz, muito embora apenas para mim mesma. Como naquele filme em que Glynis Johns é uma sereia que alguém mantém numa banheira, eu, também, sou uma sereia atraente, que deve ser mantida na água o tempo todo — e que, porém, enfeitiça todos que a conhecem.

De início, os homens ficam na sala, e eu grito tiradas sempre que percebo lacunas na conversa — fazendo pausas ocasionais para sair da banheira e ficar junto à porta, no robe atoalhado de Al, enquanto eles usam o vaso, com a porta pudicamente trancada.

Ao final da noite, porém, todo mundo está tão bêbado que todos os limites se dissolveram: os limites sociais entre homens e sereias; os físicos entre alguém que está usando o vaso sanitário e as pessoas em pé do lado de fora. A festa se transfere primeiro para o patamar da porta e então para o banheiro — eu partilho a garrafa de vodca polonesa da Plume ("É um líquido cristalino — vai limpar suas entranhas de dentro para fora, gata") enquanto eles ficam sentados no radiador da calefação, ou no parapeito da janela — janela aberta para os telhados e as estrelas. Todo mundo faz xixi na frente uns dos outros, e eu faço um dos membros da Plume e Al se beijarem, porque aqueles eram os tempos da Suede, e todo mundo está fingindo ser um pouco bissexual entre as onze da noite e as quatro da manhã.

* * *

Finalmente, às quatro da matina, a dor diminuíra o suficiente para eu sair me arrastando da banheira, pendurar minha combinação molhada no radiador, me enrolar numa toalha e pegar no sono aos pés da cama de Al, como um cachorro.

Na manhã seguinte, me sinto ótima — aquela sensação limpa e leve de renascimento que temos depois de dormir, quando a dor finalmente cede. Eu claramente me livrei da minha infecção mijando-a. Sou a primeira a me levantar e caminho na ponta dos pés pela sala — onde todos os membros da Plume dormem no chão sob cobertores velhos — e então entro na cozinha.

O cômodo está um chiqueiro — latas vazias e garrafas de vodca, cinzeiros que formavam corcovas, como Pompeia, com cinzas e bitucas mortas, e uma garrafa de vinho quebrada na pia: vinho respingado sobre pilhas de pratos, como sangue.

A dor me fez crescer e amadurecer. Ontem, quando encontrei este apartamento bagunçado, eu o limpei de cabo a rabo, como uma boa garota.

Hoje, eles podem todos se foder. O trabalho doméstico não tem fim. Nunca mais vou optar por fazê-lo.

Faço uma xícara de chá, enrolo um cigarro, abro a janela e me sento no parapeito — olhando Brighton lá embaixo. Do jeito que estou sentada, com minha combinação, qualquer um na rua pode ver a minha xoxota — mas não me importo. Depois do dia que ela teve, ainda é um milagre que ela esteja ali. Tenho orgulho dela. Passantes *deveriam* mesmo admirar sua sobrevivência. E, além disso, o ventinho que bate é um alívio.

Estou delicadamente conversando com as gaivotas — grasnando — quando ouço um barulho atrás de mim. É um dos garotos da Plume, muito descomposto, procurando cigarros.

"Quer um enrolado?", digo oferecendo a bolsinha de fumo de Al. Ele exaustamente aceita e se senta à mesa, próximo à janela, passando pelo processo de montar um cigarro, e a si próprio, para enfrentar a manhã.

"Noite boa", ele diz lá pelas tantas, depois da primeira tragada seca, e tosse.

"Sim!", digo, alegremente. "Foi a melhor festa de banheira a que já fui."

"Está se sentindo bem?", ele pergunta, olhando por debaixo do cabelo. "Você parecia bem mal."

"Pensei que estivesse parecendo deleitavelmente intoxicada de ópio — como Stevie Nicks", digo.

"Nã. Mal", ele diz, dando outra tragada. O CD player está ligado, no canto — ainda tocando, baixinho, desde a noite passada, num *repeat* sem fim. É *Melody Nelson*, de Serge Gainsbourg. Eu havia insistido para que tocassem — "Este disco é *demais*! É como — *comer um caleidoscópio sexy!*" — enquanto lhes contava tudo sobre John Kite — "Eu acabei na banheira *dele*, também! Esta não é a minha primeira vez numa festa de banheira de uma estrela do rock!".

"É incrível que este disco seja sobre uma garota ruiva de Newcastle", digo.

"É?", o rapaz pergunta.

"Sim. Se você prestar atenção, num minuto ele começa 'blá-blá-blá, French French *Newcastle*'", digo.

Ouvimos em silêncio, enquanto as cordas, como ondas, lavam a canção.

"Olhe só!", digo, quando Serge canta. "Olha só! Newcastle!"

O rapaz faz chá, e passamos a próxima hora trocando figurinhas sobre Serge Gainsbourg. Nos dias pré-internet, era assim que você descobria coisas sobre música — não havia nenhum lugar onde todos os dados fossem armazenados. Você descobria as coisas aos pedaços, em conversas, isso sim — às vezes tendo que ir longe, até um bar em Nova York, às três da manhã, para descobrir algo que, vinte anos depois, você poderia descobrir simplesmente usando um iPhone, num ônibus. Partilhamos todo o nosso conhecimento sobre Serge como se fosse fofoca de uma cidadezinha — "Bem, *eu* ouvi dizer que...".

Lá pelas tantas, enquanto enrola outro cigarro, o rapaz — seu nome é Rob — olha para cima e diz, "Sabe, você não é nem um pouco a coisa que imaginei".

"Você pensou que eu seria uma coisa?", pergunto, lisonjeada. Tenho uma reputação! "Que coisa você achou que eu seria?"

"Ah, sabe. Pelo jeito como você escreve. Pensei que você seria...", ele se esforça para escolher as palavras certas. "Assustadora. Mas você é legal."

"Assustadora?"

"É, sabe como é."

Penso, por um momento, sobre as coisas que escrevi recentemente. A resenha de "Gonna Make You Sweat", de C+C Music Factory, com uma piada sobre um dos integrantes da banda — "+C" — recentemente ter tido meningite: "E *isso* vai fazer você suar quando sua temperatura chegar aos 38,9 graus. Diferentemente deste detestável exemplar de música *house*, composto somente e tão somente para fazer secretárias se esfregarem em seus chefes nas festas de final de ano".

A resenha do Inspiral Carpets, na qual passo o tempo todo repetidamente falando que eles são feios demais para serem estrelas pop — "Estrelas pop deveriam ter aparência semelhante à de David Bowie: todo gelo e ossos e ombros imperiosamente cobertos de peles. Comprar um dos singles de Bowie é como entrar na Tiffany e comprar para si mesma uma tiara sempre que você fica triste. A título de contraste, sempre que o Inspiral Carpets lança um single, é como aquele dia, uma semana antes do Natal, em que o lixeiro toca sua campainha e diz, 'Feliz Natal, senhora', esperando por uma gorjeta. São feios demais para uma banda. São, em vez disso, um *bando* de feios".

Ou, de fato, a resenha sobre o U2, na qual me refiro a The Edge, do início ao fim, simplesmente como "The Cunt"* — muito embora, como disse antes, eu secretamente ame o U2.

"Todas as bandas que conheço têm medo de você. Ei — não vá nos resenhar", Rob diz, com o olhar meio brincando, meio sério de um homem preocupado por ter possivelmente falado demais.

"Oh, eu não resenharia vocês! Eu gosto de vocês!", digo. "Hoje em dia, só resenho bandas das quais não gosto."

"Bandas das quais você *não* gosta?", Rob pergunta. "Por quê?"

Por quê?

Porque acredito que a música pop é importante demais para ser deixada para os inertes, broncos e pouco ambiciosos. Porque as pessoas ricas, poderosas, bacanas ou o tipo de caras presunçosos que integram essas bandas são o tipo de gente que normalmente desprezaria uma adolescente gorda oriunda de um bairro popular, e, no único lugar em que sou mais poderosa do que eles — as páginas da D&ME —, quero minha vingança — vingança em nome de todos os milhões de garotas como eu. Porque quando me sento à minha meia mesa em casa, diante do meu laptop, com o cheiro de fritadeira de batatas fritas ainda impregnado nas cortinas e os gêmeos chorando lá embaixo, quero fingir que sou uma daquelas mulheres jornalistas — Dorothy Parker e Julie Burchill —, e que elas empunhariam seus pequenos punhais do mesmo jeito que eu empunho o meu, antes de arrematar seus martínis e chamar um táxi. Porque eu sou paga por palavra, e é uma delícia quando você vê que a pala-

---

* Literalmente, "a vulva". (N. T.)

vra é "imbecil". Porque eu não corro nem nado nem ando de bicicleta, e só danço no escuro, e então a adrenalina que me dá de odiar essas bandas é o mais próximo que chego do exercício físico. Porque, numa matéria, pedi John Kite em casamento e ele, sabidamente, nunca se casou comigo. Porque Kenny mandou que eu assim fizesse.

Porque sou a mais fraca e mais jovem do bando da *DÖME*, e preciso matar para provar minha lealdade. Porque ainda estou aprendendo a caminhar e a falar, e é um milhão de vezes mais fácil ser cínica, e empunhar uma espada, do que ser franca e ficar ali, segurando um balão e um bolo de aniversário, com o infinito potencial de parecer uma idiota. Porque ainda não sei o que realmente penso ou sinto, e estou jogando granadas e enchendo o ar com fumaça enquanto desesperadamente, desesperadamente tento sair do chão: me elevar. Porque eu ainda não aprendi a coisa mais simples e mais importante de todas: o mundo é difícil, e todos nós somos frágeis. Então, seja gentil.

Na época, penso que meu novo ar pugilista é absolutamente correto. Sou uma pistoleira solitária, recém-chegada à cidade. Sou Travis Bickle, tirando a escória das ruas. Se alguém tem o direito de fazer algo, então eu tenho o direito de tentar desfazê-lo. Cada vez que atiro em alguma banda fracassada, abro um pouco mais de espaço para o novo David Bowie que surgirá.

Claro, o problema de Travis Bickle, e de pistoleiros solitários, é que eles não são na verdade o tipo de pessoa que você quer convidar para festas. Pois, se o seu autoproclamado papel é chegar à festa atrasado, vestido de preto e atirando acima da cabeça de todos na direção do palco, a festa vai começar a… azedar. As pessoas de voz mais baixa, ou que não têm tanta segurança em si mesmas, não vão mais se manifestar. Não vão chegar ao palco. Apenas os mais confiantes e barulhentos quererão se dirigir à multidão.

A atmosfera muda — por ora, apenas os extrovertidos restaram, abatendo uns aos outros com gritos. Os introvertidos voltaram para a cena underground — levando consigo as notas mais baixas, os acordes menores. A playlist encolhe, se torna estúpida: as pessoas só tocam velhos sucessos. Todo mundo está assustado demais para se manifestar e arriscar algo novo, que poderia soar estranho para ouvidos impacientes.

Pois, quando o cinismo se torna a linguagem-padrão, o lúdico e a criação se revelam impossíveis. O cinismo alveja uma cultura como água sanitária, varrendo milhões de pequenas ideias em germe. O cinismo faz com que a resposta-padrão de uma pessoa seja "não". O cinismo significa presumir que tudo irá acabar em desapontamento. E esta é a razão pela qual, no fim das contas, qualquer pessoa se torna cínica. Porque as pessoas têm medo de decepção. Porque têm medo de que alguém tire vantagem delas. Porque temem que sua inocência seja usada contra elas — que, quando correrem alegremente tentando abarcar o mundo inteiro com a boca, alguém tente envenená-las.

O cinismo é, no fim das contas, medo. O cinismo faz contato com sua pele, e uma espessa carapaça preta começa a crescer — como a couraça de insetos. Essa couraça protegerá seu coração da decepção — mas torna quase impossível caminhar. Você não pode dançar nessa couraça. O cinismo deixa você alfinetado no lugar, na mesma postura, para sempre.

E, claro, a maior ironia quanto a jovens serem cínicos é que eles são aqueles que mais precisam se movimentar, e dançar, e confiar. Eles precisam dar cambalhotas por uma nova explosão galáctica de ideias em formação, mas já brilhantes, sem jamais ter medo de dizer "Sim! Por que não?" — ou então a cultura da sua geração será apenas o mais vazio, o mais agressivo ou o mais defensivo dos antigos tropos. Quando são cínicos e sarcásticos, os jovens liquidam seu próprio futuro. Quando você fica dizendo "não", só o que resta é aquilo a que outras pessoas disseram "sim" antes de você ter nascido. Realmente, "não" não é uma opção.

Quando outras pessoas começam a trazer suas armas para a festa, não se trata mais de uma festa. É uma batalha. Sem se dar conta, eu me tornei uma mercenária autoboicotadora numa guerra sem sentido. Estou matando meu próprio futuro.

Mas tudo bem — tenho bastante tempo para ser legal… mais tarde. Muito tempo. Quando você tem dezessete anos, os dias parecem anos. Você tem um bilhão de vidas para viver e morrer e viver de novo antes de chegar aos vinte. Essa é uma das coisas boas de ser tão jovem. Você tem tempo de sobra para corrigir as coisas.

Só que, depois eu descubro, não tenho tempo de sobra.

PARTE TRÊS

Arranque a página e comece de novo

Vinte e um

Então, uns dois meses atrás, realmente era *divertido* ser eu. Eu aparecia na D&ME e ouvia os caras me saudarem com um carinhoso "Bom dia, Cruella de Vil!". Eu sentava na escrivaninha deles, fumando cigarros e contando histórias sobre todas as estrelas do rock com quem saíra.

Meus colegas adoram essas histórias — minha narrativa da minha noite com Al Pau Grande fez o escritório parar. Às vezes, saio com um astro do rock só para poder voltar lá e contar as histórias — penso em mim mesma como um pequeno robô drone, saindo e acumulando amostras de comportamento sexual e então trazendo-as para cá, o laboratório, para todo mundo analisar. É a minha única contribuição ao bando: se isso fosse *Dungeon Master* e estivéssemos formando uma equipe, então a habilidade de Rob seria "Confusão Alcoolizada, 7", a de Kenny, "Bandalheira Alcoolizada, 8" e a minha seria "Bravatas Sexuais, 10".

Em entrevistas, embriago compositores e os faço me contar suas fantasias sexuais — "Em *off*! Eu só quero saber! Isso... contextualiza suas belas músicas!".

Quando o vocalista de uma banda me conta que sua fantasia é conseguir que uma freira passe batom para te fazer um boquete — "Então *ele* fica cheio de... batom..." —, vou direto da entrevista, num táxi, até a redação, para contar para todo mundo.

"Uma *freira*", Rob se espanta. "Assim são os católicos."

"Os judeus não são pervertidos assim", Rich diz, num raro momento de bom humor. "Nunca nos imaginamos ganhando um boquete do rabino."

Lá pelas tantas, depois de algumas histórias, Kenny grita, "Vamos lá, vamos lá. O show de horrores acabou. Todo mundo começando a escrever", e eu vou até o computador vago e começo a redigir aquele dia de trabalho — pegando todas as coisas que testei diante da minha plateia-cobaia e fazendo um copidesque para a revista. Maldades cuidadosamente forjadas.

Hoje, já escrevi seiscentas palavras de uma matéria quando de repente me lembro de uma coisa: a demo do meu pai, na minha bolsa. Ele a colocara ali naquela manhã, quando eu saía de casa: "Consiga um milhão para o seu papai. Só um milhão. É só o que eu quero", ele disse, em pé na soleira da porta da frente, segurando uma caneca de leite. "Só mostre para alguém. Ponha meu pé lá dentro."

Olhei para seus pés. Ele estava usando os chinelos da mamãe, novinhos em folha, no formato de abelhas.

"Certo!", eu dissera, abanando um tchau.

"Kenny", digo, indo até sua mesa. Seu computador tem um adesivo em que se lê "CAIA FORA (quem é você?)", para o qual ele aponta, enquanto ainda digita. Eu o ignoro. "Estou com a demo de uma banda. Posso te mostrar?"

Sem levantar os olhos da tela do computador, ele estende a mão: "Cinquenta paus".

"O quê?"

"Para ouvir uma banda nova. Cinquenta paus."

Ele olha para mim.

"Sou velho demais para essa merda de 'banda nova', querida", ele suspira. "Ainda estou digerindo o fato de Genesis P. Orridge ter saído da Throbbing Gristle. Ainda acho que poderiam ter sido a maior banda do mundo. Mostre para um dos rapazes jovens. Para alguém que ainda tenha esperança."

Entro na sala de reuniões, onde Rob e Zee estão fazendo as palavras cruzadas da *NME*.

"O número 5 vertical *tem* que ser Iggy Pop", Rob está dizendo, sentado no parapeito da janela e fumando um cigarro.

"Eu já tenho Status Quo no número 17 horizontal", Zee diz, duvidando. "Isso faria dele Iggy Poo."*

"Ainda assim poderia funcionar", Rob diz, fazendo uma careta.

"Ei, seus otários", digo, batendo na porta, entrando e indo até o aparelho de som num só movimento. "Estou com uma demo."

"Acerte ela com a Bíblia. De manhã, se ainda não estiver quebrada, vá ao médico", Rob diz.

"O que é?", Zee pergunta. Zee iniciara sua própria e minúscula gravadora — também chamada de "Thank You" — na qual ele prensa discos flexíveis e os vende com sua fanzine. Em honra das grandes gravadoras independentes — Factory e Creation —, a gravadora de Zee é chamada na redação de "Zeeation" ou "Cacktory", dependendo do quanto o falante aprecia Zee.

"É surpresa", digo, misteriosamente, colocando a fita no som. "Uma banda nova. Das Midlands. Vejam o que acham."

Há um chiado e um barulho surdo, enquanto a fita começa a girar. Então explodem os sons inconfundíveis de "Sit Down", de James.

---

* *Poo*: Excremento em inglês. (N. T.)

"Talvez tenha problemas de plágio", Rob diz. "É bem derivado de 'Sit Down', de James."

"Ele — eles — obviamente gravaram por cima de uma fita velha", digo, parando a fita e dando *fast-forward*. "Maldito imbecil."

"É uma banda gótica terrível?", Rob pergunta. Rob está convencido de que sou gótica.

"Não sou gótica", digo, apertando o botão do aparelho de som, para fazê-lo rebobinar mais rápido. "Só gosto de vestir preto. Como os Beatles em Hamburgo. Você não os chamaria de góticos."

"Você escreve poesia?"

"Sim."

"Você já dançou 'Temple of Love', por Sisters of Mercy?"

"Bem, quem nunca?"

"Já imaginou que Robert Smith do The Cure é seu irmão mais velho?"

"É muito comum esse…"

"Você sairia de casa sem delineador?"

"Tomei a decisão de…"

"Quando rabisca num papel, você desenha um chorão triste, com todas as folhas caindo?"

"Você viu a minha caderneta!"

"Sabe do que eu me dei conta?", Rob diz, pensando. "Na verdade não dá para *evitar*, se você é gótica. Está nos seus genes. Você nasceu assim — como ser negro. Acho que daria para identificar góticos se estivessem pelados numa fila, que Deus me perdoe. Porque seus passarinhos góticos… eles são todos meio fofinhos, não são? São todos um pouco gordos — não me leve a mal, Dolly. Viraram góticos porque o preto emagrece, não é? E a maquiagem é porque são inseguros, então tentam parecer assustadores, para afugentar os… predadores. E os meninos góticos, enquanto isso, sem exceção, são malditos anões — porque eles podem vestir esses sapatos de solado grosso, já que são góticos. Ora! Quando dois góticos copulam, é hilário para caralho. Um casal gótico descendo a rua parece um número 10 perambulando. Está nos genes."

Rudemente agradecendo ao ex-punk Rob pelas reflexões sobre a deformação corporal dos góticos — e comentando que todos os ex-punks que já conheci parecem só ter nove dentes na boca, "Em função de uma combinação de anfetamina de má qualidade e levar socos na cara por serem *ofensivos para caralho*" — algo que, está na cara, magoa Rob, cujos dentes parecem restos de queijo — dou um *fast-forward* na fita até a parte onde estão as músicas do meu pai. Pressiono "play" e "Dropping Bombs" toca, timidamente, na sala.

Esta é a primeira vez que ouço suas músicas fora da nossa casa. Na nossa casa, elas soam enormes — sobretudo porque papai as toca muito alto, em suas potentes caixas de som. E sua plateia somos nós, e as afagamos quando elas tocam, como um fazendeiro faria com uma vaca que estivesse atravessando um portão. Essas músicas são nossas cabeças de gado. Os bichos de estimação de nossa família.

Aqui, porém, no minúsculo aparelho de som da redação, com dois homens adultos sentados e ouvindo, atentos, as músicas soam muito diferentes. Fico bastante chocada em ver como papai parece *pequeno*. Pequeno e estranhamente solitário. Como um pedinte expulso de um bar por perturbar os clientes, que está agora em pé do lado de fora. De repente tenho um fraco de simpatia por ele. Ele estava tão feliz fazendo essas músicas — mas elas resultaram tão *tristes*.

Papai está cantando "*And the bombs you make/ And the lies you fake*" (Rob: "Aqui. Como é que se pode fingir uma mentira?"; Zee, ponderado: "Bem, uma mentira *é* um fingimento. É isso o que é". Rob: "É uma porra de uma *tautologia*, isso é o que é".) quando Tony Rich entra — tirando o casaco e o colocando nas costas de uma cadeira, e largando sua bolsa no chão.

Tenho um momentâneo flashback da última vez que vi aquele casaco saindo de seu corpo — eu o tirando à luz de velas antes de ele me comer no chão, enquanto eu dava palmadinhas em suas costas — conforme fora instruída por aquele homem, na festa.

"Isso é terrível", ele diz, inexpressivamente, indicando o aparelho de som com um meneio.

"Já escrevi essa resenha", Rob diz, engraçadinho.

Todo mundo escuta por mais um pouco de tempo.

"Oh, você podia se divertir *muito* com isso", Rich diz. "Quem vai fazer a resenha? Esse cara é tão de Birmingham. E, Deus, é *tão* piegas. Parece um pôster de Noddy Holder segurando um unicórnio moribundo e gritando, "Mas POR QUÊ? POR QUÊ?".

Até então, eu não dissera nada. Estou em pé numa sala com meus colegas e meu meio-que-namorado, ouvindo meu pai cantar enquanto eles o insultam como a qualquer outro amador ousado que manda uma demo para a D&ME, e não abri a boca. Me pergunto o que vou falar.

"Vou resenhar", digo, lá pelas tantas apertando a tecla "Stop" e tirando a fita. "Posso simplesmente decupar e escrever tudo o que vocês, rapazes, disseram. O trabalho mais fácil da semana."

Mais tarde vou até o banheiro, tiro a fita demo da bolsa, a enrolo em papel higiênico e enfio na cesta de lixo. Enfio até o fundo. Então passo mais delineador nos olhos e entro no elevador com Tony Rich e me espremo contra ele até ele ter uma ereção, porque acho demais poder fazer isso. Que eu possa fazer um homem ter uma ereção. Esse é o meu principal trabalho agora. Deixar Tony Rich de pau duro. É só nisso que estou pensando.

Naquela noite, toda a equipe da D&ME sai para ver o Teenage Fanclub na Brixton Academy. Todos nós entramos, como uma gangue, com um ar vagamente ameaçador: com convites para coquetéis *aftershow* nos bolsos das nossas jaquetas de couro, fumando cigarros e conversando nos fundos. Aprendi rapidamente que "conversar nos fundos" é a coisa certa a se fazer — depois de me jogar na frente do show do Primal Scream, dar *moshs* contra o gradeado, voltar suada e ouvir Kenny perguntar, horrorizado, "Você está coberta de *suor plebeu*? Algum deles tocou você? Mostre para o Kenny onde foi que a apalparam, querida. Podemos conseguir todo tipo de injeção inoculatória que você precisar".

Então me mudei, permanentemente, para o fundo do salão, próximo ao bar, onde a minha espécie deveria viver — fazendo comentários ao vivo do show, com os outros jornalistas.

Recentemente, porém, tem se tornado cada vez mais difícil sair — mesmo que eu fique no fundo, com meu grupo. O mundo indie-rock é um mundo pequeno, e logo me dou conta de que insultei mais ou menos um terço dele.

Ali em pé com os outros jornalistas da D&ME, instantaneamente reconhecível com minha cartola, estou bem à vista para os inimigos que fiz — algo que percebi pela primeira vez quando uma garota gótica me abordou no mês anterior e me repreendeu por ter destruído o Sisters of Mercy.

"Como você consegue chamar Andrew Eldritch de 'fuinha de calças pintadas' se você é só uma… vaca gorda, com o chapéu do Perseguidor de Criancinhas?",* ela perguntou — uma boa linha de argumentação, de fato.

Alguns assessores de imprensa passaram a se recusar a me mandar mais CDs — Kenny tem de pedi-los e encaminhá-los para mim quando preciso resenhá-los, dizendo, "Estão com

---

* Personagem do filme *Calhambeque mágico*, de 1968. (N. T.)

medo do seu machado, Wilde — tive que dizer que eram para zz Top!".

E então, hoje, na Brixton Academy, no meio do show do Teenage Fanclub, estou degustando vários uísques quando o baixista da Via Manchester vem até mim no bar e diz, "Você é Dolly Wilde, não é?", e espera que eu dê minha resposta de sempre — "Quase o tempo todo" — antes de jogar seu drinque na minha cara.

"E *isso* é um desperdício de boa bebida", ele diz, erguendo-se diante de mim enquanto eu pisco, com vodca escorrendo pelo rosto. "Eu ia usar xixi — mas meu empresário disse para eu deixar para a próxima vez."

Tento lembrar o que foi que eu disse sobre o Via Manchester enquanto choro no banheiro, onde Kenny está me dando minha primeira carreira de seu lendário e terrível pó, "Para alegrar você".

Antes, quando me oferecera, eu recusara, já que tenho medo de enfiar o que quer que seja no nariz. Mas agora sinto como se eu *devesse* tomar algo, para me sentir melhor. Preciso de algo novo dentro de mim, para contrabalançar esse sentimento igualmente novo e ruim. É como remédio, na real.

"Não consigo lembrar se eu disse que eles eram aqueles que comprovaram que a ameaça da doença da vaca louca era real — ou se eu disse que deveriam ser enterrados até o pescoço em seus discos encalhados, e então apedrejados até a morte pela plebe enfurecida", digo, chorando, enquanto Kenny estica minha carreira.

Eu cheiro — a carreira esticada em cima da caixa de descarga — como quem manda tudo pro inferno e percebo que o negócio tem gosto de dinheiro. Não sei como eu imaginava que seria o gosto das drogas — gelo-seco, talvez, ou algum tipo de neve metálica —, mas aquilo tinha o gosto exato de uma nota de cinco libras.

Eu me pergunto, com uma repentina lucidez, se é porque *toda nota de cinco libras* que já cheirei continha traços de anfetamina em pó. Se *toda* nota de dinheiro está polvilhada com drogas. Deus, *todo mundo* usa drogas. Não acredito que demorei tanto. Graças a *Deus* que estou usando um pouco agora. Senão, ficaria difícil acompanhar o ritmo.

"Kenny, não quero sair por aí *magoando* as pessoas", digo, enquanto o pó me faz começar a chorar de novo. "Não pensei que elas iriam de fato *ler*. Só pensei, tipo, que os assessores de imprensa colocavam numa caixa e que ficava meio nisso, e que elas simplesmente continuavam fazendo o que estavam fazendo, e nós continuamos fazendo o que estamos fazendo, que todos sabemos que é *bem* divertido, eu só estava *improvisando*, quero dizer, por que eles se importam com o que eu penso? Essa banda que disse que queria enfiar um ecstasy na bunda de John Major."

Eles haviam dito isso mesmo — ao vivo, no *The Word*. Causara uma controvérsia e tanto.

O *speed* fez efeito tão rapidamente que falei tudo isso num só fôlego, enquanto chorava. Olho para cima — Kenny está me encarando.

"Fodam-se", ele diz, rispidamente. "São todos adultos. Esse é o jogo. É isso o que todos nós fazemos. Eles fazem os discos, nós escrevemos sobre. Eles fazem os discos que querem — nós escrevemos as resenhas que *nós* queremos. Todo mundo tem a sua vez. Se não quer que escrevam sobre você — não lance discos, nem fique se pavoneando num palco como um cavalo."

Penso nisso por um minuto. Me sinto reconfortada.

"Esse é o jogo", repito. Pego um lenço e assoo o nariz.

"Oh, meu Deus — o pó, Wilde!", Kenny me diz, horrorizado — fitando atônito para o meu lenço de papel. "Não assoe o pó!"

Examino o lenço de papel, onde acabei de depositar metade da carreira que o meu nariz ainda não tinha tido tempo de absorver. Olho para Kenny. Parece que dei um passo em falso com as drogas. Ele me encara.

"Será que eu devo... comê-lo?", pergunto, tentando entender o que seria o certo a se fazer.

"Não agora", Kenny diz, se inclinando para cheirar sua carreira, amassando o pacotinho vazio e dando descarga nele. "Mas de repente guarde no bolso, para mais tarde. Quem sabe aonde a noite nos levará?"

A curto prazo, a noite me leva de volta a este banheiro mais três vezes para cheirar mais um pouco do *speed* de Kenny. Estou achando uma experiência surpreendente. Não é como eu pensei que seria, nem um pouco. Muito embora o truísmo sobre a anfetamina de Kenny seja que ela é terrível — "Veneno de rato e aspirina", alguém na DOME explicou, grosseiramente. "Até mesmo Shane McGowan do Pogues se recusa a cheirar isso." Na real não tem muito efeito, a não ser me fazer querer falar bem mais, i.e.: em um volume insuportável.

Mas — como beber e fumar — considero essa uma atividade agradavelmente comunitária e propícia à confraternização. Suponho que, se ainda vivêssemos em uma sociedade agrária, sentiríamos a mesma confraternização na hora de realizar uma colheita, ou ao reunir toda a aldeia para construir uma casa de tábuas em um dia, como em *Little House on the Prairie*. Furtados dessa oportunidade, estamos todos reunidos, como se fôssemos um, para me fazer passar desapercebida pelos olhos do segurança até o banheiro masculino, para buscar os restos de dois pacotinhos. Deu à noite uma agradável sensação de *busca*.

Mas a noite acaba levando, como tantas outras noites, a sexo no apartamento de Tony Rich. Caímos embolados porta adentro — no estado faiscante em que ficamos quando tudo não passa de pegação — beijando daquele jeito que conduz a uma série de questionamentos. Se eu fizer... isto, então você vai fazer... aquilo, e então vou *fazer todas aquelas outras coisas incríveis*.

Quando caímos na cama, sem sapatos, casacos e metade das nossas roupas, estou tão cheia de tesão que me sinto como uma espécie de lobisomem embriagado de beijos. Me sinto alegremente, obtusamente animal. Este é o melhor remédio para uma noite ruim — trepar. Estou em minha melhor forma no momento em que tiro minhas roupas com um rapaz. Não posso cometer erro nenhum, nem ofender ninguém aqui. Aqui, sou uma força do bem — fazendo gozar os rapazes que precisam gozar. É pura humanidade. De certa forma, é muito nobre.

Meus pensamentos de intensa nobreza são interrompidos por Tony.

"Então — boquete de batom da freira", ele diz, divertido, pausando a bagunça que estamos fazendo na cama. Paramos um pouco para recuperar o fôlego. Eu estava por cima, me esfregando nele com força.

"Você tem rodado um pouco."

"Sim!", digo, orgulhosa. "Tenho tido muitas Aventuras Sexuais!"

Começo a desabotoar sua camisa — voltando a me esfregar nele. Chega de papo! Vamos voltar a ser animais!

"Então você é bem *aventureira*", ele diz, com as mãos em meu cabelo. Sua voz é grave e baixa.

"Sim", digo, beijando o peito agora descoberto. "Sou como Cristóvão Colombo — viajando mundo afora, sempre procurando por uma Terra Nova nas calças de alguém. Oh, olha! Acabei de encontrar Nova York!"

Desabotoo sua braguilha.

"Você é tão *safada*", ele diz, deliciado. Então repete, mas de um jeito mais sério. "Você é tão... má."

É uma palavra estranhamente simples e reducionista para Tony usar — normalmente ele qualificaria qualquer julgamento moral com um parágrafo de contexto social, como naquela vez na redação em que Rob Grant disse que Sinead O'Connor era uma "mentalista careca com olhos de psicopata", e Tony deu um sermão de meia hora sobre a Igreja Católica na Irlanda e sobre a necessidade de o feminismo ter líderes selvagens a fim de "explodir ideias fixas". O tempo todo durante esse discurso, Rob ficara atrás de Tony, fazendo cara de "blá-blá-blá" e imitando Sinead O'Connor como um doido. Bem.

"Supermá", concordo com Tony.

"Sabe aquela história que você contou para todo mundo sobre o cara com a vela...", ele diz. "E a cera quente. Aquela história foi... interessante. Sabe, você tem que pegar a pessoa certa para esse tipo de coisa. O tipo *certo* de pessoa."

Ele me olha de um jeito eloquente.

Oh, o.k. Certo. *Entendi você*, meu lindo e elegante pervertido. Há uma vela perto da cama. Faço para Tony minha melhor pose "dominatrix" — vendo meu reflexo nos seus olhos, vejo que se parece menos "Venus im Pelz" e mais "Sra. McCluskey de *Grange Hill* quando Gonch disparou de novo o alarme de incêndio", mas que seja — e me estico para pegá-la. Vou pingar cera quente na genitália desse homem! Aceito pedidos! Mas Tony de repente rola para cima de mim.

"O que me agrada é que você gosta de fazer todas as *coisas proibidas*", ele diz, levando minhas mãos acima da minha cabeça.

A próxima meia hora é estranha. Sempre pensei que, se eu algum dia fizesse algum tipo de sexo SM, eu seria o S, não o M. Me sinto uma S de nascimento. O S tem que fazer todo o esforço — o S é levado a trabalhar, aliviando, controlando e libertando o M, bêbado de gratidão.

Sendo uma pessoa que não tem medo de um dia de trabalho, sempre imaginei que eu seria a sadista, em qualquer tipo de jogo sexual. Sou uma operária do sexo! Uma adorável, beneficente, trabalhadora mulher numa espetacular roupa de couro — como que gerada por Madonna.

Mas parece que me entendi totalmente errado — já que Tony enxergou a masoquista que se escondia em mim. Deve ser isso — senão, por que estaria fazendo o que está fazendo agora?

Durante os primeiros cinco minutos, eu me sinto meio... ofendida. Para ser sincera, sinto que seria uma sadista melhor do que Tony. Li a respeito, em livros de sacanagem, na biblioteca — li Sade, e Anaïs Nin, e *O arco-íris da gravidade*, e *A história de O*. Primeiro você precisa ter prazer — *e depois* dor. Sei que não se deve jamais bater duas vezes seguidas no mesmo lugar; que você tem de escolher as áreas mais rechonchudas, em vez das ossudas. Que, entre os momentos mais cruéis, você deve persuadir, adular. E sei que você deve *narrar* a trepada.

O que Tony está fazendo, em vez disso, é essencialmente como as "lutas" que tenho com Lupin. Com a diferença de que Tony está me machucando de verdade. Lá pelas tantas, digo "AI!" com um sotaque bem aberto e indignado de Wolvo, mas vejo que isso estraga o clima — então na vez seguinte faço mais um "Mmmmmmm AI!". Se tem algo que eu sou, é prestativa.

De fato, *eu* deveria estar controlando isso tudo. Sinto como se eu fosse o Bob Dylan da trepada sádica, e que cheguei a uma festa e ofereci meus geniais serviços sexuais aos convidados — e o anfitrião respondeu, "Oh, obrigado — meu irmão tem um órgão Bontempi e vai fazer para nós uns números de Hue & Cry".

O pensamento que eu não posso ter é "Não quero fazer isto" — porque como é que *sei* se não quero mesmo fazê-lo? Ainda estou moldando a mim mesma. Estou aprendendo muitas coisas

317

novas sobre mim, todos os dias. Talvez este seja o dia de eu descobrir que, lá no fundo, eu *sou* uma masoquista — embora cada golpe apenas pareça alguém me surrando, e não uma libertação sexual de alta octanagem.

No final — sem entender a graça de ser, basicamente, repreendida por um homem de pau duro —, faço o que sempre fiz durante o sexo: me concentro no quanto *ele* está aproveitando. Imagino como é ser o sexy e elegante Tony Rich, com uma garota de dezessete anos safada na sua cama. Penso em como isso deve deleitá-lo. Penso em como deve ser incrível enfiar seu pau em alguém — que mágico deve ser ter algo tão duro e tão cheio, e fazê-lo penetrar, vezes repetidas, nesse lugar quente e amigável. Poder jogar uma garota de um lado para o outro da cama e colocá-la nas posições que você quiser. Ter alguém desejando você.

Ele deve estar querendo muito fazer essas coisas. Estou realizando seus sonhos. É uma coisa bem bacana de se fazer, penso, de quatro, enquanto ele dá tapas na minha bunda no mesmo lugar, um atrás do outro, como um principiante que nunca leu nenhum livro erótico, até fazer meus ossos doerem. Estou realizando sonhos.

"Você é incrível", ele diz, depois, enquanto ficamos deitados na cama, sem fôlego. Ele afaga meu cabelo e me olha de uma forma bastante terna — com admiração.

Eu sou? Fui incrível? O que acabei de fazer é incrível? Se penso no assunto, o que aconteceu aqui hoje à noite foi que Tony Rich fez sexo com alguém que estava *fingindo* ser Tony Rich. Acho que *eu* mal estive aqui hoje, na verdade.

"Você é tão adoravelmente obscena", ele diz, me beijando. Então sorrio, porque sou tão adoravelmente obscena. Isso é, afinal de contas, a melhor coisa que alguém disse para mim em meses.

"Você é tão adoravelmente obscena", penso comigo, no dia seguinte, já de volta a Wolverhampton.

Estou deitada na cama, pensando em Tony Rich. Estou fazendo o que sempre faço: tentar olhar as coisas de forma positiva. Não posso deixar de pensar que o que fizemos ontem significa, basicamente, que estamos num novo estágio do nosso relacionamento.

Tenho uma pequena suspeita de que Tony Rich esteja se apaixonando por mim. A noite anterior foi uma espécie de cerimônia de enlace. Ele *confia* em mim. A garota com quem ele estava saindo antes — talvez ela não *deixasse* ele fazer aquelas coisas, e talvez tenha sido por isso que eles romperam. É por isso que ele está comigo, agora. Porque está se apaixonando por mim. Uma garota com a qual ele pode fazer sacanagens de verdade.

À medida que as semanas transcorrem, meu único problema é: tenho bastante certeza de que perguntar-lhe diretamente vai contra todas as regras de ser uma garota descolada. Enfiar a cabeça pela porta no caminho para o banheiro e dizer, "Vou fazer um café — alguém quer? E, ei! Quase esqueço! Você está totalmente enlouquecido de amor por mim? Aquelas coisas que você escreve — são sobre mim? Você sonha comigo? Eu sou seu objeto de desejo? Você está comigo nessa — ou estou aqui sozinha?".

Mas, por outro lado, as oportunidades para descobrir casual e acidentalmente se estamos num relacionamento parecem poucas e distantes. Todas as conversas que temos são ou sobre música, ou sobre trepar. Não vejo nenhuma maneira de disparar em Rich a frase "… e, claro, obviamente, eu sou sua namorada", seja durante uma desconstrução nerd do violão de Nile Rodgers, ou durante a instrução "Mais. *Mais*", enquanto ele me bate. Simplesmente não tenho essas pausas para conversa.

Todo aquele verão, quando acabo em seu apartamento, várias vezes, bebendo seu vinho, fazendo sexo sacana e pervertido com ele, e então deitada na cama, falando sobre a influência de Auden sobre Morrissey, sinto que estamos em uma enorme, permanente e surreal sessão do jogo Rizla, e que Rich enfiou um Rizla na minha cabeça no qual está escrito ou "Minha namorada" ou "Não é minha namorada", e eu preciso descobrir de qual se trata com ajuda de uma série de perguntas às quais ele apenas pode responder "sim" ou "não". Toda essa situação parece um grande problema sociológico. Por que ainda não descobrimos uma maneira de descobrir se alguém está apaixonado por você? Por que não posso pressionar uma fita medidora de pH contra a sobrancelha suada de Tony, quando estamos transando, e ver se fica "rosa" para amor — ou "azul" para uma trepada casual? Por que não há informação sobre isso? *Por que a ciência não cuidou dessa questão?*

Se eu estou apaixonada por ele me parece uma questão bem menos importante do que se *ele* está apaixonado por mim. Nunca levo a mim mesma para um cantinho e me pergunto "Você *realmente* quer Tony?", porque sinto que não estamos nos vendo muito. Essa é mais uma desvantagem de se viver numa casa sem espelhos.

Como se tentando aumentar minha confusão, na metade de julho, quando estou de volta a Wolverhampton, Rich me liga e me convida para passar o fim de semana na casa de seus pais — COMO SE FAZ COM UMA NAMORADA —, então acrescenta, "Mas não se preocupe, vários outros amigos também vão". Exatamente como não se faz com uma namorada.

"Você está fazendo sexo obsceno tórrido e casual com vários de seus amigos, também?", pergunto, como um alegre porém perspicaz detetive do amor.

"Meus pais têm uma adega incrível!", ele responde. "Quem sabe?!"

Na casa de meus pais, que não têm uma adega incrível — apenas um puxadinho cheio de latas de querosene —, acabo desligando o telefone e encerrando esse telefonema inigualavelmente sentencioso, e vou procurar por Krissi.

Ele está em seu quarto, cuidando de sua sementeira, comprada numa venda de coisas usadas por cinquenta centavos e que está novinha, a não ser por uma rachadura enorme na tampa, que ele consertou com fita adesiva.

"O que você tá plantando?", pergunto, me jogando na sua cama e tomando um gole do meu Jack Daniel's. Fiz um upgrade para Jack Daniel's agora. É o que o Primal Scream bebe, e Slash, e Ernest Hemingway. Desde as colinas infantis de MD 20/20, até que me graduei num espaço impressionantemente curto de tempo.

"Saia da minha cama — não quero que fique menstruada nela de novo", ele responde. "Você é muito descuidada com seus fluidos corporais. Encontrei evidências de suas vísceras na minha fronha na semana passada. Abóboras."

Olho a fileira de minúsculos brotos de abóbora — cada um tão pequeno que se parece com um minúsculo capim agulha, com um único par de folhas no topo. São a coisa mais frágil que já vi. Não sei como se mantém em pé. É uma caixa cheia de impossibilidades.

"Não sei se sou namorada de Tony Rich ou não", digo, obedientemente sentada no chão, brincando com o difusor de vapor.

"Bem, você não é", Krissi diz, bruscamente. "Senão ele teria te contado."

"Não é tão simples assim."

"Ora, é sim", Krissi diz, esfarelando um pouco de composto na bandeja.

"Não, não é."

"É, sim. Ele é seu não namorado elegante e pedófilo."

Olho atônita para ele, boquiaberta.

"Ele não é pedófilo."

"Johanna, ele tem vinte e três anos e você, dezessete."

"E daí?"

"Meio pedófilo, né? Quero dizer, com certeza não se trata de um não pedófilo."

"A idade não significa nada, a não ser um número", digo, solenemente. "Tony e eu não pensamos nessas coisas. Somos apenas duas pessoas iguais e sexualmente ativas, transando uma com a outra."

"O.k., você tem razão", Krissi diz. "A idade *é* só um número para Tony Rich. É um número que ele fica repetindo várias vezes para ele mesmo — 'Estou transando com uma garota de dezessete anos! Estou transando com uma garota de dezessete anos! Vou ganhar uns *high-fives* por isso lá na redação!'"

Decido, furiosa, que esse não é o momento para contar a Krissi sobre os tapas. Sexo é algo complicado, e ele não entende. Ele é apenas um observador, que vê tudo da margem. Sou eu que estou na linha de frente do sexo, de fato *lidando* com ele.

Sento-me, rabugenta, na cama, e tomo mais um gole de Jack Daniel's. O problema é que Krissi ainda está me tratando como se eu fosse uma virgem de catorze anos que tenta conversar com ele sobre *Annie* — apesar da minha cartola, e do meu nome na revista, e de eu transar.

"Sabe, em alguns anos você vai entender", digo para Krissi, sem piedade. "E espero poder ser mais compreensiva do que você foi comigo hoje, quando você *finalmente* começar a fazer sexo."

Assim que digo isso, sei que não deveria tê-lo feito. É injusto mencionar que Krissi ainda é virgem. Não é culpa dele — é uma vantagem injusta de ser marcada — eu não deveria ter dito isso, e pisei na bola.

"Krissi, eu não devia…"

Ele se levanta, com o rosto lívido. Nunca o vi tão bravo — na verdade *furioso*, e não apenas chateado.

"Cai fora do meu quarto, sua merda", ele diz. Seu rosto está frio. Mais frio do que jamais o vi. Parece que ele vai dizer mais alguma coisa — dizer um bilhão de coisas —, mas então ele só repete, mais friamente ainda: "Cai fora, sua merda".

Imediatamente saio do quarto e me inclino sobre a porta que separa o quarto de Krissi da cozinha. Digo, através da madeira, "Kriss, me desculpe. Sinto muito mesmo. Eu não deveria ter dito aquilo".

Do outro lado da porta, numa voz fria: "Você é uma merda completa".

"Sou uma merda."

Papai entra na cozinha, carregando um prato com restos de torrada e rastros lambuzados de ovo frito, que ele larga na pia.

"Você é uma merda, é?", ele pergunta.

"Agora não, papai", digo, ainda me apoiando na porta.

"De certo modo, somos todos uns merdas", papai diz, expansivo. Ouço Krissi falar, numa voz baixa e monocórdica, "Bem, você *com certeza* entende disso", no seu quarto.

"É só uma conversa de irmãos", digo a papai.

"Vou matar você", Krissi diz, na mesma voz monocórdia.

"Só uma conversa de irmãos."

"Você já mostrou a fita para alguém na revista?", papai pergunta.

"Ainda estou esperando a hora certa", digo, tão positivamente quanto possível. "É preciso saber quando pegá-los de surpresa, quando dobrá-los."

"Ah, Kenny Rogers", papai diz, concordando, e deixando o recinto. "Sim. Faça como Kenny."

Continuo apoiada na porta de Krissi por algum tempo, dizendo "Desculpe" incontáveis vezes. Mas tudo o que consigo ouvir é Krissi molhando as minúsculas sementes com seu difusor.

Sento no chão, as costas encostadas na porta, apenas ouvindo Krissi se movimentar. Sei que não poderei entrar lá de novo por muito, muito tempo.

Vinte e dois

Então vem bem a calhar dar uma escapada à noite — para a casa dos pais de Rich. É uma casa linda — daria para beijar a fachada dela, como o rosto de uma menina.

"É um antigo vicariato", Rich me explicara, no trem, enquanto rumávamos velozmente para o arborizado Cotswold August. Tínhamos nos encontrado na Paddington Station e nos beijado com tanta intensidade e por tanto tempo que algumas crianças se aproximaram e ficaram olhando. Quando finalmente interrompi o beijo, fiz um sinal afirmativo para elas com o dedão. Quero que a sexualidade adulta tenha boas primeiras conotações para elas.

Mas quando chegamos ao vicariato que é a casa dos pais de Rich, vejo que não é como o vicariato da região vinícola, que é dos anos 70, e tem um estranho muro de concreto amarelo no qual vadios locais escreveram "OH, DEUS" com spray.

É um vicariato vitoriano com gramados lisos e chorões e um degrau na porta de entrada onde toda a minha família caberia sentada. Há rosas em volta das janelas e um labrador com artrite sai da casa para investigar nosso táxi, quando o carro estaciona ali fora.

Os pais de Rich estão em pé sobre o degrau de entrada para nos receber, como pais de um seriado cujo produtor de elenco buscava uma "mãe simpática, elegante, ligeiramente fútil" e um "pai ostensivamente rude, tipo pilar da sociedade com um pendor para o uísque".

Tudo neles imediatamente faz eu me sentir maltrapilha — quando nos levam até o quarto de Rich, que tem uma cama de casal, fico com vergonha das minhas botas Dr. Martens gastas sobre o tapete branco e da minha mochila de Exército comprada de segunda mão, ainda suja de lama seca de um dia inteiro passado num festival de música no Finsbury Park.

Imediatamente prometo não colocá-la no chão, sobre a cama ou sobre o toucador, com sua bela toalha de crochê. Não quero manchar o lugar com minhas coisas inadequadas.

"É um quarto muito bonito, sr. e sra. Rich", digo.

"Não é mesmo?", a sra. Rich diz. "Era o quarto do Tony quando ele era garoto. Olhe!", ela diz, apontando para uma cumbuca de argila sobre o toucador, berrantemente pintado com tinta roxa. "Este foi o presente de Dia das Mães que ganhei quando ele tinha sete anos."

Olho para o objeto. Tony pintou uma imagem que faz sua mãe parecer um Data de *Star Trek* semiderretido.

"Que graça!", digo, examinando. A mãe-prato só tem um olho.

"Quando estiverem instalados, venham tomar uns drinques conosco no terraço", a sra. Rich diz, se retirando.

Nós nos "instalamos" comigo fazendo um boquete em Rich enquanto ele fica sentado em uma linda cadeira de balanço de carvalho — a mão dele na minha cabeça, repetidamente fazendo "psiu!" cada vez que me mexo rápido demais, fazendo a cadeira de balanço ranger — pois sou uma ótima, mesmo que por ora ainda não assumida, namorada.

Então subimos na cama e nos beijamos por algum tempo: aqueles beijos longos, em câmara lenta, que ele dá tão bem; toda a sua inteligência concentrada na boca, enquanto eu me faço gozar, porque agora o costume é que ele nem sequer tenta, e sussurra "psiu" de novo ao menor barulho que faço. Todo o meu sexo é feito por mim mesma e em silêncio.

Então coloco minha mochila no banheiro da suíte, onde não sujará nada, e coloco um vestido, e limpo minhas botas com um lenço umedecido até que brilhem, e nos juntamos a seus pais no terraço, quando então eles exclamam: "Olá! Chegaram bem a tempo do champanhe!" e a rolha salta, e as taças tilintam, e as borboletas levantam voo, lindas e difusas, e ficam presas no dossel do guarda-sol gigante.

Nunca estive num lugar desses antes — um lugar tão dedicado ao prazer tranquilo, ordeiro, suntuoso. O terraço de pedra que dá para o gramado, o rio serpenteante lá embaixo, ornado por chorões. As margens são luxuriantes de lavanda, eufórbia e rosas.

Entrego a seus pais o presente que eu trouxe — uma xícara de Wolverhampton, do Escritório de Informação Turística de Wolverhampton, na Queen's Square. Eles ignoram sua existência, e lhes digo que têm razão em fazê-lo: "Enquanto eu estava lá, duas pessoas entraram e perguntaram, 'Vocês vendem salgadinhos?'".

Todo mundo ri.

Bebemos champanhe, e eu cuidadosamente espalho meu vestido sobre a cadeira, e eles me contam como Tony era quando mais novo, enquanto Tony aperta minha mão sob a mesa de um jeito "não dê ouvidos aos meus pais": "Gastava toda a mesada naqueles discos *terríveis*…".

"… discos *experimentais*…"

"… e faltava a provas importantes em Harvard para assistir aos Pixies."

"Era a ovelha negra da família", sua mãe fala, olhando para ele de modo condescendente.

Aparentemente todos os amigos advogados deles ficaram decepcionados por sua falta de interesse em seguir o negócio da família — "Cobiçaram Tony para seus escritórios durante anos!" —, até que se lembraram de seu amigo Martin, que trabalha para a *Observer*, e entregaram a ele alguns textos de Rich: "E ele disse que o rapaz sabia escrever! Quando vimos, ele emplacou uma matéria que explicava que essas raves eram o futuro da música".

Rich age de forma bem tola e autodepreciativa quanto a tudo — "É só uma onda momentânea, pai", ele diz, acendendo um cigarro enquanto sua mãe faz "tsc, tsc", mas traz um cinzeiro.

"Não foi o que disseram sobre os Beatles?", seu pai pergunta, tornando a encher os copos. "Só uma mania passageira?"

É tudo muito agradável durante uma hora. Então os pais de Rich se retiram — "Vamos deixá-los para o seu… *bacanal selvagem*! Nos vemos mais tarde", a mãe de Rich diz, beijando o rosto do filho, voltado para cima — bem quando os amigos de Rich começam a chegar. Will! Emilia! Christian! Frances! Rapazes e moças confiantes, de cabelos reluzentes, cumprimentando em voz alta enquanto atravessam o gramado.

Estou entusiasmada com o fato de todos aqueles jovens elegantes terem vindo. Uma das coisas que nunca consigo confessar a meu pai, em meio a seus discursos sobre o Choque de Classes, é que na verdade gosto de gente elegante. Bem, para ser específica, pessoas autoconfiantes, ligeiramente almofadinhas, oriundas de Oxbridge: rapazes de casacos tweed, moças de óculos e vestidos floridos, que estudam física.

Em outro mundo — num mundo em que eu não tivesse fugido da escola para ganhar dinheiro — eu teria frequentado

Oxbridge, penso. Minhas notas preliminares eram altas o suficiente, e eu teria deixado Wolverhampton e entrado naquela Gormenghast intelectual, onde não há rapazes em esquinas gritando para você; nenhum homem ameaçando enfiar um machado na cabeça do seu cachorro.

Eu teria levado a cadela comigo, é claro — se Byron pôde levar um urso, eu poderia facilmente esconder minha pastor-alemão nas minhas tralhas. Talvez no armário.

Eu teria sido monitora de inglês, e escrito para a *Varsity*, e teria saído com os irmãos mais novos de Hugh Laurie, e iria de barco até a mercearia para comprar cigarros. Teria sido como férias de três anos de duração, salpicada por banquetes. Eu teria *me luxuriado*.

Mas, em vez disso, fugi da escola e me juntei ao circo do rock 'n' roll por dinheiro.

Então é como membro do circo do rock 'n' roll que os saúdo. Agora os pais de Rich já se foram, posso voltar a ser como antes. Inclinando minha cartola no ângulo mais devasso possível e colocando um cigarro aceso na boca, eu me levanto para cumprimentá-los.

"Olá!", digo, estendendo a mão. "Sou Dolly Wilde! Encantada em conhecê-los! Venham colocar um pouco de bebida nesse corpinho! Trouxe um souvenir para vocês, de Wolverhampton."

Exibo a garrafa de MD 20/20 que trouxe da loja que vende álcool para menores próxima da estação.

Will diz, "acho que vou tomar uma cerveja, obrigado" — mentalmente o anoto como um criador de problemas e imediatamente coloco seu nome na minha Caderneta de Contendas, sob a rubrica "recusa bebida" — mas os outros se sentam e, alegremente, tomam uma dose.

"É como estar de volta à universidade!", Emilia diz, alegre, enquanto bebem o medicamento verde brilhante.

"Então você é a enfant terrible da D&ME", Christian diz, simpático, sentando-se. "Eu leio seus textos."

"Rob Grant me chama de *elephant terrible*", digo, indicando meu corpo, "o que é muito notável, vindo de um ex-punk desdentado. Rob tem o recorde de ser o jornalista mais fisicamente atacado por músicos por ele destruídos — embora eu venha num segundo lugar bem próximo. O baixista da Via Manchester jogou um copo de mijo em mim, no show do Teenage Fanclub no mês passado."

"Era vodca, Dolly", Tony diz, enquanto os outros riem, horrorizados e compadecidos. "E foi em junho."

"Ele disse que *na próxima vez* seria xixi. E, além disso, a vodca no Academy tem gosto de mijo. E além disso — blerg."

Silenciosamente, no fundo da minha mente, receio que esses rapazes e moças dourados possam levar a conversa para as coisas inteligentes sobre as quais ainda não li na biblioteca — Kant, filosofia grega, Schopenhauer. Li Rimbaud, sim — mas ainda não tenho certeza de como se pronuncia seu nome — *certeza* de que não pode ser Rambo? Mas, se for, já tenho cinquenta piadas com o Sylvester Stallone prontas para serem disparadas — e ainda sinto a queimação da vergonha de quando entrevistei uma banda e pronunciei *"paradigm"* como se escreve, e eles me corrigiram, com gozações.

Isto é a coisa terrível de aprender tudo de livros — às vezes você não sabe como dizer as palavras. Você conhece a ideia, mas não pode discuti-la com as pessoas de forma confiante. E então você fica quieto. É a maldição do autodidata. Ou "autodidiata", como eu disse no mesmo vergonhoso dia. Oh, aquela conversa deu muito errado.

E então faço o que todas as pessoas inseguras fazem — levo a conversa para um território no qual me sinto segura. Eu. Falo sobre mim, a tarde inteira. Conto todas as minhas histórias de batalha — o boquete de batom da freira, Al Pau Grande, "garotas gordas nadam bem". Conto até mesmo a história de aparecer no *Midlands Weekend*, porque sinto que posso rir daquela garota, agora. Dolly Wilde pode rir de Johanna Morrigan, com seu rosto lavado e suas roupas ruins.

"Sou a vida e a alma desta festa!", penso, enquanto me sirvo de mais uma bebida e observo todos rindo, alegremente escandalizados por minhas histórias. Christian está particularmente impressionado pela história de como, quando entrevistei Mark E. Smith do The Fall, perguntei se ele sofria muito assédio de *groupies*, e Smith respondeu — espirituosamente — "Já tive mais pombas do que todos os seus jantares românticos, meu amor", ao qual respondi, alisando minha ampla barriga, "duvido muito *disso*".

"Hahaha, simplesmente *brilhante*", Christian diz.

Não conto que, na realidade, só pensei em dizer "duvido muito *disso*" quatro dias *depois* da entrevista, enquanto tomava banho. Na ocasião, eu só disse, nervosamente, "Que ótimo para você! E para elas!" e passei para a próxima pergunta.

Mas pequenas mentiras não importam. Eu *sinto* que poderia tê-las dito — e isso é basicamente a mesma coisa do que se as tivesse de fato dito. Pequenas mentiras não importam quando você é lendária. E quando você é lendária, não faz mal que você fique tirando o microfone dos outros.

Seis da tarde, e o álcool teve a imprevista consequência de deixar muita gente descontraída.

"Chega de papo!", Rich diz, com firmeza — pastoreando seus convivas levemente inquietos até o gramado para um jogo que envolve petecas e raquetes de badminton.

"Eu não estou com o sutiã *certo* para isso", digo, quando me convidam para jogar. Percebo, com uma ponta de dor, que Rich parece aliviado de eu não jogar. Decido ser nobre a respeito — acenando para eles irem ao gramado, à maneira de uma imperiosa Maggie Smith.

Não há hipótese de eu me envolver numa atividade física na frente dessas pessoas magras — *não* sou cachorro-grande num cenário que envolva corrida e coordenação óculo-manual.

Em vez disso — dando-lhes um beatífico aceno de cabeça — eu me sento e os vejo jogar, na luz do final de tarde. Eles parecem lânguidos agora. É como o clipe de "Avalon", da Roxy Music — tudo num foco enevoado, e a juventude dourada.

"Venha jogar, Dolly!", Will grita — sem fôlego, com uma raquete na mão.

Balanço a cabeça, num alegre arrependimento.

Porque, no paraíso, eles convidam para jogar, mas você não sabe como embarcar na caravela deles, e não sabe como montar seus cisnes. Eles gritam seus nomes — "Emilia! Will! Frances! Christian!". Nomes que não precisam carregar fardos pesados, ou serem escritos em formulários de benefícios sociais — implorando. Nomes que serão sempre apenas uma alegre assinatura num cartão de aniversário, ou num cheque — e nunca chamados em voz alta numa sala cheia de pessoas ansiosas.

Oh, seus nomes — seus nomes! Será que algum dia vocês entenderão o quanto me deixam ansiosa, em segredo? Que eu me preocupo por não conseguir dizê-los sem sarcasmo. Seus nomes são piadas, lá de onde eu venho.

Eu suspiro e acendo outro cigarro.

Duas horas depois, e o sol havia se posto. Estou sentada com Emilia, que se machucou e caiu fora do jogo depois que Tony acidentalmente deu uma raquetada na sua mão.

Sua mão repousa num saco de ervilhas congeladas, e estamos medicando sua dor com gim — o MD 20/20 já acabou. Estamos bem, bem bêbadas — aquele estágio confortável em que duas pessoas são apenas dois rostos flutuantes, falando uma com a outra.

Tivemos uma conversa interessante e bem ampla — marxismo, camurça, Chanel Nº 5, medo de ficar louca, Guns N' Roses, como ela é a preferida de seus pais e como isso é estranho, qual o melhor animal — o consenso a que se chegou foi "centauro" — e se todos os casacos de veludo fazem você parecer gorda (sim).

Ela passou muito tempo discorrendo sobre meus textos da D&ME, dos quais ela é "fã" — em particular minha resenha do The Breeders, na qual digo que as panturrilhas de Kim Deal eram tão absurda e desproporcionalmente musculosas que imagino que ela "passa todo o dia pedalando uma bicicleta muito, muito pequena montanha acima". "Foi hilário *para caralho.*"

E então, por volta das nove da noite, ela diz uma coisa chocante. Ela se inclina para a frente, como quem vai fazer uma confidência, e diz que sabe tudo a meu respeito — pois ela e Rich saíam juntos, até pouco tempo atrás. Ela o largou, e ele ficou "muito mordido", mas "Ainda transamos, às vezes. Não é nada de mais. Sabe como é?".

Então lá vem algo para o qual eu não estava preparada, nessa noite agradabilíssima, na qual estou muito bêbada: uma repentina e emergencial remessa de dor e constrangimento. Eu me sinto como se estivesse recebendo um pacote que agora ocupa todo o gramado.

Quando me conta, a princípio quero me debulhar em lágrimas. Quero fugir. Quero fugir — talvez enquanto ponho fogo no meu cabelo — e nunca mais voltar.

Ele ainda está apaixonado por essa garota, que ainda está comendo — e me trouxe aqui, para conhecê-la? Que coisa *terrí-*

vel de se fazer. Curiosamente, para alguém cujo coração deveria estar despedaçado, o que me deixa mais furiosa é que ele nem sequer se ofereceu para pagar minha passagem de trem.

"Torrei quase cinquenta paus para chegar aqui, para conhecer a garota que ele prefere a mim. Comprei uma xícara para os seus pais", penso. "Por esse dinheiro, espero algum tipo de exclusividade — e não uma festa surpresa estilo 'Oh, Dolly, aqui está a pessoa em quem geralmente penso quando gozo em você'." É tudo uma mentira.

"Mas tudo bem, né?", Emilia diz — confusa com a expressão em meu rosto. "Quero dizer, ele disse que vocês dormem juntos bastante — que é só uma coisa sexual. Que você... faz coisas... quero dizer... que você é..."

"Uma Aventureira do Sexo? Sim, sim, eu sou", digo, para aliviar seu constrangimento. "Sou uma fodedora-fodona. Sou Indiana Boquete Jones!"

"Isso é demais. Eu também gostaria de ser assim", Emilia diz. "Uma Aventureira do Sexo!"

E fazemos tim-tim, num brinde às Aventureiras do Sexo.

E, em minha minúscula mente bêbada de fuinha — desesperada para não chegar perto daquela vergonha, sentada à espreita, no gramado —, tomo uma decisão, a fim de salvar meu orgulho.

Decido que vou mostrar que não me importo com essa situação humilhante da qual eu nada sabia — e a melhor maneira de fazê-lo é ficando com Emilia. É assim que vou sair por cima, nessa situação: vou ficar com a garota de que ele mais gosta. Afinal das contas, todo mundo é bissexual depois das onze da noite.

Trinta segundos depois, descubro que beijar uma garota é estranho. Bem, essa garota, pelo menos. Ela é tão macia, e seu rosto é tão pequeno que é quase como se nada estivesse acontecendo. É uma coisinha terna, aconchegante — como gatinhos enfiando o focinho contra sua mãe. Mas tudo bem. Quem não gosta de gatinhos? Eu gosto de gatinhos. Continuo beijando.

No gramado, posso ver que os demais pararam o jogo e que estão nos observando.

Do gramado, ouço Tony dizendo, positivamente, "Ela é tão *sacana*".

Fico entusiasmada por ouvi-lo dizê-lo de novo.

"Isso *mesmo*!", penso comigo. "Sou *absolutamente* sacana! Ouçam o Tony, contando minha história para todo mundo!"

Redobro meus esforços para beijar Emilia — faço carinho em seu rosto; coloco minha mão em seus cabelos. Estou dando um show.

Depois de uns minutos dessa plateia silenciosa lá no gramado, Tony deixa os demais e vem se sentar à mesa conosco. Ele fuma um cigarro, em silêncio — ocasionalmente se inclinando para fazer uma carícia no cabelo de Emilia, ou no meu — mas, de resto, nada é dito.

No final, eu interrompo o beijo, encaro Tony, e digo "Olá" de um jeito provocante.

"Oh — não parem por minha causa", Tony nos diz, do seu jeito lento que significa que ele está com muito tesão. "Fico feliz de ver que vocês estejam se dando tão bem, meninas."

Mas percebo que ele está acariciando o cabelo dela mais do que o meu.

Então minha mente de fuinha — atacada por MD 20/20 e gim — decide reganhar o controle dessa situação, mudando de marcha: sugerindo um ménage à trois. Não posso desafiar a minha lógica — sobretudo porque estou bêbada. Mas deduzo que, se sou a garota preterida, que, ainda assim, sugere a coisa mais desejada, eu vou voltar a ser a garota mais desejada.

E quando Tony gentilmente pega Emilia por uma mecha de seu cabelo e a puxa para longe de mim para poder me beijar, penso, "Yes! Fiz a coisa certa!".

E quando ele então a beija, penso, "Bem, ele está só sendo educado. E, além do mais, foi tudo ideia minha. Ainda tenho o controle da situação".

Acaricio o cabelo de Emilia enquanto ele a beija — só para participar.

"*Tão* ultrajantemente sacana", ele diz, recuando — encarando primeiro a mim, então a ela, com as pupilas dilatadíssimas.

"Bem, está tudo correndo esplendidamente!", penso. "Estou prestes a mudar de Nível Sexual!"

"Me deem licença, um momento", murmuro, ficando em pé — e então quase volto a cair. Tomei muito gim desde a última vez em que estive de pé. "Eu volto em um... 'sexy-gundo'."

Abanando ostensivamente a mão por cima do ombro, à maneira de Carmen Miranda, caminho com muito cuidado até a casa e subo até nosso quarto. Preciso estar pronta para meu primeiro ménage à trois! Preciso estar bem para isso!

Tiro o delineador da bolsa e o aplico até que meus olhos estarem circundados de preto. Coloco desodorante nas axilas — preciso ter cheiro bom para a garota! Garotas são exigentes! — e então perfume: Body Shop Vanilla Musk, a maneira mais sofisticada dos anos 90 de encobrir cheiro de cigarro. Então vou ao banheiro e escovo os dentes sentada no vaso. Sou como uma noiva gótica pervertida se preparando para sua noite de núpcias bissexual.

A janela do banheiro está aberta, e dá para ouvir a conversa, um pouco abafada, lá fora. Tony está conversando com Christian, Will e Frances — eles estão claramente sendo incentivados a ir embora. Paro de escovar os dentes por um minuto.

"Devíamos dar uma volta", Will está dizendo. "Até o bar."

Christian parece relutante.

"Estou cansado", ele diz, insolente.

Há uma rixa e alguns risos — parece que Tony está brincando de lutar com Christian.

"Ai!", Christian diz — ainda rindo. "O.k.! O.k.!"
Então ele fala algo num murmúrio que não consigo ouvir, mas que termina com "... seu lado rude".
Então o som deles indo embora — garrafas tilintando, Christian reclamando, "Bem, só espero que não esteja cheio demais. Não quero *ficar em pé* num *bar*".
Fico sentada ali por um momento, tentando absorver o que acabo de ouvir.
Um lado rude. Eu sou o... lado rude dele.
E, pela segunda vez esta noite, digo a mim mesma como lidar com a situação. *Ordeno* a mim mesma que fique o.k. com isso. Serei quem a situação demandar que eu seja. Fingir até conseguir, garota. Eu *vou* ser o lado rude dele — como quando Rochester é conquistado pela empobrecida Jane Eyre. Ou... como Julia Roberts e Richard Gere em *Uma linda mulher*. Há nobreza nisso! Triunfei sexualmente, a despeito de todos os prognósticos sociais — apenas sendo eu mesma! Sou duas em uma! Sou a garota do ménage SM da classe trabalhadora! Meu CV sexual tem *todas* as taras! *Cara*, sou hiperqualificada. *Hot tramp, I love me so.*

Mas, quanto volto até o terraço e cumprimento meus dois futuros companheiros de foda com um alegre, "Então — vamos começar este ménage!", vejo Tony dando uns amassos em Emilia contra a parede, com a mão sob seu sutiã.
"Oh", digo. "Vejo que vocês... já começaram."
Fico ali em pé por um minuto.
Nos primeiros trinta segundos, não tenho absolutamente nenhum pensamento — sinto-me como Coiote quando ele passa o limite do penhasco e suas pernas ficam bicicletando no ar. Isso é mau? É mau que eu me sinta mal? Será que eu deveria me dizer para não me sentir mal?

"Ahn... olá?", digo.

Tony e Emilia se viram para me olhar. Emilia está totalmente bêbada, mas não tira as mãos do peito de Tony. Tony estende uma mão para mim.

"Venha se juntar a nós!", ele diz, alegremente.

Não me mexo.

"Venha — junte-se a nós!", ele diz de novo — o braço ainda estendido.

Na verdade não consigo pensar em nada para dizer.

"Você parece... *triste*", ele diz, como quem fala com uma criança amuada.

"Bem", digo. Tento entender o âmago do meu descontentamento. Só o que posso fazer é constatar: "Você estava com a mão no sutiã da Emilia".

"Você concordou em fazer um ménage à trois!", Tony diz.

"Bem, sim — mas então *vocês* começaram um ménage a dois", digo, devagar.

"Um ménage a dois é algo englobado pelo ménage à trois. É inerente", Tony diz, rindo. Ele vem até mim — deixando Emilia contra a parede, confusa — e me beija. "Venha, querida", ele diz. "Deixa eu te mostrar algo *realmente* safado."

E de repente — pela primeira vez em anos — eu fico brava. Antes, eu sempre me esquivara da raiva — não gosto do jeito como ela acelera nossos pensamentos e nossas emoções; se parece demais com a ansiedade para ser bem-vinda. Raiva é como colocar ácido numa água que já está fervendo — deixa as coisas incontrolavelmente efervescentes. Faz você agir e falar com uma perigosa rapidez, e eu já me sinto rápida demais.

Mas agora — agora parece uma inesperada explosão cerebral de força. Parece — se é que consigo lidar com isso — a solução para este dia conturbado. Pois estou *indignada*. Estou *ofendida* com tudo isso. Minha carruagem chegou, é uma indignação furiosa, e eu estou embarcando nela.

"Vamos esclarecer uma coisa", digo, empurrando minha cartola para trás, para o seu lugar, e tentando permanecer montada nessa raiva galopante. "Vamos esclarecer uma coisa. *Eu* — sou a depravada aqui. *Eu* — sou a *sexpert*. *Eu* já trepei mais vezes do que vocês já tiveram jantares românticos. *Eu* estava gozando, pensando em leões falantes de Nárnia, enquanto vocês ainda estavam no nível A do sexo. Eu *li* Sade — em vez de apenas escutar Velvet Underground usando ridículas botas pontudas. *Eu* trepei com um pênis tão grande que quase me matou. *Eu* vi navios inimigos em chamas nos ombros de Órion, e raios c brilharem na escuridão perto do Portão de Tannhauser — *nas minhas calcinhas*. É pervertido eu trepar com vocês. Não o contrário. Eu puxei *vocês*."

Comecei a chorar enquanto dizia tudo isso. Não de tristeza, mas de… lamento, por ter tido que *dizê-lo*. Por eu estupidamente ter ido até lá, com aquele rapaz estúpido.

"Eu estava fazendo vocês de objetos", continuo, tentando suprimir os soluços que aniquilariam esse solilóquio. "Eu tenho um *cartão de milhagem* por transar com grã-finos. Estou numa porra de uma *Corrida do Ouro* por transar com você. Recebo cumprimentos no Working Men's Club. Nos bairros populares, *nós* inventamos a nossa própria diversão. Eu não sou… seu *lado rude*. Você é… *meu lado grã-fino*."

Ele é meu baterista. Ele é meu baterista. Todos esses homens com quem transei são meus bateristas.

Olho para ele — está me olhando fixamente. E atrás dele — Emilia. Também me fitando. Vejo o que fiz: lancei um solilóquio bêbado sobre o sistema de classes. Sei o que isso significa. Finalmente me transformei no meu pai. Só conheço uma maneira de terminar um discurso desses.

"Sou a maldita filha cigana e judia de Brendan Behan", digo, "e um dia, vocês, seus merdas, vão se dobrar para mim."

Faço uma pausa. Rich e Emilia continuam me fitando, simplesmente.

"Vou embora agora — para fumar um furioso cigarro marxista", concluo.

Fumo o cigarro todo o caminho escada acima, e até o nosso quarto, embora não se possa fumar na casa. Então apago o cigarro na pequena cumbuca de argila que Tony fez quando tinha sete anos — esfarelando-o na cara de *Star Trek* derretida da sua mãe — e capoto na cama.

Vinte e três

Acordo em meio à opulência do coral da aurora — a pluma cor de gema da fênix, e o couro cinza perolado específico do pé da cacatua, que daria um belo sofá Chesterfield, ao custo de cinquenta mil cacatuas mortas. Pássaros são ultrajantes. Ouça-os cantar para o nascer do sol! As vozes enchem sua inerte pele dourada até fazê-los flutuar pelo horizonte, como um reluzente zepelim de barulho; oh, Deus, ainda estou bêbada.

Volto a pegar no sono e acordo de novo às oito horas. Está claro.

Saio da cama — Rich ainda está dormindo, estatelado lá onde ele deve ter se jogado, horas depois de eu tê-lo deixado, com marcas roxas no pescoço. Que *imbecil* — me vestir, arrumar as coisas, encontrar a lista telefônica e chamar um táxi.

Sentada na soleira da porta de entrada, fumando um cigarro enquanto espero o táxi chegar, tenho um repentino e inesperado momento de calma — como se eu tivesse pressionado *pause* por um segundo, numa vida que está no *fast-forward* já há algum tempo.

Observando enquanto a fumaça se espirala, como o truque da corda indiana, olho para minhas mãos e penso, "Parecem as mãos de um adulto. Você tem mãos de adulto, agora, Johanna. Mãos de adulto fumando um cigarro de adulto, após a noite em que se evitou uma derrocada sexual".

Eu me sinto revigorada... livre. Na noite passada estavam prestes a acontecer comigo coisas de que eu não gostava — e eu *dei um basta*. Nunca antes eu havia manejado meu próprio destino. Nunca antes eu me colocara no caminho de uma certa infelicidade e me dissera — amorosamente, como uma mãe de mim mesma — "Não! Esta infelicidade não te cai bem! Vire para outro lado e vá por outro caminho!".

Antes eu me resignara a todo e qualquer destino — muda e complacente; preocupada quanto à possibilidade de parecer estranha, ou incomível, ou de fazer um escândalo.

Mas agora as coisas mudaram: parece que agora sou o tipo de garota capaz de promover um ménage à trois — então *cancelar* o ménage, e *então* chamar um táxi. Sou a dona do meu nariz. Posso mudar o curso das coisas! Posso reinventar as noites! Posso dizer "Sim" — e então, "Não"! Esta informação é nova para mim. Gosto dessa informação. Gosto de toda informação a meu respeito. Estou reunindo um dossiê. Sou o objeto de minha própria especialidade.

Quando o táxi chega, vem atrás da BMW dos pais de Tony. Os dois veículos trituram os pedregulhos da entrada de carros, disparatados — a reluzente BMW, para eles, e o Ford Fiesta surrado com a enorme antena, para mim.

Os pais dele saem do carro carregando suas sacolas com coisas para passar a noite e vêm na minha direção me cumprimentar. Jogando minha mochila nas costas, vou até eles apertar-lhes a mão.

"Sr. e sra. Rich, obrigada por me receberem", digo, na

minha voz mais metida. "Vocês têm uma casa muito bonita. Uma casa muito, muito bonita. Mas um filho péssimo."

Entro no táxi e vou embora.

No trem de volta para Londres — tonta de ressaca —, me dou conta de que não estou mais saindo com Tony Rich. Em parte porque gritei com ele, bêbada, mas sobretudo porque eu nunca estive saindo com ele, para começo de conversa. E percebo que, na verdade, eu nunca sequer *quis* fazê-lo. Eu só agira como uma camponesa desesperada para se casar que se ofereceu ao primeiro mascate ousado que chegou à aldeia, vendendo fitas para o cabelo e fortificantes.

Prensando minha testa contra a janela, tenho uma conversinha comigo mesma.

"Então, o *que* você quer?", me pergunto, de forma amigável. "*Onde* você quer estar? O que é bom para você? De quem você *realmente* gosta?"

E isso é óbvio: John Kite. Eu gostaria de me sentar e conversar com John Kite. Eu gostaria de ir e ter uma conversa com John Kite na qual fazemos todas as coisas que fazemos juntos: concordar sobre coisas, e terminar as frases um do outro, e sentir que somos as duas melhores pessoas do mundo. E sei onde irei encontrá-lo: The Good Mixer, em Camden. É ali que ele vai aparecer, se eu esperar o suficiente. Vou descer deste trem, e vou encontrar John Kite.

Vou até lá, na hora do almoço. Aparentemente um bar de velhos sem nenhuma qualidade especial, o Mixer é, em Camden, em 1993, essencialmente o *Cheers* do mundo da música indie: se você ficar sentado no bar tempo o bastante, todos os membros do elenco fixo vão aparecer. James do Manic Street Preachers, Norman do Teenage Fanclub, Miki da Lush. Blur parece ter a mesa de sinuca permanentemente reservada — com canecos sobre a mesa do lado. Como sou apenas um membro muito secundário desse seriado indie — basicamente a mãe do Cliff —, faço um sinal para aqueles que conheço vagamente, então volto a baixar a cabeça, caminho em direção a uma mesa vazia no canto, acendo um cigarro e espero por John Kite.

À uma e meia da tarde fico impaciente de tanto esperar e vou até lá fora, onde há ruidosas bancas de feira, e compro um exemplar surrado de *Ulisses* e um saco de tangerinas. Sentada no meio-fio, descasco as tangerinas, lendo Joyce ao sol pálido. Durante vinte minutos, gosto da maneira como ele parece estar escrevendo sem limites de espaço e tempo — seu passado, presente e futuro; como ele próprio, e um cachorro, e como o próprio mar — e então me dou conta de que li a mesma página duas vezes, e penso, "Ó Deus, não consigo lidar com isso neste momento", e compro uma *Viz* no minimercado do outro lado da rua.

Finalmente, às 14h59, quando estou de volta ao bar, John surge — casaco de linho surrado, sapato de couro irlandês, anéis dourados. Ele está com um grupo de pessoas — mas se afasta delas quando me vê e se inclina sobre a minha mesa, sorrindo, o rosto resplandecendo; já um pouco bêbado.

"Duquesa!", ele exclama. "Natal em agosto — entregue no meu bar, na *minha* mesa, para meu deleite! Que alívio para a rabugice você é!"

"Como vai?", digo, fingindo que tudo está bem.

"Oh, sabe como é", Kite diz, acendendo um cigarro e se sentando ao meu lado, me obrigando a chegar mais para lá. "Caminhando em direção ao oeste, sempre. O que" — ele olha para mim — "está acontecendo com você?"

Desato a chorar.

Kite passa três minutos tentando me acalmar — "Duquesa! Duquesa!" — e então simplesmente me abraça com seus braços enormes, de forma que fico totalmente envolvida e dentro dele, como uma coruja numa árvore oca. Esse é o meu choro mais agradável de todos os tempos — se todos os choros fossem assim agradáveis, eu choraria com mais frequência.

Desacelero o choro — em parte porque estou me sentindo melhor e em parte para poder disfarçadamente cheirar o perfume de Kite — e então estremeço e faço uma pausa, como um carro que deslizou colina abaixo e finalmente parou numa cerca viva.

Quando emerjo de seus braços, vejo que o barman trouxe uma garrafa de gim à mesa e Kite serviu uma dose para cada um de nós dois.

"Vá lavar o rosto", Kite diz, gentilmente, "e então vamos ficar aqui sentados e acertar os ponteiros do mundo. E se você ficar infeliz por mais um segundo — algum cretino vai SE VER comigo!"

Vou até o banheiro e lavo meu rosto, retirando a maquiagem borrada. Começo a desenhar o rosto de Dolly Wilde sobre o meu de novo — então decido que não vale a pena. Kite já viu meu velho rosto, sem maquiagem, antes. Não faz sentido se dar a esse trabalho.

Quando volto, seu entourage se foi — "libertei-os, para saírem por aí" — e ele está me estendendo um copo de gim. Dou um gole e imediatamente me sinto mais calma.

"Quebrei um puta pau com Tony Rich na frente da sua *verdadeira* namorada, e o larguei. Acho que não consigo ir a lugares elegantes, ou conversar com pessoas elegantes", acabo por dizer. "Acho que não consigo fazer isso. Meu lugar é o gueto, com o meu povo."

"Bobagem — você adornaria o Palácio do Doge", Kite diz, com firmeza.

"Não, é sério — é... muito *cedo* para me deixarem sair", digo. "Estou sempre quebrando convenções sociais. E pênis."

Então conto sobre a casa de Rich, e seus amigos, e o que eu disse, e como tudo terminou. Ele ri sonoramente várias vezes ao longo da história — "Navios inimigos saindo dos ombros de Órion, *nas suas calcinhas*! Hahaha!" —, mas estremece cada vez mais à medida que nos aproximamos do fim, quando conto sobre o sexo terrível. Finalmente:

"Então — o que há entre você e esse Rich? Não é o primeiro beijo do amor verdadeiro, afinal de contas?"

Baixo o olhar para meu copo de gim.

"Sabe quando a princesa Diana disse que havia três pessoas no seu relacionamento? Acho que só tinha uma pessoa no nosso: eu", digo. "Não era a coisa certa, para ele."

"Não — acho que ele não é a coisa certa para *você*", Kite diz. "Eu diria que você só está interessada nele porque ele é jornalista, e você é jornalista, e você basicamente quer transar com um jornalista, porque isso é a coisa mais próxima de transar com você mesma. E você gosta de você mesma, querida. Como, é claro, você faz muito bem. Você teria saído com ele se ele fosse um... vaqueiro, ou um... espião?"

"Haha, não", digo.

"Então", Kite diz.

Penso nisso por um minuto. Penso no que mais gosto de Rich: os telefonemas sacanas; a maneira como ele descreve o sexo enquanto transamos. Me dou conta de uma coisa:

"Acho... que talvez eu só tenha transado com ele pela resenha", digo, finalmente. "Acho que eu queria ser resenhada por Tony Rich. Para ver como eu era."

"HAHAHA! E tenho certeza de que seria uma cinco estrelas", Kite diz. "Tenho certeza de que você foi o Álbum do Ano. A Transa do Ano. Mas, sabe do quê? Você não pode namorar com o texto. As pessoas não são o seu *trabalho*. Nós não somos a nossa arte."

"*Eu* sou", digo — então percebo que Kite está me olhando, com as sobrancelhas erguidas. "Quero dizer, não *agora*. Não toda a... maldade. Mas *vou* ser. Quero fazer algo importante. Algo grandioso, como os homens fazem."

"Tenho certeza de que vai fazer, meu doce", ele diz, beijando minha cabeça. "Tenho certeza de que você vai ser arte das boas, um dia."

Então bebemos mais gim, e mais gim, e tenho uma das mais adoráveis tardes da minha vida — o mesmo tipo de devaneio onírico, irreal que tivemos em Dublin. Levamos a garrafa de gim conosco Mixer afora — "Voltaremos!", Kite disse ao dono, com um floreio de mão — e subimos a Oval Road, na direção do Regent's Park, ao sol de final de tarde estival, dando grandes goles e fumando enquanto caminhávamos.

"Essa é a casa de Alan Bennett", Kite disse, apontando com um dedo cheio de anéis para uma casa georgiana com uma van velha estacionada do lado de fora. "E ali — a de Morrissey."

A mágica de Londres é óbvia, naquela tarde — que cada rua tem um gênio de estimação; que este é o lugar para o qual todos correm.

Chegamos ao Regent's Park e caminhamos pelo jardim de rosas, e eu sou atraída por rosas especialmente frágeis, que me levavam, como garotas sensuais, a enfiar o rosto em seu turbilhão de pétalas perfumadas enquanto gritava para John, "Esta é a melhor de todas — não, esta! Não — esta!".

Fiquei doida com as rosas — queria me embriagar com o cheiro das rosas. Eu me vi como uma garrafa de vidro onde elas turbilhonavam. Sou decantadora; sou atomizadora. Estou apaixonada pela opulência da rosa.

Com John, não preciso criticar as coisas, ou ter uma opinião, ou fazer pose — simplesmente saímos por aí, vivendo e apontando coisas. Simplesmente estamos no mundo. Nunca me ocorrera que coisa maravilhosa isso era. Ou talvez tivesse me ocorrido, há muito tempo — mas eu esquecera. Estou repleta do esplendor da vida. Sou muito feliz por estar viva. Por saber que o objetivo da vida é a alegria — criá-la, recebê-la. Que o planeta Terra é uma caixa do tesouro de pessoas e lugares e canções, e que todos os dias você pode enfiar nela seus braços e encontrar uma nova, ridícula e perfeita delícia.

Encontramos um emaranhado de rosas amarelas e procuramos seu nome na plaquinha logo abaixo — "Chuva dourada" — e ficamos histéricos. Depois de três minutos eu estava com medo de que algum vigia do parque nos expulsasse de lá, enquanto John exclamava, "CHUVA DOURADA! Você passa trinta anos fazendo enxerto atrás de enxerto, e no fim chama as malditas de CHUVA DOURADA! Por que não chamá-las de CUS CASCATEANTES, seus merdas, seus loucos? Ou PORRA FLORAL?".

Caminhei dentro do chafariz enquanto John ficou sentado na beirada, fumando, contando sobre a última visita que fizeram à sua mãe — "Ela nem mesmo me olha nos olhos agora, Duquesa — ela só fica sentada junto à janela, olhando para fora, descrevendo coisas, até que a hora da visita termina" — e eu dou um soco na coxa dele, num gesto compreensivo, quando ele diz, devaneante, "Nunca falo sobre essas coisas com outra pessoa a não ser você, irmã".

Passeamos a esmo pelo zoológico — Kite comprou os ingressos — e nos sentamos, fumando e ouvindo os gibões darem seus gritos elétricos e circulares uns para os outros, de cima de árvores.

A essa altura, já estamos muito bêbados — matando as últimas gotas de gim — e cantamos em voz baixa com os gibões. Kite faz um dueto com um macho solitário; cantando trechos de suas próprias músicas entre um e outro lamento. Há algo muito bonito em observar um homem que você ama fazer um dueto com um macaco — a melancolia dos gibões cai bem à luz da lua, que se ergue, branca, acima das jaulas.

A fim de maximizar a experiência — para tirar o máximo do máximo — eu estivera fumando um cigarro atrás do outro a tarde inteira. Quando abro meu segundo maço de Silk Cut, John me olha, por um instante.

"Nunca tinha visto uma pessoa fumar tão avidamente e com tanta dedicação quanto você", ele diz, suavemente.

"*Você* não pode falar isso", digo — interrompendo o processo de acionar o isqueiro. "Só *comecei* a fumar por sua causa."

"Oh, bem — eu só comecei a fumar por causa do John Lennon", ele suspira, pegando um cigarro do meu maço. "O rock 'n' roll é uma péssima babá, meu bem."

Observando-o, me dou conta de que estou tão excitada que não consigo disfarçar mais muito tempo. Tenho algo a te dizer.

Arrasto Kite até a jaula dos lobos — murmurando, explodindo, cambaleando — porque foi lá que Whitnail fez seu grande discurso, e eu estou prestes a fazer o meu. John mexe nas suas abotoaduras e diz, "Bem?".

"Pensei bem, científica e matematicamente, e a conclusão é: deveríamos nos *beijar*", digo, decidida. "Temos que nos beijar, e tem que ser agora. Não posso não beijar você por mais tempo. Precisamos nos beijar, para saber. Não vamos mais ficar de lenga-lenga. Vamos começar a nos beijar de uma vez. JÁ!"

Quando acordo na manhã seguinte, essa é a última coisa da qual lembro direito — falar sobre beijo com John Kite, diante da jaula dos lobos no Regent's Park.

E depois? E depois? Não sei. Tudo o que veio depois disso é uma escuridão pós-bebedeira de gim — as células cerebrais que guardariam essa perturbadora lembrança foram destruídas pelo álcool. É um sistema que funciona, até.

Estou no quarto de hotel de Kite — deitada em sua cama, totalmente vestida. Ele ainda está dormindo, na banheira, inteiramente vestido. Me vem uma lembrança dele dizendo "Minha vez de dormir na banheira, Duquesa", e entrando ali, para dormir. Então ainda estávamos conversando? Não posso ter feito nada *péssimo* demais — só que eu sei que fiz. Falei sobre a gente se beijar. Oh, Johanna — *nunca* fale sobre beijos. Pare. Pare de agir e *pense* um pouco.

Certo. Vou para casa — para pensar.

Enfio tudo na minha mochila — pego os cinzeiros da mesa, como Kite me ensinou — e deixo um bilhete: "Preciso ir para casa. OBRIGADA. Desculpe. Peguei os cinzeiros, claro. xxxx".

Saio do hotel — onde estamos? Soho, acho. Será que ainda estou bêbada? Sim. Começo a caminhar para a estação de trem, tentando ficar sóbria. Falo comigo mesma, como falaria com uma criança perturbada, ou com Lupin, no meio de um de seus ataques. Johanna — o que você está fazendo?

Lembro novamente de como eu pensava que minha vida adulta seria: ir a uma festa em Londres cheia de colegas, que aplaudem quando entro no recinto, homenageando a última coisa que escrevi ou fiz. Pessoas gritando "Bravo!" e mandando champanhe de presente, como faziam quando Wilde estreava uma nova e ousada peça.

Penso no que estou de fato conquistando: uma nova edição de D&ME saindo, e eu recebendo dos meus pares cerveja lager na cara porque chamei um deles de "perda de tempo, um maldito Womble* com cara de balde".

---

* Referência aos personagens de Elisabeth Beresford que dão título ao livro de mesmo nome, *The Wombles* (1968); foram popularizados na Grã-Bretanha na década de 1970, graças a uma animação da BBC. (N. T.)

Mas, com certeza, lá no *fundo* eles sabem que sou uma pessoa boa e nobre, apaixonada pelo mundo? Com certeza você percebe isso, por trás do que estou de fato dizendo. As pessoas decerto são capazes de farejar que, por trás das palavras agressivas, sou alguém que ainda quer ter um cachorro salsicha e que chora por Nelson Mandela.

Quando chego à estação Euston, vou até uma banca de revistas e compro um exemplar de *D&ME*. Vou fazer uma experiência. Vou fazer de conta que sou John Kite — acordando, confuso quanto a uma de suas amigas ter tentado fazer propostas românticas na noite anterior e se perguntando se talvez ela seja um pouco louca — e vou ler tudo o que escrevi na revista desta semana e ver se ele poderia concluir que eu sou uma pessoa boa ou não. Vou julgar minha *persona* literária, para ver se sou de fato eu ou não. Se sou mesmo *arte*, como eu gostaria.

No trem, pego um lugar — uma mesa inteira só para mim! Bingo! — e começo a tomar meu emergencial milk-shake de chocolate cura-ressaca comprado no McDonald's, folheando a nova edição com mãos trementes. Há um pânico momentâneo quando vejo uma matéria grande de Tony Rich — não pense sobre Rich! Não pense sobre Rich! — mas então volto atrás e a leio de todo jeito, fazendo o que sempre faço: ver se há qualquer coisa, mesmo que vaga, sobre *mim* ali.

Mas não há nada — nada sobre amor, ou sexo, ou sobre qualquer tipo de mulher: fica claro que, independentemente de quantas vezes eu chupe o pau de um homem, ele *não vai* me imortalizar. John tem razão. O único lugar em que jamais me verei nesta revista é naquilo que escrevi — e ali, na página seguinte, está a *minha* resenha principal: maior que a de Rich, percebo, não sem algum prazer.

Trata-se da minha "análise" sobre o novo disco dos Soup Dragons — uma banda escocesa que desembarcou no Madchester, para decepção geral. Kenny havia mencionado algo sobre isso no telefone, depois de eu tê-la entregado, mas, na época, não dei bola. Percebo agora, com alarme, que ele deu a chamada "Enfim — Wilde vai longe demais".

A resenha gira em torno da ideia de que a banda está no tribunal, sendo acusada de crimes contra a humanidade, por conta de sua carreira.

"Se levarmos a sério a Convenção de Genebra..." — assim comecei —

...se nós responsabilizamos aqueles que cometem atrocidades que levam à destruição da humanidade, então, com certeza, o golpe também chegará, logo, aos Soup Dragons. Eles serão tirados de seu precário casebre escocês de pé-direito baixo — não bebam leite na casa dos Soup Dragons! Pois, com certeza, será leite coalhado, podre e sujo! — por seguranças armados de olhar soturno, e serão levados ao tribunal. Observe-os, com algemas.

"Qual é sua defesa?", pergunta o juiz — um homem de olhar bondoso, exausto por tudo o que já testemunhou; um homem que ainda tem flashbacks traumáticos e perturbadores de todos os quatro minutos de "Dream on (Solid Gold)".

"Estávamos somente tentando divertir Os Jovens", os Dragons vão balir. "Estávamos só tentando *be free, to do what we want, any old time.*"

"Mas vocês, de forma deliberada e consciente, pegaram seu rock alternativo ultrapassado, requebrante, ritmado, e impiedosamente cravaram nele uma batida de fundo Funky Drummer — de forma bem parecida com os outros membros anteriores daquele tribunal? Dr. Mengele friamente costurou os corpos de gêmeos romenos órfãos — sem nem mesmo ter como desculpa a defesa da ciência, mas simplesmente para fins pecuniários, e uma colocação surpreendentemente ineficaz no número 72 das listas independentes?"

"Quero minha mãe!", o vocalista Sean Dickson grita, enquanto o público na galeria dos visitantes começa a gritar, em uníssono, pela pena máxima — que os Soup Dragons sejam colocados no palco no festival de Reading às onze da manhã de domingo e lapidados até a morte com garrafas cheias de urina de seus pares.

Não consigo ler mais nada do que escrevi. Fecho a revista. Oh, meu Deus. Comparei um baterista, um baixista, um guitarrista e um homem com algumas maracas e um corte de cabelo tijelinha aos nazistas, e a música deles aos experimentos médicos de Mengele. Avacalhei com um monte de jovens provincianos da origem proletária, que apenas gostam de música — jovens como eu — e tentei deixá-los *envergonhados* de quererem fazer essa coisa gloriosa: compor uma música. Compor uma música da qual alguém, em algum lugar, possa precisar. De todos os trabalhos do mundo que precisam ser feitos, eu designei a mim mesma *essa* tarefa inglória.

Embora eu tenha escrito todas as palavras, isso — assim como a resenha de Rich — também não tem nada de mim. Não estou ali — nessa persona envenenada por bile que tive um trabalhão para forjar.

Comecei a escrever sobre música porque eu adorava música. Comecei querendo ser parte de uma coisa — ser alegre. Fazer amigos.

Em vez disso, só fingi ser uma completa idiota. Por que eu faria isso? Por que eu faria todo esse esforço para fingir ser... menos do que sou? Depois de quase dois anos na *D&ME*, sou obrigada a concluir: essa experiência foi um total fracasso.

Como se a revista estivesse contaminada, eu me levanto e a enfio na lixeira do banheiro. Volto para meu lugar, mas estou achando cada vez mais difícil dar conta de ficar sentada. Me sinto péssima. Me sinto péssima em todos os sentidos. Não tenho nenhum pensamento reconfortante em que me apoiar.

Meu pior pensamento é este: que eu tenha ofendido John Kite. Ele vai se levantar esta manhã — confuso sobre o que eu fiz — e ler isto, e decidir que nunca mais quer me ver na vida. Não há nada ali que fizesse alguém me amar, ou desejar estar ao meu lado. Nem mesmo *eu* estou ao meu lado, nisso. Perdi minha única amiga. Meu espelho espelho meu.

Esse pensamento é o pensamento que veio para acabar com todos os pensamentos. Descubro que ele me deixa sem fôlego. Minha respiração fica cada vez mais fraca, até que preciso me apoiar na janela do trem e chupar meu dedão, e respirar, sofregamente, sobre o nó do dedo. Estou sem esperanças. Me pergunto quantas vezes na vida vou explodir comigo mesma por ser uma otária e ser obrigada a gritar "O que você esta fazendo, *Johanna*? O que foi que você *fez*?", como se houvesse acabado de flagrar Lupin escrevendo na parede.

Passo a hora seguinte da viagem de trem pensando em como — se é que é possível — posso consertar isso tudo. Primeiro devo escrever uma carta com um pedido de desculpas aos Soup Dragons, claro. E para C+C Music Factory, e para o Inspiral Carpets, e para o U2, e mais ou menos para um terço das bandas existentes, para ser franca. Jesus — ser uma otária reformada vai me custar uma fortuna em selos.

Então, devo me exilar e me distanciar de John Kite, por algum tempo — para não passar pelo momento insuportável de vê-lo me olhando com tristeza.

E, depois disso, preciso voltar ao jeito como eu *costumava* escrever — antes de eu me transformar num velho rabugento e bizarro, furando a bola de qualquer banda que chutasse a sua por cima da minha cerca. Preciso sair à rua e provar que sou um ser humano minimamente decente. Essa será minha nova carreira.

Mas todas essas coisas vão, é claro, levar tempo. Elas não respondem a minha questão mais premente: O que é que eu faço *agora* com esta sensação horrível? Hoje? Agora à tarde? Neste segundo?

A única coisa em que consigo pensar é uma repentina e ansiada regressão à infância — ser novamente encontrada deitada ao pé da escada —, só que dessa vez realmente machucada. Pois machucar a si mesma significa que você se arrepende por algo, e eu me arrependo muito. Meu remorso é forte, selvagem e desconfortável, do tipo que faz você querer se jogar de cara contra uma parede.

De volta para casa, no meu quarto, tendo bebido quase meia garrafa de Jack Daniel's, estou fazendo a coisa mais próxima possível de me jogar escada abaixo, ou correr de cara numa parede: muito silenciosamente corto minha coxa com uma navalha. Escolhi a perna porque uma coxa parece um pedaço de porco, e já cortei banha de porco antes, na cozinha, num domingo. Se vai começar a se autoimolar furiosamente em autoflagelo, você pode pelo menos usar suas habilidades aprendidas na seção "Carne" do livro *Food in England*, de Dorothy Hartley.

"*Torta de porco* (século XVI): Esfole o porco e corte em pedaços. Praticamente nada de um bom porco é desperdiçado. Um porco morto em novembro fornece carne fresca, conservas e torta até o Natal."

O primeiro corte dói tanto que faço o segundo apenas como tática diversionista — dessa vez no braço. E então outros oito — bem rápido. Com uma raiva incontrolável.

Dói para caramba. Fico surpresa.

Nunca me ocorrera que autoflagelação seria... dolorosa. Pelo resto da minha vida, é uma verdade na qual simplesmente não posso acreditar — do mesmo jeito que não consigo acreditar que o único jeito de parar de fumar é não acender outro cigarro, a única maneira de não ficar bêbada é não bebendo, e a única maneira de guardar um segredo é nunca, nunca contá-lo para ninguém.

Mas então — a recompensa. Pois, enquanto fico ali sentada, com dor, de repente percebo que mudei. Não estou mais me odiando. Esses bilhões de melros vagabundos dentro de mim — rompendo os arames da gaiola, freneticamente — estão agora no fundo da gaiola, dormindo. Essa bagunça de mil olhos, que não consigo entender, conter ou nomear, agora desapareceu — substituída por esses traços quentes e vermelhos na minha perna e no meu braço.

"Então essa é a razão para o autoflagelo!", fico maravilhada. "É a tradução de um sentimento em ação! É simples! É administrativo! É *burocracia*!"

A simplicidade essencial da coisa quase me derruba. Eu tinha pensado que em vez disso eu teria um barato e ficaria meio byrônica com a endorfina. Em vez disso, estou só sendo... meio estúpida e otária com meus membros. Estou apenas destilando fúria na minha pele.

Por um minuto, me sinto bem inteligente e calma. Então percebo que estou sangrando bastante.

Lá de cima, posso ouvir "The Black Angel's Death Song", do Velvet Underground no volume máximo, vindo do quarto de Krissi. Desço até lá e bato na porta, dizendo, tão alegremente quanto possível, "*C'est moi! C'est le festa!*".

Normalmente isto é refutado com um "Cai fora!" — mas

dessa vez há silêncio. Abro a porta e vejo Krissi deitado na cama, inteiramente vestido, cercado por prateleiras e prateleiras de mudas. O volume é ensurdecedor — o terrível e horripilante violino de John Cale, o ocasional e feroz sibilo de pistão do feedback, e Lou Reed cantando como um Gollum acorrentado. O quarto é tão alegre quanto as catacumbas de Paris. Este cômodo parece um ossário das Midlands.

"Desse jeito você vai matar suas plantas", acabo por dizer.

"Esta cidade está me matando", Krissi diz. Sua voz é totalmente monocórdica. Continuo em pé junto à porta, até que ele olha para mim. Quando me vê, a expressão em seu rosto muda imediatamente.

"Meu Deus, Johanna — o que você *fez*?"

"Eu estava tentando melhorar as coisas", digo. "Mas não deu certo."

Ele pula da cama e levanta minha manga.

"Que inferno. Sangrando. O.k.", ele diz, como um homem de negócios. "Precisamos de um torniquete."

Ele vai até uma gaveta e pega sua gravata da escola, e a amarra em volta do meu braço.

"Levante o braço", ele diz. "Isso vai parar o sangramento. Meu Deus, você está fedendo a uísque."

Totalmente muda, faço o que ele manda. O sangue pinga no chão, mas lentamente — até que para.

"Sente-se na cama", Krissi ordena "Vou limpar você. E então vou querer saber que porra você está fazendo."

Ele pega o vaporizador que usa com as plantas, uma toalha limpa e começa a limpar meu braço, cuidadosamente, enquanto eu estremeço.

"Isso é como aquela parte em *Indiana Jones e o templo da perdição*, na qual Marion o limpa, depois da luta", digo, tentando puxar conversa.

"Baixe o braço agora. Eu não vou ficar com você", Krissi diz, ainda limpando, gentilmente. "Você *não* é um arqueólogo gostosão."

Depois de um minuto limpando, ele de repente para.

"Johanna, você... que porra é essa?"

Ele olha para o meu braço.

Em pânico e totalmente cega, eu não havia olhado como estava me cortando, e as incisões, de forma surreal, parecem compor letras no meu braço.

"NWA?", ele diz, olhando, incrédulo. Olho para o braço de novo. Sim. Os cortes parecem formar as letras "NWA". Pareço a fã mais louca do mundo do Niggas With Attitude.

"Tive um acidente com autoflagelação!", digo. "Não é uma *declaração* — é um erro de ortografia. É muito difícil escrever com navalhas! Os subeditores vão corrigir, depois."

Ele continua olhando para o braço.

"Você parece louca."

"Eu sou! Eu sou louca!", digo, começando a chorar, para valer.

Krissi termina de limpar o resto de sangue do meu braço e diz, com muito carinho, "Johanna. Você gostaria de me contar que porra é essa que está acontecendo?".

Então começo a contar tudo — sobre Rich, e Kite, e o pânico, e a resenha, e sobre ser uma pessoa horrível. No meio do caminho, começo a chorar porque meu braço está doendo, e ele vai até a gaveta de novo e volta com dois comprimidos — e toma um deles ele próprio.

"É o remédio do papai. Tome um. São muito fortes. E você não pode tomar mais do que um", ele diz, em tom de advertência. "Senão pode ficar viciada neles."

Tomo um e olho para ele. Penso em como ele se tornou quieto, recentemente.

"*Você* está viciado neles?"

"Não sei", ele diz, casualmente. "Ainda não tentei parar."

Quando o comprimido começa a fazer efeito, eu me enrolo junto a Krissi na cama, e ele me abraça, e afaga meu cabelo. Continuo contando sobre John Kite — mas a coisa toda não parece tão ruim agora, porque estou segura na cama de Krissi, e provavelmente eu poderia ficar ali para sempre. Tudo está muito morno. Estou muito cansada.

"Sempre tivemos os Bee Gees, Kriss", digo, quase dormindo. "*Sempre* tivemos Robin, Maurice e Barry."

"Johanna", ele diz, olhando para o teto. "Às vezes acho que isso não vai ser suficiente."

Mas já peguei no sono.

Em meu sonho, estou de novo com John Kite, no zoológico do Regent's Park, tarde da noite. Estou relembrando o que aconteceu. Estamos próximos próximos próximos um do outro — somos praticamente um corpo só, diluídos com gim. Somos como as vozes dos Bee Gees. Conheço ele desde sempre e não há nada que eu não possa te dizer, e eu sei o que eu *quero* dizer: é um discurso que já fiz mil vezes, na minha cabeça.

Está escrito no meu diário, ao longo de duas páginas — eu o recito de cor enquanto espero trens, ou enquanto caminho na chuva, ou quando preciso do apoio de um mantra. E é assim:

"Desde que conheci você, sinto como se eu pudesse visualizar o sistema operacional do mundo — e trata-se de amor não correspondido. É por isso que todo mundo faz tudo. Todo livro, toda casa de ópera, todo foguete enviado à Lua e todo manifesto está aqui porque alguém, em algum lugar, se iluminou em silêncio quando outro alguém entrou no recinto, e então, ardeu lentamente ao não ser percebido.

"Tendo como alicerce os bilhões de beijos que nunca demos, construí essa casa de ópera para você, baby. Atirei no presidente porque eu não sabia o que dizer a você. Tive esperanças de que você reparasse. Tive esperanças de que reparasse em mim. Transformamos as nossas coisas não ditas na obra de nossas vidas.

"Amar você é o combustível sujo que tem me impulsionado, durante a minha era industrial. Todo mundo precisa de um hobby — e o meu é você. O meu é estar apaixonada por você. Nunca foi o sol nascente que iluminou o quarto. Era eu, brilhando em silêncio, quando você dizia 'Mais um?'."

Esse é o discurso que guardo no coração há um ano. É isso o que quero dizer a ele. Mas sei que não posso. Não se pode fazer discursos livrescos na cara de alguém.

Então eis o que eu disse, bêbada, no zoológico do Regent's Park, em vez disso.

Explico que sou Chrissie Hynde, e que tenho dinheiro nos bolsos, e que vou fazê-lo perceber "usando" 1) meus braços 2) pernas 3) estilo 4) ginga 5) dedos 6) *my my my imagination*. Resultado = dê para mim.

"Seremos como Burton e Taylor", concluo, vivamente. "Amanda Burton e Dennis Taylor."

Digo isso a John Kite, e ele levanta o olhar para mim, e abre a boca, e os lobos uivam, e os gibões guincham, e eu acordo, na cama de Krissi, com o rosto enfiado em seu peito. E isso é tudo o que lembro.

Há algo errado. Entorpecida pelo remédio do papai, demoro um tempo para entender do que se trata: uma dor agonizante em meu braço. Sinto como se ele fosse explodir.

"Krissi!", grito.

Ele acorda num susto.

"Estou explodindo!"

Krissi acende as luzes e olha para meu braço. Está enorme — inchado, roxo e com as unhas de um azul-escuro alarmante.

"Meu Deus! O torniquete! Não se deve usá-lo por mais de vinte minutos!", Krissi diz — desfazendo o nó enquanto estendo o braço, como o monstro de Frankenstein.

"Merda! Merda!", ele diz.

"Será que vou perder o braço?", choramingo.

"Não seja tola, Johanna", Krissi diz. "Abra e feche a mão. Faça circular o sangue."

"Não consigo! Não consigo sentir nada!"

Krissi enfia o dedo no meio da palma da minha mão.

"Aperte o meu dedo", ele diz.

Eu curvo os dedos um pouco, pateticamente.

"Mais", Krissi diz, com firmeza.

Tento de novo — com mais força agora. Consigo sentir seu dedo contra o meu.

"Está vendo", Krissi diz, aliviado. Aperto seu dedo, com força.

"Eu te amo, Krissi", digo.

"Eu também te amo, sua criatura insuportável", ele me responde, sem tirar os olhos da minha mão. Então ele me olha nos olhos. "Sério, é verdade."

Nas semanas seguintes, escondo os cortes no braço com camisetas de manga comprida — as casquinhas pegando levemente no tecido quando me mexo, para me lembrar do que fiz.

As cicatrizes são como se eu tivesse uma mensagem no braço. Algo que precisa ser lido, urgentemente, por alguém. Somente anos depois me dei conta de que a pessoa para quem eu havia escrito a mensagem — a pessoa que não estava ouvindo — era *eu*. Eu era a pessoa que deveria ter lido aquele braço e descoberto o que aqueles hieróglifos vermelhos significavam.

Se os tivesse traduzido, eu saberia que aquelas linhas significavam: "*nunca* se sinta mal assim de novo. Nunca volte para este lugar, onde apenas uma faca funciona. Viva uma vida suave e gentil. Não faça coisas que farão você querer se machucar. Faça o que fizer, todos os dias, lembre-se disso — e então afaste-se daqui".

Mas naquela época não entendi tudo tão claramente. Em vez disso, busco aquilo que penso ser a lição mais premente a ser tirada de tudo: pego emprestados de Krissi os discos do NWA e aprendo todo o rap de "Fuck Tha Police" — para o caso de alguém algum dia vir a cicatriz em meu braço e resolver testar minha devoção.

Vinte e quatro

Então o que você faz quando se constrói — e se dá conta de que você se construiu com as peças erradas?

Você rasga tudo e começa de novo. Esse é o trabalho dos seus anos de adolescência — construir e rasgar e construir de novo, repetidas vezes, infinitamente, como filmes acelerados de cidades durante bombardeios e guerras. Ser destemido e infinito em suas reinvenções — continuar se retorcendo aos dezenove, fracassar e começar de novo, e de novo. Inventar, inventar, inventar.

Não te contam isso quando você tem catorze anos, porque as pessoas que poderiam contá-lo — seus pais — são as mesmíssimas que construíram essa coisa com a qual você está tão insatisfeito. Eles te fizeram como *bem entenderam*. Eles te fizeram do jeito que precisam que você seja. Eles te fizeram com tudo o que sabem, e amor — e portanto não podem enxergar aquilo que você *não é*: todas as lacunas que te tornam vulnerável. Todas as novas possibilidades imaginadas apenas pela sua geração, e não existentes para a deles. Eles fizeram o seu melhor, com a tecnologia que tinham à mão, na época — mas cabe a você, pequeno, corajoso futuro, fazer o seu melhor com o que *você* tem. Como Rabindranath Tagore aconselhava aos pais, "Não limitem uma criança ao aprendizado de vocês próprios, pois ela nasceu noutra época".

Então você entra em seu mundo, e tenta encontrar as coisas que serão úteis para você. Suas armas. Suas ferramentas. Seus encantos. Você encontra um disco, ou um poema, ou uma imagem de uma garota que você prega na parede, e diz, "Ela. Vou tentar ser como ela. Vou tentar ser ela — mas *aqui*". Você observa a maneira como os outros caminham, e conversam, e você rouba-lhes pequenos pedaços — você se faz numa colagem daquilo em que conseguir pôr as mãos. Você é como o robô Johnny 5 em *Short Circuit*, gritando, "Mais input! Mais input para Johnny 5!" enquanto você folheia livros, e assiste a filmes, e fica sentado diante da televisão, tentando adivinhar qual dessas coisas que você está assistindo — Alexis Carrington Colby descendo uma escada de mármore; Anne de Green Gables segurando sua maleta surrada; Cathy se lamentando nas charnecas; Courtney Love se lamuriando de combinação; Julie Burchill atirando em pessoas; Grace Jones cantando "Slave to the Rhythm" — serão necessárias quando você sair lá fora. O que será útil? O que será, afinal de contas, *você*?

E você vai estar bem sozinho quando fizer tudo isso. Não há academia onde aprender a ser você mesmo; não há gerente de seção, lentamente empurrando você para a resposta certa. Você é sua própria parteira, e vai trazer você à luz, repetidas vezes, em quartos escuros, sozinha.

E algumas versões de você vão terminar num triste fracasso — muitos protótipos não vão nem sequer dar os primeiros passos, quando você de repente se der conta de que, não, não *é* possível desfilar um macacão dourado e uma enorme rebeldia em Wolverhampton. Outros conseguirão sucesso temporário — marcando novos recordes de velocidade, e surpreendendo todos à sua volta, e então, de repente, inesperadamente explodindo, como o *Bluebird* em Coniston Water.

Mas um dia você encontrará uma versão de você que vai fazer com que seja beijada, ou faça amigos, ou que te inspire, e você vai fazer anotações nesse sentido; ficar acordada à noite para melhorar e improvisar em cima de um minúsculo fragmento de melodia que funcionou.

Até que — lenta, lentamente — você vai fazer uma versão viável de você, uma versão que você pode cantarolar, todos os dias. Você vai encontrar o minúsculo grãozinho de areia em torno do qual você pode virar pérola, até que a natureza aja, e a sua concha simplesmente vai se encher de mágica, mesmo quando você estiver ocupado com outras coisas. O que você começou, a natureza levará adiante, e começará a completar, até que você vai parar inteiramente de ter que pensar em *quem* você será — já que você estará ocupado demais *fazendo*, agora. E dez anos se passarão, sem que você nem sequer perceba.

E mais tarde, sobre um cálice de vinho — porque você bebe vinho, agora, pois cresceu —, você vai se maravilhar com o que fez. Vai se maravilhar por, na época, ter guardado tantos segredos. Tentou guardar seu próprio segredo. Tentou se metamorfosear no escuro. O segredo barulhento, embriagado, sexual, de delineador borrado, risonho, agudo, em pânico e insuportavelmente *presente* sobre você mesma. Quando, na verdade, você era tão secreto quanto a lua. E tão brilhante, sob todas aquelas roupas.

Vinte e cinco

É outubro de 1993 — dois meses desde que fiz uma merda tão grande que quase acabei com o meu braço.
Estou num show do Take That, no NEC em Birmingham. Estou com ZZ Top. Eu sei. Eu sei! Meu círculo social mudou bastante, nos últimos meses. Não saio mais com a equipe da *D&ME* — chega de Kenny maldoso, no fundo da sala; chega de Tweedledum e Tweedledee de insanidade; gim e anfetamina.
Aprendi aquilo que meus contemporâneos terão aprendido em seus primeiros semestres na faculdade ou na universidade — que os primeiros amigos que você faz num lugar novo são geralmente aqueles que você passará os três semestres seguintes tentando descartar: e que são as pessoas que ficam em silêncio, nos cantos, aquelas com as quais você vai querer estar quando seu segundo ano começar. Os mamíferos silenciosos, que labutam nas sombras dos fabulosos e fatais tiranossauros rex que, para seu orgulho, não te devoraram quando você entrou pela porta pela primeira vez.
Zee é um desses mamíferos silenciosos. "Vamos ao show do Take That", ele me disse, no telefone. "Você precisa ver montes

de garotas, aos gritos, pois é isso o que você é. Uma enorme garota das Midlands aos gritos. Você é uma *entusiasta*, Dolly. Venha e se entusiasme. Venha e seja uma adolescente de novo. Venha e seja uma *fã*."

Penso nele dizendo isso, agora, enquanto grito — como todas as outras garotas — para Robbie Williams. Suas palavras são como beijos de Glinda, a Bruxa Boa do Sul, na minha testa. Sou uma *entusiasta* que andou se fazendo passar por cínica. Mas agora fui corretamente rotulada. Sou *a favor* de coisas — não contra elas. Preciso lembrar disso. Sobretudo porque é muito mais divertido. Ser cínico é *exaustivo*. É como tentar ser uma pedra parada e furiosa no meio de uma corrente. Mas a corrente não altera seu curso. É você quem vai ser tediosamente gasto até virar um palito.

Eu grito, mas a pessoa em pé ao meu lado está gritando ainda mais alto.

"Krissi!", digo.

"EU TE AMO, ROBBIE!", Krissi grita. Ele está com glitter no rosto, como as garotas a seu lado, e está vibrando de alegria. "Johanna — com quem você transaria? Em que ordem? Vamos lá."

"Robie, Jason, Mark", digo. "Howard, os roadies, os amigos dos roadies, um homem na rua, Robie de novo — mas de máscara, para ele não se dar conta e dizer 'Já transei com você'. Todo o resto do mundo. Então eu dormiria. Então arrumaria minha gaveta de meias. Talvez tomasse um chá. Então Gary. E você?"

"ROBBIE!", Krissi grita. "Robbie, até que os seguranças me afastassem dele. Então eu me masturbaria pensando nele, atrás de uma porta. OH, ROBBIE!"

Estou tão emocionada por Krissi estar pegando o espírito da coisa. Ele realmente é um bom irmão mais velho.

Vai ser tão fácil escrever essa resenha. Primeiro, ninguém mais na *D&ME* queria resenhar a Take That — "Querida, eles são só… um forra-punheta para garotas adolescentes", Kenny disse, horrorizado, enquanto eu concordava e dizia: "Sim! E é *impossível* se cansar disso!".

E, em segundo lugar — exatamente como eu, no início —, eu posso voltar a explicar… *por que eu amo uma coisa*. Explicar por que você ama uma coisa é um dos trabalhos mais importantes do mundo.

No dia seguinte depois de quase ter acabado com meu braço, eu me deitei embaixo da minha cama, com o braço ainda enfaixado, e pensei: "Preciso morrer — *de novo*". E, de novo, esse pensamento me deixou muito feliz.

Vasculhei o inventário de tudo aquilo em que eu me transformara, até então, e o dividi em dois montes — como faço com os discos que me mandam. O que guardar, o que jogar fora.

PARA GUARDAR:
A cartola
Cigarros
T.S. Eliot
Dolly Wilde
Escrever. Obviamente
Delineador
Bebidas
Coturnos
Larkin
Ouvir Pixies e fingir ser Kim Deal
Fazer sexo com tanta gente quanto possível
Ficar acordada até o nascer do sol
Aventura (ver também: fazer sexo com tanta gente quanto possível)
Londres

PARA REJEITAR:
Cinismo
Anfetamina de má qualidade
Ficar em pé nos fundos
Andar com pessoas que não fazem eu me sentir confortável
Me autoflagelar — o mundo vai vir com facas para cima de você, de todo jeito. Você não precisa fazer isso.
MD 20/20
Sair com pessoas sem confirmar — comigo — se eu quero mesmo
Qualquer pênis que tiver mais que 20 centímetros de comprimento
Aceitar conselhos sexuais de homens estranhos em festas
Dizer "não". Vou sempre dizer "sim". Com Deus por minha testemunha, nunca mais "passarei raiva" novamente.

Depois de renascer embaixo da cama, tenho três conversas interessantes. A primeira é com minha mãe.

Foi como se eu não a visse havia muito tempo, e nós nos sentamos juntas no jardim — eu com os gêmeos no colo — e ela a três metros de distância, baforando a fumaça do seu cigarro para longe deles. David e Daniel. "Daniel — abreviação de '*denial* [negação]'", como disse minha mãe, quando voltou para casa com as certidões de nascimento.

"Antidepressivos são uma coisa incrível, Johanna", ela diz agora, enquanto observa David se desvencilhar do meu colo para brincar com a Fazenda de Lesmas na bandeja da grelha.

Ressuscitamos a Fazenda de Lesmas — no final de semana fizemos uma Corrida de Lesmas que levou quase três horas. Lupin teve que ficar o tempo todo tirando Carol Decker de T'Pau e colocá-la na direção certa de novo — ela ficava o tempo todo subindo as laterais da lata e fugindo dos demais. Ela claramente quer seguir carreira solo.

"Se você algum dia sem querer tiver gêmeos e ficar com vontade de se jogar embaixo de um ônibus aos berros, eu os recomendo vivamente", ela continua.

"Vou lembrar disso", digo, solenemente. Colocando Daniel no chão, para brincar com David, me aproximo e me junto à minha mãe.

"Me dá um?", peço, estendendo o braço para um cigarro.

"Não", ela diz. "Sou sua mãe. Sou responsável por você. Eu pus você no mundo. Não vou te dar algo que vai te matar."

Tiro um cigarro da bolsa dela e o acendo. Ela balança a cabeça. Justo.

"Encontrei um apartamento em Londres", digo, finalmente, enquanto solto a fumaça. "Posso me mudar no final do mês. Vou usar minhas economias como caução."

Coloco a mão no braço dela.

"É ótimo poder usar minhas economias como caução. Obrigada."

Minha mãe fica olhando para a ponta de seu cigarro.

"Você quer mesmo?"

"É. Estou gastando tanto dinheiro em trens para descer até Londres que na verdade vai sair mais barato, e estou entusiasmada por morar sozinha, e por ter meu próprio banheiro."

"Nem tudo é como parece, você sabe."

"O que — ter seu próprio banheiro?"

"É. Você logo vai aprender a odiar depósitos de calcário. Você pode usar aquelas pastilhas para a cisterna — mas deixa a água azul, e envenena o cachorro se ele bebe do vaso. Você vai levar a cadela?"

"Claro!"

"Oh, bom. Podemos começar a usar as pastilhas de novo. Mais Blu Loo para mim. Oba."

Vejo que mamãe está chorando. Eu a abraço.

"Vou voltar *sempre*."

"Não se esqueça de me avisar com antecedência. Vou assar uma galinha. Não muito grande."

Coloco meu braço em volta dela.

"Você vai ser sempre minha bebê", ela diz, numa voz baixinha.

"Sua bebê grande, preta e deprimida?"

"Minha bebê grande, preta e deprimida."

"Agora que eu estou indo, você pode finalmente dizer que está orgulhosa de mim, e que eu sou a melhor", digo, dando-lhe uma cotovelada.

"Tenho orgulho de *todos* vocês", ela diz, feroz.

"Bem, claro, obviamente. Sempre admirei como você sempre nos tratou de forma igual, independentemente das nossas habilidades." Pausa. "Mas eu sou a melhor, não sou?"

"Também fiquei orgulhosa de David, quando ele começou a usar o penico", ela diz.

"Bem, é — *em tese*. Mas trabalhar para uma revista de circulação nacional aos dezessete anos é *quantitativamente* melhor. É uma verdadeira e notável realização."

"Você nunca ensinou uma criança a usar o penico, ensinou, Johanna? É como trabalhar de boleiro em Wimbledon, só que com merda. E dura meses. Com pessoas *chorando* na sua cara."

Continuamos fumando.

"Eu tenho panelas e frigideiras extras, e talheres, e você pode levar um dos budas", ela diz, começando a ficar agitada. "Escolha o que quiser, desde que não seja o grande. Dão sorte. E tenho um filtro de sonhos extra."

"Ahn, obrigada, mamãe. Eu não ia querer que meus sonhos… *vagassem* pelo apartamento. É bom capturá-los, numa janela."

Ela fuma mais um pouco.

"Mãe. Você vai conseguir se virar sem o dinheiro? Você precisa do dinheiro que eu te dou? Você vai ficar bem?"

Minha mãe fica em silêncio por um minuto.

"Tem certeza de que quer se mudar?", ela pergunta.

"Sim", digo. "Londres é o lugar para mim."

"Então ficaremos bem, meu amor", ela diz, apagando o cigarro. Ela sorri de um jeito estranho. "Vamos ficar bem."

A segunda conversa é com Krissi. Há uma festa de despedida para mim, na casa do tio Jim — "Pois não vamos fazer uma festa aqui", minha mãe diz, com firmeza, servindo o empadão de carne na sala. "Da última vez que convidamos toda a família do seu pai, peguei seu tio Aled tentando subir no berço com a cadela."

Não é só minha festa de despedida — como meu pai romanticamente diz, "O filho da sua tia Soo engravidou uma baranga de Halesowen — então também é a festa de noivado deles".

Quando chego à festa, localizo a "baranga de Halesowen" e tento parabenizá-la — mas ela está jogando futebol no jardim com algumas crianças e me manda sair da porra da sua frente quando atrapalho seu impressionante chute a gol (duas latas de lixo perto da cerca).

"Desejo a vocês um futuro muito feliz", digo, apalpando meu seio onde a bola bateu e me retirando dignamente para a sala. Ela joga de forma inesperadamente competitiva para alguém com cinco meses de gravidez. É uma verdadeira mulher da Terra Negra.

Na sala, Krissi está sentado no parapeito da janela com a prima Ali, que parece muito diferente da última vez que a vi. Ela está fumando junto a uma janela. Meu seio ainda dói. Digo isso para eles.

"Ela agora é rave", Krissi diz, gesticulando para Ali, assim que me aproximo. Dá para ver.

"Estou numa onda *ragga*", Ali diz, fazendo com a mão vagos gestos de usuário de ecstasy. Ela está usando um macacão tie-dye e uma touca fosforescente.

"E o que aconteceu com o cara do The Nova?", pergunto. "O que aconteceu com o sonho do rock alternativo?"

"Encontrei um cara rave com um pau grande", Ali diz, se achando. Krissi fica visivelmente pálido.

"Então o que há de incrível na… rave?", pergunto.

Ali me conta tudo sobre os discos que tem ouvido recentemente, e se regozija sobre os míticos baixos gravíssimos da rave que, segundo reza a lenda, fazem algumas pessoas se cagarem.

"E isso é uma… *vantagem*?", Krissi pergunta, secamente. Ali o ignora.

"O que eu quero saber, Ali, é: como você gerencia seu amor por tantos gêneros musicais diferentes?", digo.

"Oh, sou gótica na cozinha, uma roqueira alternativa na sala e rave no quarto", Ali diz, batendo suas cinzas para fora da janela.

Quando Ali vai pegar uma bebida, Krissi se inclina na minha direção e diz, "Não *aguento* ela. Maldita fêmea estúpida. Vamos."

Ele pula a janela. Olho em volta para ver o que as crianças estão fazendo — David está tentando meticulosamente enfiar o dedo no videocassete. Sua concentração é total — e, certa de que ele está devidamente ocupado, sigo Krissi janela afora.

Atravessamos a rua até os balanços e os escorregadores do parquinho. Krissi tira duas latas de sidra dos bolsos.

"Então você está indo embora", ele diz, enquanto nos balançamos — as pernas longas demais para as cordas.

"É", digo. "Você vai ficar bem sem mim?"

"Eu me virei perfeitamente bem no meu primeiro ano de vida."

"É — mas você passou esse tempo principalmente chorando e se mijando", pondero.

"Acho que posso redescobrir esses primeiros prazeres, então", Krissi diz, se balançando — os joelhos quase tocando o chão.

"Krissi — preciso perguntar: você acha que vai realmente conseguir se virar sem mim? Quero dizer, não posso não ir — se eu não sair de casa agora, vou morrer. Muito. Mas será que todo mundo vai... ficar bem?"

Krissi suspira: "Sim, Johan, conseguiremos nos virar. Você é uma boca a menos para alimentar, afinal de contas".

Minha indignação é instantânea, e grande. "Ei, *cara*", digo. "Não sou eu que *bebo* uma lata inteira de pudim de arroz. E, seja como for, metade do tempo é o meu trabalho que põe comida na mesa. Eu eviscero os Soup Dragons — e então *vocês* ganham sopa. É essa a matemática da comida."

"Bem, para ser franco", Krissi diz, lentamente, "se você vir as coisas por outro ângulo, também se pode dizer que é o fato de você trabalhar que tem *tirado* comida da mesa."

Olho para Krissi, atônita. Sinto que em meu rosto há uma expressão vaga de incompreensão.

"O que... você quer dizer, eu tirei comida da mesa?", pergunto. "E, além disso, podemos parar de dizer 'mesa' — não temos uma. A mesa está no meu quarto. É uma escrivaninha com um monte de CDs do Primal Scream em cima."

Depois de graciosamente me conceder a vitória nesse ponto — "O.k. Seu trabalho tirou comida do nosso *colo*, onde equilibrávamos os pratos em almofadas" —, Krissi suspira, esfrega a própria testa e então explica o que esteve acontecendo esse tempo todo.

Quando saí da escola para trabalhar para D&ME, essa foi a razão de eles terem cortado nossos benefícios. Porque eu havia abandonado a escola em tempo integral. Esse foi o corte de onze por cento.

Nosso empobrecimento foi *todo* culpa minha, afinal de contas. Não por causa de algo que eu disse a Violet — mas porque eu abandonei a escola. Eu *arruinei* minha família — ao tentar salvá-la.

Oh, a rede intrincada de pânico e causalidade. De repente sinto uma grande afinidade com Marty McFly de *De volta para o futuro*, que volta no tempo e então quase causa sua própria não existência ao heroicamente evitar que seu pai fosse atropelado por sua mãe. Pobre Marty McFly. Pobre de mim.

"Puta merda", digo, absolutamente imóvel no balanço. "Sou Marty McFly. Sou Marty McFly, Krissi."

Krissi me entrega uma lata de sidra.

"Sim. Sim, você é", ele diz, de forma tranquilizante. "Você é Marty McFly. Beba sua sidra, querida senhora. Você está obviamente em choque, pois começou a falar bobagem. Provavelmente precisa de um cobertor de papel-alumínio ou algo assim."

"Não com esses sapatos", digo, automaticamente, abrindo uma lata. "Não ia combinar."

"Então, quem sabia?", pergunto a Krissi. "Você, é claro — e a mamãe e o papai?"

"É — por isso todas aquelas discussões", Krissi diz, olhando para dentro de sua lata. "E então a mamãe disse para mim e para o papai não contarmos para você, para você não entrar em surto, por causa da pressão. Mas agora você sabe. Agora você sabe o grande segredo! Bem a tempo de você resolver o problema — caindo fora."

"É — obrigada pelo resumo, Ceefax", digo, bebendo um pouco de sidra. "Que inferno."

"Nós fomos muito *nobres*", Krissi diz, pensativo. "Fomos todos muito nobres com você."

"Mas... vocês me chamaram de messias quando comprei a televisão nova!", falei.

"É — e todos sabíamos da ironia."

"Que inferno."

Fico empoleirada no balanço totalmente parada, como uma batata. Não sei mesmo o que dizer. Estou aprendendo uma coisa totalmente nova: que, às vezes, o amor não é observável ou barulhento ou tangível. Que, às vezes, o amor é anônimo. Às vezes, o amor é silencioso. Às vezes, o amor fica ali, parado, mordendo a própria língua e esperando, enquanto o chamamos de otário.

"Assim que você for embora, nós vamos ficar bem. Vamos perder seu benefício para menores, obviamente — mas, para ser sincero, você está nos custando mais que sete libras e cinquenta por semana em papel higiênico. Você gasta uma quantidade *absurda*."

"Todas as garotas gastam", digo. "Ser uma garota implica se limpar muito com papel higiênico. Você não faz ideia. E normalmente é melhor do que absorventes internos. São traiçoeiros. Uma vez tive um probleminha num banheiro em Vauxhall, eu estava tentando colocar um novo e encontrei um velho já lá dentro. Lá dentro é tipo... um armário maluco."

"Sua vagina nunca deixa de me espantar", Krissi diz. "É simplesmente um enorme repositório de problemas."

"Oh, eu sei", digo.

Ficamos ali um pouco mais de tempo, nos balanços, enquanto a temperatura cai, até que a tia Lauren nos chama, lá da casa, do outro lado da rua.

"VOCÊS ESTÃO DANÇANDO?", ela rosna. Ouço "Groove Is in the Heart", do Dee-Lite, sendo tocada, alto, no aparelho de som.

"VENHAM MEXER AS PERNAS COM ESSA AQUI!", ela grita. "A PRÓXIMA VAI SER SALT-N-PEPA, E O PAI DE VOCÊS DISSE QUE VAI DANÇAR."

Atravessamos a rua correndo.

A última conversa que tenho é um telefonema tarde da noite com John Kite. Não tive mais notícias dele desde o péssimo episódio do beijo no Regent's Park — não consigo tomar coragem para escrever uma carta, embora seja a minha vez. Eu me proibi de sequer pensar nele, para não entrar em pânico de novo. Bati com força para todo o sempre a porta que, na minha cabeça, leva até os pensamentos sobre John Kite.

Isso é bem difícil — já que, ao longo do último ano, me habituei a dizer o nome dele sem parar na minha cabeça, como um rosário, em momentos em que meu cérebro fica a esmo, ou estressado: "JohnKite JohnKite JohnKite". Faço isso em paradas de ônibus, e quando estou caminhando, e quando me machuco, e quando fico sozinha. "JohnKite JohnKite JohnKite." Do mesmo jeito como algumas pessoas contam ou recitam salmos.

Às vezes pronuncio como se fosse o nome de um novo mineral, ou pedra: "Jonkite. Jonkite. Jonkite". Algo rajado de cores, mas endurecido pelo movimento de placas tectônicas e pela compressão da Terra. Eu gostaria de ir ao Museu de História Natural e encontrar um pedaço de Jonkite repousando sobre uma almofada de veludo. Imagino que a pedra esquentaria sob meu toque. Eu usaria um colar com ela, casualmente, até que ele reparasse. Eu o usaria com um vestido vermelho e combinaria com meus olhos. Eu teria *conquistado* John Kite se tivesse um vestido vermelho. Frequentemente me censuro por não ter um. Estive a um vestido de conquistá-lo.

Porém, desde aquele dia no parque, todas as vezes que faço isso tenho de imaginar um monte de policiais entrando na minha cabeça e gritando, "NÃO PENSE MAIS NESSE HOMEM. VOCÊ NUNCA MAIS PODERÁ PENSAR EM JOHN KITE DE NOVO".

Mas agora, às duas horas da manhã, o telefone toca no meu quarto e eu o atendo antes de o primeiro toque terminar. Sei quem será, e é ele— é John bêbado em algum lugar da Espanha.

"Estou na cama com um burrico perdido, Duquesa", ele diz, com a fala levemente enrolada.

"Ainda fazendo sucesso com as meninas, posso ver", sussurro. Vejo Lupin se remexendo um pouco, em seu beliche, então entro no guarda-roupa com o telefone na mão e fecho a porta, para ter um pouco de privacidade.

"Então, como você está?", pergunto, com a voz ligeiramente vacilante.

"Oh, você sabe como é a vida na estrada", Kite diz. Ouço-o acender um cigarro. Gostaria de poder acender um cigarro, mas até mesmo eu sei que é uma péssima ideia fazer isso dentro de um guarda-roupa.

"Comprei um novo casaco de pele", ele diz. "Encontrei num mercado de pulgas. É esplêndido. Acho que é de pele de cachorro. Não tem mangas — só buracos."

"Então é uma capa", digo.

"ISSO MESMO!", ele esbraveja. "É EXATAMENTE ISSO, PORRA! Achei que eles estavam me passando a perna!"

"Bem, agora que esclarecemos isso, quero dizer que é ótimo ter notícias suas", digo. "Senti saudades."

"Eu *também* senti saudades suas, Duquesa. Tive que beber muitas garrafas de gim sozinho no último mês."

"Achei que talvez eu não tivesse mais notícias suas, depois… da última vez", digo.

"POR QUE PORRA VOCÊ PENSARIA ISSO, SUA LOUCA?", ele esbraveja.

"Bem, você sabe", digo. "Fui uma completa idiota."

"*Você* foi?", ele diz. "Eu estava ocupado demais sendo eu mesmo um completo idiota para perceber."

"Acho que eu fui uma idiota mais completa que você", digo. "Você sabe."

"Na verdade não sei", ele diz, parecendo confuso. "O que

aconteceu? Eu estava totalmente bêbado. Eu estava bebendo desde as onze. Eu não fiz nada… *inadequado*, fiz?"

"Não, não — nossa, *você*, não", digo. "Você realmente não lembra de nada?"

"Ahn… Acho que lembro de lobos e pinguins. Tivemos um dia e tanto, não foi? O que aconteceu?"

Ele parece genuinamente não saber — e agora eu me coloquei na situação de ter de contar o que aconteceu. Pela primeira vez num mês, me vejo cutucando as cicatrizes do meu braço esquerdo. Oh, Johanna — por que você não *cala a boca*? Por que você diz as coisas que diz? Tento falar com ele da maneira mais casual possível.

"Bem, nós ficamos bêbados, e cantamos um pouco com uns gibões, e então… acho que fui tomada pelo meu lado animal e disse que eu era Chrissie Hynde e Elisabeth Taylor, e que estávamos fadados a fazer sexo", digo.

Eu havia planejado dar uma gargalhada no final da frase, mas descubro que não consigo. Há uma pausa.

"Oh, bem, sabe como é — provavelmente *vamos*", ele diz, suavemente. "É uma questão de estatística, baby. Como é que vamos *não* fazer sexo, em algum momento? Você é você, e eu sou eu. É só uma questão de idade agora, garota. Jovem demais."

"Jovem demais? Eu tenho *dezessete anos*", digo, com toda a mundanidade ofendida de que sou capaz.

"Não você, Duquesa — *eu*. Eu sou jovem demais para você. Sou incorrigível." Ele suspira. "Nossa, você me deu um cagaço — por um minuto achei que algo *ruim* tivesse acontecido. Uma vez eu me mijei no palco, sabe? *Aquilo* foi ruim."

Ele continua, me contando como aquilo aconteceu — "Foi por causa de uma conversa; eu estava no palco fazia *horas*…" —, mas na verdade não estou prestando atenção, já que estou quase chorando de felicidade.

Oh, eu *estou* chorando.

É como nascer de novo — como voltar à superfície depois de longos meses de afogamento. Fiz minha confissão no guarda-roupa e fui absolvida por meu padre mais bêbado — e agora posso voltar ao mundo e começar tudo de novo. Meu futuro está conectado de novo, com um arrepio e um baque, e todos os cânceres do meu coração morreram. Eu *não* compreendi errado o mundo quando eu estava bêbada! *Não* fiz a coisa errada! Agi como pessoas bêbadas agem! Posso simplesmente seguir em frente, como eu sou! E eu vou! Vou seguir adiante com essas aventuras!

"Duquesa?", Kite diz, finalmente. Eu não tinha respondido à última coisa que ele dissera. "Duquesa? Ainda está aí? Você pegou no sono?"

E eu suspiro, e suspiro de novo — de pura felicidade — e digo, "Não — ainda estou aqui", e então digo a coisa mais linda do mundo. Digo: "John — precisamos sair para tomar um drinque".

Quando finalmente terminamos de falar, uma hora depois — depois de eu contar a ele sobre me mudar para Londres, e sobre ficar louca, e depois melhorar —, a luz está entrando pelo vão do armário. Presumo que seja o nascer do sol — mas, quando emerjo, vejo que é a luzinha noturna, na verdade: Lupin a acendeu e está sentado na minha cama.

"Posso dormir com você?", ele pede.

"Oh, sempre, bebê", digo, puxando ele para a cama comigo. "Você sempre pode dormir com a Johanna."

Nós nos enrodilhamos no oco deixado por nossa avó. Essa é a última vez que vou dormir aqui.

Epílogo

SERVIÇOS DE AUTOESTRADA, M1. QUINTA-FEIRA

Papai sai do Burger King comendo um Whopper.
"A vida na estrada, né?", ele diz — com a cara suja de molho. "Sempre em frente."
Estamos no Gap Services de Watford — a fronteira entre o sul e o norte. Está frio e ventando — minha cartola fica o tempo todo caindo. Realmente, são muito poucas as circunstâncias em que é possível usar uma cartola decentemente... Não sei como o Slash faz. Ele *deve* usar algum tipo de velcro. E talvez o cabelo para grudar.
A van está estacionada na área dos deficientes — com um adesivo de deficiente exibido cuidadosamente no para-brisa. As janelas mostram como a van está cheia — edredons e caixas cheias de roupas pressionadas contra o vidro, como uma terrina de tralhas, tudo isso em cima da minha cômoda e o terceiro Buda que escolhi ("Oh, esse você também não pode levar, Johanna — gosto do rosto dele").

Todas as minhas coisas estão nessa van.

Paguei pelo Whopper do papai — "É a rolha, Johanna".

Também paguei pelo tabaco — "Para eu ficar acordado, durante a jornada" — e pelo milk-shake de chocolate grande que está na sua mão — "Um homem de idade precisa de alguns prazeres".

Além de tudo isso, também paguei o valor da gasolina que, papai me garantiu, com a cara mais séria deste mundo, chegou a noventa libras. Só anos mais tarde realmente descobri o verdadeiro preço da gasolina em 1993, e não pude deixar de ter uma admiração pelo velho cretino: me explorando, até o fim, até mesmo na despedida.

Entramos na van e o velho dá mais um trago no seu milk-shake enquanto observamos todo mundo lá fora, fugindo da chuva.

"Se fosse necessário, acamparíamos aqui", ele diz, carinhosamente acariciando o painel do carro. "Temos um fogão, e uma pia, e o beliche — poderíamos viver aqui, se precisássemos. Acampamento a jato. Esta é a nossa nova casa."

"Que ideia de merda" — diz a voz de Krissi, vindo lá de trás.

Posso ver Krissi pelo retrovisor. Ele está espremido entre os edredons e minhas cortinas, com a cadela no colo. Ela, como eu, fica enjoada em viagens e não pode viajar no chão, senão vomita.

"Não podemos simplesmente dar o fora daqui? Esta van agora está fedendo a carne e não consigo abaixar a janela, porque tem uma *cabeça de cachorro* no caminho."

Na noite anterior, Krissi fora até o meu quarto — "Tem alguém em casa? Me diga que você não está se embriagando com uma garrafa de Elnett, Johanna, senão juro por Deus que mato você" — e me disse que ia para Londres comigo, para as primeiras semanas, "Para ter certeza de que você está bem e que não vai acidentalmente fazer uma lista de compras no seu braço com um machado".

Isso é o que ele diz — mas eu o vira procurando secretamente as listas de casas noturnas no *The Pink Paper* em bancas de revistas, e eu sei a *real* razão de ele estar vindo: para me levar à minha primeira casa noturna gay, para que eu enfim faça um melhor amigo gay!

"Por favor, ligue o motor", Krissi diz. "Este estacionamento está começando a me sufocar."

Papai dá a partida no motor, sai devagarinho da área de estacionamento e começa a mexer no aparelho de som: "Algum pedido em especial?".

Esta é uma pergunta para a qual me preparei há algum tempo. Tenho o novo single do Blur, "For Tomorrow", numa fita cassete. Estive obcecada por essa música no último mês. Ainda com um fraco pela encenação, planejei durante muito tempo que essa seria a música que eu ouviria ao emigrar para o sul — Damon cantando tudo a respeito de Londres, eu me perdendo na Westway enquanto pareceria tão nobre e predestinada quanto possível. Até imaginei meu pai se virando para mim e dizendo, "Ai — aí está você, filha. *Você é* uma garota do século XX", e eu acendendo um cigarro e dizendo, "Pode apostar, pai". Vai ser como lançar um feitiço bom sobre minha vida futura. Vai encantar o meu caminho. Vai ser um momento-chave na minha vida.

Todo mundo a escuta em silêncio por um minuto, enquanto voltamos para a autopista.

"Isso é merda cockney", Krissi diz, lá pelas tantas. "Ponha os Bee Gees."

Coloco os Bee Gees — "Tragedy" — enquanto papai ultrapassa três carros.

"Então", papai diz, puxando conversa ao ultrapassar um Vauxhall Astra. "Vi que Björk vai fazer um show amanhã à noite. Você consegue nos colocar na lista de convidados, não consegue, Johanna? O velho Pat Morrigan e acompanhante? Porque eu tenho um plano. Nós vamos à festa depois do show, ah!, e começar a falar com os sacanas."

Ele parece entusiasmado.

"Os grandes sacanas. Os sacanas *poderosos*. Os *piores* sacanas. Para ser franco, eu me sinto um verdadeiro fedelho com todo esse negócio de 'mandar demos' e essa bobagem de 'jornalistinhas' — não leve a mal, querida. Todo esse tempo, o que eu deveria ter feito era ir até *lá*. Estar na sala quando todo o pó e todas as putas aparecem — *é aí* que os negócios são feitos. Aposto que são ainda os mesmos caras de antes. Eu *aposto* que conheço alguém ali. Eu conhecia *todos* eles. Tinha esse olheiro de uma gravadora..."

Olho para a estrada à frente — onde todas as placas dizem, numa emoção impossível, "LONDRES e SUL". Tenho dezessete anos. Tenho meu irmão, minha cadela e um laptop com "John Kite" escrito com corretor líquido. Acredito na música e no gim e na alegria e em falar demais, e na bondade humana. Tenho cicatrizes de advertência nos braços, uma parede em branco novinha para encher de rostos e palavras. Ainda quero mudar o mundo de algum jeito, e ainda tenho que tornar meu pai famoso. Comi drogas de um lenço sujo, fiz sexo com um pênis clinicamente desaconselhável, aturdi os Smashing Pumpkins, caí fora de um ménage à trois citando uma fala de *Blade Runner* e tentei beijar meu ídolo enquanto ouvia uma serenata de gibões cantores. E, como em todas as boas jornadas, no final, fiz tudo isso por mim: por mim.

"... e ele *definitivamente* está em dívida comigo", papai continua, começando a enrolar um cigarro com a mão esquerda, como um caminhoneiro. "Não consigo lembrar do nome dele. Não consigo lembrar do nome de ninguém, para ser sincero. Mas quando você fez o favor de carregar a esposa de um cara num hotel de Berlim escada de incêndio abaixo, você tende a lembrar da cara do sujeito. Se eu o enxergar, bingo. Se ele estiver lá amanhã, querida, então…"

Papai acende seu cigarro.

"Tlim, tlim. Vamos estar *cagando* diamantes lá pelo Natal."

Agradecimentos

Escrever um livro é literalmente mais difícil do que dar à luz um bebê — no inferno — e depois morrer, e ter que ter *outro bebê* que, desta vez, sai dos seus olhos — muito embora seus olhos não sejam buracos e seja impossível um bebê sair deles. Mas, pior do que isso. Falei que é difícil? É muito difícil. Quando você se senta em uma cadeira o dia inteiro, sua bunda dói *para burro*. Mesmo. E então, há aquele bebê saindo dos seus olhos. Oh, modo de dizer. Então estes "agradecimentos" não são na verdade agradecimentos — são mais uma expressão de gratidão sentimental e lacrimosa para as pessoas que me arrastaram até a linha de chegada. A meu editor britânico — Jake Lingwood — e minha editora americana — Jennifer Barth —, ambos os quais dedicaram muito de seu tempo, amor, atenção e pura habilidade a *Do que é feita uma garota*. Realmente não consigo imaginar pessoas melhores nos dois lados do Atlântico. É como ser editado pelo Godzilla *e* Mothra. Vocês são extraordinários. *Double-bubble*.

E a Louise Jones e Claire Scott na Ebury UK, e Gregory Henry na HaperCollins US — não há nada mais sexy do que excelência alegre e o grito de "coquetéis?" e vocês exalam ambas as coisas *constantemente*.

A John Niven, que foi tão legal com o esboço que mostrei que até chorei. Vejo você no inferno, Shitbix.

A meus irmãos e minhas irmãs — homens e mulheres fodões. Sinto muito — escrevi *outro* livro cheio de masturbação e sexo. Não se preocupem — nunca vou perguntar se vocês o leram. Podemos todos simplesmente fingir que esse "tal livro" nunca aconteceu. Vocês são as pessoas mais incríveis que já conheci, sem dúvida alguma — e eu conheci *todos* os membros da Inspiral Carpets, *e* o cara que escreveu *Bagpuss*, então isso é uma declaração e tanto. Só para vocês saberem.

A Simon Osborne e Imran Hussain do Child Poverty Action Group, que descobriram quais benefícios os Morrigan teriam tido nos anos 90. OBRIGADA. A matemática da coisa estava me dando vontade de me jogar de uma janela.

Mais importante de tudo, OBRIGADA a Georgia Garrett — uma agente tão extraordinária que custo a acreditar que outros agentes existam de fato. Georgia respondeu um telefonema de emergência em julho, veio até a minha casa e me encontrou sentada no jardim, com a cara enfiada numa mesa de piquenique, ao lado do meu laptop, chorando enquanto ouvia um *Get Lucky* do Daft Punk sem parar. "Não consigo escrever este livro", falei. "Cometi um erro terrível. Além disso, sou a pior pessoa que já viveu, não há palavras para descrever, e vou mudar meu nome e me mudar para outro país. Talvez cultivar repolho. Ou ser carregadora de esterco. Estou com medo. ESTOU COM MEDO. Oh, Deus, perdi toda sensação da minha cabeça. ESTOU FICANDO DORMENTE."

E ela me trouxe uma xícara de chá, e ficou ali sentada e ficou… fazendo perguntas, e sugerindo coisas, até que, de repente, vi que talvez eu conseguisse terminar o livro, afinal de contas.

E então ela fez isso outras nove vezes. NOVE VEZES. Foi bem engraçado, no final. Para mim. Talvez não para ela. George — este livro não teria acontecido sem você. Não é um exagero. Fico dizendo isso, mas, se você algum dia não for mais minha agente e amiga, vou simplesmente me jogar dentro de um poço.

À banda Elbow, cuja discografia eu consumi impiedosamente enquanto escrevia *Do que é feita uma garota*, como o melhor exemplo de como a classe trabalhadora faz as coisas de forma diferente — com trabalho braçal, "emoções universais transformadas em detalhes poderosos" (copyright de Dorian Lynskey) e amor.

A Lauren Laverne, que me devolveu minha sanidade numa bandeja, literalmente, em Girafffe.

E, finalmente, ao meu marido, Pete, que já ajudou a construir três garotas. E que também é a única pessoa que perceberia que, quando citei Grant Lee Buffalo no primeiro esboço, eles tinham, naquela época, "lançado apenas um EP de edição limitada e provavelmente não seriam conhecidos em Wolverhampton", e que eu realmente deveria mudá-lo para Uncle Tupelo. E então ele saiu para construir seu próprio gramofone. Te amo.

ESTA OBRA FOI COMPOSTA POR OSMANE GARCIA FILHO EM ELECTRA E
IMPRESSA PELA RR DONNELLEY EM OFSETE SOBRE PAPEL PÓLEN SOFT
DA SUZANO PAPEL E CELULOSE PARA A EDITORA SCHWARCZ
EM JUNHO DE 2015